跨度长篇小说文库

Kuadu Novel Series

跨度长篇小说文库

Kuadu Novel Series

贤妻良母

燕 杰

◎著

XIANQI
LIANGMU

中国文史出版社

1

奇观天成的石门"晚照"，说来今已有三千年的历史。

这地儿呀，应该叫石门坊，又叫石门房。石门"晚照"是当地八景之一，实质是位于八景之首。这地儿不仅有山，弥河的古河道也从这里穿过，在古代山清水秀，风景宜人。可是那个年月有点水枯山瘦，附近村子的人都靠种植烟叶、果树生计。有一户刘姓人家，住在凤岗村的中部，早年也算书香门第，当家的刘德海老汉虽说不上田有百亩，但也收入丰盈，在当地算大户。他膝下四个儿子五个女儿，四儿子十八岁乡试秀才第一名。可遗憾的是二十岁那年他疯了，用铁链子锁了两年，痛苦地死去了。刘德海把四儿子看成宝贝，四儿子的死强烈地刺激了他，使他成了不折不扣的烟鬼，没几年就把田地抽光了，穷得叮当叮当响，没办法就把最小的两个女儿卖给人家当童养媳了，一个六岁一个九岁。为这事妻子赵氏成天以泪洗面，两年后眼睛哭瞎了，德海并没有因为妻子而停止抽大烟，反而为了彩礼相继嫁出了大女儿、二女儿和三女儿，继续抽那要命的大烟。德海的身形逐渐变得像纸糊的，风一吹就倒的样子，每天佝偻着身躯赖在炕上，任凭缺吃少穿。大儿子刘同山觉得这家没法待下去了，就提出来分家，说是分家，除了现在一家人住的房子，也没什么可分的了。二儿子刘同岭、三儿子刘同川也同意哥哥的想法，也想另起炉灶，实质上三个儿子都已结婚了，在德海抽大烟之前就都有了自己的孩子。他们看到爹爹这份光景都寒了心，只不过碍于过去的家威，一直强忍着，这下实在忍不下去了。妻子赵氏也支持三个儿子的想法，这就像一棵大树，儿女们就是枝杈，根

1

都烂了，怎么还能保住枝权，还是给孩子们一条活路吧，至于德海和她就自生自灭吧。德海一看也没有办法，就找来族里的长辈，让儿子们把话挑明了。三个儿子也懂事孝顺，答应每家每年给老店里一石粮食。德海想来他老俩刚刚饿不死，再抽大烟没门了。实质上，就这一石粮食三个儿子也得出外打工挣，土地已败光了。

卖掉的两个女儿，四女儿刘同英和五女儿刘同娥邻村。她俩每天的活儿差不多，一大早就起来，先把院子打扫干净，给猪拌好食；然后捎上两个地瓜干饼子，拿上镰刀、提篮给猪剜菜。这两家都养着三头猪，不拼命地干猪是吃不饱的，那会挨东家的打骂。刘同娥年龄小力气小，剜好的菜要分两次才能背回家，每天得往返十多里地。有一次，菜刚刚剜好天就暗下来，一时狂风大作，乌云密布，雷电交加，大雨瞬间瓢泼而下，刘同娥把剜好的菜分成三份，在平常她是分成两份的，但今天的雨水大大加重了菜的重量，她背着三分之一行走都很艰难，一个弱小的身影就这样在大雨中来回地穿梭，最后一趟晕倒在泥里。当坐立不安的刘同英找到她时，她已不省人事了。同英跪在地上求东家，才讨得了一碗热姜汤，救了同娥一命。事后还挨了自家东家的一顿板子，怪她多管闲事。人世间就是存在着这么多歪理，不用说是自己的妹妹，就是对个陌生人，也不能叫多管闲事呀。狠心的东家难道真的不明白这个理？

童养媳就是为儿子年幼时养的媳妇，虽说往常不当人看，但毕竟也是儿媳，随着年龄的增长，小丈夫也会慢慢地长大，十三四岁的刘同英也慢慢懂得一些事儿，婆婆也改变了一些看法，不再打骂刘同英了。不是婆婆狠，她是有意地给刘同英立家规，让她少招惹是非，做个吃苦耐劳本分的人妻。刘同英也开始伺候八岁多的小丈夫睡觉，公公英年早逝，小丈夫张小虎一直跟婆婆睡，婆婆也不过二十三四岁，小丈夫每天晚上揉着婆婆的奶子睡，要不就睡不着。刚同小丈夫睡到一块儿时，同英很不自在，不让小虎摸自己有些突起的疙瘩，弄得小虎总是哭，自己束手无策。这时的婆婆没有责备她，而是让她在一边看着，教她怎样哄小虎入睡，煤油灯下，她的小脸羞得通红。更让同英难堪的是小虎有几次回来问她："村西头

2

的长乐叔总是问我，你和娘的身子有啥区别？"她知道长乐是个快三十岁的光棍，但还是禁不住地问："你咋说的呀？是不是胡说了！""我没有，我知道他使坏。"可当她看到长乐看她时那种色色的眼光就一阵晕眩。这种心理是从小虎揉搓她的小疙瘩开始有的，一开始又痒又难受，后来就成了一种享受，而且鼓鼓的总胀得慌。

　　事情就是这样，该发生的挡也挡不住，饥渴难挨的长乐盯住了这娘俩，一个二十出头的寡妇，一个含苞欲放的姑娘。长乐似乎也懂得些规矩，并没有那么直接，而是每天在地里帮她们干些农活。他那被太阳晒得黑黝黝的背，泛着明晃晃的光，婆婆赵小满有时看着发呆。她已有三年多没有真正的男人碰过了，她开始幻想长乐的怀抱，长乐粗壮的胳膊、有劲儿的腿……就这样过了半个夏天，这天闷热，太阳炙烤的地皮像鏊子上的薄饼，踩上去能发出声来。赵小满耐不住炎热，吃过晚饭后就到村西北角一片水域里洗澡。其实洗澡的人不止她一个，而是分成了两帮，一帮是男人，一帮是女人，相隔有五十米，互不干扰。女人们没多久就只剩下了赵小满，其他的都相继回家了。赵小满放松心情闭上眼睛享受着凉爽的野水。今晚只有星星没有月亮，五十米外的男人们还在狂野着，不时发出野兽一样的吼声。赵小满有些孤独，就想上岸回家，恰在这时水下的双腿被抱住，她刚想大叫，声音还没发出，一只大手就捂住了她的嘴，一张熟悉的脸映入她惊恐的眼里，她挣扎了几下不再动了，任凭扯去下衣，一根硬邦邦的东西和着凉丝丝的野水插入她体内……

　　真是六月的天说变就变，第二天硬生生地下起了雨，一切都滋润起来。就像万物一样，赵小满整个身子也滋润起来，脸上有了红晕，嘴角有了微笑，大清早轻声细语地喊："同英啊，今天雨天不能上坡，我们包水饺吃。"刘同英有点莫名其妙，婆婆是出了名的能干的主，就连自己也受其影响，干活不但麻利而且舍得力气，就是下雨天也是忙活针线活，今儿个不知哪阵风吹得从头到脚的清闲，就连猪食也是婆婆拌的。婆婆的转变让同英有些不适应，一向紧张的脑筋转不过弯来，婆婆已切菜拌馅了。同英一看暂时帮不上啥忙，就去叫小虎起床了，"小虎快起来，要不就耽误晨读了。"

小虎哼哼唧唧很不情愿地爬起来，蒙蒙眬眬地说："下雨呀？娘，我不去上学行吗？""不行，必须去！回来吃饺子。"虽然婆婆很娇惯小虎，但在上学这个问题上严得很，她信奉：万般皆下品，唯有读书高。但她也信奉：女子无才便是德。同英只能学针线活。

小虎很不情愿地打上雨伞往外走，同英转过身说："娘，雨大路滑，我送小虎去吧？"

"对呀，背我去，背我去呀！"小虎来了兴致，拽住同英的胳膊摇来摇去。

"自己去，什么时候才能长成个汉子呀！"

饺子还没下到锅里小虎就回来了，满脸的笑。赵小满诧异地问："怎么这么快就放学了？"

"娘，你不知道，今天放假了。你们俩猜猜怎么着？"这小屁孩倒卖起关子来了，两眼放光就是不说。

"小虎呀，你再不说娘可生气了！"

"娘啊，我说我说。朱秀才，朱老师闹了个大笑话，摔了个仰八叉，把眼镜摔坏了，结果没法上课了。你没见他那副怪相，俨然泥猴一个。"

"小虎！你怎么会这样揭挑你老师呢！"赵小满有些生气，觉得孩子对夫子太不尊重，也就是对读书的不尊重，这让她心里很不舒服，要不是今天心情好，一定把小虎拾掇一顿。"好了，同英你去烧火。"

同英很顺从地用麦穰引起了火，呼呼地拉起了风箱，不一会儿水就沸腾起来。小满把饺子一对一对地捡到锅里，开锅后用凉水沾了一遍，满锅的饺子就像一个个小肥猪紧紧地挨着漂起来。小满一碗一碗地盛出来，放到锅台上。小虎伸手就去抓，不过年不过节的吃饺子也不是常事，他真有点等不及了。小满打了小虎的手一巴掌骂道："烫死你个小爹，等会儿再吃。"小满拣了一碗最多的，用勺子溰着控了一下汤，用笼布包了说："小虎，给你长乐叔送去，人家总帮咱干地里活。"

4

同英抓紧抢过来："娘啊！路太滑，还是我去吧。"

"让小虎去，你个女人家别总抛头露面的。况且，又是到长乐叔那儿去，别让人家说闲话。要不我早请他来家吃了。"

同英一下子又想起长乐那色眯眯的眼睛，觉得婆婆说得有理，就把饺子塞给了小虎。

雨已停了，小虎提着饺子歪歪斜斜向长乐家走去。长乐一个人住，二十年前父亲闯关东一去杳无音信，他娘十年前上吊死了，那年他刚满十九岁。家里有三间老屋二亩薄田。长乐是外姓人，在村子里独门独户，没人张罗婚事，自然就光棍到现在。昨天晚上，第一次享受到女人，一晚上兴奋得没睡觉，这会儿正躺在炕上想象那魂飞天外的一刻。听见有人敲门吓了他一跳，蹬上鞋就打开了门，一看是小虎就笑眯眯地问："小虎，这么早找叔有事呀？"

"我娘让我给你送饺子来。"

"是你娘让送的？你娘没说别的？"

"我娘说叔总帮我家地里干活，很辛苦。"

"回去和你娘说，再苦再累我也能享受得了。记得要说原话呀。"

太阳羞红着脸扯下了暮色，雨儿使气温不再那么燥热。长乐像幽灵一样飘出村子，怀里揣着个鬼，生怕遇见熟人。其实，谁也不知道他干了见不得阳光的事，人呢，都这样，心里先有鬼，不自觉地就表现在行动上，长乐就这样经不得世面。

长乐缩头缩脑地来到那湾野水旁，静悄悄的一个人也没有，他猫在一个角上，等啊等啊，等到星星偏西，月亮升起又滑向当空，一直到东方泛白……

2

第一次偷腥成功的长乐，幻想着隔三岔五地享受一次，哪承想半个月过去了，赵小满的手都没再摸到，心里像猴抓一样痒得难受。这赵小满心里充满了顾虑，那年月偷情可不是个小事，一旦被捉，不仅在孩子面前丢尽了脸，村里人也会把她当成肮脏的女人看待，一时的快乐换来以后的屈辱，权衡再三她把心收了。她心里想啥长乐并不知道，他就像一头斗牛，勾起了野性就会横冲直闯。在坡里干活到处都是人，无从下手，晚上又各自回家，赵小满家可是三口人呢，长乐的家赵小满可从没踏进过，看样子以后也不会。不过赵小满看出了门道，她发现长乐这一段时间像丢了魂一样，听人家说经常把农具忘在田地里。这一天，小满叮嘱儿子："小虎，你把长乐叔找来，让他给咱家趸摸头牲口，农活太多了，我和同英干不过来。"

"娘，咱家要买牲口哇？"同英听了很高兴，以为自己听错了就问了一句。

"是呀，咱娘俩都当壮劳力使唤呢，该添头牲口了。"

小虎一听要买牲口，高兴得蹦高，乐颠颠地找长乐去了。

长乐一听赵小满让他趸摸牲口，他知道机会来了，洗了把脸就来到小满家。

"小虎呀，抓紧上学去！同英今天不锄地了，你去给猪剜些青菜吧。我和你长乐叔到牲口市看看。"

同英提上篮子拿上镰刀和小虎一块儿走出家门，一个向东去上学，一个向西去剜菜。

6

小满看他俩走远了，轻轻地关上大门，还没转过身已被两只有力的胳膊拦腰抱住，"长乐，屋里去，让人看到呀！"小满轻轻地说。

长乐就像一头腱子牛只知道发情，遗忘了别的，一秒钟都不想浪费，扑倒在门洞里的一堆干草上……

牲口市上长乐精心挑选着，他可是侍弄牲口的好手，专门给大户人家侍弄过骡马好几年，他侍弄过的骡马膘肥体壮，就像他这个人一样。赵小满顺从地跟着，最终选中了一匹枣红骒马。回来的路上，他神秘地说："一份钱买了两头牲口，合算得很。"

"怎么的？我不明白。"小满愣住了。

"这不明白，这马已配上种了，明年春末就生产。"

小满一听也高了兴，很佩服长乐的眼光，马配种一个月的光景，一般人看不出来。

寡妇家买了大牲口都像见了景一样，不是赵小满家养不起牲口，而是村子里从没见过女人侍弄牲口。一传十十传百，没几天整个村子里都知道了。村南头的八爷可是村里的老学究，不但威望高而且学问大，是到省城上过学的，写得一手好字。他听说赵小满家买了高头大马，很是震惊，就犯了嘀咕："这世道真的变了，女人也玩起牲口来了，真的变了。"他心里有点不安，老觉得这天要变了，一定要亲自看个究竟。

吃过晚饭，八爷拿上旱烟袋溜达着来到赵小满家，"大侄媳妇在家吗？"

"哎！来了。"赵小满正想拖出席来乘凉，听见有人在大门外喊她，匆匆地走去开门，"哦，是八爷呀，快进来，快进来，正准备铺席子乘凉呢。"

八爷眯缝起眼瞧了瞧赵小满，"听说买了大牲口，我来瞅瞅。"说着就迈着方步走到院子里。

赵小满家境殷实，五间大北屋是正堂，还有不错的两间西屋，东南角是茅房，茅房北边是猪圈，圈里还有一头猪，平常一般喂三头，因要买牲口就卖了两头，不是为了钱，是觉得她和同英忙活不过来，她不是太贪财的主。丈夫走了以后，同英吃穿睡都和她娘俩在一块儿，可以这么说，这三年同英很幸福。

"哟哟，这匹马真精神，这毛油光发亮，腿粗腔大，是匹好马。"

"看，八爷这么说我就放心了，你可是见过大世面的。听说洋马你都见过？"

"洋马有什么好的，不过那洋马大都会跳舞，我亲眼看见一队英国人骑着洋马在马路上跳着舞走。"

小虎在旁边听着，露出了惊讶的表情，"八爷爷，那是真的吗？"

"当然是真的，八爷爷啥时说过谎话。"

"娘，我们家为什么不买匹洋马呢？那多威风啊。"

八爷笑了，用手摸了摸小虎的头说："傻孩子，庄户人家买牲口是种地用的，不是骑着玩的。"八爷又把脸转向小满，"我说侄媳妇，这马你会侍弄吗？你不怕它耍脾气呀？"

赵小满知道八爷话里有话，她也知道人们议论她买马这件事，老辈到现在她是桑科村第一个侍弄牲口的女人，就不温不火地说："八爷，你看看我们这个家，两个女人一个孩子，能干多少活，累死也忙不完地里的活。这马能顶个壮劳力，犁犁地，拉拉庄稼。我这也是没办法呀，谁叫大壮走得早呢。"

"可这女人侍弄牲口不合常理呀，老辈里就没有过。"

"哎呀，八爷，村西头的老六回来了，你知道吧？"

"知道知道，前天还见他来。"

"他在新疆待过。他说呀，在新疆有许多放牧的姑娘，都骑着高头大马追赶白云呢，那可真叫人另眼相看了！"

"哎呀，世道要变了。"八爷又用手摸了摸小虎的头走了。

"八爷，你慢走。"小满心里很镇定，一直把八爷送出门外。

"娘啊，八爷爷怎么说世道变了呢？"同英不解地问。

"同英啊，我听说呀，世道真的变了，有人说早就没有皇帝了，又说什么政变了。"

8

"政变是什么意思?"同英又接着问。

"我也不是很清楚,说是革命了,也就政变了。"

"外面回来的人说,到处都是穿洋装的大兵,女人都不裹足了。"

"那会是个什么样子?"刘同英对外面的世界充满了向往。

其实,赵小满是个非常开通的人,她自己小时候也裹过足,后来又放开了,叫解放脚。至于同英为了干活没有裹足,这也是刘同英的幸运。妹妹刘同娥十一二岁也没裹足,为她以后命运的改变起了至关重要的作用。

马是买来了,可与马配套的车、犁还没备上。再有两个月就秋收了,这牲口得用上,不能再指望她和同英用独轮车运了,也不能再花钱雇人家的车了,买了马就得利用起来,赵小满这几天总是琢磨这件事。买整装的马车太贵了,想来想去还是觉得请木匠冬景做辆车比较合算。大壮在世的时候和冬景处得不错,两人经常喝个小酒,这酒里的小故事还真不少。有一个仲夏的午夜,大壮和冬景喝闷酒,开喝的时候已半夜多了,天是阴的,没有星星,两人就坐在院子中间,一小碟花生米没几口就吃完了,冬景说:"我到咸菜瓮里摸块咸菜来下酒。"半瓮咸水没几块咸菜,捞了半天摸了三块像是小胡萝卜,一边向回走一边嘟囔:"真扫兴,咸菜也没有了!"他把三块咸菜都放在盘里。大壮说:"三哥,就将就点吧。"两人很快就把两块咸菜吃掉了,剩下一块怎么咬也咬不动,两人只好你一口我一口嘬点咸味,一直到天亮才发现嘬了一夜的是只干瘪了的壁虎,这件事一传十十传百成了笑谈。虽然大壮不在了,但是小满觉得冬景也不会不帮这个忙,顶多也就是管几顿饭抽几袋旱烟。

赵小满虽说是个女人,但想好的事说做就做,这一天吃过晚饭,叮嘱了同英喂上牲口和猪,带上大门就向冬景家走去。夏天乘凉的人还真不少,三五个人一堆,在墙边上坐着马扎摇着蒲扇聊家常,见小满走过这里,都打招呼:"小虎他娘,上哪儿去?"

"上冬景家问点事。婶子在乘凉啊?"

"哦,刚看见冬景向东走过,是不是上了林老三家了。"

"是吗，我先到他家去看看。"小满没有停下脚步，穿过两条胡同，看见冬景的婆娘李桂芬在乘凉，就上前搭话："嫂子，我正要上你家呢。"

"是小虎他娘啊，去家里坐吧。"说着拿起马扎和小满往家走。

这李桂芬不但相貌一般，人长得也矮墩墩的，说实在的，真有点不体面。小满听冬景说过，当年他去地叩村相对象，媒人把她领到一间西屋里，西屋里有一方炕，炕上有三个姑娘在纺线，媒人用手指了指，又朝纺线的姑娘们嘟嘟嘴，冬景明白他未来的媳妇就在这三个姑娘里。他有点害羞，没仔细看，不过有两个姑娘看了他几眼，也就是来了几个照面，都是面目清秀，心里那个美就没法说了，和媒人说一百个同意。可是谁想到就那个没回头的李桂芬才是他要相的对象，挑开红盖头的那一瞬间，他呆了，进而又哭了。他们俩半年没有圆房，最后顶不住双方老人的压力，勉勉强强地过到了一块儿，生了两女一男，个个都随李桂芬，令冬景哭笑不得，经常喝闷酒。大壮在世的时候，经常深更半夜陪他喝几壶。

"嫂子，我是来找冬景哥的，怎么他不在家呀？"赵小满刚坐下就明知故问。

"你哥上了林老三家了，说是现在农活不算忙，想一块儿出外谋点活干，赚点零花。"

"哦，是这样啊。他们什么时候走啊？"

"我也不知道哇，这不是刚起这个意，他去林老三家商量去了。"

"你找他做马车是吧？"

"嫂子怎么知道的？"赵小满满脸堆笑，但心里有点惊讶。

"全村人没有不知道的，你家买了大牲口，哪能不配马车呢。你先坐会儿，我这就让金帅去叫他。——金帅呀，去把你爹找来，就说家里来客人了。"

"孩子在温书吧，要不我在这里等等也行。"小满有点不好意思了。

"那怎么行呢，咱们两家是啥关系，大壮在世时，没少帮我们，他那些木匠家什还是大壮帮着置办的，人怎么能忘本呢。"

"是婶婶呀。"金帅从屋里跑出来，见了小满就打招呼。

"几天没见金帅又长高了。"说完这句话小满后悔了，因为金帅还是那么敦实，矮墩墩的。不过，李桂芬并没有太在意，每天看着儿女们已习惯了。金帅也没再说话，跑着出去了。

大约过了半个时辰冬景回来了，一进门就喊："这马车一定要打，还要打成全村最好的。"路上，金帅跟他爹说了婶婶要打马车的事。

"三哥回来了，我正找你商量这件事哩。"

"你不找我商量，我也找你商量。这件事我早已想好了。"

"三哥是咋想的？"

"这第一步得买好木材，这个我早蹅摸好了，就买二安家的那棵老笨槐，打辆马车，再做个犁、做个耙子，另外还能打一套柜子足够了。前天我去量过啦，树干两人刚抱过来，已干放了一年多了，做出车来不会走形。况且他要急着给儿子盖新房，秋后就动手，正缺钱哩。"

"那这事就请三哥出面吧，谈好价钱，我把钱给他就是了。"

"这个没问题。这第二嘛，你得给我找个帮手，解板要拉大锯，我一个人办不了。"

"那三哥看着谁合适呢？"

"这个活不是人人都能干得了的，得有一点木匠基础，否则容易把锯拉斜了。拉大锯解木板，看似容易做起来难，锯老是左右偏，不走正路，有时候把板子都给锯废了。我看你就找八爷的二儿子花子就行，这小伙子干活实在，又懂木工。"

"行，这没有问题。只是你不是要出门吗？"

"看你说的，自家的活没干完能出门吗？先干完自家的再说，晚走几天没什么。"

"那就这样吧，三哥，我回去准备。嫂子，那我回去了。"

"小虎他娘，你慢点走哇。"

说得也快，过了一天，拉大锯的工具就在赵小满家的院子里架起来了。笨槐买回来以后，主干很长，只能斜放在一个三脚架上，然后用墨斗打上黑线，冬景站在木料上边，花子坐在地上，和冬景面对面，拉大锯，解木板。"哧——哧——哧……"有节奏的声音和着刘同英的快乐在院子中回荡。同英把茶壶里的水焖得满满的，生怕他们口渴找水喝。是啊，有了马，又有了马车，要省多少劲儿呀！以后的日子会有许多的幸福，这使她想起妹妹同娥，她们家什么时候会买大牲口呢。进而她又想起哥哥们，不知道他们现在过得怎样。听去过凤岗村的人讲，她父母已和哥哥们分家了，具体怎样别人也说不清楚，只知道她三个哥哥都出外打工了，很长时间没回村子了，她娘眼瞎了，她爹也没的烟抽了，穷得吃饭都成了问题。她不恨爹爹，四哥的去世对他打击太大了，怨只怨她和妹妹的命不好，不过她想将来会好起来的，现在她就有很多幸福感。公公过世后，婆婆转变很大，对自己越来越好。特别是近段时间，婆婆变得很温柔，就像飘在空中拉大锯的声音一样，听着很顺耳。

小满也没闲着，正在择青菜。早饭已吃过：小米粥、咸鸭蛋、辣椒白菜豆腐粉条肉（肉不是鲜肉，是早做好的腊肉，昨天赶集买的），还有白面馍馍。中午饭比较丰盛：清炒芹菜、醋熘藕片、红焖茄子、山药炖糊涂鸡，还有山蘑菇韭菜汤。小满知道拉大锯是力气活，今天早上就把一只老母鸡绑了，待会儿让长乐给宰了。这老母鸡又肥又大，糊涂上鸡蛋面能炸一大盆，足够这几天吃的。看到绑在门口待宰的鸡，同英心里酸酸的，她不是心疼别人吃，而是对鸡有感情。这只老母鸡同英已养了五年，是她刚来这个家的时候，婆婆赊的小鸡（春天赊下秋后付钱，鸡死亡了就不给钱，公鸡也不要钱，完全讲的是个诚信）。那一年春天，天气刚刚转暖，大街上来了赊鸡人，婆婆赊了十只鸡，成活了七只，六只公鸡，一只母鸡，公鸡第二年都卖掉了，这只母鸡一直喂到现在。后来每年也赊过一些鸡，去年闹鸡瘟都死了，单单就剩下这老母鸡，同英每天都撒玉米拌鸡食，你说能没有感情吗？同英有些忍不住，就偷偷地问小满："娘啊，这老母鸡能不杀吗？"

"同英啊，看你说的，人家可是下大力气干活，能不让人吃上肉吗？其实，我也想到集上买只大公鸡，但考虑到这老母鸡很少下蛋了，就下了狠心杀掉它，要不也是浪费粮食。你把菜洗一洗，我去找长乐来杀鸡。"

长乐正在琢磨，这赵小满家打马车，怎么没见人来找他帮忙，虽说他不懂木匠活，但力气还是有的，心里有点七上八下，是不是小满为了避嫌呢？正琢磨着呢，听到院子外面有人喊："他长乐叔在家吗？"

"哎！来了！来了！"长乐一探头发现院墙外是小满，精神劲儿一下子上来了。

"今天拉大锯，你去帮忙准备些饭菜。"

"好好，这就去。"

"那我先走了，你抓点紧。"

长乐本想让小满进来，哪怕是抱一抱也行啊，没想到小满抬腿走了。长乐一边带门一边嘟囔："这娘儿们，真熬得住。"

3

这打马车像买牲口一样成了稀罕事，虽说打马车的主已不是一家两家，但寡妇家打马车还是头一遭，用的又是上等的木料。二安家的笨槐据说有一百五十年的树龄了，差不多得两人合抱粗，是二安他爷爷的爷爷小时候种的。有人说这棵树算是国宝了，二安为了给儿子盖新房就掘了，背后有人说这是他家的根，他家的旺脉就断了。当然这话二安是听不到的，他只知道能卖个好价钱，就这一棵树就能给儿子盖三间新房，他觉得划算。这树在桑科村没几家能买得起，放在院里一年多，愣是没人买。小满家虽然人丁不旺，但田地不少，抢收抢种的时候都要雇几个短工。小满买这棵树花去了不少的一笔钱，但她也是图个吉利，她早听人说这棵树代表着旺脉，他们张家男人都短命，希望这长寿树能给张家带来好运。

村里来瞅做活的人不少，还惊动了村里的名医张玉昌。这张玉昌算是村子里最富有的人，开着几家药铺，医术神乎其神，有人说亲眼见过他给人治疗瘤子的高超医术。大杨村是方圆几百里最大的村，能人辈出，卧虎藏龙，如果一件事办不成，就按流传的一句话："上大杨村去！"也就是说大杨村没有解决不了的事。

据说有这么一件事，城里的赌场里接了一场豪赌，如果输了这赌场就要归别人了，这可是办了几十年的赌场啊。情况是这样的：有三个骰子，骰子的总和大于或者等于十一就是大，小于十一就是小。三个一样的点数，就是豹子，庄家就通吃了。现在庄家为了京城豪客甲和江南豪客乙，把赌场作价十万大洋坐庄，豪客甲押大，押十万大洋，豪客乙押二十万大洋的小。如果开了大，豪客甲和庄家各赢十万大洋，如果开了小，豪客甲和庄家各输十万大洋，赌场就归豪客乙了。如果是豹子，庄家就赢三十万大洋，因为豪客甲和豪客乙的钱全部被庄家通吃了。赌场老大把骰盅封了，讲好三天后开启，就骑马到大杨村请能人来开骰盅，一万大洋请一高人，高人立下字据，如果输了赔偿赌场十万大洋，结果开的是豹子。这足以说明大杨村的能人确实不得了。

但有一件事大杨村就是办不了了。大杨村有家大户，掌柜的太阳穴上长了个大瘤子，疼痛难忍，找了许多名医，看后都摇头而去，最后请了张玉昌，开了五服草药，结果瘤子从太阳穴上转到屁股上了，张玉昌给做了个小手术好了。张玉昌本打算买下这棵笨槐，但又想不出用途来，因而迟迟没有动手。他觉得这棵树如果早知道要卖，没掘之前移植到他家最理想，所以他一直很遗憾，如今这棵树被赵小满买了，他觉得更遗憾，他是一定要来看看的。

"这木材好哇，笨槐生长缓慢，木质坚密结实，是打马车的上等材料。小虎他娘真是眼毒，这可是几百年不遇的事啊！"张玉昌摸着密实的木纹说。

"看玉昌哥说的，我一个妇道人家哪懂那么多，只知道这木头做马车合适。"赵小满嘴上这么说，心里乐着呢，她知道自己买了个吉祥物。

"不光这木材好，笨槐的花朵可是一夜倾城啊。"张玉昌好像自言自语。

"大爷，这笨槐花朵有那么神奇吗？"同英觉得张玉昌不像其他村里人，人很仗义，也有学问，她一向很敬重他，见他直夸这木材，心里也充满了好奇，就禁不住递上话去。

张玉昌看着同英笑了笑，他很喜欢同英，他觉得这孩子心灵手巧，诚实肯干，心眼也很活泛。"同英啊，这笨槐花不算漂亮，但清香雅致，又开在花令不接的夏秋之际，不与百花争春，也不与盛夏里各式杂花媲美，颇有内敛坚韧、不婀不妖的花中君子风范。你说它算不算倾城之花？"

"大爷说得真好，这树真是吉祥物。"同英眼睛里放着光，很快捞起凳子递给张玉昌，"大爷，你坐下喝茶吧。"

冬景和花子只顾干活，没搭上腔。倒是长乐忙里偷闲凑了过来，蹲在张玉昌的右侧吧嗒吧嗒地抽旱烟。他没想到小满会弄这么大的动静，全村人都像见了景一样，已来了好几拨人了。刚才又听了张玉昌的一番话，觉得赵小满不是个简单的女人，做事比男爷们都豪爽，不自觉头皮有点发怵。他冒冒失失地冒出一句："玉昌哥，你说这树会不会显灵？"

"是呀，它都活了一百五十多年了，应该有灵性吧。"张玉昌越琢磨越觉得这棵树重要，它一定会给赵小满一家带来运道。

赵小满看出张玉昌喜欢这老笨槐，就想留住他吃午饭，"玉昌哥，中午就在这里一块儿喝一壶吧，我这里还存着陈年的'景芝白乾'呢。"

"我还真想在你这儿唠唠，今天是个好日子呀。"张玉昌心里有许多感慨，其实自从大壮走后，他没记得来赵小满家串过门，寡妇门前是非多嘛，也没记得三年来这家人得过什么病。

正琢磨着呢，小虎蹦蹦跳跳地放学回家来。赵小满说："正好，小虎啊，你去把你八爷爷请来喝一壶，就说你张大爷也在。"

这么多男人凑在寡妇家喝酒在桑科村还是头一遭，赵小满真的很场面，搬出了一坛上等的景芝白乾，1915 年产的。打开坛子封口，一股浓郁的芝麻香弥漫了整个屋子，玉昌脱口而出"好酒！"

八爷也竖起了大拇指，"真是好酒！"

冬景搬过坛子笑着说："我来，我来。"麻利地斟了一壶。

"你们喝，你们喝。"小满说着向同英和小虎招了招手，围在另一张桌上先开了饭。男人们也不虚让，这是本地的风俗，女人和孩子不上桌。

"好酒啊！"一杯酒下肚，大家不约而同地说。

"这酒啊，有个故事，1915 年的故事。"八爷说完这句话戛然而止，卖起了关子。

玉昌眯起眼睛笑着说；"八叔说的可是 1915 年入展巴拿马万国博览会的事？"

"还是大侄子见识广啊。"

"'巴拿马'是什么?"花子不解地问。

"巴拿马是个国家,在地球的那边,就我们脚底下。"张玉昌解释说。他吧嗒吧嗒嘴,仔细回味着,"这芝麻香幽雅纯正,醇和细腻,香味调和,余味绵长啊。"

"大侄子说话就像城里人,文绉绉的,不过耐听。"

花子见他爹在场,没多少话要说,基本算个听众。冬景又给大家斟上,"来,来,一边喝一边聊。八爷喝过洋酒吧?"

八爷捋了捋山羊胡说:"这洋酒喝过几次,太冲!没我们的酒入口绵软,香味持久,还是这景芝白乾好喝!"

"听说政变了?"长乐愣生生地插了一句,因为他听说现在寡妇可以再嫁,这是他所关心的问题。

"这民国不是一天了。村北头的长亭在京城做生意,上个月回来一趟,你猜怎么着?"玉昌做神秘的样子,屋子里的人都竖起了耳朵。

"大爷,你快说呀!"小虎咋呼起来。

"我说,我说。现在叫'四一二政变'了,国民党右派掌了权,打仗的士兵都穿洋装,拿洋枪。现在管事的是蒋中正。"

"我们周围的几个村子离城市远,又没驻过兵,一直没有兵灾,这是祖宗荫福呀!"八爷满面红光,很为祖宗而自豪。

"往后啊,也不会那么太平了,听说上个月有一队穿洋服扛洋枪的大兵从道口村穿过,不过没发生哄抢事件。"张玉昌的一席话又把大家的胃口吊起来了。

"这日子又要不太平了呀?"小满插上了一句。

"我们这地儿处在清河下游,便于航运,土地又很肥沃,外地又连年战争,筹粮筹布很快就找到我们。"张玉昌不无忧虑地说,"我还听说附近的村子都成立了'拳房',出现了贫民会。"

大家面面相觑,说实在的他们已习惯了这种一成不变的生活,田地多的人大多很仁义,经常帮助穷人。再说置块地也不容易,一般都省吃俭用,遇到卖地的主(一般家庭变故,不得不卖地;也有的是卖了地到城里做生意了），也得肯下血本才能买得下来。土地多的人家一般是很多代人苦心经营积累下来的，而且这些人家很少有好吃懒做的，大多很勤劳，像雇工一样干活，起早贪黑。所以，村民们没有多少仇富心理，大都相安无事。但新生事物的出现总是有它滋生的土壤，村子里一些陋习还是有很多人不满的，比如女子裹脚、寡妇不能再嫁、童养媳等。如果贫民会支持寡妇再嫁，长乐首先第一个参加，说不准小满也考虑加入，虽然她是田地多的人家。童养媳获得自由，还会分得一块属于自己的土地的话，刘同英和刘同娥姊妹俩也会加入。并不是同英对小虎没有感情，而是她已渐渐懂得了一些男女之事，张小虎只是个屁孩，不能算个男人，再说她想的是一个比自己长几岁的男人，就像张玉昌的儿子张文之，那可是个胆大机灵的小伙子，十七八岁已能代他父亲出诊，医术相当不错，这才是她梦寐以求的男人。再说这几年文之也没少帮助同英，经常偷偷地给她送好吃的。每每这时同英总是想着同娥，偷偷地把同娥约出来一块儿分享。但她不知道文之生在富贵人家，是个多情的汉子，为她以后的坎坷命运埋下了种子。

场散了，冬景和花子继续拉大锯，八爷背着手抽着旱烟溜达回去了，玉昌唱着不知名的戏回家了。长乐看了看没多少事，回家拿上布袋子摸鱼去了，他想晚上为小满家加个荤菜。桑科村大多数家庭都能吃饱，但有三分之二的家庭常年吃地瓜和胡萝卜，因为这两种作物产量高，地少的人家只能种这两种作物，平常打工赚袋子麦子只能早晚打打馋虫，过节时再犒劳一阵子。德三家就是吃地瓜、胡萝卜的家庭，五个儿子都是能吃的主，自己地里即使全种地瓜和胡萝卜也只够吃半年，只能靠打工挣饭吃了，就这样还吃不饱。德三的婆娘拿着麻线、鞋底坐到屋山根上，针锥刚钻了几个眼，抬眼看见文之走了过来，手里掐着几个白馍，一边走一边抛给后面的大狗，嘴里喊着："大黄！跳起来！"

德三的婆娘咽了几口唾沫，看了看四周没人就喊："文之，来这边。"

文之愣了一下，走过去叫道："三妈妈好，你叫我吗？"

18

"文之是个好孩子，能给三妈妈一个白馍吗？"

"三妈妈想吃白馍呀，我等会儿回家给你拿去。"

德三的婆娘脸有点发红，悄声说："不用了，你手里拿的给我吧。"桑科村虽说有穷有富，但民风朴实，德三的婆娘这时觉得很丢人，因为文之已不是个孩子，已长成了青年，却对她一点嫌弃之心都没有，她在心里直骂自己："丢人！"

文之并没有多想，随手把两个完整的馍放到德三婆娘手里，转身嬉闹着大黄走远了。

德三婆娘把白面馍揣在怀里，继续纳鞋底。她心里想着小儿子秋意，想留给他吃，她家已几个月没吃过白馍了。可想吃的欲望越来越强，口水一次一次地咽，实在靠不住了，就掏出一个来，狠了狠心啃了起来。她不时地瞅瞅周围，以防有人看见，没几口一个白馍就下了肚，用手抹了抹嘴提起凳子回家了。回到家她把另一个白馍拿出来放到箅子上，用笼布盖了，提着凳子又走了出来，继续纳她的鞋底。又过了一个时辰，德三的婆娘心里老放不下那白馍，馋劲儿一点点递增，心里开始斗争，是不是再把另一个白馍吃掉。又过了半个时辰，实在靠不住了，馋虫在肚子里钻来钻去，她下定决心提起凳子走回家，从笼布底下摸出白馍，嘴里念念有词，好像在说："秋意，你别怪娘，你还小，以后会过上好日子的，天天有白馍吃，这个白馍娘替你吃了。"这一次，她一点一点地吃，细嚼慢咽，仔细地品着滋味，生怕什么丢了似的。"娘，你在干啥哩？"秋意洗澡回来了。德三的婆娘吓得一哆嗦，把最后一块白馍硬吞下去了，噎得直打嗝。"娘……娘吃了块地瓜。"不过心里又一阵难过，背过脸去抹了抹泪。秋意蹦蹦跳跳地过去捞起一根胡萝卜啃起来，吧嗒吧嗒的声音像敲在德三婆娘的肺上，一阵子的憋屈，长时间才喘出一口气来，过去摸了摸秋意的头，拿着鞋底出去了。

文之本来是在家照看药铺的，张玉昌喝了些酒正在兴头上，就让文之出来玩。文之给完三妈妈白面馍，兜了一圈，陡然想起了同英，就想去看看她。他也不小了，是个大小伙子了，直接上她家，也得找个借口。他也听说同英家正在做新马车，自己去逗留观看，小满婶婶也不会说啥的，绕了一圈后就走进了同英家。

同英正在倒水，一抬头看见了文之和大黄进来，吓了一跳。虽然，她喜欢文之，她觉得文之也喜欢她，但文之很少直接到她家来。心里有鬼就心虚，文之很少来串门就是怕小满婶婶起疑心。他俩并不知道以后会怎么样，只是内心都有一股向往，愿意在一起。同英的善良、勤劳和随和深深地吸引着文之，同她在一起让人感到一种莫名其妙的温柔。

"大少爷来了，这边坐。"小满首先招呼文之。

"婶婶好，我在这里站会儿，看看拉大锯。"

"大少爷，请喝水！"同英低着头把水端过去。

"我自己来，小虎呢？"

"上学去了，他不能和你比呀，你有祖传的手艺。"同英虽说心里像揣着个小兔，但还是很干脆地递上了话。

"呵呵，你就知道抢白我，我倒是想继续读书，但我爹就我一个儿子，害怕手艺失传了，就让我给他拉药匣子了，这可不是我的想法。"

"我知道你志向大着哩。"

同英突然想起了什么，快速走进屋里，从门后端出一个盆子，里面是一些鸡骨头，"大黄，大黄，这边来！"大黄摇着尾巴跑过去，偎在同英胸前美美地享受起来。大黄虽然经常吃到骨头，但它天生是个吃肉的料，看见骨头就像德三的婆娘看见了白面馍，忘了尊严。

文之走到同英旁边蹲下，用左手抚摸着大黄的背，悄悄地说："你知道吗？离这儿五里地的小李庄有了一个组织叫什么贫民会，说什么反封建，解救了很多童养媳呢。"

"我刚才听你爹他们讲过贫民会的事，但不知道童养媳的事。你千万不能叫我婆婆知道，这段时间她对我可好哩。"同英也压低声音说。

"我们村是个大村，我想不久也一定会建立这种组织的。到时

20

候你参加不参加？”文之眯起了眼。

"我听你的，你让我参加我就参加。"

"咱说定了，你可别反悔。"文之使劲儿地捏了同英的手，同英也捏了捏文之的手，好像成了志同道合的同志。

1

　　尽管日子忙活，但是这打马车的日子就在忙活中度过了。赵小满家不仅多了一辆威武的马车，还多了一副犁、一个耙子、一套柜子，另外还有桌子、凳子、其他小农具一宗，可真是样样俱全了。活儿做完了，大家羡慕就不说了，其实说啥的都有，最终多数人还是认为寡妇赵小满不可小觑，多了份尊重。冬景和林老三背上家什出外打工去了，人们也知道了桑科村的木匠手艺也是顶呱呱的，免不了有几户人家也想送儿子跟冬景学习木匠活。就这样冬景和林老三带上了三个徒弟：建国、春安和新民，都是身体倍棒的小伙子，年纪都十八九岁，干活舍得力气的主。

　　赵小满的日子由忙活变得平静，但平静中预示着又有波澜。很快赵小满和刘同英发现枣红马吃得越来越少，不愿意进食，这可把赵小满吓坏了。买回的牲口还不到一个月的光景，还没下地干活呢就不想进食了，这可是个大事。赵小满瞅了个别人不太注意的中午去找长乐。自从有了那层关系，赵小满也变得有些神经起来，生怕别人说道，尽管晚上有空她也不敢直接找长乐，而是选择了太阳普照的中午。长乐只穿着宽松的大裤衩子仰躺在炕上睡午觉，睾丸顺着腿清晰可见。赵小满怕惊动邻居，推开栅栏门迈步走进屋里。房门是敞开着的，长乐打着鼾睡得正香，一个照面长乐的睾丸就裸露在小满面前。小满愣了一下，进而脸上挂满了红晕，"长乐，长乐，你醒醒。"

　　长乐吓了一跳，一骨碌爬了起来，"啊，是你呀。"长乐吊起眼梢瞅着赵小满，跳下炕一下子抱起小满。

"放下我，放下我，我找你有事！"

长乐一下子清醒了，没有急事大事，小满不会直接跑屋里找他，"什么事？快说！"

"你去瞧瞧牲口，它怎么不爱进食，这都几天了，愁死我了。"

"走，瞧瞧去！"

长乐仔细查看了枣红马，没瞧出什么毛病，又闻了闻饲料，笑了笑说："没事，一切正常，问题出在饲料上。"

"饲料有啥问题？不就是草铡好后拌上豆面、玉米面吗？"

"有一件事你没做，就是把豆子、玉米炒熟再磨成粉，这样有香性，牲口才爱吃。"

"原来是这么回事，可把我吓坏了。"

长乐看了看站在一旁的同英，很不情愿地说："那我走了？"

"要不你喝点水再走？"赵小满看着长乐顶起来的裤衩，知道他心里想啥，但她还是强忍住了。

长乐觉得也不是时候，磨磨叽叽地离开了。

赵小满在后面喊："别忘了上次那片野水啊！"

长乐一听立刻眉飞色舞，哼着小曲回家了。赵小满按照长乐说的把豆子、玉米炒了，和同英一起到八爷家的磨坊里推成了粉拌到草料里，眼看着枣红马又吃得欢快，心里一块石头落了地。吃过晚饭就到那片野水洗澡去了……

刘同英自从听到外面的世界的说道后就记在心里，很希望跟着张文之走，真心和文之好，也希望他爹不反对。但她知道这在桑科村是丑事，拿不到桌面上的，况且张玉昌又是村里有头有脸的主，她觉得前途渺茫。其实，她听到的政变也好，拳房也好，贫民会也好，都已不是新闻了，已有一年多的历史了。周围几个村，由于民风太朴实，几乎没有仇富心理，考虑到贫民难组织，就没有开展起来。事实上，贫民会在这个县里已影响了三千多人，是个不小的组织了。张文之是个能闯荡的主，他不想按照他爹为他指的道走下去，他想去当兵，闯自己的天下，他一直寻思着带着同英出走。带着女人在军队里混是不允许的，除非你是军官，这事文之也听人说

23

过。但他也不想把同英拽下，这也是他一直迟迟不走，天天踅摸的事，思路越来越明确，他想自己也没有必要走远，就加入附近的部队，看情况再把同英接出去。他偷偷地打包衣服和一百块大洋，准备投奔十三旅。张文之实际上并不太了解这支部队，在正规军眼里十三旅有点土匪性质，是地方的杂牌军，在当地还是很有名号的。文之起了这个意以后就老是在同英家门口遛狗，这天他发现同英一个人背着菜筐向坡里走去，就带着大黄跟了过去，一直走到小清河畔的槐树林。同英早已觉察文之和大黄跟在后面，只是一直没有回头，也没有停下，到了槐树林看四下无人就转过头等着文之。文之走到同英面前说："这几天我一直想找你，给你道个别。"

同英一下子把心提到了嗓子眼，"怎么，你要到哪里去？"

"我想当兵去。"

"为什么？你这么好的家庭，怎么去过枪口上的日子？"

"我看好了，这年头兵荒马乱的，很快就波及我们这里，平静的日子不会太久。"

"那你爹娘同意吗？"

"他们肯定不同意，我想偷着走。"

"你爹虽然娶了两房媳妇，可就你一个儿子，他们会很伤心的。"

"可这不是我喜欢的生活，男人应该有自己的生活。再说我想瞅个机会把你带走，要不咱俩的事长辈肯定不同意。"

同英低下头想了一会说："你不是说要加入贫民会来吗？"

"我打听过，贫民会都是些穷人，人家不会让我加入的，再说他们人太少，一时难成气候。"

"那我等着你。"

张文之看了看四周无人，走上去抱起了同英放到一个斜坡上，斜坡上一片茂盛的茅草，软软地透着青草味。同英知道文之想干什么，她也向往已久了，颤抖着解开了宽松的裤子。文之裈下仅有的大裤衩子，找准位置硬硬地向里插，费了老半天工夫也没插进去，疼得同英直咧嘴，最后文之软了下来，包皮有一块都渗出了血。两

24

个人喘息着仰躺着，同英很害怕，她不知道为什么做不成，文之也不解。文之低声地说："我回去问问我娘，我晚走几天，这事不成我心里憋屈，也不放心。"

张文之很扫兴地回到了家，正碰上他爹，张玉昌阴着个脸说："文之，你过来！"

文之低着头走过去。

张玉昌很严厉地问："这几天你干什么了？总带着狗到处逛，我刚写的几个方子都背熟了吗？"

文之这几天满脑子是同英，哪有心思背药方，一时支吾不上来，任凭爹爹数落。张玉昌也心疼儿子，训过了也软下来，"你娘给你做的点心，就等你回来吃呢，快去吧。"

文之低着头进了里屋，王氏正在绣花，一边和钟氏聊天。张玉昌娶了两房老婆，大老婆钟氏生养两个女儿，小老婆王氏生了文之。钟氏虽不是文之的亲娘，但对文之胜过亲生，一见文之走进来就拉住文之的手说："这几天跑哪儿去了？老见不到人。"

"娘，我遛狗去了。"文之改变了主意，他想问问钟氏这男女之事。他拉着钟氏的手说："娘，你出来我问你点事。"

王氏笑了："这孩子，什么秘密？不想让我知道。"

"文之还是和他大娘亲，走走咱出去说。"说着钟氏就被文之牵着从东里屋走到西里屋钟氏的住处。

文之在钟氏耳根私语了一番，钟氏哈哈大笑，转到文之耳根轻言细语地描绘了一番，文之如梦方醒。钟氏又说："快去吃点心吧，听娘的保准没错。"说完就又去东屋了。

王氏问："你娘俩有什么秘密？"

钟氏笑着说："咱们文之长大了，该找媳妇了。"

"你说得也是，文之是该张罗媳妇的年龄了，天天让他学医，倒把这事耽搁了，不成家哪能立业呀。瞅空给他爹提提这事。"

张玉昌正小声清唱琴书《王小赶脚》："小黑驴儿真爱人，蹦蹦哒哒的真有趣儿。俏俏俐俐的四条腿儿，雪里站的粉白蹄儿。黑眼圈儿，粉鼻子儿，滚圆的脊梁白肚皮儿。……向东到过东海岸，向西也曾到济南，向北过过黄河岸，向南到过泰安山……"

"玉昌哥，今日清闲呀！"长乐一挑竹帘走进药铺。药铺是冲街的三间大屋，门前是敞开的一块场地，宽大的门脸，上面挂着一块大匾——济世堂。一米多高的一组古色古香的楠木柜，把空间隔成里外两部分，里面靠墙是两米多高五六米宽的一排药匣，装着各种草药。还有一米半宽走道，主要是医生的活动场所，走道靠西墙端放着一把太师椅，一般是玉昌坐那儿。组柜外面一般是病人和来聊天的人的活动场所。组柜上摆放着一套青花瓷茶具，来聊天的人可以一块儿品茶。

"哦，长乐来了，自己倒茶。"玉昌一边打着招呼一边示意长乐坐下。

长乐自己倒了一杯茶喝了一口吧嗒吧嗒嘴，"嗯，这茶咋像是炒过的？"

玉昌笑了笑说："这茶叫大红袍，是发酵过的，就是炒过的味道。一位朋友送的。"

长乐满脑子还是寡妇再嫁的事，净想往这上面扯，"玉昌哥，咋就暴动了呢？听人说有的村子暴动了。"

"你也听说了，这事呀，我也说不准。不过听说这事搞得穷人和富人势不两立，动了真家伙。"

"是不是暴动了，寡妇就可以再嫁了呢？"

张玉昌眯起了眼说："长乐呀，想讨媳妇了？"

"想，哪能不想呢，我都三十岁了！"

张玉昌知道暴动对他影响不会很大，因为穷人瞅准的不是钱，而是大户人家手里的地，目的是分给自己一块，自己真正成为土地的主人。不过张玉昌也听人说暴动很快失败了，抓了不少人。至于长乐，玉昌还是真想帮帮他，但长乐一个人还刚刚吃饱，哪来的口粮养活女人和孩子，就是自己出钱为他讨得个媳妇，以后的日子咋过呢？张玉昌从来没想到赵小满身上，赵小满虽失去了丈夫，但家有良田不少，即使寡妇再嫁也轮不到长乐呀。可是，生活就像六月的天，不好估摸，想不到的事却在现实中发生。

26

长乐又倒了一杯茶，咻溜一口喝干了，试探地问："玉昌哥，你说这寡妇再嫁谁来做主呢？"

"这个嘛，有家产的族里人肯定插手处理家产，没有家产的族里人肯定也插手，这是一个贞节问题。古人常说：'好马不配双鞍，好女不嫁二夫。'这寡妇再嫁肯定让人戳脊梁骨。话又说回来，我们村子家族意识没那么强，大不了被人骂。有些大家族，这样的事是绝对不允许的，是要把奸夫淫妇沉塘的。"

"啊，有这么严重呀。咱村里有过寡妇再嫁吗？"

"这件事还真有一出，村北头窝囊老七死了，他婆娘就嫁人了，不过是跟人跑了，再也没回来。"

"那窝囊老七的宅地呢？归谁了？"

"窝囊老七没有子嗣，家产族里人分了。"

"那要是有子嗣的呢？"

"那自然就归子女们了，别人也只是个公证。"

听了这些话，长乐心里有了底，因为在村子里，张玉昌基本属于一言九鼎的人。他如果娶了赵小满，大壮留下的家产就归小虎了，肥水不流外人田。但他心里又泛起了嘀咕，这赵小满家产都不要了她能答应吗？他开始吃不准了。长乐站起来又坐下，有点坐立不安。

正在这时，竹帘一挑进来一女人，是毛良家奶奶，年龄比玉昌小，但辈分比玉昌高一辈，开口便道："玉昌啊，我这几天头疼得厉害，一撅一撅地疼，开服药吧！"

"好哦，我先给婶子凭凭脉。"张玉昌沉思着说，"脉象浮数，嗓子疼吗？"

"疼了两天了。"

"我看看舌头。舌苔薄白。吐黄痰吧？还有些头重脚轻吧？"

"你说的都对。"

"小婶子啊，你得了风热感冒。"张玉昌从药柜里分别取出：银花2钱，连翘2钱，板蓝根2钱，薄荷1.6钱，荆芥2钱，鱼腥草2钱，大青叶2钱，蒲公英2钱，包成一服，又按照药量包了三服。

27

叮嘱说："每天一服，分早晚煎两遍，第一遍水漫过草药，大火烧开，小火煎小半个时辰；第二遍搞一半水，同样大火烧开，小火煎四分之一个时辰。"

"钱先记账上，秋后一块儿算。"

"婶子尽管放心，没钱也得先治病。"

这女人一挑竹帘走了。长乐也坐不住了，有心事呢。"玉昌哥，你忙吧，我回了。"一挑竹帘也走了。

文之听了钟氏的耳语后，血液似乎流速加快，心里有些燥热，真想马上就飞到同英身边，把想做的事做完。说实在的，自从打定主意去当兵，他就感觉自己是个混球儿，不顾爹娘的疼爱，不顾同英身后的事，一味地走自己的路，一根筋的路。就这样心神不宁地熬到晚上，实在熬不住了，悄悄地带着大黄走出家门，来到同英家的大门外，大门开着。他拍了拍大黄的头，告诉它去把同英叫出来。大黄经常和他俩在一块儿，明白主人的意思，摇着尾巴溜达进院里，看见同英正在拌猪食，走过去用头在同英的腿上蹭来蹭去，同英立刻明白文之找她，就冲屋里喊："娘啊，猪食已拌好了，文之哥家大娘让我去剪个鞋样。"

"去吧，早去早回来。"

"哎，我知道了。"同英和大黄走出大门，发现文之就站在墙角处，快速走过去，文之说："你先带着大黄向西走，我们到村外的场院会合。"

同英一路上心里七上八下的，来到场院蹲在一麦穰垛旁等文之。文之三拐两拐地溜达过来，蹲在同英身旁。场院里虫鸣不断，场院西面有一大湾，蛙鸣此起彼伏地传来，天上星星布满天幕。文之抽了些麦穰铺在地上，同英很顺从地躺在上面，文之的手开始在同英身上滑动，这是一双细腻的手，没干过粗活的手，摸在哪个部位，都是那么的温润滑腻……

5

张玉昌的脸阴得像乌云盖顶的天空，背着手在堂屋里走来走去，钟氏和王氏哭得像泪人一样，"这个不孝子，再回来，我非打断他的腿不可！"

钟氏还算清醒些，一边哭着一边说："他爹呀，你别光放狠话，你倒是想想办法呀！能不能烦人把文之找回来呀？"

"找找找，上哪里找去！他就没想过他的爹娘，养了个白眼狼，他倒狠得起来，连个地址都没留下，只撂下这一句话：'我去当兵了，不用找我！'就这里白纸黑字写得清楚呢！"

天空传来一声闷雷，刚才还晴空万里，一下子阴下来，就像神仙扯着一块黑布把天空包了起来。张玉昌一下子打了个冷战，深深地叹了口气，他开始冷静下来，心里盘算起来，忽然想起一个人来——营子镇的马团长。那是两年前的事了：马团长的夫人得了伤寒，请了很多名医都没治好，眼看着一天不如一天，最后找到了张玉昌，吃了五服草药病就好了。这马团长既佩服又感激，亲自上门送了一块匾："妙手回春"。并且当面承诺，有用得着的地方，开口便是。时隔两年多了，都快把这茬子事忘了，今儿文之出走，也许他能帮上忙。玉昌望了望欲哭的天空说："天晴了，我就去找营子镇的马团长帮忙找人，别再掉眼泪了。"钟氏、王氏抽泣着回房了，两人觉得也只能这样了。

这雨没过多久就砸下来，起了一股烟尘，雷电紧跟着从西北角上冲过来，赶着乌云从北向南迎着风翻卷，俗话说"云彩向南雨涟涟"，这雨有的下头。钟氏和王氏坐在炕上隔着窗户看外面的雨，

29

窗户是木制的窗棂，窗棂的宽度刚好放过两扁指，夏天是敞着的，冬天用毛边纸糊了用来挡风。"雨呀，快停吧！"王氏不停地祷告，好像是雨停了文之就能找到了。

单说文之，去当兵的想法闷在心里已不是一天两天了，占有同英也是想来已久。当然，他还不明白占有和拥有有什么区别，只知道同英应该是自己的，应该和自己生活在一起，至于小虎那个小屁孩，他从来没有放在眼里，他所顾忌的是他爹和小满婶婶，自己的出走很大一部分也是为了这事，也就是他想拥有内心想象的自由。当兵是撑起男子汉门面的一条捷径，在他心目中军人都是强悍的，说了算的主。其实，和文之一块儿出走的还有两个人：荣广和麦林，他两个去当兵是为了生计，都是穷孩子，也是常年吃地瓜、萝卜的家境，听说当兵能吃上白面馍，又加上文之的鼓动，就随文之一块儿投奔军队了。

三个十七八岁的少年在一个漆黑的夜晚悄悄地离开了桑科村，奔赴命运之门。他们一路向西南方向走去，是县城的方向，走到颜集想到家里人不会再追到他们，就决定投宿在这里。从东门走进村子，沿大街向里走，有几处挂有灯笼，走到最近的一处，大门上有一块横匾大大的两个字："拳房"。又向里走，来到另一挂灯笼的大门前，映入眼帘还是两个字："拳房"。早就听大人们说，颜集不分男女老少人人习武，今夜才知道这是真的，要不怎么会这么多大宅院写着"拳房"呢？他们只能闷着头再往里走，好不容易在村西头找到了一家店铺，门面和"拳房"比起来黯淡了许多，没有匾，只飘挂着一枚酒幡，看上去也无精打采的。他三人商量了一下，觉得走夜路不安全，特别是张文之包裹里还背着一百块白花花的银圆呢，决定还是住下为好，就向前敲门。出来开门的是一老者，面目红润，精神矍铄，一眼就看出他仁是投宿的，就说："店里只有一间西屋空着，你三人若不嫌，只能挤一挤睡一个炕了。"文之觉得这样也好，免得有什么意外，就说："大爷，我们住下了，给我们打些洗脚水来吧。"老者一看文之穿得挺体面的，荣广和麦林却穿着粗布衣服，但也干净利落，就应道："好哩，里边请！"

30

张文之一行三人泡完脚，枕着包裹倒头便睡。他们哪里知道，刚走出家门不到十里地就被人盯上了，是两个打野食的东北壮汉。他们瞅准了张文之，一身缎子打扮，肯定是富家子弟。显然，他俩对这一带非常熟悉，对于抢劫已不是生手，文之、荣广、麦林也已十七八岁了，接近成年人，真要冲突起来，这两人也怕失手，所以，一直没敢动手。一直跟到颜集，在这里他俩就更不敢动手了，知道颜集人尚武，弄不好就会被乱棍打死。只能等待时机了，就这样一晚相安无事。

第二天，吃罢早饭，文之他们早早地上了路，一路向西，行至一片坟地处，一片寂静，对面走来两个壮汉，胡子拉碴的。他们都是短衣打扮，上身短袖汗衫，下身穿露脚踝的裤子，光脚穿圆口布鞋，一前一后。后面的壮汉背一布袋，像是装什么东西，前面壮汉让过三人，后面壮汉和文之撞了个满怀，壮汉的布袋顺势落在地上，壮汉嘴里大叫："完了，我的青花瓷！"

文之一下子愣在那里，情不自禁地问了声："啥青花瓷？"

壮汉一副哭容说："这是我家祖传的康熙年代青花瓷瓶，我兄弟俩的全部家当，你看看，你看看！"一边说着一边翻开布袋，一堆碎瓷片呈现在文之三人面前。

前面的壮汉折回身来，语气中充满担忧地问："怎么了？出啥事了？"

"哥，咱的青花瓷被撞破了。"

文之、荣广、麦林三人傻了眼，毕竟他们是涉世未深的少年，平常很少出远门，哪见过这世面，不知道人家给设的套，只得不自信地问："你这青花瓷值多少钱？"

壮汉见三人上钩，甚至流下了眼泪说："这是我爷爷的爷爷留下的，在县城的当铺里来，我兄弟俩刚从当铺里用五百大洋赎出来呀，就这样被你撞碎了。"

文之的心一下子凉了，荣广和麦林吓傻了，一句话也说不出。文之从小同情弱者，不欠别人的情，咬了咬牙说："朋友，很对不住，出门在外我们没带那么多钱，我这包裹里本来有一百大洋，昨晚住店花了一块，这九十九块就算是给你的补偿吧。"说完就解开包裹把大洋给了两个壮汉。

两个壮汉哭丧着脸，一副心痛的样子走了。文之、荣广、麦林垂头丧气地继续向西走去。麦林一边走一边嘟囔："这下可好，饭都吃不上了，要不我们回去吧？"文之没好气地说："要回去，你回去吧！"麦林看文之发火了就不再吱声了。

没过多久，天突然阴了下来，就要下雨了，文之他们前不着村后不着店的，就离最近的稻庄也有十多里，正在担心的时候，风卷着雨就砸了下来。这夏天的雨就像生猛的男子汉，似瓢泼之势，劈头盖脸地浇在三人身上，把心都浇开了。三人脱掉裤子系在腰间，穿着短裤，一手一只鞋子，在雨中像撒了欢儿的马驹一路狂奔。这一奔就半个多时辰，三人渐感凉意上升，又走出几里嘴唇都凉得哆嗦了。张文之虽说身体最棒，但他一直养尊处优，没淋过雨，一开始觉得新鲜，跑在前头，这会儿有点透心凉了。他是学医的，很快他就感觉不好，这样下去非得伤寒不可，很没底气地问："你俩冷不冷？我感觉要坏事！"

荣广和麦林在坡里干活经常淋雨，但这么大的雨也不多见，两人也觉得浑身起鸡皮疙瘩，也有些心虚地说："文之，我们不会冻死在路上吧？"

张文之也有些担心地说："这雨太大了，我们几乎看不见前面的路，再说路太泥泞，我们走不快。听大人们讲，这野外经常有看园人建的屋子，两边多瞅瞅。"

又走出二里多地，路南有一片瓜地，文之一下子看到了希望，没等他说话麦林就喊上了："屋子，瓜屋子，你俩快看！"文之说："走！躲雨去。"三人跨过一条沟，直扑过去。

这片西瓜地已经收获，看瓜人已离去，屋子是空的，北屋苫已破了一个洞，屋里灌了不少水，但好歹已不淋雨了。三人赶紧把衣服上的水拧去，再擦擦头和身上的水，荣广和麦林感觉好多了，不再那么冷了，可文之仍旧冷得发抖，他有些害怕了。在这荒郊野外，要是自己病倒了，那该怎么办？况且身上没有一分钱。"我要生病了，你俩说怎么办？"

"文之，你可千万别生病，我们俩没出过门，全靠你了，你要是病了，我们就没有主心骨了。"

"我真病了，你们俩就把我抬到稻庄村，找家药铺，这个村挺大的，一定能找到，就说我是张玉昌的儿子，求人施治，我爹在这方圆百八十里地有些名气，他们会给治疗的。"

这张文之没过多久还真发起了高烧，头重脚轻，两腮像涂了胭脂。荣广和麦林吓坏了，紧接着哭了，第一次出远门，没想到会这样不顺，越是着急，这雨越下得起劲儿。一直等到饥肠辘辘，肚皮前心贴后心，总算雨停了，但乌云还是翻滚着，远处雷声不绝于耳。不能再等了，荣广问文之："你还能走吗？""还行！走吧。"三人越过大沟爬上公路继续向西行走，文之一边走一边晃悠，他觉得天旋地转的，他没想到病会来得这么快，没走出二里地就一头栽在泥里了。荣广走在前面麦林走在后面，"荣广啊！文之摔倒了。""啊——"荣广赶紧回过身扶起文之，拽起双手背在背上，继续向西走，其实他们已看到了稻庄村，也不过还有三四里地的光景。

他俩轮流背着文之，三人都像泥猴一样，一进村就看见一老者坐在门口看天气，荣广赶紧上去询问："大爷，村里的药铺在哪儿？"老人一看三人的模样笑了笑说："淋雨感冒了是吧？快进屋来，我让老伴熬点姜汤，出出寒气就没事了。"荣广没想到一进村就遇到了好人，赶紧把文之弄到屋里，老人让他俩用温水给文之擦干净身子，放到炕上，他俩已满头大汗。没多久姜汤熬出来了，文之还算清醒，硬撑着喝了，蒙上被子，不一会儿就大汗淋淋，热得难受，这被窝就像蒸笼一样，但他没有扯掉被子，而是坚持了一会儿，感觉身上轻快了许多，已不再发烧。再说，这夏天一停雨天立马热起来，文之就起来擦了擦身上的汗。他瞧了瞧老者，这老者有六十岁左右，留着山羊胡，面目清瘦，腰身有些佝偻，但精神还不错。他感激地说："多谢大爷，你这碗姜汤真是及时雨呀！"

老者仔细端详着张文之，有些疑问地嘟囔："这娃有些眼熟啊。"

文之怕生出事来，既然身体没大碍，就不必说破身份了。他起身向老者鞠了一躬："大爷，多谢救命之恩，容以后再报，我们三个急着赶往县城，就此别过了。"

麦林用胳膊肘碰了一下文之低声说："都快饿死了，还赶往县城！"

其实文之知道，他看得出来这老夫妻几乎家徒四壁，就不想再添乱子。文之问道："大爷，这附近有当铺吗？"

"当铺呀，出门向南一条大街向西一拐有一店面就是当铺。"

"谢谢大爷了。"文之向他俩使了个眼色，告别了老者向当铺走去。

张文之的举动令荣广和麦林不明白，他俩没发现文之身上还有值钱的东西，但也不好说什么，就跟着走了。没走多远，真的有一条东西走向的大街，顺着街向西走了一百多米果然有一店铺，门上有一横匾写着："新桥第一当"。

张文之把自己沾满泥巴的上衣往柜台上一放说："正宗吴县钱蕙苏绣。"里面戴眼镜的先生吓了一跳，赶紧双手托起来，横看竖看，又拿到门口的亮光下仔细斟酌。戴眼镜的先生万般揣摩后伸出食指和中指说："二十块大洋。"文之伸手接过来。荣广和麦林简直不相信自己的耳朵和眼睛，一件没看出好的上衣竟当了二十块大洋，他俩愣愣地跟着文之走出当铺，一句话也说不出来。

张文之走出当铺又向回走，荣广和麦林不知为何，也没多问，很机械地跟在文之身后。他们穿过一条街又来到那位老者门前，见老者仍坐在门口，就向前作揖道："大爷，还得麻烦您老，您找件旧上衣给我穿吧。"老者愣了一下，他好像记着文之有件上衣来着，怎么一会儿工夫不见了，摇了摇头从里屋里拿了一件带补丁的布衫说："孩子，这是我儿子在家时穿的，你就将就着穿吧。"文之有些好奇就问："大爷，你家少爷现在在哪儿？""什么少爷，他去当兵了，一年多没回来了。"文之听罢，看着老者佝偻的身躯，脑海中爹娘的影子闪过，觉得自己很不孝，眼圈红了，抹了一下眼没再吱声，顺手从兜里摸出两块大洋塞到老者手里，"大爷，我看家里也

34

没啥吃的，就买些米面吧。"老者握着银圆小胡子一颤一颤的，他很多年没花过银圆了，有几个钱也是几个小钱。文之不想再多逗留，虽然他头仍旧疼，身子也有些飘忽，还是转过身向西迈开了大步，荣广和麦林这才回过神来，也迈开步子跟了上来。

张玉昌家里，一家人心焦地等到雨停，钟氏和王氏就去催玉昌，玉昌也心急，看看天气虽还有乌云翻滚，远处还有闷雷不时地响着，但感觉一时半会儿也不会再下雨了，就借了小满家的马和马车，小满家的马车和马可是第一次出门，或者说是第一次派上用场。这件事原本玉昌不会去借寡妇家的车，但事出有因。是这么回事，张文之出走，刘同英觉得文之家非闹个天翻地覆不行，特别是文之他娘王氏一定受不了，而自己又知道文之、荣广和麦林一块儿走的，就想给文之家透个信儿，想来想去觉得婆婆赵小满去比较合适，一大早就把这事给婆婆说了，这赵小满一听也吓了一跳，就来到了王氏和钟氏屋里，见王氏和钟氏正在屋里哭，劝也没用，就说出他们三人是一块儿走的。此时，王氏和钟氏心里也算有了一点安慰，总之儿子还有两个伴。赵小满一直也没走开，陪在那里，不时看玉昌几眼。雨停了，玉昌要到村南头李大善家借骡子，赵小满主动提出用自家的马和车，说得很是诚恳，玉昌也不好拒绝，就应下了，赵小满随即去喊来长乐赶车。这赵小满虽是寡妇，但做事一直很场面。玉昌封了五十块银圆，算是给马团长的见面礼。就这样，长乐赶着马车载着张玉昌直奔马团长的团部所在地——县城以北二十里地的营子镇。

你还别说，赵小满家的马真是好马，车也真是好车，在这泥泞的路上走得又稳又快。当然，长乐也真是好车把式，一路鞭花甩得脆响。大约两个时辰工夫，马车就到了。岗哨是一名班副，认得张玉昌，赶紧去报告了团长。马团长正在喝大茶，没穿军装，一身休闲打扮：上身穿乳白色对襟缎子褂，下身也是乳白色缎子灯笼裤，脚蹬圆口黑布鞋。茶桌旁边还有个留声机，放的是字正腔圆的京剧。一听说恩人上门，赶紧出门迎接。

寒暄一阵后，两人就进了团部接待室。张玉昌还是第一次来团部接待室，上几次为马团长夫人瞧病，都是在他家中。一看这马团长就是尚武之人，正堂上挂一猛虎，两边有一副对联，上联："猛虎催啸民族魂"；下联："清风醉吟家国心"。前面有一楠木架子，上面摆放着一把日式战刀。说得也是，当地驻军中，这马团长也是少数的几个实力人物之一，除了十三旅旅长杨占魁就数这马德胜了，而杨占魁又不是马德胜的上司，几乎是平起平坐，论人马装备也在伯仲之间，但好像杨占魁的名头响亮一些。张玉昌心急火燎，就开门见山了，"马团长，我也不客套了，来找您是有一事相求。"

"看老大哥说的，您的事就是我马某人的事。"

"是这样……"张玉昌一五一十地说了。

"哈哈哈，我以为什么棘手的事呢，这小子有种，我喜欢。您先等一下。"马德胜站起身来想了一下喊道："卫兵！"

"到！"跑进来一个挎短枪的大兵。

"传我命令，让各连部查一下今天有没有新兵入伍，如果有让他们来这里报到。"

"是！"大兵转身出去了。

"老大哥先喝茶，别着急，也许他们几个还没来得及入伍，一时半会儿他也跑不出咱这地儿去。"

张玉昌一颗悬着的心也慢慢放下来，就拿出封好的银圆往桌上一放，"马团长，这您就买些茶喝吧，不成敬意。"

马德胜把脸一阴说："张大哥，您这是瞧不起兄弟，您这不是给我送礼，是拿巴掌打我的脸呢，赶快收起。"

张玉昌一看这架势，也不敢强留。大约一盏茶的工夫，卫兵来报说今天没有新兵入伍。张玉昌一颗心又悬起来，但也不好再说啥。

马德胜说："这样吧，以防家里人着急，大哥先回去。这件事我马上就去办，我马上修书一封，派人给杨旅长送去，只要在我们地盘上发现公子，马上通知您。"玉昌觉得也只能这样了，就告别马团长。

6

张玉昌匆匆回到家中，火也没了，只剩下担心，只要文之平安他就谢天谢地了，王氏一直以泪洗面，劝也无用。荣广和麦林的父母也是万般担心，知道他俩和文之一块儿出走后，只等文之的信儿了，找到了文之也就找到了他俩。直到第三天下午，马团长派一亲信骑马送来口信儿：文之、荣广、麦林投在了杨旅长的队伍里。三家人心里总算有了着落。张玉昌知道，拉是拉不回来了，只能随他去了，再说有马团长在那里罩着，不会出啥差错。

文之走后，苦了一个人，那就是刘同英。同英常常一个人在夜晚走到村西头场院里，坐在麦穰垛旁看着星星发呆，心里默念着文之的名字。时间久了，赵小满看出了门道，她发现同英夜晚经常外出，心里打了一个结。一天晚饭后，同英又借口外出，小满悄悄地跟在她身后，因为同英脑子里专注想事，没有发现小满跟在身后。像往常一样，同英来到麦穰垛前坐下来，看天上的星星。赵小满远远地看着她，心里疑虑顿生："这孩子是中了邪，还是在外面有了男人？"赵小满等啊等啊，一直没见有其他人来。过了一个多时辰，同英站起身来向回走，她害怕时间久了婆婆询问。赵小满心里一直斗争着，是逼问同英呢，还是继续跟踪呢？想了很久后她选择了后者，继续跟踪，直到那个人出现。就这样，赵小满像侦探一样，只要同英晚上出去，她就跟在身后。几次以后，同英老觉得背后有人，强忍住思念，晚上不再到场院去了。小满并不知道同英的心思，反而觉得奇怪了，不知道同英葫芦里卖的啥药，渐渐地也没发现同英其他不正常的地方，就是话比原来少了些。她觉得同英慢慢长大了，话少也是正常的，就一直没有挑开这事。

转眼到了农历七月下旬，是收割春玉米的时候了。这可是个力气活，先把玉米一个一个地掰下来，用提篮堆成堆，再装上马车运回家。然后，把玉米秸用抓掘子一棵一棵地放倒，再抱成堆，用马车运回家。当然，接下来的工序是把鲜玉米都剥开，两个玉米的皮系到一块儿，一层一层地挂在事先埋好的柱子上，晒干后再拧下玉米粒来再晒，直到能够保存了再装囤。最后是把玉米秸用铡刀铡过拌上细料喂牲口。小满和同英现在做的是第一道工序——掰玉米。夏末的阳光有着超强的穿透力，暴晒着的皮肤有针刺的感觉。小满和同英都穿了蓝底白碎花的衣裤，小满头上扎蓝顶白角的包头，同英则扎了色彩橙红的包头。老远看去，她二人像是姊妹俩，个头儿乎一样，还有点不慌不忙的样子，实际上，两人都已汗流浃背，脸被太阳烤得通红，像秋天的苹果。

正热火朝天地干着，同英感到一阵反胃，呕吐起来。同英赶紧用眼瞄了一下婆婆，发现小满背对着她，用土把吐的东西埋了。同英觉得自己怀孕了。自己和文之那一次之后，她怕自己怀孕，就偷偷地问过钟氏怀孕是个什么样子。同英大脑中快速地闪过：该怎么办？绝不能让婆婆知道，如果知道了，族里人还不知怎样对待自己，别看着婆婆现在对自己很好，要是真发生了怀孕的事，丢尽了她家的脸，她不会放过自己的。同英强憋住呕吐继续干活，那个难受劲儿就别提了，胃里就像翻江倒海一样，一股股酸水在嗓子眼打转，眼前直冒金星。同英觉得时间久了，一定会被小满察觉，就有意识地向小满相反的方向移动，她不停地问自己："该怎么办呢？"如果偷偷地走了，离开这个家，就太对不起婆婆，而且上哪儿去呢？自己从没出过远门，自从来到桑科庄，最远到过小清河边，那也就七八里路的光景。想着想着太阳就快落山了，西边天上一片霞光，明天又是一个艳阳天。有句古语说得好："太阳倒照，明天晒得猫尿。"

一天的活计终于忙活完，这马车出了大力，村里人都非常羡慕，很多人都竖起大拇指说："啧！啧！你看人家这婆媳俩，这家

38

经营得顶得过好男人，就是男人堆里也挑不出几个。"小满心里知足了，还琢磨着在必要的时候雇个短工，掘玉米秸的时候光靠她娘俩怕是不行的。她首先想到的是长乐，长乐地少，他一般一年顶茬种两季，收了麦子再种地瓜。不像她家地多，有时候为了提高产量就歇歇茬，所以就种了春玉米。这时的长乐闲得筋疼，真是有劲儿没处使，但又不敢直接帮小满家干活，因为小满警告过他，害怕别人说他俩有私情。当然，小满公开雇短工，给他工钱就没人说了，那年代就兴这个。晚饭后，小满和同英商量，这也是第一次征求同英的意见，"同英啊，你也长大了，有件事得跟你商量一下。要收割玉米秸了，这是个重活，咱娘俩怕是弄不了，我想雇个短工，你看长乐行吗？"同英也没多想，很顺从地说："娘说行就行。"小满又补充说："长乐地少空闲多，再说有力气，也肯卖力气，地里活一向帮助咱家。雇他为短工，咱多给他点工钱，也算帮他一把，你没意见吧？""长乐叔也不容易，一个人过了这么多年，我支持娘的想法。"第二天，小满就告知了长乐。

长乐给小满家做了短工后，心里特别兴奋，真是天天像过年一样。他不仅像牛一样地干活，还百般体贴小满。当然，是在无人的时候。这样的日子过得很快，不知不觉玉米秸就运到了家中，南墙、西墙、东墙，墙里墙外，竖满了厚厚的玉米秸。长乐反而有些后悔了，这是他事先没想到的，就是活干得太快了，应该干个半月二十天的，也好在小满身上多亲近亲近，可是还没等他想过来活就干完了，小满也没理由再留他帮工了。辞退长乐这天夜里，小满让同英和小虎早早睡下，自己痛痛快快地洗了一个澡，拿凳子坐在大门洞里，她在等一个人，不用说大家知道是谁。村子里，劳累了一天的人们都已入睡，一个黑影闪进了小满家的大门洞里，轻轻地关上大门，抱起小满轻悄悄地进了堂屋，不多时就发出呻吟声。折腾了一个多时辰，直到两人筋疲力尽，再也提不起精神，黑影才悄悄地离去。这一切看似神不知鬼不觉，但有个人却看在眼里。

时间在悄悄地溜走，同英努力控制自己的呕吐，但也没瞒过小满的眼睛，小满觉得同英怪怪的，总是自己躲到一边。她开始偷偷

39

地观察同英，发现同英很爱吃酸，有时候还偷着喝醋，小满越来越觉得同英有问题。有一天吃过晚饭，小满把小虎支开，把同英叫到跟前问："同英啊，你是不是身子不舒服？这段时间怎么这么爱吃酸呢？"刘同英大吃一惊，没想到婆婆发现这件事会这么快，她还没有做好处理这件事的心理准备。但她想到婆婆也有把柄在自己手里，胆子也壮了许多。那一晚上，同英起来上茅房，听到堂屋里呻吟，感到很奇怪，是不是婆婆病了，刚想敲门进去，又突然听到有个男人的声音："再来一次……"同英吓了一跳，婆婆已守寡好几年了，怎么会有男人声音呢！就悄悄地移到窗户下，才听清楚是长乐的声音。长乐走出去的时候，同英就在西屋窗户下看着。今天，婆婆就要揭穿自己的事，看来瞒是瞒不过去了，自己必须先下手为强，先给婆婆一个下马威，免得婆婆知道后，一下子难以接受，训斥起来是小事，族人知道了可能会要了自己的小命。狠了狠心就说："娘啊，我先问你件事，你喜欢长乐叔吗？"

赵小满没想到同英突然问这，沉下脸问："你知道些什么？给娘说说。"

同英知道事情的轻重，不唬住婆婆，自己准没有好下场。这几年的童养媳生活使她过早成熟，她壮起胆子说："有一晚上，都过午夜了，我看见长乐叔从娘的房间里走出来。"

赵小满腾的一下脸红了，等了好一会儿才长叹了一口气，眼泪吧嗒吧嗒地掉下来。同英一看婆婆哭了，一时也没了主意，自己也开始掉眼泪。赵小满的哭是多种原因，两个女人一个孩子，却都发生了这样的事，一旦传扬出去，这个家就毁了，最可怜的是自己的儿子。过了好一会儿，赵小满问："那个男人是谁？"

刘同英觉得事到如今也只能实话实说了，"张文之，我喜欢文之。"

"张文之？"赵小满不相信自己的耳朵，这张文之什么女人找不着啊，咋就看上了做童养媳的同英呢？不对，文之分明是欺负同英老实，不会真的想要她。想到这里赵小满气就不打一处来，一定得讨个说法，她主要是为自己的儿子，同英可是自己儿子的媳妇。赵小满也没处置同英，而是强忍下了，她要看看张家有啥说法，她觉得太欺负人了，欺负她孤儿寡母，欺负她家里没男人。

这天吃过晚饭，星星还没登上夜幕，赵小满打扮了一番，上身穿绸缎斜襟褂，下身穿绸缎裤，都绣了鲜艳的花边，脚上穿尖口绣花布鞋。赵小满一边走着一边打着招呼，她心里还是一慌一慌的，没有一点底。原本她想拉上同英直接找张玉昌的，掂量了许久还是觉得先找钟氏理论理论，虽说钟氏不是文之的亲娘，但她是大房，人也开通。

"嫂子在家吗？"赵小满一进大门就喊。

"是小虎他娘，快进屋吧，我正在念叨你呢。"

小满一挑门帘进了钟氏的卧室。两个人寒暄了一阵，拉了会儿家常，小满就直奔主题，"我说嫂子，有件事我得问问你，文之回家说过他在外面有人了吗？"

钟氏可是桌面上的人，这庄里人都知道，一下子就听出赵小满语气不对，就问："文之犯什么错了？"

赵小满也不想兜圈子了，就直说："同英怀孕了，是文之的。"

钟氏吓了一跳，她知道赵小满孤儿寡母，这是明显地骑到人家脖子上拉屎，不管事情是真是假就先道歉了："他婶子，都怪我们太护着他，管教不严。你放心，这件事一定给你个说法！走，我和你一块儿到你家去，我要当面问问同英。看这不孝子做出的伤天害理的事。"

赵小满知道，别看钟氏不是文之的亲娘，这张家的事她能主一半，就连张玉昌也得让她几分，就说："只要老嫂子不偏不倚就好，我们可是孤儿寡母的，真的丢不起这个人。"说完就起身和钟氏走出张家大院。

婆婆去文之家了，同英内心一直忐忑不安，不知文之家会怎么处置，正在如坐针毡的时候，婆婆和文之家大娘走了进来。同英扑通跪下了，眼泪哗哗地流下来。张玉昌一家都很喜欢同英，同英为人忠厚，心灵手巧，并没觉得她是童养媳而看低她，出了这样的事，肯定把孩子吓坏了。但钟氏并没有让同英起来，而是阴着脸

41

问："同英啊，你得实话实说，你喜欢文之吗？"钟氏知道，论家庭条件，赵小满家也算是村子里的富户，同英喜欢文之，不存在贪图荣华富贵。所以，她就直接奔入主题，到底是文之欺负她，还是同英自愿的。

刘同英抹了抹眼泪说："大娘啊，我喜欢文之。"

钟氏叹了口气，说多了没用，男人娶几房媳妇倒没什么，况且同英还怀了文之的孩子，有了张家的种。于是她转过头对小满讲："我说小虎他娘，这事已经这样了，只能想个解决的办法呀。"

赵小满心里话："还用你说，办法那么好想，总不能让她在我家生孩子吧，八岁的孩子当了爹，那我赵小满还有脸住在村里呀，况且，这孩子也不是我们家的。"她含蓄地问："那老嫂子你说怎么办？"

钟氏知道赵小满将她一军，就很严肃地说："这件事知道的人越少越好，现在就咱三人知道，不要再让其他人知道了。这样吧，是你把同英养大的，不能亏了你家，我给你一百块大洋算是补偿，你觉得怎样？"

其实赵小满也不是贪财的主，一百块大洋也不少，况且，这些年同英一直卖力地干活，就是雇工还得开工资呢。只是自己和同英已有了感情，同英要是离开这个家，这个家一下子就冷清了许多，但她知道发生了这样的事，已不能再留同英了，就说："老嫂子，这不只是钱的事，同英咋办？"

钟氏说："同英是不能留在村里了，再说这件事我不想让文之他爹知道，知道了又生出许多枝节，男人娶几房媳妇没什么，就让同英去找文之去。"

赵小满一看也没有别的办法，也只能这样了，狠了狠心说："同英你领走吧，我权当没养过她。"赵小满说完就把脸背过去，眼泪在眼里打转。

刘同英用膝盖当脚挪过去，抱住赵小满的双腿大哭起来，赵小满也实在矜持不住了，抱住同英的头也哭了起来。哭声惊动了正在温书的小虎，小虎走过来敲堂屋的门，因门被小满从里边插上了。

"娘啊，你们在干啥？"小满止住了哭声说："去见见小虎吧，他毕竟曾是你的丈夫。"同英打开门抱住小虎说："小虎呀，以后多听娘的话，好好读书。""姐姐你这是干吗呀？""哦，姐姐要出远门。""很远吗？"小虎似乎不太相信。"是呀，很远很远。""那谁陪我睡觉啊？"同英脸上飞上一抹绯红说："小虎长大了，是一个顶天立地的男子汉了，该自己睡觉了。""我不嘛，一个人怪害怕的。""小虎，你过来！"赵小满接过话茬，小虎很不情愿地走到赵小满身边。钟氏说："同英啊，跟我走！"同英捂着脸跟钟氏走出了家门。

刘同英在钟氏的帮助下，换上了男装，脸上抹上了几道灰，背上钟氏给包好的包裹，包裹里有文之穿过的几件旧衣服，以防换洗，还有二十块大洋和一些零钱。同英走了，带着复杂的心情，她真有点恋恋不舍，公公去世后的这几年，特别是近两年，婆婆对她还是很不错的。如果没有文之，或者说自己没有那么多想法，这个家还是很知足的所在。走出村子后，同英本想去见见同娥，或者带同娥一起走，但思前想后她还是放弃了，她害怕同娥家人发现，那就谁也走不了了，反过来还连累婆婆和文之家。

同英走后，没几天村里人就开始议论开来，几个版本开始疯传：一个版本是出自赵小满的口中，就是同英去剜菜，就再也没回来，可能是掉进小清河里淹死了，去找过，只找到她的一只鞋子和半篮子野菜。另一个版本是出自街头闲聊的妇女之口，就是同英在外边有了野汉子，跟人家跑了，那野汉子是个军人，骑一匹高大威猛的白马，同英就坐在白马的脖子上，被那汉子拦腰搂住，向西奔去了。这个版本的缘由是人们大约知道西边驻扎着军队，加以想象而产生的。还有一个更离奇的版本是出自神婆三仙姑之口，那就是阎王要选妃，专选大脚女，裹过足的不要，她算过刘同英是水命，就从水路被黑白无常请走了，据说是入水之前穿上了避水水晶鞋，所以在水边捡到了她的鞋子。还有几个版本咱就不说了，总之说啥的都有。不过这件事引起了张玉昌很大的迷惑，他回家冲钟氏嘟囔："这同英放着好日子不过，怎么就失踪了呢？"

钟氏的大女儿正过来走娘家，还没有去向她爹请安，见爹进来，忙起身说："爹爹好，正要向药铺去给您请安呢。"

"哦，大春回来了。你婆婆公公可好哇？好久没见他们了。"

"他们老俩硬朗着呢！前天我公公还念叨您呢，说是忙过了秋，来找您拉拉家常。"

"回去说，改天我就上府上坐坐，就说我馋他养的大公鸡了，叫他可别不舍得。"

"看爹说的，他就是自己不舍得吃也得招待您呀。"

"哈哈！说得也是呀！——你二娘那儿去过了吗？自从你弟弟走后，她少言寡语的，多去她屋坐坐。"

"知道了，我一来到先上二娘屋里的，唠完了才来娘这边的。"

"哦，那我就放心了。"

钟氏接过话茬说："同英的事你别掺和，总有一天会水落石出的，这孩子福大寿大不会有事的。倒是小满她娘俩冷清了许多。"

"是呀，多好的一个孩子，就这样不见了，能不冷清嘛，我都觉得像是少了点啥。"

"你没少了点啥，要是多出个孙子来就好了。"

"是呀，可这小崽子走了就不回来了，真是急挠人。"

"咱文之聪明着呢，你也不用太担心，说不定真给咱抱个孙子来。"

"哈哈，那算他有出息。"

"好了，你和你爹聊聊，我去做饭去。"

"娘啊，我和你一起去。"

说完娘俩一块儿去厨房了，玉昌去了王氏屋里。

44

7

单说刘同英离开桑科庄后，向东拐了一个弯，就一路向西南走去。走之前钟氏嘱咐过她，文之就在西南方向的县城。走出五里多路，到了官庄地片，同英觉得后背凉飕飕的，头皮怵怵地跳，不能再赶夜路了，她有点害怕。她想到投宿，但又想到不能花钱，还不知道什么时候才能找到文之，钱得省着点花，不该花的一分也不能花。借着星光，她四下里看了看，村北头有一片地里有孤零零的一座瓜屋，就想如果没人就将就一宿。她快速地走过去，发现真的没人，而且瓜屋比较完整，还有一方炕呢，她真有点喜出望外，好像刚出门就交了好运，就和衣枕着包裹睡着了。很快地她就进入了梦乡，梦见自己做了新娘，但梦中新郎的面目看不清楚，不像文之而是一个带胡子的壮汉。她哭了，揭了盖头就跑，可腿就像被拴住了，怎么也跑不动。猛地醒来才发现自己的腿真的被捆住了，有两个男人正在捆自己的胳膊，她刚想大喊救命，立马一块裹腿布塞住了嘴。同英一下子蒙了，大体意识到自己被绑架了。她看到眼前有两个男人，一个粗壮敦实，一个瘦小如猴，外面还有两匹马，很快她被抬到外面的马背上，这两人骑上马驮着同英一路向东北方向奔去。

一路上，刘同英越来越害怕，她害怕腹中的婴儿被颠流了产，想喊又喊不出来，只能流泪。大约过了一个半时辰，来到了一个寨子，寨子安在小清河边的树林子里，而这一片离海已不远。"三爷回来了，掌灯！"寨子里一下子灯火通明。"先把这小娘儿们关到西边房里，等候大爷处置。"说完被唤作三爷的粗壮敦实的汉子快速向议事厅走去。同英这才明白自己碰上土匪了，在家的时候听长辈们讲起过，土匪大体就是这个样子。原来这是一伙从海上流窜到这里的土匪，大当家的叫罗一娇，一手飞镖绝活百发百中，拳脚上功夫也甚了得，是武术名家单刀李的关门弟子，一把单刀使得出神入化。原本是一渔家女，单刀李病故后，从京城辗转回家，没想到父母被一伙海盗杀害了。罗一娇手提单刀驾船来到海盗的老窝，海盗头目胖头鲸欺她是个女流，内心起了淫意，想亲自动手戏弄一番，然后捉个活的供自己享用，没想到一时大意被罗一娇当场拦腰斩断，众海盗早就受够了胖头鲸的粗暴，只是慑于胖头鲸的淫威，没人敢于正面冲突。胖头鲸一死，众海盗都觉得罗一娇是女中豪杰，真是巾帼不让须眉，敢于一个人在众海盗眼皮底下斩杀他们的头目，视为天神降临。众海盗在二当家海里漂和三当家黄天罡带领下齐刷刷地跪下，异口同声地要求罗一娇当他们的老大。罗一娇觉得自己也无处可去，就答应了他们，但居住地由海岛上搬到了陆地上的一片林子里。他们不再骚扰当地渔民，而是专门劫持海上商船和打劫当地的大户，但从不伤及人的性命，只要交上部分钱财和物资，商船该怎么走还怎么走，当地大户该怎么过日子还怎么过日子，老百姓都称呼他们"收银官"，富人家都背地里称呼他们土匪。刚才被唤作三爷的就是三当家的黄天罡，一身腱子肌，排打功很有名气，一般的拳掌奈何不了他。瘦猴也是一个小头目，叫万能鲛，水性特别好，在海里游一天一夜都没问题。这两个人怎么会碰上刘同英了呢？事情是这样的——罗一娇带领这帮人来了陆地上以后，很怕军队来袭击，经常打探当地军队的动向，特别是杨占魁的十三旅和马德胜的独立团，一有什么风吹草动，他们就探个究竟。他们虽有上百号人，装备也不错，但和当地的这两股驻军比起来，那真是小巫见大巫，不是一个档次。近来发现这两股军队有新动向，罗一娇就派出黄天罡和万能鲛前去打探，回来的路上，万能鲛老远就看见一个黑影在官庄村北晃来晃去，他两个悄悄地埋伏下，发现黑影钻进瓜屋里很长时间没有动静，他俩悄悄地摸过去，才知道同英睡得正香，就想这大半夜的跑这里睡，一定也不是什么好鸟，就用裹腿布绑了手脚，带回来了。路上同英的帽子掉下来，黄天罡才发现他是个女的。

刘同英心里害怕极了，非常懊悔没有到村子里投宿，这下要弄个人财两空了，弄不好会丢了自己的小命。正在紧张害怕中，一个女子推门进来，借着灯光她发现：这女子身材高挑，面如桃红，弯月眉，丹凤眼，高翘的鼻梁下一张匀称的嘴，她嘴唇紧闭，下颏稍显尖削，一条乌溜溜的辫子垂在胸前。这女子进来后并没说话，而是拿眼打量着同英。不一会儿，又进来一女子，这两个女子打扮类似，都是乳白色斜襟缎子褂，木红色缎子裤，脚上穿粉色尖口布鞋，但后一个女子个头矮一些，名字叫杏红。杏红对同英说："这是我们大当家的。你叫什么名字？为什么要女扮男装，偷偷地跑到野外干啥？"

刘同英一看是两个女人，心里紧张劲儿略微缓和了一下，也不那么害怕了。心里快速盘算了一下，实话实说看来不行，张玉昌在这一带比较有名望，开的药铺范围比较广，虽说除了桑科村主店他坐诊外，其他药铺只是卖药，但名声还是远播的，就想这土匪也许知道，张家又乐善好施，也许土匪会放自己一马。稳了稳神就说："我家住在桑科村，我叫刘同英，是张玉昌家的儿媳妇，要到十三旅找丈夫张文之。"

"那大黑夜的跑野外干啥？"

"婆婆不让我去，所以偷偷地离家的，为了省钱就睡野外瓜屋了。"

罗一娇皱了一下眉吩咐道："先给她松了绑，然后问问弟兄们有没有认识张玉昌的。"罗一娇又说："在我弄清楚之前你别乱跑，小心我手下约束不严，伤害了你。"说完就走出去了。

不多时后，杏红来报说："前几天刚来投靠我们的两人，一个叫郑金，另一个叫郑银，东北人。他俩说认识张玉昌。"罗一娇说："把这两人叫来，然后把二当家和三当家也请来议事。"

这郑金、郑银怎么会认识张玉昌呢？原来这正是诳张文之九十九块大洋的两人，这两人总在桑科村一带作案，对当地非常熟悉，

47

后被当地政府通缉，没办法就投靠到这里来了。

过了一会儿，大家都落座，罗一娇背北面南坐在太师椅上，海里漂坐在右首，黄天罡坐在左首，杏红站在罗一娇旁边，郑金、郑银站在黄天罡旁边。罗一娇说道："三当家的和万能鲛这次收获不小，军队已暂时对我们构不成威胁，他们正在向郑州开拔，看来要打大仗了。"海里漂一听，一块石头落了地，他原以为军队调动会对他们造成不利，没想到是这么回事，就说："当家的，这可是个好机会，我们得好好向财主们征点银两，扩充一下我们的队伍。""是呀，当家的这可是个好时机呀，碍于军队势力，我们已很长时间没有大行动了。"黄天罡也随着说。"好，但不能伤及人。天罡就和万能鲛一起给各大财主卜请帖，说我要宴请他们，自然他们就带上厚礼，不带礼的就扣下，拿钱赎人。"海里漂和黄天罡都竖起了大拇指。

"对了，还有一事，就是天罡带回一个女子，说是张玉昌的儿媳妇，郑金、郑银二位可认识张玉昌？"郑金、郑银一听满脸堆笑，郑金上前一抱拳说："大当家的，我们哥俩很长一段时间在那一片混，这张玉昌还真是个有钱的主，开着好几家药铺呢，在当地名气可大了，都传言他是在世华佗，医道高明着呢。""医道高明不高明关我们屁事，如今他儿媳妇在我们手里，他就得拿钱来赎人。"海里漂瞪了郑金一眼说。"二当家的说得对，都怪我多嘴。"这郑金没想到嘴唇碰到了驴蹄子，心里很不服气，但还是满脸堆笑。

"天罡你带上郑金、郑银明天晚上去会会张玉昌，就说他儿媳妇在小清河边的野树林，让他拿三百块大洋来赎，如若不来就给他点颜色看看。"罗一娇吩咐黄天罡说。黄天罡上前一抱拳说："谨从大当家的吩咐，明天一擦黑我们就出发，快马加鞭，一个来时辰就到了。我想这张玉昌不会不识抬举。""好，大家散了休息吧。嘱咐站岗的弟兄们一定看好刘同英，不要出什么差错，谁要敢趁我不在干些偷鸡摸狗的勾当，一定重罚。"海里漂说："大当家的放心，我马上吩咐下去。不过弟兄们馋女人馋得有些猴急。"罗一娇把脸一沉说："现在世道不太平，我们在这里落草，等世道太平了，我们会找个地方安家落户，每人都给找上一房媳妇安安稳稳地过日子。"
"可弟兄们闲散惯了，有时候还真不好约束。"黄天罡插言道。"这是命令，不准欺压奸淫妇女，违者枪毙。"

海里漂和黄天罡见罗一娇的话落地有声斩钉截铁，就不再说什么了，出去给弟兄们讲了。他俩知道罗一娇还是黄花大闺女，很在意女人的名节，有这种想法也是很自然的。但手下这一个个壮汉，自从罗一娇当了大哥，常年摸不着个女人毛，确实也苦了他们。今天抓了个娘儿们，虽然穿了男人的衣裤，但也盖不住姿色，身体也壮实，弟兄们能不眼馋吗？可罗一娇说出的话，他们不敢不听。

就这样刘同英一直坐到天亮，正在寻思他们怎样处置自己，"吱！"的一声，门开了。走进一个人来，四五十岁的年纪，围着一块白围裙，提着一个荆条编的篮子，同英下意识地向墙角缩了缩，两只手抱在胸前。来人满面堆笑，眼睛在同英身上瞄来瞄去。"你想干什么？我要喊人了！"刘同英觉得这人不怀好意，自己也只能这样吓唬一下。不过，她一说喊人，来人一下子慌了神，连忙说："别喊！别喊！我是炊事员老田，是给你送饭的。"说完从篮子里端出两碟小菜、一碗稀饭，又摸出两个馒头，转身匆匆地走了。同英也不明白这土匪窝里也怕喊人，心里好生疑惑，她哪里知道这是罗一娇的死命令，要不她这会儿不知被强暴多少遍了。就这样一日相安无事，也就是开饭的时候才见有人进来，就是那个老田，虽然眼睛露出淫光，但也不敢多逗留，放下饭就走开，过一会儿再来收拾碗筷。

掌灯时分，刘同英还在忐忑着，琢磨着自己的命运。黄天罡已带着郑金、郑银哥俩骑上高头大马直奔桑科村，一路上也没多少话可说，大约一个时辰就到了桑科村。他们从东北方向进了村，斜插着走到东西大街上，一直向西走，是一路漫坡，一般人不易觉察，走到最高处又向北拐有一宽阔的胡同，胡同的地势比大街高，向北走又是一漫坡，最高处有一大门楼，红红的油漆格外耀眼。大门上有一副对联，上联："居卜风和仁是里"；下联："堂开景聚德为邻"。这黄天罡曾学过风水学，他发现张玉昌家的宅子正骑在龙头上，不觉一惊，内心多了一份敬意。

"郑金，去敲门去！"郑金应和着走过去，"咣咣咣"，叩动神兽"椒图"咬着的圆环。不大一会儿工夫，有一男子前来开门。灯光下，这男子有一米八九的个头，浓眉大眼，鼻直口方，梳着大背头。郑金认识，此人正是张玉昌，就转过身对黄天罡说："三爷，这位就是张玉昌。"张玉昌纳闷，心想这三位啥来头，就问："三位，来到寒舍有何贵干呀？"黄天罡向前走了几步说："张大夫，你这可不是寒舍呀，你这宅子可有讲究啊！"张玉昌听口气不像是求医的，就说："远来是客，里边说话。"黄天罡也没客气，几步就迈到院子中央，郑金和郑银留在院门口望风。张玉昌一看这阵势，知道碰到了硬茬，非官即匪，赶紧说："请！堂屋说话。"

两人来到堂屋，黄天罡眼前一亮，堂屋正中一张楠木方桌，一边一把楠木椅；正北墙上供着神医李时珍，其他摆设简单不落俗套，但古典古香。黄天罡竖起了大拇指，反而觉得不好意思提出交赎金的事，就拐了一个弯说："请问张大夫，你有几个孩子？""哦，我有一个儿子两个女儿。"黄天罡又接着问："你儿子可在十三旅当差？""这个没错，他是在十三旅当兵。"黄天罡觉得没错，就说："那我就直说了吧，我是清河野树林的，我叫黄天罡，我们当家的叫罗一娇，今天来到贵号是借饷来了，不多！三百块大洋。""这……"张玉昌沉思了一下，他知道这帮人惹不起，他早就听说过罗一娇，专跟有钱人过不去，不过也不算贪，三百块大洋还伤不到他的元气。他怕的是一旦沾上了抖擞不下来，会接二连三地来要，那再厚实的家底也填不上这无底洞，所以他沉思了。

黄天罡压了压声音说："还有一件事我不得不告诉你，你儿媳妇在我们清河野树林做客。"

"啊！我儿媳妇？这不可能，我儿子结婚了？"

"对呀，是你儿媳妇亲口说的，她要到部队找你儿子，结果叫我们请了去了。"

"这个小畜生，结婚了都不说一声。"

"怎么你不知道你儿子结婚了？"

"这我确实不知道，他一向和他娘无话不谈，我问一下贱内，这小兔崽子！"

黄天罡觉得很滑稽可笑，就这一个儿子，这么大的家业，儿子结了婚老子竟然不知道。

"黄爷稍等，我去一下。"说完张玉昌就走进了钟氏的房间。

钟氏见张玉昌沉着个脸走进来就问："发生什么事情了？看你一脸的不高兴。"

"我能高兴吗？儿子结婚了我都不知道！"

"你怎么知道的？"

"先不管我怎么知道的，你说这事是真的？"

钟氏笑了笑说："既然你知道了，我就实说了吧，反正早晚也得告诉你。"钟氏就把刘同英的事原原本本说了一遍。

张玉昌听着，脸一会儿青一会儿紫的，最后叹了口气说："同英被清河野树林的土匪抓了，让我们拿钱赎人呢！"

"不要紧吧？不会伤到肚子里的孩子吧？"钟氏着了急。

"我哪里知道哇！是人家找上门来了。"

"他们不会伤害同英吧？"

"这很难说，不过他们大当家的罗一娇我倒听说过，出身渔民家庭，不是不守信用的人，我是担心她的手下人，坏了规矩。"

"那怎么办？"钟氏更急了，她很担心同英和她肚子里的孩子，论人品和长相，同英很适合做她家的儿媳，虽说这件事拿不到桌面上来，但同英已有了文之的骨肉，她也顾不得那么多脸面了。就催张玉昌说："要多少钱？快给他们，让他们抓紧把同英放了。"

张玉昌说："我不是心疼钱，怕是付了这笔钱，他们尝到甜头，会不止一次地来门上要，再大的家业也填不满这帮人的心呀！"

"那怎么办呢？"钟氏一向沉着，这会儿有些毛了。

张玉昌想了想说："钱我们一定给，不是三百大洋，而是五百大洋，而且，我要亲自送上门去，去会一会罗一娇。"

8

张玉昌回到堂屋，向黄天罡一抱拳说："三爷，你们寨子里确实是我儿媳，你让我筹备一下，这几天内，我会登门拜访。银子的事我会照办。"黄天罡笑了，有点挖苦地说："张大夫，家里的事可要处理好哇！别家败没了，还蒙在鼓里独个儿乐。"说者是句闹话，可听者拾到心里去了。黄天罡知道这张玉昌有胆有识，并不害怕到清河野树林拜访，就一抱拳说："张大夫，告辞了！"迈开大步走出院子，招呼郑金、郑银骑上马飞奔而去。

张玉昌回到钟氏卧室，正好王氏也在。王氏更为担心，是钟氏刚才把她叫过来，说了文之和同英的事，见张玉昌进来，就问："他爹，怎么样了？同英不会有事吧？"张玉昌阴着个脸说："都是你教育的好儿子，平常宠他惯他，这个家早晚毁在他手里。"王氏哭了，接二连三的事，让儿子把她吓坏了。"他爹，你打算怎么办？"钟氏也有点发急。张玉昌说："这事已经发生了，再说我走南闯北，心里也有数，赵小满都放过了同英，我们还有啥话说，拿钱赎人呗！""他们可是土匪，不会反悔吧？"钟氏很不放心地问。"这罗一娇还是信得过的，就怕她的手下坏了规矩，所以，我们尽早赎人。我先到马团长那里去趟，也好有个照应。虽说罗一娇是土匪，但她还不敢和军队硬碰硬。再一个钱只能多给不能少给，我打算给他们五百现大洋。时局动荡，战争不断，很快我们这片也不是世外桃源了，多一个朋友多一条路。罗一娇是土匪，但也是被逼的，在她内心深处有很深的良民情结，不到万不得已，她不会骚扰平民百姓，只是敛富人些钱财。"听玉昌这么说，钟氏和王氏才稍稍宽心。不过，钟氏一件烦心的事又涌上心头，问张玉昌："可同英赎回来怎么安置呀？不会接来家吧。即使我们顶得住族人的压力，护住同英，可赵小满的脸往哪里搁呀，这不是明显地骑到人脖子上拉屎嘛！""这事我想过，大不了杨旅长那边再使点银子，让同英留在部队。"张玉昌知道事到如今也没有别的办法了，避一时是一时，等人们淡忘了这事再说。

就这样张玉昌家一夜未眠。第二天，嘱咐伙计把店打点好。说起来，我们不得不说一说，张玉昌有三处药铺，平常他就在桑科村药铺坐诊，另两处药铺都有伙计打点，只是卖药很少出诊。这桑科村药铺原本有文之拉药匣子，有时也代张玉昌出诊，这也是张玉昌的私心，以防手艺外传。他想是这样想，实质上，每个分铺的伙计都聪明着呢，就他开的药方背过了八九成，出来都是不错的大夫，但治疗一些疑难杂症他们是学不到手的，这些都是玉昌亲自抓药，药方只给文之一人看，看后就烧了。文之走了之后，张玉昌想过让自己的两个女儿学医，虽说自己开明，但也一直没有迈过心里的那道坎，传男不传女，就这样这件事就耽搁下了，不得已又雇了一个伙计。这伙计邻村人，名字叫忠义，聪明伶俐，讨人喜欢，不久便成了玉昌的得力助手，但最终也没得到张玉昌的真传。就这样，张玉昌借了李大善家的骡子，一路向马团长的团部赶去，一路上心情复杂，琢磨着怎么向马团长开口，文之这事太不光鲜。话又说回来，这马团长行伍出身，这件事在他那里也许没那么复杂，就是一件英雄爱美女的事嘛。

到了团部，站岗的士兵是个新人不认识张玉昌，老远就喊："干什么的？"张玉昌跳下骡子说："我是你们马团长的朋友，找他有急事，麻烦小兄弟给通报一下，就说张玉昌前来看望。"当兵的拿眼打量着张玉昌说："你来得不巧，我们团长不在。你真是我们团长的朋友？"张玉昌心里着急啊，觉得阎王好见小鬼难缠，就实话实说："我可是你们团长夫人的救命恩人呢，你们团长的座上宾！"士兵一听不敢做主了，马上满脸堆笑说："您老在这里等一会儿，我去给我们连长说说。"说完一溜烟地跑进去了。

张玉昌心里纳闷，怎么不到三个月没来，就由团长降到连长了？正在寻思着，里面出来一位，快步走到张玉昌面前，"嚓！"行了个军礼，然后握住张玉昌的手说："是张大夫啊，里边请！"张玉昌不认识，但见来人叫出自己的名号，知道也是马团长亲近的人，就迈步跟了进来。来到团部，这位军官自我介绍说："张大夫，我叫陈亮，是马团长手下一营三连的连长。马团长已带领部队前往郑州了，家里就剩下我们三连驻守了。不知您老有何事？"张玉昌一听吓了一跳，就问："那杨旅长的部队呢？也开往郑州了？"陈亮一愣，心想："这老头还管事挺多的，找我们团长还管着杨旅长的事哈。"就笑了笑说："是的，杨旅长也带着队伍到郑州了。前几天，刚接到上头的命令，说是要攻打郑州城，这不刚走了没三天呢。"张玉昌腾就站起来了，一抱拳说："陈连长不打扰了，告辞了。"陈亮乐了，心想："这老头，什么事一惊一乍的，好像自己被赶上战场似的，这样的主还是早送走为好，一定遇到了什么麻烦。"抓紧站起来说："张大夫，慢走啊。"张玉昌也没再客套，转过身就走出了团部，骑上骡子就向回赶。张玉昌做梦也没想到，这么快儿子就上了战场，这可是生死攸关的事。他更想到了刘同英肚子里的孩子，这可是他家的种，再不能有什么闪失，他得抓紧赶到清河野树林，不管花多大代价也得把同英安顿好。一路上满脑子都是文之中枪倒下的场景。

张玉昌急急火火地回到家，钟氏和王氏正盼着，一见丈夫回来就赶紧迎进屋，问东问西。张玉昌阴着个脸一句话不说，好大一会儿长叹了一声说："文之上战场了！"王氏脑子轰的一下愣那里了，机械地问："你说啥？"钟氏安慰说："妹子，咱文之福大命大造化大，不会有事的。军人嘛，就是要驰骋沙场。"王氏才回过神来，接着就是号啕大哭。张玉昌见王氏哭得伤心，心里也很不舒服，停了一会儿说："好歹我们家有后了，我马上去清河野树林，同英不能有什么闪失！"王氏停了哭声，只是在那里抽泣。钟氏抓紧把银圆包好，问玉昌："他爹，你打算怎么走？""带着这么多银圆我不能一个人去，就带上忠义吧，我再去李大善家借匹马，给他点脚力费，就算租用吧。每次总是借有点说不过去了。"这李大善是本村土地最多的，他这土地原本是些荒碱地。有一年，黄河决口，河水四溢，荒碱地被淤了一大片一大片的，在村民们还没反应过来的时候，李大善早早地就把淤地做了标记，占下了。结果，这些荒碱地都成了良田，李大善也成了村里最大的地主，光大牲口就养了七八头。而张玉昌家没有地，也就没有养牲口，出门都是到李大善家借脚力。李大善也很大气，知道张玉昌不是养不起大牲口，而是除了脚力没多大用处，不想找那么多麻烦。实际上，张玉昌每次也想给他脚力费，只是李大善不肯收。这次外出，用两头牲口，张玉昌执意给了李大善三块银圆，李大善知道再不收张玉昌就变脸了，也是迫不得已收下了。

就这样，张玉昌带着忠义直奔清河野树林。一路上，也没多少话，只是叮嘱忠义不要多言。来到清河野树林，老远流动哨就看上他们了，高喊："干什么的？"张玉昌跳下骡子回答："我是前来拜访你们当家的，我叫张玉昌。""你等着，我去通报。"说完一个哨兵前去报告。不多时，就听林子里有人喊："张大夫，请进！我们当家的在聚义厅等着呢！"张玉昌和忠义牵着牲口走了进去。这野树林是一大片刺槐林，东西长得有二十多里，南北也有五六里。张玉昌和忠义来到林子深处，有一大片空场，错落有致地建了不少房屋，聚义厅格外显眼，坐落在寨子的中间。早有人跑过来把牲口拴好，又有人引着他俩向聚义厅走去。

进了聚义厅，张玉昌发现里面设施非常简单，面南背北坐着一红衣女子，想来就是罗一娇了。右边坐一瘦高个儿，想来就是二当家的海里漂，左边坐了黄天罡。张玉昌走向前抱拳道："拜见当家的。"

罗一娇一笑，站起来说："张大夫请坐，明人不说暗话，请你来没别的意思，只是近来寨子里缺饷，弟兄们受了难为，希望你能支持一把。"

张玉昌一惊，这罗一娇言谈老到，看似轻描淡写，实质是落地有声。张玉昌又站起来一抱拳说："当家的，您在这一带谁人不知

55

谁人不晓啊！我算不上有钱，只是一名乡村医生，靠手艺混饭吃的。不过，也不能寒碜了弟兄们，捐上五百现大洋，聊表心意。"说完，张玉昌让忠义把包裹呈上让罗一娇过目。

罗一娇轻轻一笑说："张大夫太客气了，算你瞧得起我罗一娇。你儿媳在我这里好吃好喝，没受什么难为。"

张玉昌突然一个念头涌上心头，想把同英留在罗一娇身边。他发现罗一娇的手下没有太多的匪气，也算有礼有节，在这年月已是难得。另一方面，他看到罗一娇旁边还站着一女娃，也是英姿飒爽。他走上前去再次抱拳说："罗当家的，我有一事请求，不知当讲不当讲。"

"张大夫，在我这里没什么不当讲的。"

张玉昌说："时下时局动荡，战乱不断，真是很难有个安身之所。我儿媳已有身孕，儿子又上了战场，我想把儿媳留在当家的身边，不知当家的是否应允？"

罗一娇乐了，说："张大夫，你不怕我这土匪窝坏了你家的名声？"

张玉昌说："当家的为人，我早有耳闻，我张某阅人无数，不会无缘无故地提出恳求。"

"可我不明白，你儿媳既然已有身孕，为什么不让她回家呢？"

张玉昌看了看聚义厅就几个当家的，就长叹一声说："唉！我就实说了吧。我儿媳原本是村上一户人家的童养媳，因和我儿文之互相爱慕，就发展到现在这样了。让她回家的话就算我护着她，她原来的婆家脸面何存，这不明摆着骑在人脖子上拉屎嘛。"

黄天罡嘿嘿一乐说："怪不得你不知道儿子结婚了，原来是这样啊！佩服！佩服！难得你这么开明。"

海里漂也竖起了大拇指说："你儿子和你都够爷们！"

罗一娇一拍桌子说："好！这样的女人我喜欢，留下！"

张玉昌一块石头落了地。

接着罗一娇吩咐道："杏红，去把刘同英叫上来。"

"是，大姐！"

张玉昌一听杏红喊罗一娇大姐，心中暗喜，觉得罗一娇待同英也不会差到哪里去。

不一会儿杏红和同英一前一后走进来，刘同英一眼看见了张玉昌，走向前去双膝跪倒眼泪止不住地流下来。"孩子别哭，爹给你做主！"刘同英一下子明白了，张玉昌已承认了她这个儿媳妇，抓紧磕了三个头叫道："爹，给你添乱子了！""同英啊，其他的事咱就不说了，你现在就是我的儿媳妇了，桑科村你暂时是回不去了；文之呢，随部队去了郑州，我给当家的说好了，你就暂时待在清河野树林，起来吧，孩子。""好，我听爹的。""快谢当家的收留之恩。"张玉昌扶起同英并叮嘱她。同英向前一鞠躬道："谢当家的收留。"罗一娇笑了笑说："同英啊，别拘束。以后，就叫我大姐吧，和杏红住一屋吧。"刘同英也很机灵，马上改口道："谢大姐。"

张玉昌心里一下有了着落，就抱拳说："当家的，家里内人还等得着急，我们就此别过吧。""我还没有宴请过张大夫，吃过饭再回也不迟。"罗一娇确实想宴请一下这位有胆有识的大夫。张玉昌知道家里还不知急成啥样，所以急着赶回去，就说："以后少不了叨扰，现在家里急成一锅粥，我还是别过吧。""好，那我就不留了。"说完罗一娇、海里漂、黄天罡都起身相送。

张玉昌又叮嘱了同英一番，然后骑上骡子和忠义一起返回桑科村。钟氏和王氏正在焦急地等待着，见玉昌安全回来，抓紧闷好茶水。玉昌进屋把清河野树林的情形仔细地说了一遍，特别强调罗一娇的威望，自始至终二当家的海里漂和三当家的黄天罡几乎没有插言，足以显示罗一娇一言九鼎。这下钟氏和王氏心里总算有了点安慰。

9

　　张玉昌回村后没几天，村里几个大户就收到罗一娇的邀请函。罗一娇原本想派黄天罡和万能鲛给各村里的财主下请柬，但考虑到远处的村庄情况不太熟悉，就派出了十儿个探子，化装成老百姓到各村探明情况，并在大户人家大门上做了记号。桑科村收到邀请函的有：村南头土地最多的李大善，村西头常年在外做买卖的老六，还有开染坊店的张工艺和开典当铺的张有财。这件事很快在村子里传开了，都知道"银官"来收银子了。这几家大户也都是有头脑的人，知道事情躲不过，非去不行，名义上是邀请，实质上是"上贡"。李大善把他们几个一块儿叫到家里商量上什么贡，互相通通气，以防有多有少惹得匪首们不乐意。

　　李大善家在村子的南头，一个蓝砖蓝瓦的大院。院子特别大，原本前面有一户老人，有一间小屋，院子里每年都种植麦子。五年前老人死了，族里就把院子卖给了李大善，李大善把两院合一，靠着南墙盖了一行牲口棚子，八头牲口都拴在棚子里，一米高的木制料槽，棚子的西头建立两间南屋，里面住着俩长工。李大善的堂屋，北墙请的是财神爷，没有大方桌，而是在墙上固定了一长条木板，上面摆着香炉，每天都燃香祭拜。房间的正中摆了矮腿的茶几，就这样四个人围着茶几坐了。李大善清了清嗓子开了腔："今天请三位来，就一个事，商量一下拿什么去清河野树林。"大家沉默了一会儿，老六首先打破了沉静："这件事就是光头上的虱子明摆着的，交少了不会放过我们。"张有财满腹疑问地说："有件事我觉得很奇怪，要说有钱，张玉昌应该算一个，为什么他没收到邀请函呢？"李大善说："这件事可不能乱说，谁收到算谁倒霉吧。不过，我们在村里也是头几户人家，家产都数得上的，这罗一娇并没冤枉我们。"张工艺一向有心计，慢悠悠地说："我说，这件事关键在人做，清河野树林距离集市比较远，置办粮食、蔬菜、肉食等比较麻烦，我们不如拉上车白面，再杀上两头猪，花不了多少钱。"李大善竖起了大拇指说："工艺这一手玩得绝，不过钱我们还是交一些。现在到处打仗，世道很不太平，多一个朋友多一条路。""拿多少好呢？大家说说，反正我心里没底。"老六先把自己亮出来了，他知道拿少了怕坏了事，拿多了大家肯定不乐意。张工艺咂摸了两口旱烟，眯缝起眼来说："就一百块大洋，对我们乡下人来讲很丰厚的礼。"李大善觉得一百块大洋不多，但也不少。老六和张有财也同意，这事就这么定了，一车白面、两头猪，外加每人一百块大洋。就这样四人又各出二十块大洋，购买了四十袋面粉、两头大肥猪。两头大肥猪请村西头的房赛杀了，杀猪的场面围了很多人，有青年人，也有老人和孩子。房赛还真有两下子，二百多斤的大肥猪一个人就放倒了，几分钟的时间就捆了个结实，四个人抬着放到四平八稳的案板上，找准喉咙一刀下去，鲜血用铜盆接了。接下来就是细活了：先在后腿上用刀子割开小口，再用一米多长的铁锥从割开的小口里捅进去，这是便于吹气；然后，一边从小口里吹气，一边用棍子抽打，一头猪就胀得鼓鼓的，再用七十多度的热水浇到猪身上，就开始刮毛，毛刮干净了，就开膛。最让人没有食欲的工序就是翻猪肠了，就是在那缺肉的年代，很多人也想呕吐。不过，房赛还是拿了一挂大肠回家，晚上炖成了酒肴。

隔了一天，李大善套了自家的马车，拉上白面、猪肉，邀上老六、张工艺、张有财一起前往清河野树林。通往清河野树林的路并不是很好走，有些地方路窄，马车碾着边沿过去，多亏了骡子劲儿足，又加上快一个月没下雨了，要是遇上雨天，这路根本就没法过马车。一路上，四人也在算计拿的东西是多是少，一颗心也是悬着。尽管对罗一娇早有耳闻，但她毕竟沾了个匪字，一旦翻了脸不知会有什么后果。就这样，还算比较顺利地来到清河野树林，一进林子流动哨就发现了他们，早有人去通报。没过多久，黄天罡就带人迎出来，一看他们拉了一车白面和猪肉，知道他们费心了，客气地引导他们进入寨子。罗一娇在聚义厅等候，这几天送东西和钱的已送走了好几拨，李大善他们来得不早也不晚，正是时候。一是有前面比着的，是多是少罗一娇自然明白，不会犯什么纠结；二是罗一娇心情不错，觉得自己在当地还是有分量的，不差军队在村民们心里的影响。

李大善、老六、张工艺、张有财一起上前抱拳行礼，罗一娇说："各位请坐，辛苦各位了。"接着有一喽啰报道："当家的，他们四人送现大洋四百块，外加白面四十袋、猪肉四批、猪头两个。"罗一娇一听这四人也费了心思，竟然还送了猪肉和猪头；前面几拨有送白面的但没有送猪肉的，银圆大多也是每家五十块现大洋。罗一娇一下子来了兴致，吩咐道："天罡啊，你带他们四位在寨子里转转，中午我要宴请他们。"李大善他们跟着黄天罡走出聚义厅，向东一拐都是错落有致的院落，没有一点匪气，倒像是居家过日子的模样，但没看到一个女人的影子。老六常年在外做生意，见多识广，他觉得这帮土匪长不了，匪有匪的特点，不只是能吃上饭就行，还有一些其他的欲望需要满足，比如女人。就是平常村落如果只剩下男人，过不了多久也就成了真土匪。转来转去转到三间大北屋前，这屋子前面很特别，栽了很多的月季和石榴树，李大善想这土匪窝里还有这样的所在，仔细想来这一定是罗一娇的住所。正在四人琢磨的时候，从西屋里走出一女子，一下子把四人吓蒙了。

从两间大西屋里出来的正是刘同英，上身穿淡蓝色对襟缎子上衣，下身穿乳白色缎面料的灯笼裤，脚上穿尖口淡红色布鞋，头上梳了一条乌黑油亮的大辫子。刘同英早已看见了这三位大伯一位爷爷，再想躲已躲不开了，忙走上前去躬身施礼道："李爷爷和三位大伯好。""是同英！是同英！"李大善揉了揉自己的眼睛说。"同英啊，这不是做梦吧？村子里都传闻你不在人世了。"刘同英笑了笑说："哪里呀，我这不是活得好好的嘛！""那你怎么到这里来了？"刘同英大脑快速地转动着，想怎样来回答李大善他们的回话，

60

觉得自己已走到这一步了，开弓没有回头箭就说："虽说婆婆待我很好，但我已长大，我不喜欢童养媳这样的日子，就出走了。在走投无路的时候，是大当家的收留了我。"说完这些话，刘同英心里一下子明朗起来，这是间接地给桑科村传了个话，至于以后跟谁结婚过日子，那是后话了，这就不存在偷奸之类的说道了。这些话不但没引起李大善他们的错怪，还让李大善竖起了大拇指说："孩子啊，有志气。"老六也竖起大拇指说："孩子啊，其实很多地方都解放了童养媳，只是我们村地处偏远，还有这样的陋俗。我们村子虽大，但民风淳朴，老辈里的思想改变很少。"刘同英听了这些话，一下子激动地哭了，她没想到桑科村的老人都这么善良开通。刘同英向前走了两步双膝跪地向李大善他们磕了三个头说："李爷爷和三位伯伯，谢谢你们对同英的理解。"李大善抓紧把同英搀扶起来说："你婆婆人不错，你走后她一定很孤单，经常回家看看她吧。这年头又到处打仗，以后的日子还不知怎么着呢！"

时间过得很快，不知不觉就到了中午，罗一娇在聚义厅外面摆下了宴席。说是宴席，也就几样菜：干蘑菇炖肉、粉条炖肉、野兔肉炖土豆，还有花生米之类的素菜，酒是中国玫瑰之乡山东平阴的玫瑰酒。玫瑰香甜如意，芳香四溢，香气正，酿成酒给人一种清香、甜香、浓香三香合一的口感。玫瑰花酿酒始自明代，清末平阴城内"积盛和"酿制的玫瑰酒以味美香甜而闻名，今天这玫瑰酒正是"积盛和"酿造的。看到这酒李大善他们吃了一惊，没想到罗一娇会弄了这么多"积盛和"的好酒，从中看到这帮人活动范围不小。

在罗一娇的招呼下，四人落了座，接着二当家的海里漂站起来说："众位弟兄，首先请大当家的为我们讲话。"一百多号人齐喊："好！好！"罗一娇单腿踩住凳子高声说："众位兄弟，我们首先感谢众位乡绅对我们的支持，他们可是我们的衣食父母啊。来！干一碗。"一百多号人都站起来，脖子一扬，一碗酒下肚。接着罗一娇又说："众位兄弟，虽说我们在外人眼里是一群土匪，但我们不干那些伤天害理的事，我也盼着世道太平，我也盼着你们娶妻生子，享受天伦之乐。来！再干一碗。"一百多号人都沉默了，跟罗一娇这么长时间，他们的匪气渐渐没有了，也都开始向往那种老婆孩子热炕头的日子了。李大善他们四个在没见罗一娇之前，心里七上八下的有些惧怕，再一看这阵势，心里的怯意一点也没有了。李大善一抱拳说："大当家的，众位兄弟，今天来到这里才一睹罗当家的风采，才明白什么叫巾帼英雄，我们四个代表众乡亲这里先谢了，谢你们维护一方治安。我想有罗当家的在，众兄弟一定能过上好日子的。来！我们敬罗当家和众位兄弟一碗。"说完一饮而尽。罗一娇端起碗说："好！痛快！干！"众人也一饮而尽。三碗酒下肚，罗一娇面色绯红，像初绽的桃花，站起来走到刘同英面前说："妹子，这是你们村子的人，你得说道说道。"刘同英面带羞涩说："大姐！众位弟兄！我刘同英承蒙众位收留，真是三生感激。这四位都是同英的长辈，在他们面前我不说谎话，真心希望桑科村的父老能够原谅同英，我的所作所为有悖族规，但为了追求幸福，我这样做了。如果有一天，我再回到桑科村，希望大家还像以前一样疼爱同英，我在这里先叩首了。"说完走向前向李大善他们磕头。李大善赶紧扶起来说："孩子，你是对的，人一辈子图个啥，就图个幸福，快起来。""哈哈，妹子啊，还是老人们的话中听，到那时我敲锣打鼓地把你送回去。"罗一娇招呼刘同英就座。转眼间酒过三巡，大家基本吃饱喝足，李大善他们觉得也不便久留，便起身告辞，刘同英和杏红送出五里多路。

李大善回到家仔细琢磨，觉得这事应该给赵小满透个信儿，说道说道同英的事。第二天吃过午饭，他就溜达着去了赵小满家，详详细细地说了清河野树林的所见所闻。原本他以为赵小满会很震惊，没想到赵小满听了很淡然，很平静地说："李叔呀，我家没栽梧桐树呀，哪能留得住金凤凰啊，就由她去吧。"李大善一看赵小满不温不火，就问："侄媳妇呀，你是不是早有耳闻呀？"赵小满流下了泪，说："李叔呀，说实在的，同英是个好姑娘啊，我也很想她，这个家我早晚是要交给她和小虎的，可她动了离开我娘俩的心思，我们娘俩是留不住她的，只能听天由命了。""嘻！"李大善叹了口气，摇了摇头走出了赵小满家。

他走出门后，突然想去张玉昌那里坐坐，顺着街就向东走了，穿过两条胡同就到了张玉昌的药铺，一挑竹帘走了进去。张玉昌正躺在太师椅上打盹，听见动静睁开眼一看，说："是李叔呀！今儿怎么有空来呀？快坐快坐。"李大善落座顺手点起了旱烟，猛抽了几口又叹了两口气。张玉昌正在忙着倒茶水，见李大善叹气就问："李叔有啥不如意的事呀？一进门我就看你没有一丝笑意。"李大善呷了一口茶水定了定神，开口道："是呀，我是说同英的事啊。"张玉昌一阵紧张，低声问道："你听到了什么？"李大善仍旧低着头说："我在清河野树林看见了同英。"张玉昌一块石头落了地，他还以为同英又出了啥事呢。他试探地问："李叔，这事你咋看呢？"李大善抬起了眼皮说："依我看呀，同英这孩子有主见，也有胆量，能出走可不是小事，特别是在这兵荒马乱的年代。只是赵小满娘俩也是舍不得呀，我刚去过，小满谈起这事也是一把鼻涕一把泪呀！"张玉昌沉默了一会儿，说："李叔，要是同英再回桑科庄，另嫁了别人，你会怎么想呢？""这……不会吧！赵小满家景不错，大壮早逝，这家早晚都是小虎和同英的，你说她嫁别人图个啥呢？""李叔啊，年轻人的心思我们不懂啊，他们想的一个词'爱情'，为这事可以赴汤蹈火。"李大善又抽了两大口旱烟说："是呀，现在到处传播新思想，我们老喽。"张玉昌见火候已到，又试探地问："李叔，你说要是把同英娶到我家，你看怎样啊？""你说啥呢？"李大善张大了嘴巴一时合不拢，他没想到张玉昌会提出这么个问题，一时间不知怎样回答。刘同英是不错，但她毕竟是个童养媳，总该讲究个门当户对吧。张玉昌见李大善有些语塞，就直接说："同英这孩子我喜欢，如果她愿意，我想把她娶进门。""你要娶三房呀！你都多大岁数了，也不怕别人笑话！"张玉昌笑了，"李叔啊，你想哪里去了，我是想她给文之当媳妇。"李大善一下子回过神来，"你不嫌弃，文之那里也过不了关。再说，人家小虎他娘怎么想，我觉得明显地欺负人家。""李叔呀，如果这段婚姻文之也同意，同英也同意，小虎他娘也同意，你作为村子里的长辈，会怎么看？""这样的话，我没话可说。很多村子都解放童养媳了，再说同英也确实是个好姑娘，四围八庄也少找。""既然长辈也这样说，如果同英同意，我就要定这个儿媳了。"李大善觉得这里面蹊跷，也不便多问，喝了几杯茶就离开了张玉昌的药铺。

张玉昌一下子轻松了许多，这几天一直纠结着。李大善在桑科村很有威望，既然他不反对，大多数人也就嚼嚼舌头，时间久了，大家也就把这事忘了。可惜文之不在家，要不就把婚事办了。过了不久，村子里就传开了，同英没死，在清河野树林快活着呢。再后来，同英和文之的事也有鼻子有眼地传播开来，村民们大多是善良的，也没多少恶意，只是传闻文之骑着白马，带同英远走高飞了。

文之和同英的事传到八爷的耳朵里，他简直觉得世界乱了套，翻了半天四书五经也没找到先例，想来想去决定问问张玉昌。这天吃过晚饭，八爷拿上旱烟袋去了张玉昌的药铺，一挑竹帘踱了进去，正巧玉昌不在。忠义在打算盘，见八爷进来赶紧招呼："是八爷呀，快请坐，快请坐！"八爷坐到太师椅上猛吸一口旱烟问："玉昌呢？上哪里去了？"忠义倒上茶水笑呵呵地说："师父出诊了，去了五里外的官庄。"八爷又猛抽了两口旱烟，在鞋底下磕了磕烟袋锅，重新装了一锅旱烟，用火柴点着，猛吸两口问："啥时回来呀？"忠义指指外面说："八爷呀，你看外面这天，都阴成啥样了，这雨说下就下了，师父没准不回来了。""你看这玉昌，想找他说个事，却这么巧就出诊了呢！出诊就出诊吧，还掩上这样的天气。不坐了，走了。""八爷慢走啊，小心路黑。"忠义赶紧送出。

再说张玉昌今晚出诊也实属无奈，他女儿大春亲自登门请他，大春的二婆婆肚子疼得打滚，二公公无奈就让大春来找她爹。大春的丈夫李大友赶着马车拉着大春一块儿来请的。根据大春的描绘，有痛、呕、胀、闭四大症状，张玉昌断定是急性肠梗阻，就在药匣子里事先预备下一些中药，坐上马车去了官庄村。见了病人一问：腹部持续疼痛，胀气较甚，痛处固定不移，痛而拒按，呕吐，大便闭；再看：舌质紫暗，苔白而黄；号脉：脉弦细。玉昌断定是血瘀气滞，开了一方剂：小茴香2钱、血竭1钱、延胡索2钱、没药

1.2 钱、当归 2 钱、川芎 2 钱、官桂 1.2 钱、赤芍 2 钱、生蒲黄 2 钱、五灵脂 1.2 钱、木香 2 钱、香附 2 钱。用于行气活血，通里攻下。煎服后没半个时辰，泻下许多污浊之物，一时气爽了很多，不再疼痛。开方煎服之时，大春的公公李正德已备好酒菜，宰杀了一只大公鸡，搞上人参炖了，他知道张玉昌好这一口，最喜欢吃鸡爪子。待病人无事之后，张玉昌就和大春的二公公李顺德去了李正德家，三人在大炕上支了小桌，盘腿坐下。先要温酒：酒先倒在小铁壶里，从小铁壶里再倒出一小盅，放上一小薄纸片，用火柴点着，小铁壶就在火焰上加温。不多时酒就温好，三人满上盅子，李正德先开了腔："亲家，多亏了你及时赶来，要不大友他婶子命还悬着呢。"李顺德也附和着说："咳！要不这小命就交待了！"玉昌今天也很高兴，因前段时间文之和同英的事闹的，脑袋都成灯笼了。现在虽说文之没有信儿，但他那股机灵劲儿，感觉也不会出事，同英的事也告一段落。借着亲家这场小宴，也舒展舒展一直绷着的心，就说："都是自家的事，这么见外，就你不去请，捎个口信儿我自己也会来呀！""来呀，整一口！""喝，来！干！""吱——"一盅酒带着响声下肚。"玉昌啊，这个，你最爱吃的一口。"李正德一边说着一边把两只鸡爪都夹到玉昌的碗里，玉昌也不客气，用手捞起一只一边啃一边说："真筋道啊！"就这样，这三位一边吃喝一边聊，没多大工夫一瓶酒下了肚。突然，远处电闪雷鸣，天要下雨了，玉昌一下子坐不住了，亲家都是睡大炕，显然没有留宿的地方，再说官庄离桑科也不远，就五里地的路程，坐马车没几袋烟的工夫。张玉昌想好了，就站起身来说："亲家，对不住了，天要下雨了，我得抓紧走。"李正德赶忙站起来挽留说："玉昌啊，说什么呢？下雨就住下嘛！让你嫂子陪顺德媳妇睡，咱哥仨睡这大炕。""就是，正喝到兴头上，哪能说走就走呢！"李顺德也附和着。张玉昌真的不想添麻烦，决意回去，就说："晚上还有些事要处理，耽搁不得，我必须回去。""好好，看来是留不住你了。大友啊，套车！"李正德冲着西屋喊。"怎么，爹，您要回去呀？"大友闻讯走出来。"是呀，药铺里还有很多事呢。""好嘞，我去套车。""这样吧，我哥俩也跟着去，回来好和大友做个伴。"李正德对张玉昌说。玉昌没说别的，觉得一旦雨下起来路上也好有个照应。

这会儿天黑得伸手不见五指，大友套好马车点了灯笼，四个人就上了路。桑科村西头有片坟地叫西老坟，是一片没人管理的老坟，马车正好路过这片坟地。刚接近坟地不远，一个竖闪连接天地，整个坟地都被照亮了，远远的坟头上坐着一个怪物，披头散发张牙舞爪的，嘴里发出呜呜的声音。四个人一下子紧张起来，大友有些胆怯地问："你们看见坟头上的怪物了吗？"玉昌是医生，经常见死人，他不相信鬼神之说，稳了稳神说："不弄明白，我们心里更害怕，更放不下。大友啊，你和你叔在这里看着马车，我和你爹过去看看。"正德虽然害怕，但借着酒劲儿跟在了玉昌身后。张玉昌提了灯笼走在前面，心里也在嘀咕：到底是个什么怪物呢？这时又一个竖闪闪过，玉昌看清了，五米外的一个大坟头上，坐着的是个人，是桑科村东头的疯子石荆。张玉昌笑了，对李正德说："老哥呀，不用看了，不是什么怪物，是村东头的疯子石荆。"李正德说："这疯子别地方不去，这天气偏坐到坟头上，胆小的还不吓掉了魂。"大友最关心这事，见两人走回来就问："是什么怪物呀？我一直替你们二人担心呢！"玉昌笑着说："是个人，你认识的，就是村东头的疯子石荆。"大友还是有点心悸，又问："这天气，这疯子怎么会跑这儿呢？真奇怪！""没什么奇怪的，他可能觉得好玩。"四人说着就进了村。

雨后半夜才下来，是瓢泼的那一种，接着就传出来，说是祖宗显灵了，整个夜里西老坟都在叽叽喳喳地说话，甚至还有人听到黄河要发大水了，更有甚者说他看见了石荆的爷爷坐在坟头上喊石荆的名字，说是带他去一个地方，那里有鸡鸭鱼肉白面馍馍。后来，人们在西老坟的一棵大柳树下发现了石荆的尸体，全村人更加深信不疑，都认为祖宗真的显灵了。好歹黄河离桑科村一百多里，即使发大水也就是沟满壕平，最多淹没一部分靠近河流的土地，托祖宗的福，村庄一般地势都比较高，没多大威胁。村民们都买上纸钱焚烧，村西头跪倒一片一片的。张玉昌虽说医道高明，但也敬重鬼神，特别是祖宗，于是带着钟氏和王氏一起到村西头焚烧纸钱。正巧赵小满也带着儿子来焚烧纸钱，玉昌看到这孤儿寡母，心里就像有条虫子钻来钻去。烧完纸钱，赵小满主动问起了同英。

10

很快到了年底，文之、荣广、麦林随部队回到了县城，文之已晋升为十三旅二营一连连长，荣广和麦林都在他手下，一个是一排排长，另一个是三排排长。说是攻打郑州城，其实没放几枪，只是兵临城下敌军就弃城而去，这些军人只是镀了镀金，经过了所谓战争的洗礼，该提拔的也就提拔了，该晋升的也就晋升了。

古语说得好：光宗耀祖，衣锦还乡。文之、荣广、麦林回家探亲，旅长杨占魁亲自准的假，探亲假十天，并且允许三人挑三匹战马。这可真是骑着高头战马回家，凑巧文之挑了匹白马，配上崭新的军官服，真有点像传说中的白马王子。荣广和麦林都挑的是枣红马，就像不折不扣的护卫。三人赶到家时，正是午饭时分，村子里的人一下子见了景，很快就传开了，到家里看景的都挤破头，这三家人一下子成了街头巷尾谈论的中心。文之与同英的事也都猜来猜去，甚至有人觉得文之没带同英一块儿回来不可理解。不管外面怎么谈论，张玉昌家反正是张灯结彩了，胡同口都挂了大红灯笼，这年过得舒心。

事情安顿下来，就到了年三十，玉昌家就准备请老爷老妈的供品，供品花样繁多，主要有：三斤以上的大鲤鱼一条，裹上鸡蛋面糊过了热油，当然，鱼还是生的；糊涂鸡，也是裹上鸡蛋面糊过了热油，鸡也是生的；一碗五花肉，半生不熟的；还有肉炒的青菜许多种，不过，芹菜炒肉是一定要有的；香喷喷的大饽饽也少不了，一般四个一大盘，底下三个，上面再摆一个；饭时还有刚出锅的头碗饺子也是用来上供的。看着一碗一碗端上的供品，文之想起一件趣事来，那还是七八年前的事，也是过大年，准确地说是年三十晚上，或者说叫除夕之夜。这晚上大人们特忙，守夜的事就交给了他和远房的一个堂哥，堂哥也不过十三四岁，深更半夜对着红蜡烛光焰下的供品，很少吃到肉的堂哥动了"恶念"，招呼道："文之，有件事你敢不敢做？"还不到十岁的文之是个愣头儿青，还分不清什么事敢做还是不敢做，就问："全哥，要做什么事呢？"堂哥神秘地说："这些东西，摆在这里，老爷老妈是不会吃的，还不如我们俩吃点，权当是祖宗显灵了，你看怎样？"文之毕竟知道点事，就问："那老爷老妈不会真的显灵怪我们吧？"堂哥拍拍胸脯打包票说："我比你年长，要怪也是怪我，不会找你的。你到底敢还是不敢？"文之虽有些犹豫，但看到泛着油的五花肉还真想吃，就说："你敢我就敢！""好！"堂哥就伸手抓了一大片五花肉塞到嘴里嚼了起来，一边嚼一边说："香！真香！"文之愣了愣神，也抓了一块放到嘴里嚼了起来，滑滑的很有嚼头，感觉从来没吃过这么香的肉。没多时两个碗里的肉少了三分之一，堂哥一下子傻了眼，不知道该怎么办，明天大人一定会发现的，挨揍是必然的了。文之也着了急，忽然看见墙角的白萝卜，灵机一动，对堂哥说："全哥，削块萝卜放在肉下吧，暂时不会有人看见，等供品拿回家后，就没人好意思声张了。"堂哥拍了拍文之的头说："真有你的！"

果然第二天没人发现，也没人问过此事，倒是传出那年年三十祖宗真的显灵了。这件事文之想起来就想笑，也想起了那位堂哥，就问母亲："娘，全哥干什么营生？"母亲在低头炸藕盒，随口答道："全子呀，跟冬景学木工活呢。""哦，抽空去找他聊聊。""人家可是两个娃的爹了，同英的事你大娘都催了你几遍了，你爹也生了气，你打算到底咋办呢？""我是身不由己呀，再说我爹也说了，弄不好会戴上个通匪的帽子，在十三旅那是要蹲大牢的。""我不管你们男人的事，名正言顺地让我抱上孙子就行。""我再跟爹商量商量，看能不能把同英接回来。""你大娘说了，我们家不做骑在别人脖子上拉屎的缺德事，想在桑科庄红红火火地办你俩的喜事，门也没有。自己做了丢人现眼的事自己去承担。""您还是我亲娘吗？听您这话我真不像您亲生的，我还是找大娘说去吧。"文之撂下这句，一转身走了，走出灶屋转了个圈，独自笑了笑又摇了摇头向堂屋客厅走去，他想这会儿他爹正在喝大茶，找他爹理论理论去。他翅膀硬了，不再惧怕他爹，反倒觉得张玉昌容易亲近了，甚至觉得他很疼爱自己。

"文之呀，过来品品这茶，这可是上等的西湖龙井啊。"张玉昌真的觉得儿子长大了，虽然个头不像自己大高个，但有着军人的冷静和英气，心底里多了一份爱怜。"爹，我找您商量点事。"文之前腿刚迈过门槛就招呼上了。张玉昌心情很好，满面慈祥地说："孩子呀，坐！坐！我正想找你来唠唠呢。""是嘛！爹您先说。"张玉昌呷了一口茶说："这几天呀，我一直在琢磨，你和同英的事不能再拖了，咱来个先礼后兵，你直接给杨旅长说开这事，先探探口风，罗一娇他们向来和军队井水不犯河水，想来杨旅长也不会动什么肝火，如果他不直接反对，你和同英的事就在清河野树林办了。如果杨旅长安排在十三旅举行婚礼，一切都万事大吉了。"文之也呷了一口茶说："爹，杨旅长批准在十三旅办婚事可能性不大，十三旅团级级别的才允许带夫人。""你们俩只是在部队结婚，结婚后让同英仍回清河野树林居住，我跟罗一娇说说，从家雇上个嬷嬷照顾一下同英就是了。""这还是个通匪的罪名呀，把自己的妻子放在土匪窝里，怎么说都说不过理去。依我看，这罗一娇和军队没有交往，还不如在野树林偷偷把婚事办了，先不声张此事，慢慢再说，说不定我很快就提团长了呢。"张玉昌眯起眼来想了想说："我看这事也行，好吧，过了年初五挑个日子，就把事办了。""您真是我爹，痛快！"

刘同英待在清河野树林也算享福，虽没有人伺候，但在罗一娇的眷顾下，大家都很照顾她，没人让她干活。倒是做惯了粗活的自己，抢着忙来忙去，这让大家从心底里敬佩和爱怜她。同英心里也着急，肚子里的孩子都六个多月了，还没见文之的影，张玉昌倒是来过好多次了，但也不能代替文之呀。再说她也思念文之，特别是部队开往郑州那会儿，更是相思加担心，经常望着远方的大路愣

70

神，听说文之他们凯旋还晋升了连长，她高兴得哭了一场。清河野树林的年过得也红红火火，张灯结彩杀猪宰羊大宴五天，就鞭炮也放了一马车，可同英总觉得缺点啥，自己一时半会儿的也说不清楚。往年和赵小满在一起，还有围着自己转来转去的小虎，总觉得那时的年有点隆重，有种说不出的敬畏。

今天是年初六了，同英像往常一样起了个大早，看大家还没起床，就在林子里转了转，回到驻地时，天已放亮，有几个哨兵在忙着熄灭大红灯笼，杏红在那里指挥着。同英也没多想，顺着梯子就向上爬，杏红大喊："同英，你不要命了！快下来，快下来！就你勤快呢！"同英笑了笑说："杏红姐，没事的。"同英刚说完梯子顺着墙滑了一下，同英吓坏了，在这一瞬间，同英急中生智，双手把这梯子脚先着地，一屁股坐在了地上，梯子砸在了身上，同英感到肚子一阵阵疼痛。杏红一个箭步冲过去，把梯子移开，着急地问："同英，你感觉怎么样？没事吧？你可别吓我呀！"同英感觉自己的下身黏糊糊的，伸手一摸是血。杏红傻眼了，大叫："你们两个快把同英抱到炕上！你快去告诉大当家的。"不一会儿，罗一娇披头散发地过来了，她还没来得及洗刷，招呼身边的一个随从道："快去找三当家的，就说我让他到最近的村子找个接生婆来，越快越好！"过了半个时辰接生婆来了，吩咐下来抓紧烧热水。罗一娇又吩咐万能鲛骑快马到张玉昌家报信儿。发生了这样的事，罗一娇觉得很对不住张玉昌一家，但她知道也没别的办法，只能祷告母子平安。就在大家提心吊胆的时候，"哇——"传出了孩子的啼哭声。接生婆说："生了个小子，母子平安。"说也奇怪，明明是早产儿，满打满算也就七个月，但和足月的婴儿差不多，各部分都发育完全。看到躺在身边的孩子，同英满脸飘着幸福的微笑，提着的心总算放下了，心里也有了底，她为文之生了个儿子。她在想文之做了爹，一个做了爹的男人会想些什么？他还是个愣头儿青呢，一想到这些她就想笑。

桑科庄张玉昌家一片喜气洋洋，全家人正为文之的婚礼准备着，已定下来正月初九举行婚礼。忠义正在系马鞍，打算到清河野树林报信儿，万能鲛三步并作两步闯进来，嘴里喊着："张老爷子在哪里？清河野树林急事！"张文之和张玉昌爷俩一块儿迎出来，一看是万能鲛，一抱拳说："万头领，什么事这么急呀？""是同英的事，出了点小小意外，孩子怕是要早产了！""啊！孩子、大人都没事吧？""我来时还没生产，你还是快些去吧，你是出了名的医生，这会儿可能用得上。""好！好！好！"张玉昌从忠义手里拽过缰绳骑上马就奔向清河野树林。张文之也急得够呛，骑上万能鲛的马也飞奔而去。万能鲛摇了摇头，又笑了笑说："这爷俩，一个脾性。"

张玉昌心里着急就不必说了，张文之虽未经多少世事，可心里噎得慌，就像喝汤喝进了一只苍蝇，就卡在喉咙眼，上不去下不来的。是自己破坏了同英宁静的生活，自己倒是痛快了，怎么也没想到同英时刻有危险，更没想到一个怀孕的女人会怎么过，她要经受什么。要不是罗一娇收留了她，那将是什么后果？一路上，满脑子是悔恨，稀里糊涂跟着他爹进了寨子。

罗一娇早听到流动哨报信儿，迎了出来，一抱拳说："恭喜！恭喜！抱孙子了！"张玉昌一块石头落了地，抓紧拉过文之说："都是你这小兔崽子惹的祸，快给罗当家的磕个头。要不是罗当家的，还不知作下什么孽！"罗一娇知道，像张玉昌这样的家庭，就这么一个儿子，肯定很娇惯，到处惹祸是正常的。刚一见面，罗一娇就注意到了，还像少年的张文之穿着军官服，一看就知道不好调教。不过张文之并不是那种狂妄之徒，很顺从地双膝跪在了罗一娇面前，说："多谢罗当家的。"接着很诚意地磕了三个头。罗一娇赶紧把他扶起来说："真是自古英雄出少年，这么年轻就当上军官了，恭喜张大夫有这么争气的儿子。你爷俩快进去看看同英和孩子吧。"

张玉昌和文之这会儿不着急了，轻手轻脚地走进屋。同英正在和杏红说话，见文之和张玉昌进来，就想起身，张玉昌赶紧说："孩子，别动！躺好了！"张文之顺势坐到了炕上，只是瞟了一眼孩子，脸上堆满了笑容，握住了同英的手。杏红瞪了一眼文之，哼了一声出去了。张玉昌轻轻地抱起了孙子，嘴里小声嘟囔着："好啊！

爷爷抱抱，爷爷抱抱!"张玉昌多年没流过眼泪了。这时的他眼里潮湿得很，是流眼泪了，大概是隔辈亲吧，他感觉比儿子文之降生时都激动，没想到这么快就抱上孙子了，真是天佑张家。

高兴归高兴，不能忘了主人。张玉昌把孙子放好了，走出来，来到聚义厅，几位当家的都在。张玉昌把拳一抱说："罗当家的，几位当家的，张玉昌一家真是感恩戴德，由于犬子文之的过错，致使同英有家难归，多亏了当家的收留爱护，才得平安产下一子，我这里叩首了。"说完深深鞠了一躬。

罗一娇哈哈大笑，拉长声音说："张大夫，这可是你平常积德修来的福，我只是为同英妹子不平，这么小的年龄就为你家产下一子，却还没有名分，就外人也看不过去呀!"

"我正要向当家的解释此事，原本定于正月初九他俩举行婚礼，正准备给你报信儿呢，没想到孩子来得这么快，同英身子不便，婚事只能推迟了。"

"哦，原来是这样啊，我为妹子高兴啊!"

"还有一事，望请当家的首肯。"

"什么事? 尽管说，只要我能办的，我会答应的。"罗一娇皱了皱眉。

张玉昌笑了笑说："其实这事也不算是个事，就是我想雇个嬷嬷来寨子里照顾同英。"

"就这个事呀，这有什么难为情的，你不找，我也会到附近村子里找个妈子来。"

"多谢当家的。文之先留在这里，他俩半年多没见面了，就让他们聊聊吧。我这就回家，让贱内准备过月子的吃食，并让她们一起过来伺候一段时间。"

"哈! 我还是第一次见女人生孩子，真是麻烦得很呀!"海里漂有些感慨地说。

罗一娇抢白他一句说："你也算说了句真话，不过男人总要过这一关的，伺候为自己生孩子的女人，你也不会例外的。"

海里漂脸红了，他喜欢罗一娇，是心里偷偷地喜欢，他知道罗一娇不会喜欢他这种莽汉，所以从没表露过，经罗一娇这一抢白，心里火辣辣的但也酸溜溜的，有种说不出的味道。

罗一娇也有点面色潮红，扭头对张玉昌说："张大夫，那就准备去吧，别误了正事。"张玉昌一抱拳走出了聚义厅。

文之握着同英的手，聊自己当兵半年的经历，聊到自己医治一位受伤的团长。这位团长也姓张，是二团的团长，和自己是一团的。张团长在郑州战役中不幸落马，肺部遭到了挤压，疼痛得不敢喘气，还吐了不少血，治疗了三四天不见好转，躺在床上疼得直哼哼，听一团团长说张文之是名医张玉昌的儿子，就派人找了他去。他仔细问了病情后，断定胸骨有点向里塌陷，肺部受到了挤压，就让勤务兵找来了一大气球，把气放十净了，塞到张团长手里说："是男人的话，你把这个气球吹破！"张团长有些生气，嘟囔着说："我喘气都有些困难，你个龟孙子还让俺吹气球，这不是成心涮我吗！"文之一看更火上浇油地说："如果你吹不破这个气球，我就报告旅长，说你是个废物，一打仗就躺床上装病。"这团长一下子气炸了肺，脸像猪肝，他没想到一个普通的士兵敢这样抢白自己，爬起来大喊："勤务兵，把这龟孙子给我带下去，等候处置！"文之笑了，说："张团长，你看你自己这不是爬起来了吗？"张团长愣了，自己确实爬了起来，胸部也不那么疼痛了。勤务兵一看这架势也说："团长，您好了！这么快呀！"文之又笑着说："张团长，你再吹破这个气球就痊愈了。"张团长有点不相信自己的耳朵，满脸疑惑地问："吹破这个气球就好了？就这么简单？""是呀，军中无戏言呀。"文之满脸严肃地说。张团长虽然满脸疑惑，但还是一鼓作气地吹起了气球，只听"啪！"的一声，气球爆破了。张文之问："张团长，你感觉怎么样？"张团长摸了摸胸口，有点糊糊涂涂地说："你小子使了什么魔法，真的没多大感觉了。""我没使什么魔法，是你胸骨有点向里塌陷，肺部受到了挤压，你一生气再加上用力吹气球，胸骨又复位了，就没有多大感觉了。"张团长冷静下来说："张文之！我命令你归队！"归队后没几天张文之就成了连长。

同英听得很入迷，她没有一点责怪文之的意思，满脸荡漾着幸

74

福。"开饭喽！新妈妈要吃饭了，别光顾说话，会饿出毛病来的。"杏红一边说着一边端着饭走进来。文之抓紧站起来说："谢谢你！我来吧。"同英赶紧介绍说："这位是杏红姐，像亲姐姐一样待我呀。"文之满脸堆笑叫道："杏红姐好，多亏了您了！""说话倒很甜的，也不知你用什么招数把我妹子骗到手的，甘愿受这么多苦。""杏红姐，看你说的，前段打仗，我是身不由己呀！""你就编吧你，队伍开回来一个月了，也没见你的影啊？不说了，说起来就生气，我走了。"杏红白了文之一眼走了。

文之转过身来说："这丫头还挺厉害的。""可别这么说，杏红姐可是大当家最贴心的人，就是二当家三当家也不敢小瞧她。""哟！是小米粥和排骨汤哎！真让他们费心了。"同英说："文之哥，你不知道，我在这里可真是享了福，他们待我像亲人一样。外面人叫他们匪，实质上他们除了向大户和过往船只征缴些银两，其他的什么坏事也没做过。""我在十三旅也听说过他们，这也是军队不征讨他们的原因吧。""我自己来就行，我被人伺候不舒服。"同英看着文之用汤勺喂她，很不自在。"说什么呢，你现在可是我们家的宝贝呀，不要说是喂饭，就是给你洗脚也是我应该做的。"同英失血的脸上升起一朵绯红，很顺从地接受了。

11

　　天刚蒙蒙亮，很多人家的烟囱里蹿出了炊烟。村子里的人喜欢早起，这炊烟大多是燃烧晒干的绊子草起的。绊子草是村民们下洼搂的，这也是柴火的主要来源，就是一入冬，地里的活已干完，闲下来的村民们有一件很重要的事就是下洼拾柴火，几个人结伴，一般是男青年，没有男壮丁的只能借着烧，女人是没有干这活的。赵小满家就属于那种没有男壮丁的人家，不过地里的秸秆多得很，她家不愁没的烧。自从同英离开了这个家，长乐由短工变成了长工。当然，长乐这个长工不会住在小满家，也不会在小满家吃饭，无论干活干到多晚，长乐都得回自家吃，最多有好吃的，小满会打发小虎送碗去。就这样，外人也有很多指指点点的，不过只是私下里议论一下：哪一天长乐回家晚了，哪一中午没回家……当然，这些嚼舌头的事是茶余饭后的谈资，要不这偏远的农村有啥新鲜事可聊？不过，村民们的议论也不是空穴来风，长乐确实也没少上赵小满的床。日子就这样过着，直到同英生了孩子，赵小满家的枣红马下了马驹，赵小满就开始瞎琢磨，把同英比作自家的枣红马，张玉昌家添了孙子，她家也添了一个劳力。因此，她对待新生的小公马就像对待孙子，极尽了母爱的光芒，每次喂饲料都用脸贴在马脸上蹭蹭。这牲畜也懂得人情，简直像跟屁虫一样，总爱跟在她身后，围着她的身体嗅来嗅去。

　　就这样的日子，转眼一年多过去了。刘同英和张文之的事桑科庄传遍了，就连那看门的狗也似乎明白了咋回事。赵小满依旧亲她家的公马，今天就像那炊烟依旧是个平凡的日子，说着算着刘同英的儿子一岁有余，赵小满家的公马也一岁牙口。就在这天早上，赵小满像往常一样牵着她家的公马到河里饮水。她哪里知道这畜生正在发情，赵小满身上母性的味道已让它分不清眼前是自己的主人还是一匹母马。突然，这匹公马身子竖起，两条有力的前腿搭在了赵小满的肩上，赵小满在还没明白怎么回事的情况下就失去了知觉，没出三天就离开人世了，腰椎被硬生生地压断了。出殡那天，这匹公马泪流马面，几天后被长乐用木棍砸死了，像赵小满一样，到死也没弄明白为什么。

赵小满死了，死得是那么突然，有人说她不该那么喜欢那匹公马，那匹公马是大壮的化身，怪她对自己不忠，偷了野汉子，专门来寻仇的。不管怎么说，赵小满死后丰硕的家资挺诱人的，远近的族人都想分一杯羹。张玉昌看到了这些，觉得自己家很对不起赵小满，他会极尽所能地保住她的家产。赵小满走后的第一天，张玉昌就请来了村里的几个头面人物：八爷是必请的，还有村南头的李大善、村西头的老六、开染坊店的张工艺、开典当铺的张有财。张玉昌在自家里置办上好酒好肉，酒没喝几杯，张玉昌就清了清嗓子说："诸位，有件事我要给大家说道说道。在座的都是桑科村的脸面，桑科村的事还得由诸位做主。"

大家都以为张玉昌要说文之和同英的事，心里都嘀咕着：你张玉昌把事情都做得铁板钉钉了，孙子都一岁多了，还用我们拿主意！这不是磕碜我们嘛！但嘴上谁也没说，毕竟张玉昌为了赵小满家的脸面，没有把同英领回家，也没有把孙子抱回家。

大家放下酒杯听着呢。张玉昌又接着说："我说的是赵小满家的事。小满走了，留下了一个孩子，可怜呢！大家细想，如果大壮的族人们再把她的家产分了，这小虎就更可怜了。"

八爷先开了腔："族人们分家产是没道理的，小虎再小也是个男娃，这所有家产都应归他。"

李大善接过话茬："这家产归小虎无疑，难为的是谁为他管理这份产业，总不能让个孩子来管理吧，再说他也不懂这些呀！"

张工艺把手一摆说："这件事说难也不难，大壮有个堂兄算是服气最近的了，前几天婆娘刚走了，膝下无子嗣，就把小虎过继给他。一来小虎有了依靠，二来家产有人管理。"

大家一听都竖起大拇指。张玉昌觉得这事非常妥当，害怕夜长梦多，就进一步说："工艺说得很在理，今天就召集大壮的族人，把话挑明，免得有人挑拨这事。"

大家也理解张玉昌这么着急的原因，知道他心里结了个愧疚的疙瘩，总想弥补。当然关于遗产的事，大家觉得这事也很公正，能光明正大地摆到桌面上。

趁着大家都在，张玉昌让忠义通知大壮的族人到小满家说家产的事，不到的视同弃权。长乐也正好在小满家，这几天他一直在，赵小满的死除了小虎，他是最伤心的了。一天到晚地蹲那里抽闷烟，也不睡觉，比汉子死了婆娘都难受。

一听说家产的事，大壮的族人们屁颠屁颠地赶来了，就连五服以外的大爷二叔也来了一大溜。这件事由八爷主持，村子里的事，大家都觉得他最懂得族规的。八爷咳嗽了几声，算是开场白，等大家都静下来就开了口："今天，大家凑得很齐，该来的都来了。其实，让大家来，只是为了做个见证，省得有些人再动歪心。大壮和他媳妇都走了，真是家门不幸啊！好歹大壮有后，但小虎还未成年，按照族里的规矩，应过继给小虎的叔叔或者大爷；至于家产，都由小虎继承。"

下边一下子像开了马蜂窝：人们都是奔着家产来的，结果啥也没捞着，都觉得不公平。李大善把烟袋在桌子上一敲，大声问道："有谁觉得不公平，可以站出来说说你的公平，桑科村的长辈都在这里呢！"

大家一下子静了下来。族人们虽说不乐意，但也说不出个子丑寅卯来，再说也没好意思跟个孩子争的。接下来大家关心的是小虎过继给谁？这里头有些好处。

八爷又开了口："大家既然没有异议，那大家商量一下小虎过继给谁。"

下面又一片叽叽喳喳。这时，大壮的堂兄大康走出来一拱手说："各位长辈族人，我大康愿意抚养小虎。一来我无子嗣，会像亲儿子一样看待小虎；二来我和大壮亲叔伯俩，论亲也是服气最近的了；这三，我家境虽不算殷实，但也够吃够喝，不图大壮的这份家业。"

"好哇，就应该由大康抚养小虎，这个让人放心！"李大善他们几个都一齐说。

其他族人见没戏可唱了，都不吱声了。

八爷又说："大家没异议，事就这样定了。小虎这边的房子多而好，大康就搬过来住吧。其他人可以散了。"

族人们嘟嘟囔囔地就要离开。

"大家先别走，我还有些话要说。"大家一看说话的是长乐，一下子愣了，莫非他也想分杯羹？张玉昌他们也一头雾水。

长乐向前走了一步说："各位长辈，这时候我不应该说话，但我憋在心里非说不行。我想给小虎做一辈子长工，不要一分钱，只管吃就行。"说完泪哗哗的。

大康没等别人说话就说："长乐呀，你就搬过来吧，咱俩一块儿抚养小虎，到时候也让小虎给你送终。"

八爷一看这阵势，也觉得赵小满不简单，人的心不好拢啊，可她就拢住了一条汉子的心。

大家唏唏嘘嘘地散了。

赵小满死的消息很快传到了刘同英的耳朵里，同英的泪禁不住簌簌地落下来，她记着赵小满的好：人好，心好，特别是对她好。自从大壮去世后，赵小满从没骂过自己，就自己的亲娘也不过如此；就是自己背叛了她和小虎，她都能原谅自己，恐怕哪家人也不会有这肚量。就自己这丑事，摊上别家把自己活剥了的心都有。她要回去，到赵小满的坟前烧些纸钱，也不枉为婆媳一场。

天擦黑，刘同英来到罗一娇的门前，轻声说道："大姐，我是同英啊！"罗一娇正在看书，一般白天空闲时间罗一娇都在练习武艺，有时和弟兄们一起操练一些棍法和刀法；晚上，读一些兵法书。今天晚上兴致很好，正在读一本宋词，正读到李清照的《点

79

绛唇》：

　　寂寞深闺，柔肠一寸愁千缕。惜春春去，几点催
花雨。
　　倚遍阑干，只是无情绪！人何处？连天衰草，望断归
来路。

　　罗一娇的内心正升起一缕愁绪，自己都二十几岁了，还孤身一
人，心里难免有些惆怅，突然听见同英敲门，就把书放到一边说：
"进来吧，门虚掩着呢。"同英一推门走进来，随手把门掩上；抬眼
一看，罗一娇背对着自己，好像有许多心事，心里正想来得不是时
候，这时罗一娇转过身问："同英啊，有事吗？"刘同英向前走了几
步说："我想找姐聊聊。"罗一娇笑了，以示同英坐下。罗一娇打量
了同英一眼说："一定有什么心事吧？看你的眼睛还红红的呢！"罗
一娇这一说，刘同英的泪又禁不住地流下来。"谁欺负你了？""哪
里话，有姐在谁能欺负我呢，谁又敢欺负我呢！""那你哭得像个泪
人一样！""我婆婆死了！"罗一娇一惊问："文之他娘死了？""不
是，是赵小满。""什么时候的事？""都十几天了，今天从家赶回
来的张嬷嬷说的。"罗一娇听同英说过她的身世，还一度同情赵小
满这个年轻的寡妇，而赵小满放过刘同英又让她多了几分敬重，不
免有些关切地问："怎么死的？""听嬷嬷说，被自家的牲口压断了
腰，没想到会是这样。当初买牲口，村子里很多人都说女人侍弄牲
口是忌讳，我和婆婆都不信。""这是什么道理，我每天都骑马，也
没忌讳什么！"罗一娇说着说着眼里也流下了泪，她是觉得女人真
的不容易。"我想回去给她烧些纸钱，也算她没白疼我。""去吧，
让杏红一块儿去吧，也好有个照应。"刘同英这一年多也没闲着，
学会了骑马，还跟罗一娇学了些腿脚功夫，她说："杏红姐还要照
顾您呢，我一个人去就行。""好吧，那你快去快回。"
　　第二天，天气阴得像蒙了布，刘同英预备下蓑衣，以防下雨，
把孩子叮嘱给张嬷嬷，骑上一匹枣红马，一溜烟地奔去。她绕开桑

科村，直奔赵小满的坟。她知道赵小满一定和大壮埋在了一起，大壮的坟她去过好多次了，所以没费周折就找到了坟址。到达时，天已下起了蒙蒙雨，像烟又像雾，朦朦胧胧。同英披着蓑衣戴着斗笠蹲在坟旁说了好大一会儿话，当她看到不远处的林子里有人影在晃动，就骑马离开了。

刘同英并没有直接回清河野树林，而是绕道去了桑科邻村西颜，来到刘同娥家下了马。同英知道天正下雨，村子里的人肯定都回了家，这时同娥肯定在家。"哐哐哐"，她叩动了门环。不一会儿，有人在院子里喊："谁呀？来了！"同英听到了一个熟悉又久违的声音，是同娥。"吱呀！"大门开了一条缝。"姐姐，是你吗？"刘同娥简直不相信自己的眼睛，都快两年，没见到姐姐了，只知道姐姐遇到了贵人。一看姐姐的装束，一身白底蓝花的缎子打扮，知道姐姐过得很好。刘同英发现妹妹还是瘦瘦的，但个头长高了。就问："你婆婆、公公在家吗？""在家，有事吗？""我想把你赎出去。""姐？"刘同娥瞪大了眼睛，她没想到，真的没想到。同娥机械地打开了大门，领着姐姐去了堂屋。

同娥的公公正在抽水烟，眯着眼享受着。同娥说："爹爹，我姐来了。""谁来了？"同娥的公公吓了一跳，以为自己听错了，一骨碌站了起来。刘同英的事，他早就听说了；这件事传得神乎其神，但有一点他清楚，这位同娥的姐姐惹不起，后面有个罗一娇。他赶忙说："哎呀，是大侠呀！请上座，请上座。"刘同娥吓了一跳，没想到一向凶巴巴的公公，这么害怕姐姐。刘同英在清河野树林待了接近二年，性格也起了一定的变化，顺从中有了硬气。她直截了当地说："我想把同娥赎出去。""啊，这是我没想到的。同娥在家里这么多年，我们真舍不得呀。""你的为人我很清楚，我把同娥赎出去自有我的理由。当时，你给了我爹十块大洋，外加一盒烟土，同娥这些年也没白吃你家的，干的是苦力的活，这事我心中自有数。这样吧，我给你二十块大洋，也算同娥感恩你养活了她这么多年。""啊，我真是心里舍不得呀，再说宝儿也七八岁了，对同娥也有了感情。""这样吧，这件事就问问同娥，如果她愿意留在这个家，我也不勉强。你看怎样？""内人带着宝儿回了娘家，要不等她娘俩回来再说？""不用了，我愿意跟姐姐走。"刘同娥比刘同英更有反抗心理，她更向往自由自在的生活，一看到生龙活虎的姐姐，她更认定了要跟姐姐走。"既然同娥要走，我也没什么说的了，女侠就带她走吧。""好！这是二十块大洋，你收好了。"说完同英拉着同娥的手走出了大门，一起上马奔向清河野树林。

第二天，桑科村便传开了，说赵小满复活了，那马也复活了，赵小满坐在自己的坟边说了半天的话，然后骑上枣红马就走了。这事很快传到了长乐的耳朵里，长乐真以为小满复活了，昨晚梦里小满也是骑着枣红马，他愣是没追上，今天就有这样的说辞。他真的晕了头，发了疯地跑到小满坟上，结果看到了烧的纸灰和深深的马蹄印。他信了，那马和小满都复活了。他在坟边愣了半天，突然想起这件事得跟玉昌哥说说，他见多识广，说不定还能告诉他赵小满骑马去了哪里。长乐心里想着就向村子里走，一路上嘟嘟囔囔问自己："你说小满和枣红马是真的复活了吗？那她不想自己总该想小虎吧，她不回家又到哪里去了呢？总不该去了蓬莱仙岛吧？是呀，也许是去了蓬莱仙岛，也许是……"

不知不觉就走到张玉昌的药铺。一挑帘子走进去，正好玉昌在喝茶，忠义在用滚子碾药。张玉昌见长乐满脸悲相，嘴里不停地嘟囔，就问："长乐，你怎么了？哪里不舒服呀？""玉昌哥，复活了！"

"什么复活了？""小满和那枣红马复活了。"

"这个你也信呢？小满复活了第一个得来见你。""我看到了坟边烧的纸灰，还有深深的马蹄印。""真的吗？真有这样的事？""是呀，我亲眼所见。那马蹄印绕过桑科村向东去了，你说是不是去了蓬莱仙岛啊？"张玉昌想了想恍然大悟，一定是同英来过，前天张嬷嬷刚从家里回清河野树林，赵小满死的消息肯定是她带回去的。心里有些埋怨，你看这孩子，怎么不回家看看呢。但又不好和长乐明说，他怀着这样的希望，不忍心当头一棒。就说："长乐呀，小满也许成了神仙，真去了蓬莱仙岛。再说凡人是去不了的，你就祝福她吧。""我也是这样想的，觉得还是问问你心里踏实。"很快小满成了神仙的版本又传扬开来。

张玉昌经这事一闹腾，觉得应该把同英和孙子镇兴接回来。他想：这事过了这么长时间了，老少爷们顶多咂咂嘴。再说赵小满走了，小虎还是个孩子，人们再不会觉得他张玉昌霸道。有道是隔辈亲，钟氏和王氏天天念叨，镇兴瘦了还是胖了，奶水足不足，是否磕着碰着了，一天到晚唠叨个不停。心里想着这事，就嘱咐忠义守好铺子回家了。刚一走进大门，就听见大嗓门娘儿们在说话，一挑门帘到了钟氏的卧房。好吧，四个女人一台戏，正聊得热火朝天呢，一见张玉昌进来，都不说了。钟氏倒先和玉昌打招呼："回来了，是不是该做午饭了？""他大妈妈，那俺也回家做饭了。""就在这儿一块儿吃吧！"张玉昌打上了一句客套话。"不了，不了。你们快忙吧。"两个婆娘说着就走了出去，就最后两句也像打雷一样。

"她俩来有事呀？"张玉昌很随意地问。"能有啥事，还不是为她们的儿子荣广和麦林说道说道，说是要找媒人说媳妇，找我和妹妹参谋参谋。""说得也是，这两个孩子也到了说亲的年龄，原先家里穷媒人没敢照面的，现在也算有些门面了，是该找媒人说说了。""今天咋回来得这么早啊？"王氏插上了一句。"我正有事和你俩商量商量，就早一步回来了。""是不是要接镇兴和同英回来呀？"钟氏笑着问。"你怎么知道的呀？你还真神呷！""这赵小满成神仙也好，成鬼也好，反正是不在人世了；同英的事过去也快两年了，我们家也很对得起她了；再说，同英带着镇兴长期在外边也不像回事儿，我估摸着你也想把她娘俩接回来。"钟氏有理有据地说了这一通。王氏一听要接孙子回来，激动得流下了泪，哽咽地说："真的要接回来呀，谢天谢地了！""这件事是我上午刚决定的，你知道长乐看见啥了？""他能看见啥？""烧的纸灰和马蹄印。人们传得不假，真有人看见有人在坟边烧纸，然后骑枣红马走了。我想那人一定是咱家同英。"钟氏和王氏听张玉昌这一描绘，觉得也是同英。张玉昌又说："张嬷嬷刚从家回清河野树林，第二天就发生了这事；再者，以同英的个性，她知道赵小满死了，能不来吗？""那她怎么不来家看看呢?""长乐发现马蹄印是绕过桑科村向东去了,正是清河野树林的方向。她一定是怕给家里带来麻烦,所以绕开了村子。""这孩子仁义得很,不会忘本啊!"钟氏由衷地说。"那就赶紧接回来吧。"王氏就想早点见到孙子。"这得先跟罗一娇通个信儿,她同意了我们才能接呀。我下午去一趟清河野树林。"

12

　　刘同英带回一个妹妹在清河野树林引起了轰动，男人的世界里又多了一个女人。说实在的同娥扁扁的胸部还不算个真正的女人，但憋了很久的这帮男人并没有阳痿，看见女人就兴奋，整个清河野树林一片沸腾，真像打了一场大胜仗。林子大了什么鸟都有，就有人起了歪心。郑金、郑银回到住处，郑银把门关上，凑近郑金说："大哥，一块肥肉啊！"郑金拉下脸来说："兄弟，这事棘手啊，罗一娇可不是好惹的，别看她平常不温不火，来了事上她会动真格的，弄不好咱哥俩吃不了兜着走。"郑银一条腿向凳子上一踏，挽了挽袖子说："哥，你说咱哥俩原来多风流快活，隔三岔五到怡红院享受享受，自从进了这清河野树林，女人毛都没碰过。""不过这丫头片子也好骗，看上去年纪不大，瞅机会也能摆平。"这两个人本来就靠抢劫、坑蒙拐骗营生，投靠清河野树林之前，从没受过管制，浪荡成性，不知道阎王爷手里有三把刀，只知道享受的主。邪恶的种子就这样埋下了。

　　张玉昌套上马车正准备去清河野树林，文之骑着高头战马一路风尘地赶回来，进门就喊："爹！爹！"张玉昌正在清点给清河野树林的礼物，一听文之回来了，心中大喜。"爹，我有急事找您！""啥事这么急呀？先喘口气再说。""我马上要回去，部队晚上就开拔。"张玉昌一愣："又要打仗啊？""是呀，这次要到河南，可能要打大仗了。"王氏在屋里听见了，问："文之回来了。怎么，要打仗？""娘，是呀，这次要到河南。"王氏急了，急促地说："我不管你到哪里打仗，一定要安安稳稳地回来，不要有任何闪失。"钟氏闻声也赶了出来，拉着文之的手说："一定会平安回来的，咱文之机灵着呢！"张玉昌稳了稳神，镇静下来说："好了，好了。去给文之准备几套换洗的内衣吧。这仗还不知道打到猴年马月呢。"王氏回屋准备去了。

张文之一看家里套上了马车，就问："爹，您要出远门呀？""嗨，我正想去把同英她母子俩接回来，这都在外面待了两年了，老是在外面漂着我也不放心。再说，你小满婶婶已不在人世了。"文之吓了一跳："她还那么年轻，身体一向好好的，怎么说走就走了呢？"钟氏接过话茬说："她呀，就这命啊！她太喜欢自家的马了，可畜生怎么懂人的想法，一下子趴到她身上，硬生生地把她的腰压断了。"张文之一下子明白了，他在军队里听马倌说过，女兵不能骑发情期的公马，如若不慎很容易出事。赵小满家的马肯定在发情期。想着想着心里一阵酸楚，感觉人生无常，如过江之飘零。又想到这次河南战事肯定也是惨不忍睹，弄不好就丢上卿卿性命。想到这里，更加思念同英和儿子，真想跟爹一起去清河野树林，但部队开拔就在今夜，军令如山不敢马虎。于是，顺手拿过母亲准备好的包裹，牵马就向外走，回身叮嘱爹爹说："给荣广和麦林家捎个口信儿。"

文之走后，一家人的心又悬起来，日子该怎么过还得怎么过。张玉昌叮嘱钟氏去给荣广和麦林家报个信儿，自己和忠义一起奔向清河野树林。他们一路上没遇上什么麻烦，下半晌就到了罗一娇的寨子。这一次，罗一娇非常高兴，带着同英迎出二里多路。刘同英没有改规矩，见张玉昌从车上下来，向前走了几步跪地就拜。张玉昌是个开明的人，再说同英为他家立了功劳，他张家后继有人了，一胎就是带把的。张玉昌赶紧双手把刘同英搀起来，笑着说："同英啊，以后见面改改这规矩，就不要下跪了。"还没等同英说话，罗一娇先开了腔："老爷子真是开明，这老规矩呀，我看着都有点不舒服，还是改了的好，省了很多的麻烦。"张玉昌向罗一娇一拱手说："大当家的说得对。再说，同英是我看着长这么大的，是四围八庄少有的好姑娘，这儿媳我得像亲闺女一样对待啊。"同英低下头没有言语。罗一娇倒是一阵爽朗的笑声。"张大夫每次都送这么多东西来，真难为你了。"一边向寨子里走着，罗一娇一边客气地回话。张玉昌带着感激的语调说："当家的收留了同英，并让她在寨子里顺利地生下镇兴，我们全家人都感恩戴德，我这点付出算得了什么！""张大夫这次来不会仅仅是为了看看孙子吧？"罗一娇一看张玉昌没带女眷，就知道还有别的事。张玉昌笑了笑说："大当家的真是神人。我也不绕弯子了，这次来是想接同英和镇兴娘俩回村。""哦，嫌我这里招待不周吧？"罗一娇没想到张玉昌要接刘同英回村，心收紧了一下。这人呀，日子久了就有了感情，感情随着时间发酵，越来越深厚，这会儿真有点舍不得同英走。张玉昌也明白罗一娇的心思，就说："哪里呀，主要是内人想孙子呀！天天落泪，好像他娘俩去了天涯海角。"罗一娇叹了口气说："其实，大家真舍不得同英走，不过天下没有不散的筵席，她娘俩是该回家了。""妹妹呀，我到村子里目标比较大，有空闲就来清河野树林看看姐姐。不过，这送行酒还是要摆的。"说着道着，就到了聚义厅。二当家的海里漂、三当家的黄天罡已在聚义厅门口等候。张玉昌与他们互相寒暄过后，刚想提出去看看孙子，就被罗一娇看出他的心思，她对同英说："妹妹呀，你先带老爷子去看看镇兴，过一会儿来参加欢送宴。"刘同英领着张玉昌去了自己的住处。

自从同英生了孩子，这房子就只有她和儿子及嬷嬷一块儿住，杏红搬到东屋住了。同英去接张玉昌时告诉过嬷嬷，嬷嬷把屋里都收拾了一番，看上去也很亮堂。镇兴看见刘同英和张玉昌走进来，甩着小手歪歪扭扭地向同英怀里扑去。同英牵住镇兴一只手，拽到张玉昌面前说："镇兴，你看谁来了？叫爷爷，快叫啊！"张玉昌一探身把镇兴抱在怀里说："哦，哦！爷爷抱抱。哈，又长重了。"镇兴一下子安静下来，两只眼睛瞪着张玉昌，也许他感到有点陌生。一路上沉默的刘同英这时问公公："爹，您真的要接我回去？""这还有假？尽管这清河野树林也不错，但还是在家方便一些。况且，文之很少回家，家里冷清啊。""那我怎么面对村里人呢！""这有什么，你是我们家娶的媳妇，我们家没有一个不同意的。再说，赵小满已不在人世了，小虎还是个孩子，我们家也没有对不住她的地方。就是赵小满在世，你跟文之的婚事也是她同意的。""我听爹的。爹，还有一件事我想给您说说。""什么事呀？""我妹妹同娥也在寨子里。""啊，我怎么没听你提起过呀？""我刚把她接到寨子里，那家人待她一直不好，我去给赵小满上坟顺便把她带回来了。""这事你做得对，自从你俩被卖到这里，就再也没见过你家里的人。在这里她就你一个亲人，你不照顾她还有谁呢。这下可好了，就让同娥一块儿回家吧。""爹，这事我得问问同娥，这闺女倔，怕是她不愿意回村。""那也不要紧，常来看看她就是了。如果我没记错的话，她也十二三岁了吧？""是呀，十三岁了。""她没跟你住在一起？""她和杏红住在一块，就在东屋。我这就把她找来。""好，问个明白，也好给当家的回话。"同英一挑门帘出去了。张玉昌抱着孙子高兴得眼泪都流下来了。要是没有这事，文之不知猴年马月才能结婚呢，这真是祖上的阴德呀！

过了一会儿，刘同英把刘同娥带来了。同娥不太爱说话，给张玉昌施了礼，就站到了一边。张玉昌一看，同娥个头不矮，只是瘦削得很，就说："同娥呀，咱爷俩快两年没见了吧，长高了！""嗯。"刘同娥只回答了一个字。张玉昌一看这情形，知道在婆婆家肯定受了很多的苦，也不再拐弯抹角了，就直接问："你愿意和你姐姐一块儿回桑科庄吗？"刘同娥刚才听姐姐说过这事，但这姑娘从小喜欢自由，她觉得在清河野树林自由自在，一日三餐不愁吃，大多时间跟罗一娇练练拳脚，她喜欢这样的生活。想到这些，就直截了当地说："我还是在清河野树林为好，我喜欢这里的自由。"张玉昌觉得这孩子个性很强，有点像文之，就说："既然你愿意留下，那我给你留下点钱，以后常和家里联系，别让家里人挂念。"说完张玉昌从兜里摸出十块大洋放到同娥手里，同娥一下子哭了。她从来没有过这么多钱，给人家当童养媳，见过的大多是铜板，对她来说银圆很少见。同娥觉得姐姐真是遇上了贵人，这家人这么好。刘同英看着同娥在发愣，就说："收起来吧，没想到咱姐俩又要分离了。"同娥哭了，抱住了姐姐的脖子。

送别宴席摆好了，这气氛好像有些悲壮，每个人脸上好像都没有笑容，都知道刘同英要走。这清河野树林来个女人不容易，就是看着也有点望梅止渴的味道。况且，刘同英不仅人长得漂亮，还很勤快，为弟兄们缝缝补补，洗衣洗袜。没想到这就要走了，每个人心里就像结了个苦瓜，一百个不乐意。张玉昌没想到他儿媳妇这么有人缘，心里既高兴又担心，他害怕罗一娇反悔。罗一娇一看这阵势，首先爽朗地笑了起来，接着说："怎么了？一个个像霜打的茄子。看见了没，同英要过正常人的日子了，你们不替她高兴吗？我们常说，盼天下太平，人人都享天伦之乐，人人都有老婆孩子。这不，同英她有自己的家，家里有老有小，老的她要孝敬，小的她要照顾，回家这是很自然的事。来，大家端起碗喝个痛快！"这帮名义上的土匪，骨子里还是有些匪气，还没有脱胎换骨。一看刘同英走定了，豪气劲儿就上来了，酒碗一端一片喧哗。张玉昌佩服罗一娇，这帮人也就她能镇住，要换了别人，一定危害乡里，是老百姓的心腹大患。张玉昌双手举起碗说："弟兄们，我张玉昌一家承蒙罗当家的和弟兄们的照顾，心里万分感激！今天接回同英和镇兴，也不会忘记清河野树林，我会常来走动，看望大家。来，我敬大家一碗！"说完一饮而尽，大家也跟着喝。张玉昌趁机又说："当家的，我带走了同英，可给大家留下了同娥。同娥也是个好闺女，希望您和弟兄们像爱护同英一样爱护同娥。我再敬您和弟兄们一碗！"罗一娇一愣，张玉昌竟然不带走同娥，就问同娥："妹妹，你不想走？"同娥走到罗一娇身边大声说："我刘同娥愿意留在清河野树林，愿意留在您身边！"场面一下子沸腾了，大家更加敬佩罗一娇！有愿意留下的，说明这清河野树林还是养人的。罗一娇立起身，扫了大家一眼，咳嗽一声，说："我们也不是一点出路也没有。原本打算带领弟兄们投靠国军，可这连年的战争不息，也不知道谁打谁，让人心寒。我出身贫寒，弟兄们也是穷苦出身，被逼无奈当了土匪。穷人就为穷人办点事。我刚听到消息，有股力量正在崛起，我意识到他们应该是我们要找的人。"其实，罗一娇没有明说，四月份她和杏红还有黄天罡去赶"韩桥庙会"，遇上了一个商人刘亮，这刘亮器宇轩昂很有风度，因为纳税过高和税官发生了争执。最后，在十几个民团团丁的威逼下，他缴了税，还替几个穿着破烂的做小买卖的人一块儿缴了。他的这一举动，令罗一娇顿生爱慕之心。事后，她派黄天罡联系过刘亮，才知道他是共产党，是专为穷人谋出路的，心里动了跟他走的念头。今天一看大家的情绪，就觉察出弟兄们都愿过有女人的日子，但她罗一娇绝不会允许他们去糟蹋女人。只有一个办法，就是让弟兄们尽早过上有家有业的生活。这些话只有三当家的黄天罡心里明白，就连二当家的海里漂也一头雾水。不过既然有好事，大家就高兴。大家一片欢呼，举碗畅饮开来。张玉昌算富人，但他不歧视穷人。听罗一娇这一说，他倒听出些门道来，那就是国军还不一定坐稳天下，说不定哪一天穷苦人夺了权。桑科庄的平静也使他很迷茫，心想：难道这平静的日子要过不下去了？

带着快一岁半儿子的刘同英，很快又成了人们茶余饭后的话题。尽管这事过去快两年了，一直挂念这事的八爷还是憋不住去看个究竟。看着刘同英的儿子，竟然想起了小时候的文之，一样虎头虎脑的，简直是一个小文之，看来真是文之的儿子。看着看着，忽然觉得有些老规矩是多余的，他也开始觉得文之和同英般配。来的时候有很多话要说，这会儿脑子里一片空白，背着手溜达着回去了，一路默然。后来八爷的一句话传到了张玉昌的耳朵里："张玉昌祖辈积德啊，糊里糊涂地就抱上了孙子。"张玉昌没想到这位老学究会说这话，他觉得八爷也在变化，不那么认死理了。同英最不想碰上的人是小虎，在一个被窝里睡了那么长时间，心里怪怪的，像钻进了跳蚤。其实，同英回村的当天，小虎就看见她了。他看到同英领着一个孩子，去了张玉昌家。小虎已十岁了，有些事也明白一些，他早就听说同英成了文之哥哥的媳妇。但他不太明白为什么，他母亲一直告诉他，同英是他的媳妇，是他爹用十块大洋换来的，他不知同英怎么就嫁给了文之哥。这一天，他远远看着同英，但没敢上前，母亲死后他变得有些胆小了，他要瞅没人的时候，当面问问同英姐姐。几天后，他从学堂回来，老远看见同英去担水，见四下无人，就跑过去喊："姐姐！"刘同英吓了一跳，回头一看是小虎，很不自在地说："是小虎呀，刚放学呀？""姐姐，我问你一件事，你为什么不要小虎，嫁给了文之哥哥？"同英一下子红了脸，小声说："你还小，不懂的。""我懂，我已十岁了。是不是他家更有钱呢？""不是的，我喜欢文之哥哥，文之哥哥也喜欢我。""你骗人，娘说一百块大洋把你卖了。我一直盼着你还回来，回我们家。"小虎说着泪哗哗地流下来。"小虎，你别哭，长大了你就会明白了。我已嫁给了文之哥哥，还为他生了镇兴，不可能再回你的家。"刘同英蹲下身来给小虎擦眼泪，小虎搂住同英的脖子大哭起来。同英看了看四周，不远处正有人走过来，就扳开小虎的手说："小虎，快回家吧，姐姐以后不能照顾你啦。"小虎哭着跑开了，他似乎明白了为什么。刘同英心里难受，她觉得小虎太可怜了。

有些东西就像长了翅膀飞得很快，当天就传开了：刘同英和小虎私下相会，两人相拥哭泣，旧情难断。这种发酵的绯闻越传越离谱，甚至有人怀疑刘同英的人品，有些水性杨花，喜欢野汉子，不知偷了多少腥，怕是镇兴也来路不明。这件事传来传去就传到王氏的耳朵里。王氏心里噎得慌，觉得无风不起浪，就去找钟氏商量，"姐姐，外面疯传同英的事你听到了吗？"钟氏笑了笑说："多少有些耳闻，人吃饱了没事嚼舌头呗。""不会一点事也没有吧？传得有鼻子有眼的。""你不放心，可以叫同英来问问，我觉得这孩子不会隐瞒什么的。""这咋问，这样的事我说不出口。""那好，你等着，我去叫她。"说完钟氏就去西屋把同英喊了过来。同英带着镇兴先给王氏施过礼，抱着孩子站到了一旁。钟氏问："同英啊，我就不拐弯抹角了，外面有些嚼舌头的，说你私会小虎。你怎么看这件事？我和你娘都想听听你的说法。"刘同英大吃一惊，这是她没料到的事，只能实话实说了："大娘和娘都看着同英长大，同英的为人长辈都很清楚。"然后，就把与小虎相遇的事一五一十地说了。钟氏说："这孩子可怜啊，大壮死得早，没想到小满也走了，抽空你常去看看他。我和你娘只是觉得奇怪，有这么多砸牙的。"刘同英没想到婆婆这么开通，心里一块石头总算落了地，也不怕再惹上麻烦，很从容地对待小虎了。王氏接着说："这下可好，一家三个男人，这日子不好过啊！""是啊。同英啊，再做鞋的时候给这爷仨每人做一双。"刘同英觉得钟氏不愧是大户人家出来的，有肚量。自此以后，这两家来来往往，男女之事不仅没人说道了，大家反而觉得刘同英是个懂得感恩的人。

同英走后，同娥接替了同英在清河野树林的位置，和杏红一块儿掌管后勤。平常也没多少事，多数时间跟罗一娇学习拳脚。同娥不像同英那么顺从，她也跟着罗一娇认字，她想读书，做个有文化的女人。

这一天早晨，清河野树林一片大雾，对面刚能辨出人来。同娥刚刚洗刷完毕，郑银嬉笑地走过来说："头，寨子东边长出了许多的蘑菇，你先去看看，如果能吃的话，让弟兄们采一些炖豆腐。"同娥一听郑银的话，心中大喜，几天没有新鲜蔬菜吃了，这蘑菇长得也正是时候，也没细考虑，转身就跟郑银出了寨子一路向东走去。由于雾太大，出了寨子在树林中很难辨清方位，又加上同娥对这一带不熟，只是一味地跟着郑银走。走着走着，突然，劈头一条麻袋罩下来，把同娥蒙了个严严实实。同娥刚要喊，头部被一硬东西猛击了一下，便失去了知觉。醒来时，自己已躺在床上，除了头疼之外，下体火辣辣疼，她不知发生了什么，下意识地摸了一下自己的阴部，手上沾有血迹，她立刻明白自己被强奸了。她吓坏了，大哭起来。

杏红走进来，见同娥哭得伤心就安慰她。同娥哭得更伤心了，杏红怎么劝也无济于事。罗一娇走进来，搂住刘同娥问："你去哪里了？"刘同娥抽泣着说出了经过。罗一娇心中升起了一股怒火。她最见不得女人受到伤害，但她没有真凭实据，不会贸然下手。她安慰同娥说："姐姐一定给你做主！"说完向杏红打了个手势，杏红跟着走出去。罗一娇出门去了郑金、郑银的住处，是郑银把同娥背回来的。说是一块儿去看蘑菇来，走到半路上同娥不见了。由于雾太大，找到同娥时，她已不省人事了，只好把她背了回来。回来后，郑金、郑银哥俩主动要求去采蘑菇，背着筐出去了。罗一娇已在江湖多年，觉得这事情有蹊跷。听完同娥的描述，她就开始怀疑这哥俩有问题，这郑银说得也太巧了。走到两人的住处，罗一娇仔细查看了屋里，没发现什么蛛丝马迹，刚要转身离去，突然瞄上床底下一个木箱，就对杏红说："拖出来打开看看。"杏红打开一看，窝着几件衣服，其中有一件上衣有新鲜的血迹。罗一娇愤怒地说："果然是这两个畜生，去把二当家的叫来。"不一会儿，海里漂走进来，罗一娇和他说明了情况。海里漂一惊，他觉得这哥俩胆子也太大了，在寨子里向自己的兄弟下手，这是公然挑衅罗一娇。海里漂发狠地说："这两个兔崽子是活腻歪了，我这就去把他俩捉来，任凭当家的处置。"

郑金、郑银哥俩心里正美滋滋的，哥俩自认为做得天衣无缝，心里还想着罗一娇给他哥俩记上一功呢。没想到突然跳出几个大汉，拿绳子就绑。这哥俩也不是吃素的，会些拳脚，就对打起来。海里漂大喊一声跳出来，这哥俩一看是海里漂马上住了手，知道不是海里漂的对手，就这样两人被五花大绑地抓到聚义厅。到了聚义厅，大小头目一班喽啰站了一院子，一看罗一娇的脸色，这哥俩吓坏了，扑通跪下大喊："当家的，冤枉啊！"罗一娇把眼一瞪说："是吗？你哥俩冤得很呢！来人，每人先打五十棍子，然后再听候发落。"这哥俩一下子明白了，五十棍子不死也弄个残废，大喊："当家的，饶命啊！"下面的人虽不知道发生了什么事，但罗一娇如此生气，肯定犯了大事。当家的一般善待弟兄们，可白菜是白菜，黄瓜是黄瓜，一出是一出，做事向来分明。"啪嚓！啪嚓！……"一顿棍子，真是皮开肉绽，这哥俩光会哼哼了，喊饶命的劲儿都没了。罗一娇这才问："我没冤枉你俩吧？"郑金、郑银不敢再隐瞒，一五一十地说了。罗一娇说："拖出去，砍去一根手指，轰出清河野树林。"海里漂大声对弟兄们说："这就是残害自家弟兄的下场。"罗一娇接着说："这是从轻发落，如果再发生残害兄弟的事件，我当场宰了他。"大家一阵唏嘘声，但都佩服罗一娇的严明。然而，放走了郑金、郑银，也埋下了后患。

13

　　转眼到了阴历九月，又快到了"韩桥庙会"。清河野树林和刘亮他们来往已比较密切，刘亮去过三次清河野树林，罗一娇明显表现出爱慕之心，这令二当家的海里漂很是不痛快。海里漂爱慕罗一娇，没想到半路杀出个程咬金，让他的梦想破灭。海里漂心里策划着要教训教训刘亮，让他知难而退，不要再缠着罗一娇。这件事刘亮一直蒙在鼓里，他不知道海里漂的想法，总以为他是很搁楞的主，不太好相处。

　　九月十日这天，刘亮带着闫春成又一次来到清河野树林，刚进林子，就被海里漂拦下了。海里漂早有预谋，流动岗哨中有几个他的亲信，他叮嘱他们再发现刘亮先告知他，不要再惊动大当家的，他自会处理。刘亮觉得事情有些蹊跷，心想：罗一娇不会让海里漂迎出这么远吧，离寨子还有五里多路呢。刘亮还在愣神的工夫，海里漂高喊："姓刘的，我说你安的什么心？是不是想拉我们弟兄们跳火坑？大当家的让你这张小白脸给迷惑了，我们弟兄们可看得清楚。"刘亮一下子明白了，这海里漂是瞒着罗一娇来找茬的。自己是个文弱书生，来硬的是不行的，闫春成虽会些功夫，但也绝不是海里漂的对手，况且，海里漂身边还有四五个亲信。怎么办呢？刘亮大脑中飞快地想着对策。他突然想起可以鸣枪，附近肯定有罗一娇的亲随，会很快报告罗一娇。想到这就问海里漂："二当家的，小弟真不知道在哪里得罪了你，如果你觉得我哪地方做得不对，我愿意赔礼道歉。"海里漂冷笑一声说："姓刘的，你有什么本事，迷得我们当家的为你鞍前马后？今天爷和你比试一下，如果你赢了，我以后就听你的，你说向东我向东，你说向西我向西；但如果你输了，你发誓永不踏入清河野树林。"刘亮一听心里有些着急，除了比文，武的哪项也不是海里漂的对手。但他知道论枪法的话，他可能和海里漂在伯仲之间，就说："听说二当家的枪法百步能打铜钱眼，不知是真是假，今日很想见识一下，就比一下枪法吧。"刘亮没容海里漂多想就掏出枪，扣动扳机，只听"砰"一声枪响，大约五十步外一只麻雀落地。海里漂吓了一跳，他没想到刘亮会开枪，这样很快罗一娇就会知道，即使自己胜了刘亮，罗一娇也不会听他的。果不然，清河野树林很快撞响了集合的大钟。海里漂只是想教训一下刘亮，并没想伤害他，如果自己不回去，罗一娇以后不会原谅他的。怎么办呢？海里漂把心一横想：罢！罢！罢！大不了，我离开清河野树林，就掏出枪，"啪啪"两声，更远处两只麻雀栽了下来。就冲刘亮喊："姓刘的，你服不服？"刘亮呵呵一乐说："二当家的，俗话说'尺有所短，寸有所长'，武的是你的长处，你赢了没啥稀罕的，如果文的你赢了，我再不踏进清河野树林。"海里漂被激火了，自己小时候也读过几年书，放狠话说："文的就文的，你以为就你读过书！""好，二当家的不愧为英雄豪杰。那就以刚才的三只麻雀为题作首诗吧。你先来还是我先来？"海里漂心想：这下完了，脑子里一片空白，没有一点诗的影子。事到如今就硬着头皮说："你先来！"刘亮笑了笑说："好，那你可听好了：'一只老雀亡得惨，两个儿孙苦命短。原本同根同血脉，三声闷响丧黄泉。'二当家的你来吧！"海里漂一下子傻了眼，没想到刘亮出口成章，脸憋得像猪肝，半天就没想起一句词来。刘亮看到了火候，就一抱拳说："二当家的，今天就比到这里吧，一比一平手，有机会再向你请教。今天来有要事相商，希望你给个方便。"海里漂正在骑虎难下的时候，远处响起了马蹄声，海里漂知道是罗一娇赶来了，冲刘亮说："算你厉害，这账以后再和你算。"说完，带领亲随抄小路走了。

罗一娇带着杏红、同娥飞速赶到，见刘亮和闫春成牵着马悠闲地走着，一块石头落了地，禁不住问："刘哥，海哥没难为你吧？"

"哦，你知道这事了，二当家的只是和我吟诗作赋，别的没什么！"罗一娇愣了，问："吟诗作赋？海哥会写诗？我怎么从来没听他说过呀。""不过，海兄弟好像对我有成见，我暂时还没弄明白怎么回事，抽个机会我和他聊聊。"罗一娇脸一下子红了，她知道海里漂是为什么，刘亮在一些民族大义的事上明明白白，让人佩服，可在儿女私情上，却像块榆木疙瘩。她略带生气的样子问："刘哥，你真不知道海哥为什么难为你？"刘亮一本正经地说："我就一直琢磨，哪地方得罪了他……"杏红逗刘亮说："哈，你得罪他大了，他跟你玩命的心都有，这事你解决不了。"刘亮愣了，说："有那么严重？那还得央求杏红妹妹疏通疏通。"杏红嘴一撇说："这事你求我没用，你还是求求同娥妹妹吧。"说完拿眼瞄了瞄同娥。刘亮似乎是听出了缘由，他想一向不爱说话的同娥，肯定喜欢海里漂，而海里漂喜欢罗一娇，罗一娇却喜欢自己。其实，同娥一直是个很开朗的女孩，被强奸后变得不爱说话了，所以在刘亮眼里她很沉默。同娥之所以喜欢海里漂，是因为海里漂从小闯荡江湖，好义气，不会嫌弃自己；再说，在寨子里他照顾自己最多，让她感到有了依靠。她也知道海里漂喜欢罗一娇，但罗一娇喜欢刘亮，不会喜欢海里漂这样的大老粗。她跟杏红是无话不谈的姐妹，杏红觉得同娥的想法也很靠谱，她了解海里漂，他是爱一个人就爱到骨子里的人，不会计较别的。再说同娥的模样虽说不上大美人，但也周正耐看，在这兔子不拉屎的地方，海里漂会接受的；所以，她一直鼓励同娥，千万不要放弃。刘亮心里开始明亮起来，自己也确实喜欢罗一娇，她不仅有一身好功夫，还读了不少的书，与自己又有共同的革命理想，是难寻的好伴侣。他满含笑容地回过头来对同娥说："同娥妹妹，愿早日看到有情人终成眷属。"同娥红着脸说："刘亮哥，你说什么呢！"事情就是这样，自从刘亮光顾清河野树林，不仅在清河野树林点燃了革命之火，更点燃了爱情之火。这不，杏红正和闫春成聊得起劲儿呢。杏红也受了罗一娇的影响，没有爱上清河野树林的人，而是和闫春成走在了一起，被他那种革命理想烧着了。对于海里漂来说，也知道同娥喜欢他，他不是嫌弃同娥，而是觉得同娥年纪太小，在自己的心目中还是个孩子。

　　说着道着就进了寨子，来到聚义厅。刘亮怕走漏了风声，没让罗一娇召集大小头目，只是单独给罗一娇说了说这次的计划，让罗一娇带部分人装扮成商人，在"韩桥庙会"上抗税，到时候他会带部分人配合，发动群众，打击税官敲诈勒索，中饱私囊的嚣张气焰。

　　罗一娇送走了刘亮和闫春成，就想起海里漂来，她没有让人把他叫到聚义厅，而是亲自去了海里漂的住处。海里漂正在院子里练飞镖，好像在和谁置气，一边甩飞镖一边嘴里喊着："扎你的眼睛！扎你的鼻子！"罗一娇拍手叫好，说："海哥，你的飞镖又精进了不少。"海里漂见罗一娇亲自来看他，心里一下子热乎起来，说："当家的，不会只是来看我甩飞镖的吧？你可很少来我这里呀。"罗一娇笑着说："海哥，我们相处好几年了，但很少在一起聊天；今天，我突然觉得应该和你聊聊。""不是为了刘亮那小子吧？""有点，但不全是。我觉得我们的心有些疏远了。""说哪里去了，我海里漂会与当家的同生死共患难，你上哪儿我就跟到哪儿，绝不含糊。""海哥，你言重了。我们到林子里走走吧。"海里漂收起飞镖跟罗一娇走出寨子。

　　树林小路上，堆积了厚厚的落叶，天高气爽，海里漂一下子心情好了很多，他还是第一次单独和罗一娇走在这么僻静的地方。罗一娇问："海哥，你觉得我们长久这样下去有前途吗？"海里漂看了看远方说："这很难说呀，官府总有一天会追剿我们的。"罗一娇沉默了一会儿说："就算官府不追剿我们，弟兄们能过正常日子吗？一天两天，一年两年弟兄们扛住了，日子久了，他们受得了吗？""我没想那么遥远，原先我们是玩命的海盗，这几年跟着你，一直过得很悠闲自在。""海哥，人无远虑必有近忧，自在的日子不会很长远，郑金、郑银就是例子，他俩伤害了同娥，在同娥的心里留下了一块很难愈合的疤，她需要一个人，一个爱她的人抹去她心中的阴影。这个人应该是你，她默默地喜欢着你，这你是知道的。""可是，在我心目中她只是一个孩子、一个好妹妹，我从来没向那方面想。""再有几年，她就长大了，你可是她心目中的英雄啊，可别辜负了她对你的一片真情。""可你知道，我……我，喜欢你！""海哥，我正要给你说这件事。这些年，我在清河野树林，就像迷失了方向的一匹狼，我不知道该往哪里去。自从遇上了刘亮，他的革命理想就像一盏灯，照亮了我前方的路，我暗暗下定决心跟他一起实现革命理想。你是我的一条胳膊，我希望你跟我一起闹革命。""我虽然不太懂那些革命理想，也知道刘亮是为老百姓出头的英雄，但我就是有点不服气，他来我们清河野树林也不过三四次，就掳走了你的心，也太美了他吧！""这件事，你就不要再想了，既然你承认刘亮是英雄，英雄就应该惺惺相惜。过几天，我们将会有大动作，有你施展的地方。""是呀，也该亮亮家伙了，要不就锈得拿不出门了。只要你一声令下，上刀山还是下油锅，我都不皱一下眉。""哈，海哥呀，你又来了。刘亮常给我说'身体是革命的本钱'，在革命的同时，一定要保护好自己，避免不必要的伤亡。""嘿嘿，老毛病很难改了。"罗一娇瞧了海里漂一眼说："海哥，刘亮告诉我你们俩在树林边吟诗作赋，你怎么从没告诉过我会写诗呀？""嘿嘿！他倒是文绉绉地弄了几句，我哪能行啊。""海哥，你读过书吗？""小时候读过两年，后来家里穷就不读了，改放牛了。""还是有一定基础的嘛。革命需要不断学习，不断进步，你还得学习文化。我柜子里很多书，你就拿一部分读吧，不认识的字就问同娥，近来同娥进步很大呀。"海里漂心里一动，觉得革命的人真得有两下子才行。他心里也开始对刘亮有了敬意。

寨子里冒出了炊烟，一片静谧的美徐徐展开，晚霞却投下鲜血一样的红，这大自然的矛盾就像人生充满着哲理。罗一娇看着远方说："海哥，你有没有看出这静美中充满着杀气吗？""我没看得那么深远。走吧，回寨子了，傍晚天气凉了。"罗一娇收回心神笑了："走，回去。也许我太伤感了。"

老远处，同娥和杏红迎过来，"大姐，海哥，今晚煮的地瓜，刚刚从地里扒出来的，新鲜着呢。"海里漂用眼瞟瞟同娥说："哈，我就爱这一口，不管你们了，我先去尝个鲜。"说着大步流星地走了。罗一娇拉过同娥的手说："妹子，海哥已愿意接纳你。不过，你年纪还小，以后和他好好相处，日子还长着呢。"杏红说："当家的，自从有了刘亮哥，您做思想工作的水平真像芝麻开花呀！"罗一娇不得不承认，自从和刘亮交往，她在兄弟们之间渐渐没了架子；这要搁在以前，杏红是不敢跟她开玩笑的。但她这些变化更让兄弟们接近她、尊重她。"好哇，死妮子，就知道贫嘴，看我不收拾你！"罗一娇一边说着一边去挠杏红，杏红笑着跑开了。刘同娥看着她俩的亲近样，脸上很久以来不见的笑容爬上嘴角。她望着西天的霞光，内心开始舒展，她要有新的生活，有一个温暖的家庭，生一大堆孩子，让他们读书学习，过一种平静幸福的日子。

接下来的几天，一直很平静。海里漂果真从罗一娇那里抱回来一摞书，主要是些兵法书籍。海里漂挨本翻了翻，大多数字不认识，一下子不知道怎么下手。海里漂想起刘同娥，但又觉得堂堂七尺男儿去求教一个丫头片子，心里觉得很丢面子。正在心神不宁的时候，刘同娥一挑门帘走进来，面带羞涩地说："海哥，听当家的说你要发奋读书，我过来看看是否能帮上忙。""读什么读！大字认不得几个，你是来看笑话的吧？""海哥，我来清河野树林之前，一天书也没读过，但现在我认识不少字呢。听当家的说你读过几年书的，有底子，学起来就快多了。""是呀，我觉得上学的时候也不笨，能背诵《论语》呢。咳，可惜都忘光光了，只想着牛怎么吃草了。""海哥，你能行的。我们一块儿学习，一块儿进步。"海里漂挠了挠头说："嘿嘿！你多指导哇。""海哥，你不是原来对《论语》很熟嘛，那咱就先从《论语》开始吧。我那里有本《论语》，我这就去拿来。"

同娥刚才看见海里漂对着自己那憨憨的样子，心里的阴影一扫而光，匆匆地回到住处，从枕头底下把书拿出来，揣在怀里。站在床前想了想，又把一双布鞋揣在怀里，匆匆走出门，正和杏红撞了个满怀。杏红一看同娥慌慌张张的样子，又见怀里鼓鼓的，就打趣地说："妹妹呀，慌张个啥！我刚从三当家那里讨得好茶，先尝尝再去也不迟呀！"同娥的脸一下子红得像打了胭脂，说："杏红姐，

99

你先一个人喝吧，我去送本书。"说完一溜小跑地走了。来到海里漂的住处，见海里漂正瞅着手里的飞镖愣神，就喊了声："海哥!"海里漂从凳子上一下子站起来，赶紧让同娥坐下。同娥没有急着坐，而是从怀里掏出金黄色缎子包，小心翼翼地打开，里面是一本泛黄的线装书——《论语》。海里漂在衣服上抹了抹手，把书拿起来说："妹子，你真是个爱书的人呀!"同娥说："当家的常给我说，书是上上之品，打天下的都是武将，坐天下的都是读书人啊。"海里漂若有所思地说："我看着这书，记忆忽然恢复了许多，很多片段还能顺下来。"同娥高兴地说："是呀，只是放下得太久了，有些遗忘而已。"海里漂开始顺着大声地读起来，虽然磕磕巴巴的，倒也有模有样。同娥兴奋地鼓起了掌。就这样，两人很专注地学起了《论语》，不知不觉就到了掌灯时分，晚饭都忘了吃。杏红一挑门帘进来，说："怎么? 这么入迷呀?"同娥吓了一跳，她没想到突然会有人进来，就红着脸说："杏红姐，吓杀人呢，进来这么轻飘飘的。""看你说的，我还敲着鼓进来呀? 是你太入迷。走吧，当家的有大事商量。"同娥愣了一下，伸手掏出一双布鞋放到海里漂手里，转身拽着杏红走了。

罗一娇在聚义厅召集了大小头目十几人，详细布置了明天的抗税行动。这一次，由三当家的黄天罡留守寨子，还留了三个小头目驻守；其他十人都装扮成商人，明天早晨天刚放亮就出发，马一小时跑三四十里，用不了一个时辰就到了。这任务直到今天晚上才布置，就是怕走漏了风声。并且，吩咐黄天罡，除他们十人之外，她回来之前，谁也不准离开寨子，如有违反者从重处罚，剁去一只手赶出清河野树林。

第二天，一队人马悄悄离开了清河野树林，顺着大道向着西南方向奔去。马上很少辎重，只是一人一个褡裢，从穿着上看俨然是一队商人。太阳升起的时候，他们到了"韩桥庙会"。这队人马正是罗一娇他们，在庙会的东头很快和刘亮他们接上了头，刘亮对罗一娇耳语："我们先在庙会上逛逛，熟悉一下地形，收税高峰一般在午后，那时群众肯定集结，我们瞅准机会发动群众；民怨很大，这事肯定一促就成，你带人冲上去杀死税官，砸了税场，马上撤离。"罗一娇点点头，就对海里漂说："我们十个人牵着马目标很大，你嘱咐两个兄弟把马拴在那片空场上，守在那里，以便我们及时撤离。"海里漂悄悄地嘱咐了两个弟兄，自己紧跟着罗一娇，怕她有什么闪失，同娥和杏红也不离左右。

秋收后的农民是一年中"最富裕"的时候，各种农产品需要卖出，各种农具需要置备，还忘不了犒劳一下一家人的嘴，称上一斤油条，来上半斤猪头肉……或者狠狠心买上半笼蒸肉包；领了孩子的，一支冰糖葫芦是必不可少的，最顶端的一个山楂往往会放到自己嘴里，那酸酸甜甜的滋味是一种享受。但这一切没有冲淡他们心中的愤怒和无奈，那么高的税让人无法接受，像一块石头一样压在心里，愤怒一触即发。刘亮他们正是抓住了群众的这一心理，通过这次行动，一来打击一下贪官污吏的嚣张气焰，二来宣传革命，提高广大人民群众进行斗争的信心和勇气，扩大我们党的影响。他之所以让罗一娇杀死税官砸了税场后立即撤离，是罗一娇他们一行人目标太大，怕给清河野树林惹上麻烦，只在开始造造声势就行了，以防长期被压迫的群众胆怯。接下来由他们引导群众游行，宣传革命。

罗一娇他们在一个包子摊上吃过午饭，要了一壶茶正慢悠悠地喝着，刘亮向他们发出了信号，他们快速集聚到"木货行"里，这里聚集了很多愤怒的群众，为抗税一片沸腾。瞅准这个时机，闫春成即从人群中站出来进行了简短有力的讲演，点燃了群众压抑已久的怒火。紧接着，刘亮大声疾呼，罗一娇率领八人率先冲上去，高举着腊条杆子拥到收税的桌子跟前。税官惊恐失色，赶忙低声下气，企图用花言巧语平息群众的斗争怒火。罗一娇当机立断，挥起手中的单刀朝税官后脑勺上砸去。税官血溅当场，其余的收税人员抱头鼠窜，愤怒的群众一拥而上，罗一娇他们很快消失在人群中。随后，刘亮带领群众沿街游行，高呼革命口号。当时，"韩桥庙会"上有十几名持枪的民团团丁负责"维持"庙会秩序，因慑于群众威力，只好远远躲在一边观望。罗一娇见行动成功，带领人马悄悄离去。

　　走在回清河野树林的路上，突然想起去看看同英，就吩咐海里漂带领弟兄们先回去，中间不准停留，自己则带上同娥和杏红沿小路去了桑科庄。

刘同英带着儿子正在胡同里玩耍，阴历九月的天气，温差比较大，中午还是比较热，早晚却比较凉。镇兴穿着长袖棉布褂，棉布开裆裤，脚上穿一双崭新的虎头鞋，自己已会小跑。刘同英正逗他跑来跑去，一阵马蹄声响起，由远而近，小镇兴像受了惊吓，张开双臂朝同英奔去，一下子扑到同英的怀里；同英一下子也有些紧张，她以为有军队进村了，仔细听来又觉得不像，进而一想，是不是文之回来了；正在她忐忑不安的时候，三匹马已从大街转进了胡同；马上跳下三个人来，都是商人打扮，正在纳闷，就听："姐姐，罗姐姐来看你了！"刘同英一下子清醒过来，认出来人是同娥、罗一娇和杏红。刘同英抱着孩子快速迎过去，说："啊，同娥，是罗大姐、杏红姐呀，真是想你们呢。"罗一娇笑了，接着一弯腰抱过了镇兴，左看看右瞧瞧说："这孩子胖了，你也胖了，看来还是自己的家养人啊。"刘同英赶紧接过孩子说："快，屋里坐，同娥呀，把马拴到西边的莲子树上，那边宽敞。"西边向后一户没有院墙，院南一棵莲子树长势茂盛，正合适做马桩。这个院子有两间瓦房，一对老夫妻住着，儿子在南京谋了职，就把夫妻俩接过去了，已三年多没回来了，院子快成公共的了，孩子们经常在里面玩耍。罗一娇说："在这里，我们也不便停留太久，以防生出是非来，只要你娘俩好好的，我也就放心了。以前，我总是怕村里人说三道四，很是担心；看来我的担心是多余的。"同英说："怎么也得屋里坐坐，说说话儿呀。"罗一娇沉思了一会儿说："好吧，就不要惊动其他人了。"说完就一块儿走进了堂屋。

罗一娇虽说和这一家人有着特殊的关系，但还是第一次来到桑科村。钟氏和王氏正在裁鞋样，听到客厅里凌乱的脚步声，一前一后走了出来，见是罗一娇、杏红和同娥，赶紧上前施礼，这两位夫人罗一娇已见过多次，也赶紧还礼。钟氏说："恩人能屈尊来到家里，实属稀客。同英啊，去喊你爹来。"罗一娇一摆手说："太太客气了，我和同英形同姐妹，本应该早来看望二位夫人，但身在清河野树林多有不便，生怕引起百姓恐慌；今天正好路过，又扮作商人模样，才敢来家里探望。"钟氏笑了笑说："当家的言重了，清河野树林为维持地方平安做过不少事，怎会引起百姓恐慌呢，我们家可是感恩戴德。"罗一娇叹了口气说："我何尝不这样想，但匪就是匪。同英妹子回村时，我本想敲锣打鼓地送到村里，可怕叨扰百姓，就偃旗息鼓了。我还怕委屈了妹子，现在看来这些想法都是多余的；你们这家人算是大户，做事这么开明是我没想到的。我还得谢谢两位太太教会了我很多东西呢。"罗一娇说完站起来扫视了一下屋里的摆设说："看来，张大夫是个很注重修养的人呀，从这摆设就能知晓一二。他去过清河野树林多次，我的感觉是他有胆有识，没想到他还这么儒雅。"钟氏笑着说："也不怕当家的笑话，在这偏僻的乡村有什么儒雅可谈。倒是当家的有一股仙气，既让人亲近又让人敬畏。"

在她们说话的当儿，同英拉着同娥的手，眼睛有些模糊，进而滴下了泪。同娥反而笑了，说："姐姐，看你哭兮兮的，我在清河野树林过得很好，当家的、杏红姐，还有弟兄们都很照顾我。"其实同娥受了郑金、郑银哥俩的欺负并没外传，也就有那么几个人饭后无聊偷着过过嘴瘾，意淫几句，面上无人议论。所以，同英并不知道这一出，她是想念和高兴才流泪的。杏红调侃地说："同英就看见了同娥，把我们都忘了。"同英用手帕揾了揾眼睛，笑着说："杏红姐是个鬼灵精，还需要人挂念呢。欺负你的人可占不到半点便宜啊！"罗一娇不想在村子里久留，就打断了杏红和同英的嘴仗，说："同英啊，我们该走了，今天发生了很多事，我得抓紧赶回去。"钟氏觉得罗一娇她们打扮成商人模样，不会是仅仅为了来看望他们一家，肯定有别的事要做，就说："既然当家的有要事在身，我们也不便强留了。原本想叫上村子里的脸面人物一起喝个茶，看来是留不下了。""夫人的心意我领了，改日再来看你们。杏红、同娥，我们走！"

同英把罗一娇她们送出胡同，低声地问："大姐，你们打扮成这样是去哪里了？"罗一娇愣了一下，她没想到刘同英会问她这些。笑了笑说："现在还是个秘密，你知道了是个负担，时机成熟了会告诉你的。"说完飞身上马，同娥和杏红紧跟着向东而去。

毫无疑问同英是幸福的，可以说是许多大家闺秀都很难得到这种幸福，可幸福和苦难往往是一对孪生姐妹，清河野树林给她带来幸福的同时也带来了灾难，两双罪恶的手就要掐死这种幸福。

又一个阴历年到来了，除夕之夜，飘起了鹅毛大雪。漫天飞舞的雪花并没有影响孩子们的兴致，三五成群提着灯笼在大街上穿梭，不时地有爆竹声掺杂在人群中，引来许多尖叫声，一派大年夜的热闹景象。同英抱着镇兴走在人流中，镇兴右手握着一盏灯笼，嘴里咿咿呀呀地说着话，高兴得很。漫天飞雪的年夜，同英也是第一次见，完全沉醉在迷人的景象中。拐角处四只像狼一样的眼睛正盯着她娘俩，就在同英抱着镇兴路过拐角的一瞬间，一个黑影从背后用一块手巾捂住了她的鼻子和嘴巴，她挣扎了几下就失去了知觉，另一个黑影快速地抱着镇兴消失在大雪之中，雪地上留下一盏燃着的灯笼。同英醒过来时，已躺在自家的床上，王氏坐在床边抹泪。同英扑棱一下坐起来问："镇兴呢？"王氏哭泣着说："被人抢走了。"

原来抢走镇兴的强盗在刘同英胸前披了封信，信的内容是这样的："张家人听着：要想要回镇兴，就拿一千块现大洋赎人。钱用布袋装好了，初一晚上只准一个人把钱放在村西头场院北里的破窑坑里，如不遵从就弄死镇兴。"刘同英一听，头嗡的一声就昏过去了，王氏连掐带晃的好一阵子，同英才醒过来，醒来后抱着王氏大哭起来，说："一千块现大洋，这是多大的一笔钱呀，这不是明摆着要镇兴的命嘛！"王氏也哭着说："你爹想办法去了，你大娘回娘

105

家借钱去了，我们手底下没这么多现钱呀！"同英清醒了许多，说："娘，就这样把钱给他们，拿了钱还会生事端的。明天一早我去趟清河野树林，让罗当家的想想办法，这一带匪也好强盗也好，没有不买她的账的。"王氏说："你爹也这样想过，他打算明天去县城，把这件事告诉文之，让他带一队人马，于明晚埋伏在破窑附近，抓住歹徒救出镇兴。但歹徒在暗处我们在明处，弄不好他就在不远处监视着我们，害怕他们狗急跳墙伤害镇兴。想来想去，还是给他们钱先救出镇兴再说。"同英一想也是，骑马走出村子，目标太大，又没见过歹徒，风险太大。想了想也没什么更好的办法，就只有流泪的份了。

过了一个多时辰，都半夜了。张玉昌推门进来，肩上披了一个褡裢，鼓鼓的。进门就问："大春她娘回来了吗？"王氏说："这冰天雪地的，也许明早才能回来了。"张玉昌想了想说："我是怕又生出事端来，她村里有风俗，腊月二十三到年初一闺女不能回娘家，否则不吉利。"同英接着说："爹，要不我去接娘回来吧？""你一个年轻女子，走夜路很不安全。我想你大舅会送你娘回来的。"说完就把褡裢里的银圆一股脑地倒出来，一枚一枚地数起来。王氏嫁给张玉昌二十年了，还是第一次见他这么专注地数钱，眼泪又流出来，说："还差多少啊？"张玉昌头没抬，一边专注地数着一边说："三个铺子里的现钱我都拿来了，加上家里存的，共六百八十三块，还差三百一十七块。"王氏抽泣着说"但愿姐姐能顺利地借到钱。"张玉昌没有再说话，一把一把地把银圆装到一个布口袋里，锁到一个楠木柜子里，背着手在屋子里走来走去。他倒不是害怕钟氏借不到钱，而是害怕镇兴受到伤害。

钟氏娘家在离桑科村向东不过十里地的钟家庄，按理说早应该回来了。事实上，钟氏到了娘家还没开口，她大兄弟就知道姐姐家肯定发生了大事，要不这大年夜的，下着这么大的雪，她踮着个小脚走这么远的路回来，就赶紧把老二、老三找来了。钟氏看着三个弟弟，说："这大过年的我跑回来，你们不怪我吧？"

大兄弟钟林海赶紧说："姐姐说哪里话了，这是你的家，你想什么时候来就什么时候来。"

二兄弟钟林江、三兄弟钟林河也都随和着说："是呀，兄弟们都盼着你来家走走呢。"

钟林海又问："姐姐，有件事我不理解，今天下着大雪，就算有大事发生，你也应该坐马车来吧。"

钟氏叹了口气说："真是发生了大事，镇兴让人抢了去了，讹诈一千块大洋呢！我之所以没坐马车，是怕动静太大，惊动了贼人，对镇兴不利。"

"什么人胆子这么大，干起抢人的勾当。"

钟氏摆摆手说："这些都一无所知，我今晚来是向你哥仨借钱的。"

钟林海说："姐姐你就说个数吧，俺哥仨给你凑齐。"

钟氏说："就凑上五百块现大洋吧。"

钟林海沉思了一会儿说："好，我拿出三百块，林江和林河一人一百，你哥俩看怎样？"

老三钟林河接着说："哪能让老大哥拿那么多呢，你拿二百吧，我和二哥一人一百五。"

钟氏看到三个弟弟这么和睦相处，心里由衷地高兴，就说："就按林河的主意办吧，现在拿上我就走，以防误事。"

钟林海说："大姐，这钱就这样给了歹徒，这也太便宜他了吧！"

钟氏说："你不说我倒忘了，这么轻松地尝到甜头，他们还会再生事端的。我已离桑科村十里地了，料想也不会有耳目。这样吧，林海呀，你套上马车，我要到清河野树林走一趟。"

钟林海满怀疑问地说："清河野树林可是土匪窝，姐姐你为何要去哪里呀？"

钟氏蛮有把握地说："三位弟弟有所不知，这清河野树林和张家有很深的渊源，罗一娇不会袖手旁观的。"

钟林海也听说过刘同英的事，但具体不是很清楚，既然姐姐这样说，也没什么可怕的，就说："好吧，我这就去套车。"

钟氏坐马车离开钟家庄一路向东北而去，雪已经停了，强烈的西北风，让人感觉到一切都掉进了冰窖里一样，白马不停地打着响鼻，也许是干冷的空气让它鼻子发痒的缘故。钟林海害怕白茫茫的大雪会迷路，所以雇了钟家庄最好的车把式，一路还算顺畅。他们到了清河野树林的时候已是深夜，一接近林子就被流动哨发现了，这是钟氏他们没想到的，更增加了他们对罗一娇的敬佩之情。

见到罗一娇钟氏说明来意，罗一娇想了想说："看来歹徒人数不多，不会超过三个人，去的人多了会打草惊蛇，我想派两个功夫好的人去，化装成张家的人去送钱，见机行事擒住歹徒。如果擒不住，先救回镇兴再说。到时候歹徒一露面，我们就知道他的真面目了，然后再派大队人马围剿，歹徒带着一千块银圆，目标很明显，估计逮住他们也不难。"钟氏竖起了大拇指，心想：罗一娇果真不同凡响，想得不仅周到而且切合实际。罗一娇知道事不宜迟，就让海里漂化装成张玉昌，杏红化装成王氏。海里漂个头和张玉昌差不多，都是大高个，杏红虽比王氏高点，但化装后形体也很相似。琢磨后又派黄天罡打外围，以防不测。就这样化装后的三人就随钟氏坐马车一块儿赶回桑科村了。

钟氏一行到达桑科村时已是凌晨三点多了，因为过年，大门两侧大红灯笼照得通红。钟氏向前叩响门环，只听里面有人问："谁呀？"钟氏听出是同英的声音，就说："同英啊，是你娘回来了。"刘同英赶紧开开大门，被眼前的情景惊呆了，她没想到公公和婆婆都在，自己出来的时候他俩还在堂屋，还在等大娘回来，怎么会突然间跑大门外了呢？钟氏推着惊呆了的同英说："走，到屋里再说。"钟氏让把大车也赶进来，嘱咐兄弟暂且在这里住下，以防惊动歹徒引起误会对镇兴不利。进得堂屋来，张玉昌也吓了一跳，正在纳闷的时候，钟氏把前后经过详细一说，一家人才恍然大悟，都感觉罗一娇此计甚妙。

天亮以后，像往年一样，张玉昌家有许多拜年的来来往往，家里人只有刘同英出来进去地到八爷家送些贡品，海里漂、黄天罡、杏红都躲在卧室里不曾露面。一直等到夜晚，海里漂和杏红一块儿向村西头破窑走去，距破窑五十米杏红停下了，海里漂一个人提着装钱的布袋来到破窑坑，在那里等。过了一袋烟的工夫，从场院麦穰垛后面闪出一人，蹑手蹑脚地来到破窑坑，问："银子带来了吗？"

来人用黑布遮了脸，但海里漂听着声音耳熟，一时也想不起是什么人。他学着张玉昌的声音说："先给我看看我孙子，确定我孙子没事后我再把钱给你。"

"哈哈，这由不得你，孙子嘛，死了。"

海里漂一惊，原本他是个火暴脾气，恨不能上去把眼前这厮扒了皮，但事关人命，他还是压了压火，说："如果我孙子有个三长两短的，一块大洋你也拿不走。"

"老东西，你真是不见棺材不落泪。好，就让你看看你孙子。"来人说完打了个响指，从另一麦穰垛后面又出来一人，怀里横抱着个小孩。

海里漂说："这样吧，我夫人就在那里蹲着，一个女流之辈，也给你俩构不成威胁，我把她叫过来抱孩子，你们俩可以一块儿过来验钱，可别走了眼。"

"老东西，你可别耍什么花招，惹怒了我，你夫妻俩的命都得留下。"

海里漂回头喊："文之他娘，你过来先抱住孩子，两位英雄要先验银子啊。"

杏红慢悠悠地走过去，从一个黑衣人手里抱过孩子，抱过来她就感觉不对，镇兴竟然一动不动，她把手指放到鼻孔上一试，孩子已停止了呼吸。杏红勃然大怒，飞起一脚向对方裆下踢去，这是一脚夺命脚，是罗一娇传给她的绝招，因为这招太狠，踢中的人不死也会重伤不能动弹，所以轻易不用；今天，镇兴的死让杏红怒火中烧，黑衣人扭成一团昏死过去。站在海里漂对面的另一个黑衣人一看情况不对转身就跑，海里漂掏出飞镖向他右腿射去，由于夜里太黑，没有射中。眼看黑衣人已跑出三四十米，突然，从沟里跃出一个人，正是黄天罡，一个箭步向前照面门就一拳。黑衣人只顾逃命，没想到半路杀出个程咬金，"噗"的一声，打了个正着，黑衣人仰面倒在地上。黄天罡用脚踩住他的胸膛，撕开了他的面纱，这张脸他太熟了，就是在黑夜他也一眼就看出来。高声骂道："畜生，没想到是你。"

这人是谁呀？正是郑金，不用说另一个就是郑银了。这哥俩自从被逐出清河野树林，又干起了抢劫的勾当，抢了钱就去逛窑子，由于心理缺陷，哥俩每次只包一个妓女，说什么既刺激又省银子，闹得妓女都害怕他哥俩。这哥俩还有个特点就是心胸狭窄，睚眦必报。清河野树林的事，原本是这哥俩先作的孽，可他俩却把账算到了同娥头上，想了很久觉得无从下手，进而就想到了同娥的姐姐同英。哥俩商量来商量去，觉得就从镇兴下手，既敲诈了银子又报了仇，可谓两全其美。谋划已久的阴谋就在大年之夜，各家欢庆的日子开始了。郑银先去买了蒙汗药和两套夜行衣，把药洒到一湿手巾上。天一黑就猫在胡同的拐角处盯着张玉昌家大门，看到同英抱着镇兴出来玩，就悄悄地跟在后面，后埋伏在人流比较稀少的一个拐角处，等刘同英一拐弯，郑金就从身后用洒了蒙汗药的手巾捂住了同英的嘴和鼻孔，同英昏迷后，郑银就抱走了镇兴，并把一封敲诈信掖在了同英的胸前。可路上镇兴哇哇大哭，怎么哄也不听，郑银就用一只手捂住镇兴的嘴，另一只手抱紧镇兴的身子，不让他动。由于胆怯，慌乱中把孩子的鼻子和嘴都捂住了，等抱出村子，镇兴已停止了呼吸。哥俩怕走漏风声，一直躲在野外的一个瓜屋里，又冻又饿，但一想到白花花的一千块大洋，还是挨到第二天晚上，埋伏在场院的麦穰垛后面，静静地等。他们没想到等来的是自取灭亡的结局。

郑金、郑银被绑了，拽到张玉昌家的院子里，跪在雪里等候处置。同英知道镇兴死了后，悲伤直冲心头，发了疯地扑向郑金，一口就咬下郑金的一只耳朵，疼得郑金哇哇大叫，接着用手胡乱抓他的脸，一会儿郑金的脸血肉模糊了，郑银吓得裤子都尿湿了，跪那里像筛糠一样。王氏已瘫在地上，哭的力气都没有了，多好的孙子，就这样身亡命殒了。张玉昌跟跄了几下还是站住了。杏红拉开了同英，把她搂在怀里。张玉昌老泪纵横地问："我家与你俩无冤无仇，你俩怎么如此恶毒？"郑金已疼得不能言语，郑银也吓得说不出话来了。黄天罡把事情的缘由前前后后地说了一遍。张玉昌长叹一声："作孽呀！"海里漂说："张大夫，这二人作恶多端，不能再把他俩留在世上，但在村子里杀人不太合适，我把他俩带回清河野树林让大当家的发落吧。"张玉昌摆了摆手，把头扭向了一边。杏红拍了拍同英的后背说："你有多悲伤我们都知道。这样吧，你跟我们回清河野树林，亲眼看着处死这两个畜生。"张玉昌摇了摇头说："同英还是留下来吧，我相信大当家的会秉公处理的，这两个人留着一定是祸害。"钟氏在旁边恨得牙都咬得疼，没想到家里会发生这么让人痛心的事，她把哭得上气不接下气的同英搂过来说："同英啊，还是听你爹的吧，我们可只有文之一个儿子呀，你还是留在家里为好。"海里漂一拱手说："好，希望你一家人多保重，我们先别过，改日再来看望。"说完像拽死猪一样把郑金拽上马车，黄天罡也把郑银拽上车，三人也先后上了马车。由于车上太挤，钟林海暂且留在了姐夫家。

郑金、郑银的下场就不用说了，这件事对罗一娇的手下震慑很大，很多有想法的人都不敢再做梦了，怀有侥幸心理的也都断了念想。接下来张玉昌家痛苦还在继续，但有件事还是要办的，就是给镇兴说门阴亲。神婆三仙姑四处打听，算来算去，最后给镇兴说了林牧村的一个小姑娘，这姑娘五周岁，长相漂亮，得病死的。说是女大三抱金砖，又不是横死，很是般配。当然，三仙姑好处费少不了，而且从女方的礼金里还扣了五块大洋。

事情算是过去了，派人告知了文之，文之虽然悲伤落泪，但也没有急着回家，而是镇兴入土以后的第五天，才骑马回来。张玉昌很是生气，劈头盖脸地批了他一顿。说得也是，这张文之可能太年轻了，对孩子的死没有想象的那么悲伤。同英常常精神恍惚，半夜醒来总是以泪洗面，钟氏和王氏都看在眼里，两人都很担心，担心同英这种状况怎么再怀孕，有意给文之再说房媳妇。这件事钟氏说给张玉昌听，张玉昌觉得同英还没从失子之痛中缓过来，要是再给文之娶个二房，更会雪上加霜，说不定会真的疯了，就说："这件事不能这么仓促，我先给同英开几服养神志的药吃吃，说不定很快就好起来。再说，他们还这么年轻，急什么！"钟氏觉得玉昌说得也在理，就劝说了王氏，这件事就暂且放下了。

　　村子里对这件事传闻不少，很多都是说抢来的媳妇不吉利的；再说好马不配双鞍，好女不嫁二夫，这是上天在惩罚刘同英，惩罚她的不忠。甚至，小虎还有点幸灾乐祸，充满恨的内心找到了平衡；再后来，他看见精神恍惚的同英，心里还有些心疼，他对同英的感情并没有全部抹去，相反，随着一天天长大，还多了些非分之想。他很希望刘同英真的疯了，文之不要她了，自己再把她领回家。

15

　　张玉昌不愧为名医，刘同英吃了十几服醒脑开窍的药，病情好转了很多，精神不再恍惚，但整天还是以泪洗面。道理很明白，镇兴走了，已不在人世，无论你怎么悲哀，即使把眼睛哭瞎了，他也不会回来了。可刘同英的内心有说不出的痛，是外力无法拯救的，也许唯有时间才能治愈了。

　　时间过得也飞快，转眼三个月过去了。今天是文殊菩萨诞辰，同英早起清扫院子。忽然，大门外闪过了一个人影，好像抱着一个孩子，那孩子很像镇兴。同英以为自己看错了，揉了揉眼睛，一个人影又闪了过去，她清清楚楚地看见抱着的是镇兴，她放下扫帚追了出去。胡同里空荡荡的，只有初夏的微风掠过她的耳梢，她一阵心慌差点晕了过去。她正叹着气向后转的空，胡同的北头那个影子又闪了过去。刘同英的心一下子揪了起来，不顾一切地追了过去，追着追着就跑出了村子，人影没有了。同英觉得是镇兴的魂魄在召唤她，顺着大道向北跑去，她不知道跑了有多远，猛一愣神，看到了一个斜坡，正是她和文之第一次偷尝禁果的地方，尽管没做成，但那场景令她终生难忘。她慢慢地走过去，静静地躺在茅草上，不一会儿，全身抽搐起来，头疼欲裂，她开始在茅草上翻滚，疼痛实在让她难以忍受，爬起来冲进了清冽冽的小清河水里，河水很快没过了她的头，她扑腾了几下，就失去了知觉……

　　刘同英睁开眼睛时，发现自己躺在一个小土屋的草铺上，她轻轻地翻过身坐了起来，这才看清屋子里有锅碗瓢盆，很显然有人在这里居住，她觉得肯定是这屋子的主人救了自己。她用手撩了撩头

113

发，发觉头不疼了，浑身除没劲儿外再没别的感觉。这才想起自己冲进了水里就失去了知觉，赶紧抓了一把自己身上的衣服，发觉上衣和裤子都是肥大的男装，这才知道自己昏迷中被别人扒了个精光换了衣服，羞辱感一下子塞进了脑子。她冲出土屋，刺眼的阳光一下子让她难以适应，用右手遮住了眼睛，过了一会儿才向四周巡视，这里是一片荒坡，没有庄稼，也没有树木，有的只是一片荒草。她看了一圈后没一个人，自己的衣服在不远处竖起的几根木棍上晒着，格外醒目。同英没有去换衣服，而是加大了搜索的范围，来到小清河崖上，把目光投向了小清河，这才发现小清河里的木筏上有个赤条条的汉子，一丝不挂，正在挂网上摘拾鲈鱼。一股厌恶感涌上心头，一种被强暴的感觉一次一次地撞击脑门，一个陌生的赤身裸体的汉子，扒光了自己的衣服，做了些什么自己都不知道；可一个新的发现让她平静下来，河滩的苇草里有一个身影在蠕动，看头发像是一个妇女，像是在捡拾什么东西，一会儿蹲下一会儿站起来。刘同英自言自语道："也许……也许是这位妇人为自己换的衣服，看上去，这两位像是一家人……"

同英走回去捡起已晒干的衣服，匆匆地换上，浑身上下摸了好几遍，确信自己是穿着衣服的活人后才重新走出土屋，慢慢地走向那位妇女。十步、七步、五步，正要开口问，那位妇女突然回过头说："你醒了？"刘同英吓了一跳，问："我走路这么轻，你怎么知道我在你身后？"那位妇女笑了笑说："其实，你第一次站到河崖上的时候我就发现你了，在这荒坡住久了，平常听到的只有风吹苇草的沙沙声，有其他的响动很容易感觉到。"通过这对话，刘同英已确认是这位妇人替自己换了衣服，心中有股暖暖的感觉，眼泪在眼圈中转来转去，眼看就要滴下来，她赶忙用手背抹了去，说："谢谢你救了我，要不我可能葬身鱼腹了。"这位妇人笑了笑说："我老伴原以为你想不开呢，这么年纪轻轻的就跳河寻短见，看来你是不小心掉河里了。"刘同英有点不好意思地说："我也不知为什么掉进河里了，这清冽冽的小清河水倒使我变得清醒了。哦，木筏上是你丈夫吧？他在河里待这么久了，怎么不上岸？""不怕你笑话，我老

114

俩每人就一套衣服，他的衣服给你换上了，只能光着屁股，可能看到你在这边，觉得上岸不太方便。"刘同英这才明白为什么这位妇人不给她换套女装，赶紧说："你喊他上来吧，大爷的衣服我已叠好，放在草铺上了，我到那边避一下就是了。"

刘同英并没立即告别这对救命的夫妻，而是接受了这对夫妻的邀请，和他们共进午餐。捕鱼为生的夫妻，中午饭自然离不开鱼，煎鱼、蒸鱼、炒鱼，还有鲜鱼汤，前三种都是晒干的咸鱼，说是咸鱼也不是太咸，就一卤盐，在水中浸泡后再下锅的，面食是玉米面和地瓜干面掺在一起的窝窝头。可开饭的场面很特别，所有的菜都是为同英准备的，老夫妻俩每人右手举着窝窝头左手握着一棵大葱吃得津津有味，还一个劲儿地劝同英："多吃点鱼，我们俩吃鱼都吃伤了，你别见怪。"同英这才明白这对夫妻对着香喷喷的鱼怎么不动筷子，就问："大娘、大爷，你们在这里住了多久了？"老妇人先回答说："二十几年了，但冬天回家住。家里有五间房屋，儿子和儿媳住三间，我们老两口住两间，就在河对岸的道口村。"同英有些纳闷，每次问话都是老妇人回答，这老伯一句话也没有，只顾吃饭干活。刘同英吃着这鱼确实很香，好像从来没吃过这么香的东西，就问："大爷，你这做鱼的手艺从哪儿学的？"老妇人接过话茬说："你别问他，他嗓子坏了，说不出话了。他呀，年轻的时候可是一大厨，伺候过济南府的老爷；后来呀，济南打仗了，一颗不长眼的子弹穿过了他的声带，就哑巴了。"见是这样，同英也不便多问，就把上衣最上端的一个纽扣扯了下来，说："大娘，救命之恩，没有什么可报答的；以后，可能会常来问问安。这颗纽扣是纯金的，你就收下吧，要不，我心会不安的。"老妇人看同英的穿戴也断定她是富人家的，是不缺钱的主，一颗金纽扣不会妨碍什么，也就腼腆地收下了。同英站起来说："大娘、大爷，我离开家一上午了，家人不知道急成什么样，我得回去了，以后我还会来看你们的。"说完就走出了土屋，斜插着向大道走去……

张玉昌家里可翻了天，同英出走一上午本没什么，这在村子里是常有的事，问题是院子扫了一半，扫帚丢在了当院子就不见了人影，这是让张家不安的事。张玉昌找了不少人手到处找，可刘同英像是人间蒸发了一样，没了人影。有两个人暗暗地关注着这件事，一个是小虎，一个是长乐；小虎是真的担心同英出事，虽然心里有一股恨，但他还不希望同英死。长乐有点幸灾乐祸，早上同英看见的那个身影就是长乐；长乐知道小虎恨同英，又觉得这三个光棍的家，与这个女人有关，特别是赵小满的死，他觉得与刘同英有直接的关系，他想报复一下刘同英，就偷偷地买了一顶类似于镇兴常戴的帽子，戴在一个枕头上，扮演了早上起来的一幕。这一切长乐认为没人知道，只有他长乐一人知道，殊不知，要想人不知除非己莫为，他的怪异行为被嘞兰兰看见了。长乐觉得她是个疯子，并没在意。正当张玉昌和钟氏、王氏商量派人去文之那里看看的时候，同英完好无损地迈进了家门，张玉昌家才一块石头落了地。同英讲述了这半天的经历，张玉昌心里拧了个疙瘩，他觉得就同英现在的状况，不会出现幻觉，一定是有人作祟，他害怕以后还有类似的事情发生，就叮嘱家里人说："这件事，一定有人背后搞鬼，特别是同英一定要想清楚，镇兴已不在人世，不可能再复活，不要再存幻想，让坏人有机可乘。这次是不幸中的万幸，要不是遇上那对老夫妻，你这条命就搭上了。"钟氏也觉得奇怪，这人是谁呢？小虎吧？他还是个孩子，身形一眼就看出来，就同英的描述，是个身形高大的人。那会是谁呢？想了半天也没想出来。

　　傍晚时分，钟氏拿了鞋样，坐在胡同口纳鞋底，还有几个婆娘一起，一边做针线活一边闲聊。嘞兰兰瘸着一条腿从西边街上走过来，嘴里嘟囔着："枕头，帽帽。枕头，帽帽……"钟氏脑子里一个念头闪过，钟氏的聪明是远近闻名的。她冲兰兰喊："兰兰，这边来，娘回家给你拿好吃的。"嘞兰兰一听有好吃的，像条件反射一样一瘸一拐地走过来。其实，兰兰长得并不丑，看上去还有些俊俏，也不知道她从哪里来到桑科村的。她也并不是没有家，还真有一个村民把她领回了家生了一个女儿，听说只要不吃她的奶，就不会是疯子，结果孩子生下来就用红糖黏粥喂，现在已有两岁了，看上去正常。即使是有家，兰兰依旧吃着百家饭，到处游荡，碰到饭时，总是好心人给块干粮咸菜，就这样一天天地过着。当然，也有许多恶念的男人，把她假想成泄欲的工具，总是丢去淫淫的眼光，更有欲壑难填的人，黑夜里用好吃的把她骗到野外糟蹋一番，在这些禽兽眼里她没有人的尊严，只是个玩偶。当然，钟氏不会在这么多人面前问兰兰些很隐秘的问题，以防事情复杂化，毕竟兰兰是个疯子，她的话到底是不是疯话，那要看听的人是谁。钟氏牵过兰兰的手说："走，跟娘回家拿好吃的去。"两人就这样走回了家中。钟氏拿出一根油条塞到兰兰手中，悄悄地问："兰兰，油条好吃吗？""好吃，好吃！"兰兰也知道什么好吃。钟氏又拿起一根油条说："娘问你，你好好回答我，这根油条还给你吃。"兰兰一个劲儿地点头。"娘问你，枕头，帽帽，是谁呀？"兰兰没有回答，嘴里只是嘟囔："好吃，好吃！"钟氏又把油条塞到兰兰手里，兰兰看着钟氏眼里流出了泪。钟氏吓了一跳，心里感觉到这兰兰没有全疯，还知道冷暖，没有再问她，而是伸手擦掉了她眼角上的泪。兰兰一边低头吃油条一边嘟囔："帽帽、枕头、长乐，睡觉觉。"钟氏一下子明白了，那个身影一定是长乐，这是她一直想到而不敢确定的事。这样的结论很符合实情，只是一直感觉长乐可怜而不想这样想，如今兰兰的话印证了这个事实。

钟氏稳定了一下心情，便若无其事地牵着兰兰的手走到街上。几个婆子看到兰兰手里的油条都露出馋相，都打趣地说："哎呀，兰兰吃上油条了，这可是逢年过节的事。"钟氏笑了笑说："这兰兰也真是可怜，也没有个知冷知热人看护，每天都这样傻逛，遇到坏天气可要遭罪了。""说得也是呀，白白为金宝生了个女儿，这人真没良心。""大概叫狗吃了！"更让钟氏没想到的是兰兰吃完油条没有到处闲逛，而是安静地坐地上看她们做针线活。钟氏有些悲伤，她感觉到这个兰兰有正常的一面；如果她丈夫把她拢到家里，也许她会安静地生活，可她在人们眼里就活脱脱一个嘲巴，没人在意她的感受。钟氏眼睛有些潮湿，说："兰兰呀，你过来，娘给你量个鞋样，给你做双新鞋。"钟氏从兰兰脚上褪下脏兮兮的布鞋，发现后跟都已踩烂，前头也拱出了大脚趾，臭得很。钟氏屏住呼吸用一根麦秸认真量了一下，又量了一下鞋样，发现兰兰的脚和同英的几乎一样大，皱了一下眉说："兰兰呀，你别乱跑，娘给你端盆水洗洗脚换双新鞋。"其他几个婆娘都坐不住了，在她们眼里，钟氏应该是高贵的，张玉昌家的事得主一半，她们一向说话都有点巴结的口吻，没想到她对一个疯子会这么好，这让她们有些不适应。

不一会儿，钟氏端着半铜盆清水，拎着一双崭新的齐口布鞋走回来。其他几个婆娘也像是受了点拨，灵性起来。洗脸、洗脚、梳头，很快就把兰兰收拾了一遍。兰兰一直很顺从，脸上始终挂着微笑，也许在她的记忆里只有娘这样伺候过她，也许她不太明白什么叫幸福，但久违的舒服感让她像一只温驯的小绵羊。事物总是有它的两面性，夜色降临的时候，有些光鲜的兰兰很快成了性的牺牲品，不止一个人在她身上满足了自己的兽欲……

这样的夜晚，平常人家还是做着平常事。张玉昌回到家中，钟氏、王氏、同英已等在饭桌旁，张玉昌洗把脸和手入座，一边吃一边讲今天出诊的见闻："今天中午，我遇上一位两眼通红的病人，眼眵堆满眼角，眼泪直往下淌，不断地用手去揩，显露出十分忧虑的神情。详细地询问病情后，我郑重地告诉这人说：'依我看，你的眼病并不要紧，只需吃上几服药便会痊愈，严重的是你的两只手掌十天后会长出恶疮，那倒是一个麻烦事儿，弄不好有生命危险！'这人一听，吓坏了，赶忙说：'张大夫，既然红眼病无关紧要，我也没心思去治它了，请你快告诉我有什么办法治好我的手掌啊？'我假装沉思良久，面色凝重地说道：'办法倒有一个，就怕你不能坚持。'这人拍着胸脯保证：'我都生命垂危了，还有什么不能坚持的。'于是我对他说：'办法很简单，就是每天左手和右手轻轻地搓，除吃饭时间外不能停，搓得越慢越好。如此坚持方能渡过难关。'这人听完有点不相信，但看我脸色凝重，就保证说：'张大夫，没想到会这么简单，我一定坚持住，请放心！'"

说到这儿张玉昌戛然而止，不说了，只顾吃自己的饭。同英觉得很奇怪，就禁不住地问："爹爹，搓手真能治病吗？"钟氏笑了笑说："你爹呀，医道高明，不只是他医术高，更重要的是他肯动脑筋。他呀，是在转移病人的注意力，好好的手上怎么会长疮呢。"张玉昌笑了，说："还是你娘了解我呀，手掌长毒疮是假的，我见他忧心忡忡，老是惦记着眼病，而他的眼疾恰恰与精神因素关系很大，于是我想出这个办法，将他的注意力分散、转移到别处。除掉心病，眼疾便慢慢好了。其实，清代名医叶天士就有这么一方，我只不过给他改编了一下，他是摸脚，我呀，干脆就让他直接搓手了，这样效果会更好。"

刘同英没想到治病还有这么多智慧在里边，看来一个名医的称号，真是不好得呀！这使她想起文之，爹爹这么好的医生，他却不好好地学，却去当兵，过刀尖上的日子，她禁不住叹了口气，刚想插言，钟氏接过话说："有件事我得说说，这对我们家很重要。"张玉昌接过话说："什么事这么郑重啊？"钟氏看了看同英说："就是同英上次离家出走的事。今天，一个疯子告诉了我实情。""一个疯子？谁呀？"同英有些着急地问。

"就是嘲兰兰，今天我才发觉，她并不是真嘲，还有正常的一面，她还懂得感恩。她告诉我，那个人影是长乐；长乐抱着一个枕头，枕头上戴着一顶镇兴常戴的一种帽子。"王氏有些恼怒，说："长乐怎么会这样呢？看上去挺本分的人！"张玉昌说："长乐喜欢赵小满，这事族里人虽没插手，但大多也心知肚明。我估计，赵小满的死，长乐迁怒于同英。明着他不敢怎样，暗地里却干了这勾当。"王氏说："赵小满的死关我们同英啥事呀，真不是个东西！"张玉昌说："首先，同英得面对现实，镇兴已经走了，怎么想他也不会再回来，不能因为思念心切给有些不怀好意的人可乘之机；再一个，家里人不要再提及此事。找个机会，我会旁敲侧击地在长乐面前透露此事，让他好自为之。"张玉昌一看大家表情凝重，就说："不提了，吃饭，吃饭！"

幸灾乐祸的长乐，发现刘同英不但没事，而且变得更精神了，好像又回到了从前，心里犯了嘀咕，到底这个法子行不行；如果有效果，自己会多来几次。隔了几天，见没有动静，就想到张玉昌的药铺探探风声。这一天晚饭后，天气闷热，没有一点风丝，院子里的老榆树像是得了风热病，一点精神也没有。长乐的心也像是被鏊子煎了，热得在胸膛里乱蹦，在院子里憋了几圈，实在憋不住了，出门向张玉昌的药铺走去。

一挑门帘进来，正赶上张玉昌在喝大茶，燥热的长乐觉得自己有口福，来得早不如来得巧，就说："玉昌哥，今儿闷了壶啥好茶呀？"张玉昌一看是长乐，就说："真是想谁谁就到哩，这几天老惦记着你，也不来看看老哥，躲哪里去了？"长乐一下子变得不自在了，笑得也很勉强，说："哪里呀，这几天地里活计多，瞎忙哩。"张玉昌心想：是狐狸总会露出尾巴来的。"来来来，这茶可是上等的龙井，就我也很少喝到，你可是有口福呀。""哎呀，就我这不会喝茶的，在门外就闻到茶香了。"长乐小心翼翼地坐下，心里有鬼就是不自然，三杯茶下肚，才安下神来，刚要开口说话，张玉昌突然问："长乐呀，那一早晨，有人看见你抱着个枕头满街跑，枕头上还戴着顶小孩帽子，那是干啥呀？"长乐的脸一下子变黄，又变绿了。他没想到张玉昌会说得这么清楚，真像是自己亲眼所见，长乐一下子慌了神，愣那里了。张玉昌知道说到要害了，又接着说："咱可不干害人的勾当，那要遭雷劈的！""咔嚓！"真有一个雷在一道闪电后，落在了窗外，长乐吓得一哆嗦。张玉昌心里明白了一切，可怜之人必有可恨之处，也不想再追究这事，就说："长乐呀，喝茶，喝茶。"长乐站起身说："玉昌哥，这天看来要下雨了，院子里的家什还没拾掇呢，我得回去了。""抓紧回去拾掇吧，可别淋雨了，咱农家人就指望这家什呢。""那我走了。"张玉昌向长乐摆摆手，自个儿饮茶了。长乐闷着头，一步并作两步地赶回家，一头倒在炕上。

第二天，小虎家没有炊烟，大康到地里转了一圈回家，发现长乐没有做饭，西厢房的门还虚掩着，只有小虎在堂屋门口温书，就问："小虎哇，你长乐叔呢？"小虎说："我没看见他。"大康推开西厢房的门，发现长乐脸朝里侧卧着，就喊："长乐，该起来了，太阳都一竿子高了。"长乐慢吞吞地回答："我浑身难受，脑袋像坠了块石头。你和小虎先凑合着做点饭吧。"大康一向觉得长乐壮得

120

像头牛，从没长过病，怎么说倒下就倒下了。大康迈过门槛进了屋，伸手摸了一把长乐的背，像小鳌子一样滚烫，就喊："小虎，你长乐叔发高烧，你先馏上干粮，我去请你玉昌大爷瞧瞧！"还没等小虎应声，长乐就坐起来说："我没事！只是一晚上没睡觉，就别麻烦玉昌哥了。""看你说的，他在外人眼里是大医生，自家弟兄们就见外了。"长乐是不想让张玉昌知道他病了，或者说，自己没脸面见张玉昌。就有点急躁地大声说："我说没事就没事，你就别操哪门子心了！"这一大声吓了大康一跳，大康愣了一下说："长乐呀，你不是烧坏了脑子吧？我可从没见你这么凶啊。"长乐用带着哀求的口气说："大康哥，我长病的事别说出去，你做顿好吃的，我吃一顿就挺过去了。"大康不解地摇了摇头，走出家门，来到张大头的肉铺。

这张大头一直靠杀驴卖肴驴肉营生，是出了名的一刀鲜，他父亲曾是十一村崔家肉铺的大伙计。崔家多年屠宰，积累了丰富的烹制驴肉的经验，其制作工艺也独具特色。先将洗净的驴肉断成大块，放入锅内加适量的水和一定比例的老汤（以往煮肉的汤汁），锅内置一布袋，内装芳香肴药一剂，有白芷、八角、肉蔻、丁香等十几味。药方剂量适度，配搭讲究，有的添香味，有的去腥膻。而后，急火攻三小时许，开始视肉肥瘦采取除油或添油的措施。肉肥则从汤中除油，肉瘦则添加老汤或油料，始终将肉与油的比例控制在一定限度内。这时，汤中仅剩一层薄油罩住热气不易蒸腾，再用石头将肉压入汤内，改用文火焖蒸四五小时即可。刚出锅的肴驴肉呈紫红色，内外一致。肉质硬实但易咀嚼，味道浓香却不油腻。因汤中配搭中药，故夏天蝇不叮虫不咬，不会变质。食用时，横刀断丝，现出均匀的肉质，让人眼见心馋。后来，张大头的父亲告老还乡，在桑科村安家，帮着儿子建起了驴肉铺，把手艺传给了儿子，也就是张大头。张大头原来有名字的，因他肥头大耳，村里人都习惯于喊他大头，真名字倒没人叫了。

大康走进大门，见大头正在收拾案板，就问："今天又要杀驴呀？"大头一看是大康，就笑呵呵地寒暄："是大康哥呀，这么早啊！要点啥呀？"大康用手指敲了敲案板，问："驴板肠还有么？"
"哈，算你来巧了，昨天晚上煮了一锅，正好有一挂驴板肠，还热
乎着呢。""好，来上二斤！""好嘞，我这就给你包上。府上要来
人呀？""啊——啊，是呀！"张大头麻利地用荷叶包好了递到大康
手里，说："哥，走好哇！"大康放下钱走出了张大头的肉铺。

　　长乐尽管生了病，但胃口还不错，三下五除二，没几口就吃了
驴板肠的一半，剩下的一半没好意思再吃。吃完后，感觉头更沉，
像挨了一闷棍，眼前直冒金星，迷迷糊糊地又躺下了，没多久就开
始嘴里吐白沫说胡话："镇兴，我没害你娘，别缠着我。小满呀，
快救我，快救我……"大康一看吓坏了，忙喊："小虎啊，快去，快
去请你玉昌大爷来！你长乐叔快不行了！"小虎很快就跑到了张玉
昌家，张玉昌家正在吃早饭，小虎一下子拉起了张玉昌的手说：
"大爷，长乐叔快要死了！你快去看看吧。"张家人吓了一跳。张玉
昌赶紧说："小虎，你别急，说说长乐怎么了。""他发高烧，吃了
一大块驴板肠后，就口吐白沫胡说八道了。"张玉昌明白了，这长
乐本身壮实又发高烧，本应清淡饮食，他反而吃了大补的热性食
物，一下急火攻心，迷了心智。张玉昌说："哦，不要紧。小虎啊，
你先回去，我准备点药材就到。"张玉昌取了石膏粉一两，粳米、
绿豆各适量，用纸包好后去了小虎家，嘱咐大康先用水煎煮石膏，
然后过滤去渣，取其清液，再加入粳米、绿豆煮粥，一日三次地给
长乐灌进去；再准备几块在凉水里浸透的毛巾拍打他的各个关节和
腋窝，直到烧退下来。趁大家不注意，张玉昌凑到长乐耳根下说：
"同英说感激你，你帮她清醒了，清除了她内心的虚幻，你不必内
疚。"说完就走出了小虎家。

　　两天后长乐的病就好了，只是变得少言寡语。

16

　　长乐的事很快被张玉昌家淡忘了，刘同英也开始关注一些其他的事，除了干一些家务活外，还帮着公公打理一些药铺的事。日子一晃就到了这年的秋天，这期间文之几乎每月都回家两三次，但同英一直也没再怀上孩子。秋天是个收获的季节，有金九月银十月之说，农民收获了粮食，粮囤里富裕了，就想办些大事，比如盖房娶媳妇。可巧的是荣广和麦林都在这个秋天选了结婚日子，又碰巧在同一天，都是辛未（羊）年九月（小）初五，五行中数金箔金执执位，是嫁娶的大好日子。荣广是1910年正月初一生；麦林是1910年腊月二十九生，1911年的大年除夕，这两人五行数金，都是金命，三仙姑算来算去，说是他两家得了祖宗的阴德，撞上了上上的黄道吉日，高兴得荣广他爹和麦林他爹为祖宗各摆了半月的香案，还到坟上烧了纸钱。

　　荣广和麦林是文之的朋友也是文之的下属，刘同英过去帮忙是在所难免的了。从订婚时就开始忙，光彩礼就八样，彩金一百块现大洋，就这荣广和麦林的父母都急闹得添了白发，最后，东凑西凑的总算凑够了数；到女方家送彩礼的人都凑双数，因这两家同时进行，同英就哪家也没去。荣广他岳父家境也不算富裕，彩礼很不情愿地回了一半，彩金只回了五块现大洋，搞得荣广他爹差点撞南墙。麦林他岳父倒很大气，彩礼回了也是一半，但彩金也回了一半，高兴得麦林他爹手舞足蹈，直在荣广他爹面前显摆。结婚时又是一出，这次彩礼十六样，彩金一百五十块现大洋，然后还有各种喜钱（厨师的，接子钱，铺地毯的，给新娘暖轿的……），荣广和

123

麦林两家的粮食几乎禀了个精光。最后，总算把媳妇娶回了家。经过这两家的折腾，刘同英才知道结婚是个多么复杂的过程，哪像自己连个过场都没走，亏了钟氏深明大义，要不名不正言不顺的，怎么做人呀，想起来就后怕。

荣广的媳妇叫快嘴，因为嘴快而得此雅号，真名倒没人叫了。快嘴可不是个吃素的主，过起日子来就像她那张嘴——多快好省，一进家门就开始立规矩，说什么家里过得不富裕是因为太铺张浪费。第一个目标是她公公，她公公爱抽旱烟，没事时几乎是一袋接一袋地抽，就睡觉醒来也得抽一袋，要不就睡不着。快嘴提出：以后公公的烟叶由她保管，三天一分发，仔细算来一天只够抽三袋的，一天抽完了，剩下的两天就得挨着。就这件事闹得她公公半夜里像驴拉磨一样在院子里转圈，最后实在熬不住了，就叫儿子去求情。结果，出人意料，快嘴还真给他想了个办法，去集上买回了粪筐粪叉，说是干着活就忘了旱烟了，睡不着的时候，就到街上拾粪。儿子听媳妇的，就劝他爹说："爹，你穷了快一辈子了，就听快嘴的吧，她都是为咱家好啊，闲得慌时捡些粪，既肥了咱家的田，又节约了钱，这不两全其美的事嘛！"荣广他爹气得直翻白眼，再想儿子好不容易说上个媳妇，还得敬着点，该忍的不该忍的都得忍，都怪自己命薄，担不起孝敬媳妇。第二个目标是婆婆，她嫌婆婆持家不够细致，每顿饭都有剩余，以后括着肚子做饭，宁愿欠点也不能有剩饭，天长日久可不是个小数目；再者，冬天又不下地干活，就更得节约了，为了少吃主食，把咸菜瓮用泥封了，来年春天再打开。她婆婆暗地里跟她公公说："什么样的爹娘养什么样的闺女，怪不得礼金只回了五块大洋！"荣广他爹说："你到麦林家串串门，探听探听他家忙活啥？不会两家媳妇都一样吧？"快嘴的婆婆还真把这事拾心里了，隔三岔五地往麦林家跑，还真让她跑出个子丑寅卯来。近几天麦林他娘合不拢嘴地给她显摆，说她儿媳妇珍巧真是个过日子的好手，说家里穷是收入少，只靠麦林那点饷钱发不了家，那二亩薄田更不用说了，收入不了几个子，这不用她的私房钱给麦林他爹买了三只羊，一公两母，转过年来就不是三只了，听人家说一只母羊一般一窝产五只崽，那可就是十三只了，如果仔羊都是母羊，仔羊再生仔羊……快嘴她婆婆吓傻了，她想象着没几年村子里就全是麦林家的羊了。不光这样，珍巧的婆婆还说珍巧给她买了头母猪，母猪要下猪崽，一窝产十几头，猪崽长大以后再产猪崽……

　　快嘴她婆婆听了珍巧她婆婆的日子经，没敢回家说，就直接找钟氏去了，她知道钟氏是个明白人，她要给她唠唠，要不饭也吃不下了。碰巧钟氏在院子里晒草药，见是荣广他娘就招呼道："他婶子，这都多长日子了，也不来我家玩了，光守着宝贝媳妇在家乐了。""哟，他大娘啊，你可别这么说呀，再好也比不过你家同英啊。""快屋里坐，外边冷了。"两个人走进里屋，钟氏说："刚沏的好茶，尝尝！"荣广她娘胡乱吃了一口茶，也没尝出啥味道，小声很神秘地说出了自己的担心，她担心几年以后，全村都是麦林家的羊和猪，大街上人都没地方站了。钟氏听了笑了，说："别听她瞎掰呼，羊和猪都神活呀？不吃东西啊？一头猪最少得吃两个人的口粮，不用说母猪产崽，就这一头猪她家都得省吃俭用。这羊倒是平常可以放养，也就是多受点累，但有个刮风下雨吧，这刮风下雨羊也要吃食，而且不能淋着，就她家这情况，刮风下雨羊就得搞到北屋里，别的还真没地方了，三只羊在屋里人就得挤着走，再多还真没地方放了。"荣广他娘恍然大悟，又说起了快嘴的事。钟氏听后皱了一下眉头，说："快嘴是有些过分，不过就你家现在的状况，还是比较切合实际的。你知道，珍巧的想法是好的，但养猪和养羊都要担风险，牲畜生病的可能性都要算计在内。我觉得你家还是先积攒一年半载的再说，荣广刚结了婚，花了那么多钱，折腾不起呀！过了这个坎，再学学珍巧的持家方法。"钟氏这一说，荣广他娘心里亮堂了，就说："他大娘，我得快点和俺家老头子说说，别光看着媳妇不顺眼。"说完起身就向外走，正碰上同英，同英忙招呼说："婶子要走哇，再坐坐吧？""不了，同英啊，要到家里玩呀，快嘴总是念叨你呀。""忙过这阵子我就去，难得有个玩伴。"钟氏说："同英啊，送送你大婶。"同英跟着走出去。

刘同英回到屋里，先去王氏屋里。王氏老是想孙子，这一年都快过去了也没见同英的肚子鼓起来，只要文之来家一次，她都算计着同英来没来例假，闹得同英有点神经兮兮的，娘俩单独相处都觉得浑身不自在。"同英回来了，今天你爹给你摸过脉了吗？"同英一听心里有股难言的苦，但还是很温和地回答："今天爹很忙，忠义给打过脉。""想也没啥动静，要不你早告诉俺了。"同英没有回话，而是在筶箩里拿起梳子，说："娘啊，您的头发有点乱，我给您梳一下吧？""哦，夜里老做噩梦没睡好，早晨疏懒了。"同英搬来一板凳让王氏坐了，很细心地为王氏梳理头发。王氏还是叹了口气嘟囔着说："要是镇兴活着的时候该多好啊，我啥也不缺，就缺个孙子。"刘同英非常内疚，她明白婆婆的心，眼泪禁不住地落下来，滴到了王氏的头上。王氏知道同英流泪了，知道儿媳委屈，但没有孙子的日子她心里难过呀。她轻轻地说："梳完了，去你大娘那边吧。"同英轻轻地嗯了一声，麻利地给王氏插上发簪说："娘啊，那我过去了，一会儿就要做饭了。""去吧！"同英穿过客厅来到钟氏的房间，钟氏一见同英进来，看见眼泪还没擦干，就知道王氏又唠叨孙子的事了，就说："来，孩子，坐这边来，娘正有话给你说呢。"刘同英顺从地坐到钟氏的身边。钟氏接着说："你呀，晚上叫快嘴和珍巧一块儿来咱家做针红。"刘同英愣了一下问："找她俩有事吗？""能有什么事。我是觉得你白天张罗药铺的事，晚上陪着两个老婆子，都变傻了。让她俩过来，你们都是同龄人，也好有个玩伴；再说，咱家生着火炉，比她两家暖和，你不叫人家，人家还不好意思来呢。""谢谢娘！"刘同英撒娇地搂住了钟氏的脖子。在这个家同英觉得钟氏最疼她，虽说公公也很疼她，但他太严肃了，很少见他笑，让同英觉得钟氏像她亲娘，在她面前可以撒娇。

吃过晚饭，洗刷完碗筷，同英高高兴兴地去了麦林家，两家就隔着两条胡同。一进门，麦林他爹娘像是看见了福星，倒有点不知所措了。自从珍巧娶过门后，同英还是第一次来麦林家。同英说自己是来找珍巧的，约她一块儿到她家做针红。珍巧也很高兴，没想到同英会来约她，赶紧端上筶箩拉着同英的手就往外走。同英赶紧说:"珍巧哇,我俩再约上快嘴,三个女人一台戏嘛!"麦林他父母送到胡同口才转回去。已是十一月的天了,夜晚的风凛冽着,刮在脸上像针刺一样,鼻子吸进冷气有点酸疼。两个年轻人走得快,转过一条胡同就到了荣广家。荣广家用泥叉的院墙,大门用玉米秸编的排子挡着,里面用木棍别了,从外面打不开,珍巧就喊:"快嘴在家吗?"快嘴她婆婆搭话了:"谁呀,这大冷天的。"同英接着说:"我们找快嘴做针红啊!"还没等快嘴的婆婆出来开门,快嘴已像旋风一样来到了大门口,一看是同英和珍巧,高兴得跳起来,嘴里却喊着:"我说呢,早上喜鹊就叫,原来有贵人登门呀!"同英说:"拿上针线活儿到我家做去。""好!马上就来。"又像一阵旋风跑屋里去了,不一会儿端着筐箩就出来了,快嘴的婆婆还没弄清怎么回事,快嘴已拉着她俩走开了。

三个年轻娘儿们在暖乎乎的炕上做针红,免不了聊起自己的爷们。最先发话的一定是快嘴了,她还真没辜负快嘴这个绰号,三个人的话,她说了三分之二。倒是珍巧有点害羞,慢吞吞地说了一件让同英和快嘴都羡慕的事:麦林的家伙又粗又长,顶得她小肚子都奇痒,每次她都快活得要死,没人声地叫。记得有一次,他来得很猛,她的叫声引得公公破门而入,手里拿着鞋,嘴里喊着:"你个狗崽子,这么欺负你媳妇,上天了!"可进屋看见他俩光着身子干那事,一时愣在那里,等他俩钻进被窝,嘴里才嘟囔着说:"原来是这样啊,比我年轻时还牛啊……"快嘴紧接着问:"后来呢?后来怎么了?"珍巧满脸通红说:"后来嘛,你自己琢磨去吧!""看你说的,我又不是你公公,我琢磨啥!"同英被快嘴逗得笑出了眼泪,自从镇兴出事后她一直没有这么开心地笑过。就这样三个女人一直拉到深夜,才恋恋不舍地离去,约好冬天的晚上没事就来同英家做针红。

日子过得很快,转眼到了年关,对同英来说真是年关了,镇兴离开她一周年了,再加上婆婆给她的压力,她真的从心底里升起许多无名的悲苦,幸好文之在身旁陪伴,要不这年得怎么过呀!今年杨旅长亲自准假,让张文之回家过年,过了十五再归队。文之当然千恩万谢，并给旅长送去了两坛好酒——山西汾酒，是三十年陈酿，张玉昌都没舍得喝。杨旅长也高兴得乐颠乐颠的，这样的好酒比钱重要，是拿钱买不到的，口头上许诺如果再有战事就提拔文之做副营长。

再难的年关说过就过了，一眨眼正月初五了。这天天气好得出奇，没有半点风丝，就像阳春三月的天。文之和同英正合计着到清河野树林看看，这也是张玉昌的意思。他们还没动身呢，就听见马打响鼻的声音，一抬眼同娥和海里漂已站在院子里。同英跑上前抱住了同娥说："想死姐姐了，这么久了也不到家里来！"同娥说："姐呀，俺也想你呀，这不就来了嘛。"文之迎上了海里漂，在他肩膀上捶了两拳，说："老兄，好久不见了哈，还是壮得像头牛啊！"海里漂笑了笑说："怎么？要出门呀？""嗨！还不是想去清河野树林嘛，亏你们来得巧，要不我们就碰到路上了。"海里漂说："当家的看今天天气特好，怕你们出远门，就让我和同娥早一步过来了，看来来得早不如来得巧啊。"张玉昌听到外面喧哗走了出来，王氏和钟氏也跟了出来，见是海里漂和同娥，赶紧向屋里让，说："二当家的里屋请，真没想到你们会来得这么早，正要叫文之和同英过去拜见。没想到哇，没想到哇！"海里漂忙施礼说："老爷子和夫人好，当家的怕你们年节上事多，就让我和同娥早一步过来了。"张玉昌说："当家的真是文武全才呀，什么事都想到前头，叫我们都过意不去了。快！屋里请！"

分宾主落座后，张玉昌问："二当家的，说起来我都快一年没到清河野树林了，惭愧呀！不知现在那里怎么样？"海里漂说："嗨，我们呀虽戴着个土匪的帽子，哪还有土匪的样子呀。当家的带着我们在小清河崖上开了几片荒地，也种些蔬菜粮食，有时也在海上捕些鱼，村子里的富户还是给送一些的，日子倒能过得去。闲暇时间，当家的就组织读书学习。"同娥接过话说："现在呀，海哥都成了先生了，教人读书呢。""哪里哪里呀，同娥是我的老师呀，我很多的东西都是跟她学的。"张玉昌吃了一惊，这一年没去清河野树林，没想到会发生这么大的变化。同娥接着说："老爷子，现在很多地方都兴办新式学校，免费上学；我记得桑科村就只有一处私塾吧，只有几个富人家的孩子在那里读过书。为什么不办个新式学校，让所有的孩子都有学上呢？"文之站起来鼓掌说："好，说得精彩！我赞成！"张玉昌沉思了一下说："这件事可是大事，不是一个人能办的事，也不是几百块大洋就能办的事，得好好周详一下。我会把这事放在心上的，明天就找村子里的脸面人物商量。就是学校建起来，也没有老师呀。"文之说："这个爹放心，只要给发饷，我去县城招老师。"同娥说："实在找不到，我也算一个呀，回去我给当家的说了，就来桑科村做教员。"张玉昌一拍桌子说："好，有你们这些话，我心里就有底了，这学校一定得办。社会变了，读书的理不会变的！"接下来是一些闲聊。

趁着这空，刘同英拉着同娥的手进了自己的卧室。同娥一进卧室眼前一亮惊叹道："哇！姐，你的卧室这么漂亮啊，简直像神仙住的地方啊，姐真的过上了好日子呀！"同英把她按到炕上说："别光说姐了，说说你自己吧，姐都担心死了。"同娥卖起了关子说："姐，我有什么好说的呀，还是说说你和姐夫吧。""死丫头，你急死我呀。"同娥头靠到同英的肩膀上说："姐，你看海里漂怎么样？""什么怎么样？不过，好像比以前文范多了。你不会喜欢他吧？他比你大好多岁呢。""姐，我一到清河野树林就认定海里漂是我要找的人，特别是那事发生以后，我更加断定这个人会跟我一生一世。现在呀，我们一块儿劳动，一块儿学习，一块儿进步。""唉，都是姐不好，害你发生了那样的不幸。""姐，你说啥呢！过去的就让它过去吧，再说，当家的也给我们报了仇。我现在生活得很充实，每天劳动、学习、练武，再没心思想那些陈年往事，要向前看，以后的日子还长着呢。""是呀，你不闹心就好，姐就放心了。"

姐俩正谈得火热，文之走进来，说："二当家的说不在这里吃午饭，饭前得返回清河野树林，你们真的不能下午走吗？""姐夫，你是不是军人？""我当然是了，还是堂堂的连长呢，我手下一百多人呀。""那就是了，我们现在也是军队管理哟。""好好好，你也是军人，可别打起仗来，吓尿了裤子呀。""报告连长，现在没时间和你贫嘴，我归队了！"刘同英牵着同娥的手把她送出来，海里漂已等在门外，把马缰绳递到同娥手上说："我们走吧！"两人真的向张玉昌一家行了军礼，骑马而去。

真是天有不测风云，夜里纷纷扬扬下了一场鹅毛大雪，眼前的一切全成了银白色的，地上、房上、树上，无处不有雪的踪影。在这样的洁白空间里，会让人产生种种遐想，好像这雪是带着某种使命，突然来到人间似的。踏着软绵绵的雪，发出咯吱咯吱的声响，走到深处，雪能没到你的膝盖。冬天的太阳不是十分耀眼的，好像曚曚眬眬地被一层薄纱罩着，使那火红的身躯淡了许多。抬头看，以往那几棵被北风吹得光秃秃的老桐树，如今"枯木逢春"般地开满束束银花。在棕黑色树干的衬托下，显得它更加纯洁无瑕。在雪的映照下，天也变成了银色。一切的一切都与白有关，映得人心也明明白白的了。张玉昌早早吃了早饭，戴了一顶狼皮帽，围了条黑色围脖。今天，他要拜访几位村子里的重要人物：八爷、李大善、老六、张工艺、张有财，这五个人加上张玉昌自己就足以决定桑科村的未来。

原本应该先去拜访八爷，他是长辈，在桑科村八爷虽不是有钱的主，但人人都尊重他，大事也得他点头；但张玉昌考虑到办学校需要一大笔钱，就先去了李大善家。一进门寒暄了几句，张玉昌就说明了来意。李大善皱了皱眉，他知道张玉昌完全是出于公心：一、张玉昌自己家没有要上学的孩子；二、资助三分之一的钱；三、还要想办法招聘到老师。李大善说："办学校我觉得是件光耀祖宗的事，但花钱太多，我怕其他人不一定同意。"张玉昌蛮有把握地说："李叔不必太多虑，昨天晚上我仔细考虑过，已选好了校舍。这就在钱上省了个大头。""啥？校舍有现成的？""你想想咱们村最大的一处房屋是哪里？""城隍庙啊，这还用问嘛！哟，对呀，这我怎么没想到啊，这城隍庙一直空着，足以盛上百人呢。虽然年久失修，但大框架完好无损。"张玉昌又接过话说："俗话说'有钱的出钱，无钱的出力'呀！这事关光耀祖宗的大事，招呼老

130

少爷们自愿地修缮好，我想不是难事。"李大善有些激动地说："好哇，走！叫上老六、工艺、有财，我们一块儿到八爷那儿去。"张玉昌也很兴奋，只要李大善觉得行，事情就成了一半。

八爷的家是座老宅，是祖上留下来的，虽说旧了点，倒也宽敞，有他爷爷在的时候，那可是村里有名的大户，要不八爷怎么能到省城读书呢。可后来他爷爷把大部分的耕地卖了抽了大烟，家道也就败落了。到了八爷持家的时候，就剩下五大亩地了，还好够吃够喝。听完张玉昌他们的说辞，八爷背着手在屋里走了几圈，说："世道变了，人心也变了，人心变大了。我年轻的时候读书要跑到几百里外的省城，现在我们村也要建学校了。是呀，这光宗耀祖的事神仙也不会怪的，这城隍虽是最小的神仙，可是我们种地人的真神，是管土地的呀，所以，人们也管他们叫土地公土地婆，也得罪不起呀。"李大善有点急，问："那你老的意思，应该怎么办？这城隍庙从我想事起就空着呀！""真是一件有功德的事呀，我是说这神呀我们要敬，学校我们也要办呀！"张工艺听出了门道，慢悠悠地说："八爷的意思是学校还选城隍庙，正门对的北墙上就挂上土地公土地婆的画像吧，再在墙上钉个香案，让两位真神照顾孩子们读书吧。"张玉昌说："这个主意好！"其他人也都说好。办学校的事就这样敲定了，接下来就是修缮城隍庙，在城隍庙前贴了告示："老少爷们、兄弟姐妹们，我们村要开办新式学堂，让所有的娃都有学上。办学的费用由张玉昌、李大善、老六、张工艺、张有财五人全部捐助。但修缮未来学堂——城隍庙，望众乡亲出力，这是光耀祖宗的大事，希望大家到老六处踊跃报名。"

你还别说，这免费上学从老辈里就没有过，众乡亲受了很大的鼓舞，报名修缮城隍庙的一下子有上千人，六十多的老太太踩着三寸金莲都报了名。老六和张工艺在城隍庙前摆了个八仙桌，一个一个地把姓名登记下来，有的人没有学名，叫什么"阿狗""阿猫"的也都特别地做了标识，比如："阿狗"住长胡同湾涯边。登记了两天以后，修缮房屋用不了这么多人，人多了更怠工，张玉昌他们就合计着精选年轻力壮的有木工、瓦工、漆工等特长的三十几人。

又经过了两天的筛选，第五天开工了。接下来，他们又商量对这些人管饭，白面馍就咸菜管饱。这样一来可恣了这些工匠，有人一次竟然吃了十个馍馍，结果撑破了胃，死在庙门外，张玉昌额外资助了两块大洋下了葬。后来就限量了，不管你饭量大小，每人最多三个馍馍，吃不了的可以带走，尽管有人家常年吃不了几次白面馍，但也没人带回家。工程进展很快，不到五天就基本完工了，就剩下一点技巧木工活了，就有冬景、林老三等几个数得上的木匠干了。冬景、林老三他们都是被家里人从外地叫回来的，他们一听村子里要建免费学堂，就连夜赶回了，这好木匠正好派上用场。冬景他们做得很细致，该凿的凿该雕的雕，足足干了半月，这半月他们没要求管饭，都回家吃自家的。校舍修缮好了，就购置木材打桌椅板凳，为了有一个整齐的内部环境，让学堂上档次，张玉昌他们没有要老少爷们捐的木材，而是统一到县城购买的木材，由冬景他们统一打制的。接下来就是招聘老师了，这件事张玉昌千叮咛万嘱咐文之，要招就招有学问的老师，薪饷稍贵一点也没关系。文之还真上了心，在县城最繁华的大街上贴了招聘广告，可时间过去了一星期一个教员也没招到，只有几个读过几年私塾的老先生应聘，都被文之打发走了。这怎么办呢？文之有点着急。刘同英想到了同娥她们，就说："要不我到清河野树林去趟，看看当家的有没有办法，实在不行就叫同娥先顶着。"张文之觉得也只有这样了。

到了清河野树林，刘同英说明了来意，罗一娇感到很惊讶，海里漂和刘同娥给她汇报过桑科村的情况，没想到这么快就办起了这么规模的学堂，不得不佩服桑科村好的民风。罗一娇思考了一下说："同英啊，你先回去吧，三天后，我就给你们村找到几个省城读过书的教员。"刘同英赶紧谢过罗一娇，又和同娥打了个招呼，回村了。

罗一娇送走了刘同英后，带上杏红、同娥悄悄地去了县城，找到刘亮他们，汇报了桑科村现在的状况，让他们发动革命青年前去支教，培养革命力量。县委领导对罗一娇带来的这个信息非常重视，经过研究决定让闫春成任校长，带领吕一、耿立权和李玉龙一块儿入住桑科村，一边做教员一边建立和巩固群众革命基础。同时，也要加强和清河野树林的联系，搞好清河野树林的改造工作，这几项工作直接在刘亮的领导下。

今天，也就是刘同英去清河野树林的第三天，桑科村敲锣打鼓、鞭炮齐鸣，庆祝"桑科城隍联小"开学典礼。校门上贴了刘亮书写的一副对联："从田中来，修德才兼备；为家国事，需文武双全。"典礼上，张玉昌讲了话：

来宾、教员、老少爷们、亲姊热妹们：

我们在今日做成了一件光耀祖宗的大事，建了一所四围八庄前所未有的学校，实在是孩子们的大幸，全村人的大幸；如果每个村都有这样的学校，那将是国之大幸。自古以来，上学只是少数富家子弟的事，没钱哪有学上？可今天不同了，不论贫穷和富有都有学上了。希望孩子们能够珍惜这来之不易的机会，认真读书，对得起自己，对得起良心。也衷心希望教员们扎根在桑科村，我们会像贵宾一样看待你们。谢谢大家！

接下来就是让教员们吃百家饭，用大家送来的米面招待了教员们，这样大家才心安，教员们心里才装着大家。

闫春成常驻桑科村，当起了不折不扣的校长兼教员，有一颗心被点燃，再也按捺不住……

17

清河野树林正紧锣密鼓地进入春耕，罗一娇亲自带领大家犁地耙地。渐渐丢掉野性的弟兄们有着另一股子嘲劲儿，或者叫傻劲儿，两三人拖着一张犁，比牲口还快，豆大的汗珠在黝黑的皮肤上滚动，向前匍匐着身子，发出牛一样的喘息，真的就成了小清河崖上的一道风景。

杏红、同娥和炊事员老田管送饭。菜是用木桶盛了，馒头、碗筷用食盒装了，每人一副担子挑到田间地头，老田大声招呼："开饭喽！"大家好像不急于吃饭，而是三五一群地边说边笑地聚拢过来。万能鲛一边擦着汗，一边打趣地说："老田呀，是豆腐炖肉，还是肉炖豆腐啊？"老田眯缝起眼来，说："万头领啊，这可是白肉炖辣子，香着呢！"同娥接过话说："大家将就点吧，这可是正宗的辣子豆腐。晚饭土豆炖野兔，杏红姐刚打了两只野兔，没来得及炖呢。"海里漂笑了说："就两只兔子，每人还分不到一口呢！老万呢，待会儿咱俩到河里下个摘网，这时候的梭鱼好吃着呢，守着清洌洌的小清河还愁没肉吃？这鱼肉也是肉嘛。"万能鲛把嘴一咧："嘿嘿，二哥说得对，累了一天，晚饭是要丰盛点，顺便打几只野鸭，刚才干活的时候看见几十只野鸭飞过。还有，这清明节前后，羊口面鱼正游入我们地段，网一些晚上做汤；再来一壶烧酒就更好了。"

这时罗一娇从远处走过来，看见大家都有说有笑地忙着打饭，杏红却独自坐在地头发愣，眼睛一直看着前方，一根草在食指上缠来缠去。罗一娇没直接走过去，而是打了一份菜拿了两个馒头走过去，吩咐同娥给杏红把饭菜送过去。罗一娇挨着杏红坐下来，慢悠悠地说："怎么？有心事？"杏红吓了一跳，她太专注于自己的心事，罗一娇什么时候坐到她身边都不知道，赶紧说："是大姐呀，没有啦。""还没有呢，心事都写在脸上了，傻子也能看出来。是不是想春成了？"杏红知道再隐瞒就有些过分了，就腼腆地点了点头。罗一娇说："现在还不是时候，听刘亮说日本人在上海和国军打了一仗，结果日本人趁机占领了东北。由于种种原因，蒋介石提出了'攘外必先安内'的政策，刘亮他们的活动更加隐蔽了，也更加危险了。我们清河野树林目标比较大，十三旅和独立团都开始窥视我们，所以尽量少和春成他们接触，你要记住了，千万不要私自离开清河野树林！""可我们什么时候才能过上正常人的日子呀？你看这一百多号人猫在这里，又不敢太多地和外界接触。""不会太长了，只要刘亮他们明着有队伍，我们就去投靠他。这日本人狼子野心，有一天会在战场上见的。"杏红嘴上虽不敢说，但心里就像支了一面鳌子，烧得热热的，怎么也平静不下来。

夜深人静了，大家累了一天都沉沉地睡过去了，杏红独自走出屋门。夜显得好空旷，只容下了偌大的天空，它却只用了最简单的装饰，让一切沉寂。深邃的天空，散散地布着几颗星，星空呈现孤单，寂静的夜晚，黑色贯穿了每个角落。这个黑色的夜晚，缺少了往日的柔情，月光的踪迹消失在这片黑色中，不知是被这黑色所吞噬了，还是生命已到尽头，一切朦朦胧胧不可捉摸。杏红想起了同英，同英用自己的误打误撞获得了自由，自己却不敢越雷池一步，越想越冲动，最后决定趁着夜色去见春成，天亮之前赶回来，当家的不会太生气，顶多训斥自己几句。她偷偷地来到马厩，心里又犹豫起来，当家的说得那么严厉，万一出个差错，怎么向当家的交代呀？但春成到桑科村当校长都一个多月了，也不来清河野树林看看她，到底安的啥心？自己得当面问问他，要不这日子没法过了。杏红哆嗦着解了马缰绳，牵着马悄悄地沿小路离开清河野树林。路上遇到了清河野树林的几个流动哨，一看是她以为有要事就放行了。一路上扬鞭打马，并没遇到麻烦。到了村口，翻身下马，牵着马走

135

进村子，来到学校门口，轻轻叩动学校大门门环，过了好一阵子才有人开门，一看不认识，就问："闫春成在吗？"开门的是李玉龙，一看是个女的，手里牵着马，又是找闫春成的，赶紧让她进来，接过缰绳拴在学校前东南角的一棵莲子树上。

闫春成点上油灯，一把拽过杏红说："你怎么来了？"杏红白了春成一眼说："怎么不去看我？"春成没回答，而是先招呼李玉龙过来说："玉龙啊，马匹在学校前太显眼了，你去把它拴到同英家对面的树上，卸下马鞍藏到旁边麦穰垛里。"杏红不理解了，就问："这么神经兮兮的，发生了什么事？"闫春成小声说："学校开学以来，十三旅和独立团的人已来过两次，来查有没有共产党在活动，多亏了张玉昌大夫周旋，又见学生都是些孩子，也没做出过火的事，但形势很紧张，全国都这样。""啊！原来是这样啊！"闫春成又问："你是不是偷偷地跑来的？""是呀，我又不知发生了什么事！"闫春成严厉地说："杏红啊，你怎么不遵守纪律呢！你的私自行动，有可能给革命带来牺牲，你知道后果有多严重吗？""你狠啥，我这就走！""不行，你自己走夜路我不放心，你睡这里，我去和玉龙挤一挤。""你这里舒坦还是怎么的？难道我是来睡觉的？"杏红觉得闫春成太不懂得怜香惜玉，这大半夜的自己跑这么远的路来，他连句心疼的话都不会说，只是一个劲儿地埋怨自己。但转念一想，自己也太任性了，当家的话没有听进去，弄得走也不是留也不是。正在这时李玉龙敲门说："校长，同英过来了。"原来呀，同英住在西厢房，李玉龙牵马正走过西窗下，刘同英偷偷地从窗户缝里向外看了一下，发觉是李玉龙在拴马，就打开门迎了过去，才知道杏红来了学校，特地过来看看。杏红一下子来了精神，打开房门牵住了同英的手，同英小声说："别打扰人睡觉，走，去我那儿，我那儿宽敞着呢。"闫春成正不知所措，一听同英的话赶紧说："对，住你那儿我就放心了。"杏红白了春成一眼，怀着一肚子委屈，哼了一声就跟同英走了。

两个好久不见，曾经共处一室的女人如今又睡到一个炕头上，注定是个不眠之夜。杏红很想知道春成的事，就问同英："妹妹啊，你说春成整天忙啥？"同英想了一会儿说："我也不知道，只知道他是校长，也在教书。但听文之说，上边怀疑他和共产党有联系，来搜查过两次，公公多方周旋，才没被带走。"杏红吓了一跳，什么和共产党有联系，他就是共产党嘛，这个清河野树林的弟兄们中很多人知道。杏红心里不安地问："那他不会有危险吧？""这个，碍于公公的薄面，没有证据他们是不敢随便抓人的。不过，如果他们掌握了确凿的证据，谁也救不了他。"杏红吓傻了，心想：证据？清河野树林的很多弟兄都是活的证据，都像自己这样跑出来，那对春成他们造成多大的威胁，就算没有告密的，一旦被捉住，说不准就说出来，来时的那股劲头一下子跑到爪哇岛了，随之而来的是不安袭上心头，就对同英说："妹妹呀，我左想右想不对劲儿，我是瞒着当家的偷偷出来的。要是她知道我偷偷离开清河野树林，这会儿还不知急成啥样，我想我还是回去吧。"同英也知道清河野树林有自己的规矩，杏红偷偷跑出来一定受处罚，轻的也要挨一顿鞭子。当然，刘同英已离开清河野树林快两个年头了，清河野树林的一些新规矩也不了解了，但她也知道罗一娇对手下管制很严，就是亲信犯事也不姑息。沉思了一会儿说："这夜里再遇上狼怎么办呢？要不让春成送你回去吧，也好为你说上几句好话。"杏红说："春成目标太大了，清河野树林已成监视对象，一旦事发，那会牺牲很多人，我回去向当家的谢罪。再说，我虽没带枪，可带了飞镖，我的飞镖也不是吃素的呀，还是我从这儿偷偷地回去，天亮了，你跟春成说一声就行了。"同英一想，也没有别的好办法，就说："好吧，你可要小心啊！"同英没有点灯，而是摸黑穿好衣服，拉着杏红的手走出大门，把拴在树干上的马解下来，一直把杏红送出桑科村。

清河野树林的聚义厅里灯火通亮，罗一娇、海里漂、黄天罡、刘同娥都坐在椅子上沉默着，他们既着急又担心。着急的是怎么解决杏红出走的问题，担心的是杏红是否会发生意外。因为这不仅关系到清河野树林的安危，也关系到桑科城隍联小的安全，一旦出事当地组织可能会有灭顶之灾。从形式来看，清河野树林很可能已被监视，时刻都会有被攻击的危险，罗一娇接到刘亮通知，减少一切和外界的联系，尽量做到不外出，等待时机。同时，罗一娇也想到一旦桑科城隍联小也被监视，杏红可要捅大娄子了，这是她没有再派人去找回杏红的原因，害怕扩大目标。只有等待，罗一娇只有相信闫春成会处理好这个问题，这也是他们四人沉默在聚义厅的原因。时间已是丑时，他们四人全然没有睡意。同娥实在沉不住了，小声说："当家的，要不我去趟桑科村？一个女人目标不会太大，在天亮前就赶回来了。"罗一娇说："这年头，一个女人骑着一匹高头大马连夜赶路，让人看见会怎么想？"海里漂说："当家的，已是丑时了，真急死人呢！"罗一娇说："再等一等，我想杏红是被感情冲昏了头脑，也许她会清醒过来的，我还是比较了解她的。"海里漂拍了一下脑袋叹了一口气，说："这死丫头，平常看着挺稳重的，怎么这节骨眼上就糊涂了呢！"正在大家想炸了脑袋的时候，门厅外响起了马蹄声，同娥跑了出来，一看正是杏红，赶紧把缰绳接过来说："大家都在等你呢，急死人了！"杏红三步并作两步走进聚义厅，扑通一下跪倒在罗一娇面前，一句话也没说。罗一娇看都没看她一眼，背过身去说："把她关进禁闭室去，没有我的话谁也不许进去，也不准给她送饭。"黄天罡走过来说："走吧，好好想想吧！"

　　杏红在禁闭室关了两天，滴水未进。这两天她想了很多，她明白了事情的严重性，没出岔子是万幸，如果发生不测，那后果将不可收拾，自己想起来就后怕，她彻底明白了纪律的重要性，它关系到兄弟们的性命。第二天晚上，同娥带着饭菜走进了禁闭室，杏红一下子抱住同娥放声大哭。同娥说："姐姐，你知道那天夜里我们多么着急多么害怕吗？大当家的急得前额上都出了冷汗。"杏红哭着说："都怪我，怪我糊涂啊！"同娥叹了一口气说："吃饭吧，待会儿大当家的要见你。"杏红听说罗一娇要见她，就知道她已原谅了她，就抓紧胡乱地吃了一些，跟同娥一起走出了禁闭室。

　　杏红和同娥来到聚义厅，三位当家的已在那里等着了。罗一娇开门见山地说："杏红啊，想必你也想清楚了，那你说一说，你犯了什么错误？"杏红哭着说："当家的，我没有听你的话，违反了清河野树林的纪律，差一点酿成大祸。"罗一娇黑着脸说："你的错误，更深里说关系到清河野树林的弟兄们和桑科城隍联小的教员们的生死。还有，你给弟兄们带了个坏头，一旦其他弟兄擅离清河野树林，那后果更不堪设想。""当家的，我知错了，您怎么处置我都能接受。"罗一娇缓和了一下语气说："刚才我和二当家、三当家的商量了一下，你写份书面检讨书，明天召开全体大会，你向全体弟兄们检讨吧。检讨书一定往深里写。"杏红满口答应。

　　罗一娇接着问："你去过桑科城隍联小了？那里情况怎么样？"杏红如实地汇报了情况。罗一娇紧皱眉头说："看来有一场血雨腥风的战斗，我们要耐住性子，不要轻易暴露我们的目标，如果刘亮他们不给我们通知，一般不和他们接触，这样既保护了他们，也保护了自己。清河野树林目标太大了。"海里漂问："当家的，我们这一百号人就这样耗着？"罗一娇想了一下说："这几年我们不是一直耗着嘛，在国军眼里我们是匪，只要我们不招惹他们，他们也不会知道我们是啥馅的，只知道我们是一伙小毛贼。"罗一娇转身踱了几步又接着说："这一带民风朴实，特别是桑科村，他们只知道过自己的日子，没有几个歹毒之人，在他们眼里日子还像往常一样。"黄天罡插言道："当家的，这样一来我们很被动了，不了解外面的情况，有点坐吃山空了。"罗一娇说："这件事我考虑过，张玉昌父子比较开明，这也是桑科城隍联小的保护伞，我想派杏红去当教员，用信鸽和我们联系，这一带荒坡多，一般不会被人发现，这件事杏红出走的晚上我就想到了。"杏红吓了一跳，刚刚让我写检讨，现在又要派我去教书，真不知当家的葫芦里卖的什么药。罗一娇对着杏红笑了笑说："杏红啊，你想不想结婚？"杏红的脸一下子红了，小声问："当家的，您说啥呢？""我是说你愿意不愿意嫁给春成？"杏红害羞地低下了头，没有回答。海里漂和黄天罡都朗声大笑起来，都说："喜事呀，喜事！"同娥牵过杏红的手说："恭喜姐姐！"罗一娇又接着说："过了这阵风声紧的日子，我去找刘亮商量一下。"

　　杏红偷偷离开桑科村后，同英天刚蒙蒙亮就来到联小。联小的

139

大门已经打开，春成他们在做早操。一看到同英赶过来，春成忙招呼她屋里坐。同英告诉他杏红子时就回清河野树林了，春成也觉得还是走了比较妥，最近风声太紧了。同英看着脸色比较凝重的春成，说："我说闫校长，还是赶紧娶了杏红吧，免得牵肠挂肚的。"闫春成说："学校刚刚开学一个多月，各项工作还没就绪，还是过一段时间吧。同英啊，你有没有读书的想法呀？"刘同英笑了，说："闫校长，我一个妇道人家读什么书啊！再说我每天还有很多活要做，哪有时间读书呀。要是再年轻十年，我一定跟你读书，现在就免了吧。"闫春成一直有个想法，就是发展刘同英为党员，可是接触的日子越长，他越发现刘同英没有自立的思想，而是觉得她内心深处就是张文之的附属品，很多道理在刘同英这儿是讲不通的，闫春成看着刘同英的背影摇了摇头。"校长，开饭了。"耿立权过来喊他，闫春成抖了一下长褂，向伙房走去。

忙饭的师傅姓张，人们都喊他张胖，是桑科村的村民，老伴前年去世了，膝下有一女也已嫁人，自己一个人过，饭量大又爱喝个小酒，日子很是清贫。张玉昌为了照顾他，让他吃饱饭，就安排他在这里忙饭，管吃，外加一月一块大洋。这张胖干活倒挺干净利索，做的饭菜也算可口。闫春成经常跟他唠唠嗑，讲解一些革命道理。虽然很多道理他听不懂，但他认准革命能过上好日子，从心底里感到春成他们像亲人，跟着他们干没错。今早上的饭是地瓜黏粥和掺了白面的玉米饼子，外加咸菜条。这地瓜粥几乎每天早上都做，因为闫春成、吕一、耿立权、李玉龙都好这一口，真有点百吃不厌。闫春成还给地瓜粥取了个名字叫"甘霖汤"，说地瓜粥生津止渴，健脾开胃，人长时间饮用，就像大旱逢甘霖，好处多着呢。还专门传授张胖做"甘霖汤"的方法。就是先将大米淘洗干净，放在锅内，加入适量的清水，放炉上开大火煮；再把地瓜削掉皮，清洗干净，用刀把地瓜切成丝，然后把地瓜丝倒进煮开的大米粥里，用勺子把地瓜丝与大米粥拌匀，锅盖半掩着，小火继续熬半小时左右，香甜美味的"甘霖汤"就做成了。可张胖从小就吃地瓜长大的，十年不吃地瓜他也不馋得慌。看着他四人吃得那股香甜劲儿，很是不理解，觉得读书多了人也变得蹊跷了。最让张胖不理解的是张玉昌隔三岔五地也来喝上两碗，说自己家里没张胖做得地道。可春成喝着今早上的地瓜粥没多少甜味，禁不住地问："张师傅，今天的粥怎么变了味？"张胖不解地说："不会吧，还是老做法呀。"吕一接过话茬说："粥没变味，是你心里多了别的味道吧，脸上写着呢。"闫春成叹了口气说："是呀，我是担心杏红啊，她违反了纪律，还不知道罗当家的怎么处罚她呢。"耿立权插话道："罗一娇已不是原来的罗一娇了，她的觉悟比我们都高，放心吧！"

虽说形势让人觉得有些紧张，桑科村的村民们似乎没往心里去，日子还是老样子。麦收刚过，学校放完麦假刚刚开学，闫春成就收到了请柬，邀请他们四位老师去看戏。请柬是李大善让儿子送来的，说是为祖母七十大寿特请了时谭班唱戏。闫春成知道时谭班可是清河区最有名的戏班子，班主时殿元可是响当当的人物。大忙的季节，村民们白天没空，戏就改晚上演出了，戏台子就扎在村中间的一处干涸的湾崖上，村民们就坐在湾里看。湾崖有两米高，正合适做戏台，湾底也算平整，真是占了地利的光。戏台四周挂了灯笼，东面三盏，西面三盏，南面也是三盏。村里有头有脸的人物都请到了，其他大批村民都是自愿来看戏的，场面真是不小。当时，时殿元年近古稀，但宝刀不老，在《小姑贤》中饰演婆婆刁氏，赢得满堂喝彩，真是应了百姓那句话：百灵嘴再巧也哨不过鸭兰儿。在清河区时殿元的扬琴流传已久，但来桑科村演唱还是第一次，很多村民都想跟时殿元学两手，散场后很多人挤到戏台旁，把个戏台围了个水泄不通。时殿元让村民们让开一块小场地，就地口授台词，连唱腔、动作一起教起来。李大善一看村民们热情这么高涨，又是大喜的日子，就招呼八爷、张玉昌他们一块儿回家喝茶了，没有去限制村民们的行为，而是让儿子等在那儿，等待村民们散去。李大善的儿子李业胜一直等到子正时分，村民们才恋恋不舍地离去。李业胜对时殿元说："时班主，戏台子明天再拆吧，我让父亲多给你两块大洋。"时殿元说："多谢少东家，一出戏多少钱是和东家早定好的价钱，怎么好随意改动呢，这个戏台扎得比较简单，一会儿就拆完了，东家留宿已是万分感谢了。"李业胜说："没想到乡亲们会有这么高的热情，影响你歇着了。"时殿元说："他们的热情是对我最好的回报，他们喜欢学扬琴我就认真教。你看我的这些徒弟都是穷苦出身，我没收他们半文学费，相反他们还跟我混饭吃了。"说着话，一会儿道具就熟练地收起来了。李业胜拉起时殿元的手说："先生艺德让我佩服！走，回家去，让我娘给你们准备夜宵。"

时殿元跟着李业胜来到李家大院，八爷、张玉昌、老六、张工艺、张有财，还有闫春成都还在客厅里喝茶。见时殿元和徒弟们走进院子，都走出来迎接。李大善抓紧把茶具撤了，端上酒菜。这桌菜可真是全驴宴，蒜泥驴耳、芥末驴肚、卤水驴心、姜汁驴唇、沾水驴肝、酱驴口条，全是从张大头的驴肉铺弄的。李大善说："时班主，怕炒菜凉了更不顺口，就弄了几个凉菜。全是本村特产，凑合着吃吧。"时殿元说："早就听说桑科村有人会做崔氏香驴肉，这可是声名远播呀，也太丰盛了。"李大善又说："不过，这酒可是上等的汾酒，在地窖放了好多年了。今日家母七十大寿，拿出来让大家一块儿乐和乐和。"张玉昌说："呀，李叔还搞着这样的好酒啊！我只喝过一次这种好酒，它的酒液晶亮，清香幽雅，醇净柔和，回甜爽口，饮后余香，在我们这片很少见到啊。"张工艺笑着说："别光客套，不要辜负了美食美酒，抓紧入座吧。"席间，闫春成本想讲些进步思想，但他发现这部分人对现在的生活都很知足，不时流露出对改变这种生活的担忧，他几次欲言又止。

闫春成他们是不是共产党张文之拿不准，但他知道他们和共产党一定有联系。再一个他们是罗一娇推荐来的，和清河野树林有脱不了的干系，现在清河野树林已被监视，时刻都有被攻击的危险。只是清河野树林从没明着和政府作对，也没有明显地骚扰当地治安，军队又想保持自己的实力，不想损兵折将，倒有想招安的念头，故只监视他们的动向，没有更进一步的行动。张文之也明白罗一娇领导的清河野树林这群人，不仅仅是简单的土匪，他们组织纪律严谨，从不祸害百姓，只是向各村的大户征收些银两，一般也是出于自愿。当然这种自愿多数也是出于对清河野树林的惧怕。张文之也害怕沾惹麻烦，已有几个月没有和清河野树林来往了。这一天，张文之带着麦林和荣广悄悄地回了桑科村。这一次，文之没有骑高头大马，而是三人一块儿坐着运草料的马车回来的。麦林和荣广在村子里的时候和文之就是好朋友，现在在军队里两人成了文之铁杆抱腿的。张文之心里也感激二人，回到家中和父亲商量把两家人一块儿请过来吃顿饭，张玉昌叮嘱文之，让他亲自去请。一听张玉昌邀请他两家吃饭，荣广他爹有些犯愁，不知道该拿什么礼物去，自己手里没有半分钱，钱都在快嘴手里。他就把儿子叫到跟前说："文之家请咱吃饭，该带点什么礼物呢？"荣广略一沉思说："我去和快嘴商量一下吧。"荣广他爹一下子恼了，训斥道："你还算不算个男爷们，这么点事还去和娘儿们商量！"荣广嘿嘿地笑了，说："爹，您老别生气，要不您说拿啥咱就拿啥？"荣广他爹一下子语塞了，自己真的做不了主，把手一背出去了。荣广走进西屋里，快嘴正在贴裹被，荣广问："老婆，去文之家我们带点啥？"快嘴说："张文之是你的上司，人家请咱吃饭是给咱长脸，不能让你和爹觉得寒碜，柜子里有床绸料的被子面料，拿上吧。"荣光说："咱家缺这，稀罕绸料的被子面料，张文之家多的是呢。"快嘴说："东西再多是人家的，他家再不稀罕也是一份厚礼，特别是对咱这样的家庭。"荣广觉得快嘴说得很有道理，搂过脸来亲了一口。快嘴舞着沾满糨糊的手说："再使坏粘起你的嘴来！"荣广笑着去找他爹了。

张玉昌家里亮着几盏大红灯笼，客厅里围了两桌：张玉昌、张文之、闫春成、荣广、荣广他爹、麦林和麦林他爹围了一桌，钟氏、王氏、同英、快嘴、快嘴的婆婆、珍巧和珍巧的婆婆围了一桌。两桌的菜几乎一样，就是男席上多了一盘驴什。男人都好这一口，张玉昌特意让张大头留了两根，都是大号的。桑科村一直有一种风俗，就是在酒桌上划拳：两人同时伸出一只手，用攥起的拳头和伸出一到五个手指，表示从零到五这几个数字，与此同时，嘴里喊出从零到十的数字，如果两人伸出的手指表示的数字相加与其中一个人嘴里喊出的数字相同，那么这个人就算赢了这一拳。举例说明：比如一个人伸出了三个手指，另一个人伸出了四个手指，一个人喊了七，另一个喊了六，那么这个喊七的人就赢了；如一个人伸出攥紧的拳头（表示零），嘴里喊出了三，而另一个恰好伸出了三个手指可嘴里喊的七，那么喊三的就赢了。当然，如果自己喊的是"八仙过海"，而自己仅伸出了一个手指，那么对方即使伸出五指也不可能凑成八，这种拳就叫臭拳。如果不是事先约定，是要罚酒的。这种玩法技巧性颇强，给玩者留有神机斗智的余地。且因玩时须喊叫，易让人兴奋，增添酒兴，烘托喜庆，特别是熟人朋友到了一块儿，更是必行的酒令。张玉昌、荣广他爹及麦林他爹越玩越兴奋。由于荣广他爹输得多，没多久就喝醉了，趴在了桌子上。荣广赶紧说："让大家笑话了，我爹的拳比较臭，光喝酒了。大家继续玩，我把我爹送回家去。"文之赶紧说："送回去干啥，让叔躺里屋炕上睡一觉就行了。"荣广说："不好意思，我还是送他回去吧，免得吐一炕。"说完背着他爹走了。第二天就传出来，荣广他爹半夜起来上茅房掉猪圈里了，传得有鼻子有眼的，怎么掉进去的，怎么被拉上来的，详细得很。至于荣广和麦林两家自是兴高采烈，逢人就说张玉昌大气。原因是礼品原封不动送回，额外又搭上一块上好的缎子料和三斤桃酥。闫春成有意无意地说了一些进步思想，在大多人脑子里都被酒令盖了，只有张文之感觉到了闫春成是个很特殊的人。他的很多言谈都牵扯着国家和民族，这些不应该是一个乡下教员所关心的话题。第二天，张文之临走的时候跟张玉昌说起了闫春成，张玉昌告诉张文之说："虽然桑科村位置偏僻，信息比较闭塞，但我预感到有另一股力量和国民党抗衡，不可小觑。"

原本张文之约好麦林和荣广一块儿回去，但麦林说珍巧病了，他暂时回不去。文之问珍巧得了什么病，麦林支吾了半天没说出来，文之狠狠地训了他一顿，麦林才红着脸说："那天晚上在你家吃驴什太多，家什硬了一夜，折腾了一晚上，最后珍巧下身流血不止。"张文之说："你抓紧带珍巧来，让我爹看看，摸摸脉，看到底是咋回事！"文之又说："你必须先回部队，不能再在家停留，让婶子带珍巧来就行了。"麦林知道部队有部队的纪律，军令如山，回家说了说，随文之一块儿回部队了。

18

　　麦林是走了，但身在曹营心在汉，把心掉进珍巧的胸兜里了，听着珍巧的名就心慌，每天问文之不知多少遍："珍巧不会有事吧？"弄得义之也没了心思，很是为珍巧担心。他早就听同英说过麦林和珍巧那档子事，脑海中浮现麦林那家什就像硬了的驴什，真不知道珍巧怎么会受得了。担心归担心，他是真受不了麦林的骚扰，就吩咐两个士兵，只要麦林来寻他就把麦林架走，不得让他进连部。就这样折腾了十几天，麦林瘦了三圈，脑袋也耷拉了，腿像踩了棉花团。文之一看再这样下去不行，就准了麦林两天假，让他回去探个究竟。

　　麦林骑了文之的马，一溜烟地跑回了家，一进门就喊："娘啊！珍巧没事吧？"正巧麦林他爹坐在堂屋里抽烟，一听麦林回来了，迎出来骂道："你个王八羔子，都让你害死了，只顾自己快活！"麦林以为珍巧出事了，当场晕倒在院子里。醒过来时，已躺在珍巧的怀里，珍巧的眼泪吧嗒吧嗒掉在他的脸上，麦林扑棱一下坐起来，说："你没死啊？"珍巧抹了抹眼泪说："你盼着我死啊？"麦林嘿嘿了两声说："那刚才咱爹说我把你害死了。"珍巧的泪又像断了线的珠子流下来，麦林愣了，说："没事你哭什么呀？"珍巧抽泣着说："你没害死我，你害死了咱的娃！"麦林急了说："这，到底是咋回事呀？""我怀孕了，又流产了。"麦林一听傻眼了，没想到自己这么不靠谱，从没想过珍巧会怀孩子，一直沉浸在二人世界里，只知道痛快。接下来，麦林哭天抢地地捶打自己，虽说自己的家什是遗传，父亲的也是又长又粗，听父亲说爷爷的也是又长又粗，但

146

他家人丁不旺，已四代单传。他内心深处真的很害怕，害怕到他这一代绝种了，再也生不出儿子来。如果也是单传的话，自己的儿子已经死了。珍巧见丈夫这么伤心，心里反而好受了许多，抱住麦林的胳膊说："你也别太难过了，一切都是天意。文之他爹说只要近几个月不做那种事，趁个一年半载的还会怀上孩子的。"麦林瞪起了眼，问："他真这样说的？你不会哄我吧？"珍巧在麦林的腮上拧了一把说："看你说的，这么大的事我怎么会哄你呢！"麦林一下子来了精神，双手按着珍巧的肩说："我说呢，你那块地肥着呢，不会种一茬就不长庄稼了，多生几个，改改咱家的风水。"珍巧摸了摸麦林的脸说："看你都瘦成什么样子了，早知道这样，就让爹去部队给你送个信儿，免得你受这么多的折腾。咱娘给你荷包了几个蛋，我去给你端过来。"麦林一把拽住珍巧的胳膊说："你歇着吧，我自己去吃就行了。你没事，我得抓紧回部队。"

张文之听了麦林的汇报后，有些后悔，觉得自己对不住麦林，如果不请他吃饭，也不会有这一出，来年，麦林他爹就会抱上孙子了。发饷的时候文之多给了麦林两块大洋，也多少弥补一下自己的过失。至于麦林，从此不敢再吃驴什，甚至变得有些阳痿。时间过得很快，转眼一年过去了，文之、麦林和荣广三人中只有荣广有了个女儿，同英和珍巧的肚子都没有动静，这可急坏了王氏，这都两年过去了，同英也太不争气了。王氏天天琢磨着给文之说个二房，给张玉昌提了好多遍，可张玉昌几乎每天都给同英摸脉，发觉脉相都很正常，也不好说什么，最终，还是顶不住王氏的枕边风，就张罗着给文之找二房了。神婆三仙姑算了半天，算出能给张家添丁加口的女人就是邻村五妮，说是女人，实际上五妮才十三岁，扎着乌黑绿亮的大辫子，一双左顾右盼的大眼睛。王氏觉得姑娘长得周正，也还算漂亮，更重要的是看上去壮实，像是会生胖小子的主。但钟氏觉得五妮媚眼轻佻，没有旺夫的相，不像同英眉宇之间透着一股灵性和善良，她不太喜欢五妮。钟氏虽不喜欢五妮，但也没公开反对，就对张玉昌说："文之已到了当家的年龄，婚姻的事也得跟他商量，听听他的想法。"张玉昌一向比较开明，觉得钟氏说得很在理，儿子大了，而且还是十三旅的连长，婚姻大事尊重他的意见是很应该的，事情就暂时搁下，单等文之回来。

张文之回来了，还是骑着他那匹高头大马，马还是拴在大门西边的莲子树上。一进屋先去给钟氏请安，钟氏拉着文之的手说："儿呀，家里商量着要给你再说门亲事，都怪同英肚子不争气呀，不知你是咋想的？"张文之并没感到吃惊，在他眼里男人三妻四妾也属正常，只是他还没有移情别恋，喜欢上其他女人，他对刘同英的感情虽没有以前那么纯，但还是比较专一的。就不经意地问："不知是哪家的姑娘？"钟氏说："邻村的，你认识的。就是李碾子家的五女儿五妮。"文之愣了一下，那双会说话的眼睛一下子浮现在脑海里，勾魂一样地望着自己。自己真的幻想过和她做那事，不过就最后一次路过她家胡同口的时候，也就是她那双带钩的眼睛生生地盯着自己的时候。张文之当然不知道五妮想啥，他哪里知道五妮从七八岁就喜欢他。她那种喜欢是因为张文之在周围几个村子里男孩子中是最扎眼的一个，无论是穿戴上还是吃食上。这五妮有一副天生的媚骨，看哪个男人哪个男人就心动，张文之就是其中的一个。四围八庄不少男人被她勾了魂，张玉昌一家当然不知道这件事。张文之没有直接回答钟氏，而是问道："娘啊，不知同英有没有反对？"钟氏说："她心里肯定不好受，但她也明白事理，传宗接代是千百年来的大事，我们家也不例外。""娘啊，我先去给爹和娘请安，这事先放一放，我再争取一下同英的意见。""好啊，你去吧。"

张文之向父母请了安，问的是同一问题。其实，张文之心里早已有了主意，五妮是要娶到手的，因为有一股欲火在心里燃烧着，越想越有这种欲望，但他要矜持住，不能露出马脚。几年的戎马生涯，他变得心机多了。他知道同英和他的孩子没了，如果她的丈夫再与别人分享，她的内心将要承受怎样的委屈。他不想直说，而是做出家里人逼他娶五妮的样子，好让同英心里好受点。文之一进屋见同英正在绣枕套，是一对鸳鸯，就小声说："哈，给谁绣的呀？"同英很专注，文之问话才知道文之进了屋，头没抬，问："回来

148

了?"张文之打趣地说:"怎么,我回来你不高兴啊?""看你说的,大少爷回来我能不高兴嘛!坐过来我有话给你说。"文之心里已猜个八九不离十,肯定是五妮的事,就轻轻地坐到同英背后,伸开双臂抱住了同英的腰。同英低声地问:"去过大娘屋里了?""看你说的,大娘待我比亲娘还亲,我总是先给她请安的。""那她提起过给你再说门亲事的事?"张文之停了一会儿说:"说了,爹娘也说了,他们的口径差不多,都是非娶不行,说什么传宗接代是天大的事。"同英顿了一下问:"那你怎样看待这件事?"文之说:"我跟他们争执了,守着这么好的媳妇,我怎么还有娶别人的心思呢!"同英放下针线,握着文之的手说:"百事孝为先,无后是最大的不孝。这也不能怪他们,张家不能断根啊!该娶还是娶吧,我不会怪你的。只要对方人品好就行,就像大娘和娘一样,这么多年了都没红过脸。"张文之知道同英心地善良,不会妨碍他娶五妮的,这也是她优点中的弱点,就说:"你同意,我自己这一关也过不去。不如这样吧,不就是为了传宗接代嘛,那就再等上一年半载的再说,说不定你会再怀上孩子的。"刘同英哭了,真没想到丈夫对自己这么有感情,就问:"你真是这么想的?我心里应该知足了。""你放心,晚饭的时候,我就跟爹娘提出来,如果他们不同意,我就坚决不娶!"刘同英有些感动,把头埋在了文之的怀里闭上了眼睛。

晚饭时,张玉昌一家人凑齐了。大春、二春都回来了,因为考虑到文之的婚事,就让忠义把文之的两个姐姐也叫了回来。这个家很长时间没有孩子的嬉闹了,三个外甥转来转去,成了亮点,这更激起了王氏抱孙子的强烈心思。李绍尧、李绍唐是大春的孩子,名字是张玉昌起的,意思是仰慕圣贤,希望长大后成为贤德之人。武竹瑞是二春的孩子,名字也是张玉昌起的,意思是吉祥如意。当然,张玉昌为外甥起名,也因了大春、二春的个性。大春性情温和,生性善良,希望下一代像她母亲有德行。二春性格和她娘钟氏相似,做事干练有主见,张玉昌倒不希望她有多大造化,而是一家人平平安安。三个孩子还小,年龄最大的李绍尧也只有五周岁,到了上学的年龄,钟氏想把他们拢在自己家里,就在桑科城隍联小读书，自己图个温馨热闹。

虽然文之要娶二房，但主角却是刘同英。张家害怕同英会受不了，所以全家人聚一块儿，目的是劝劝同英，让她明白事理，省下她认为全家人都欺负她。再说同英娘家离得远，没有依靠。其实，同英的父亲刘德海已经驾鹤西游了，同英也是听凤岗村过来卖烟叶的讲的，她没有回去，只是哭了一宿。她的哭不是因为父亲去世，而是可怜还活在世上的瞎眼母亲。这件事她没有告诉文之，怕又生出什么是非来。因为自己没再怀上孩子，婆婆已经常以泪掩面，哭自己的命薄，没有抱孙子的福。但她没想到这么快就要给文之娶二房，自己还这么年轻，趁个三年两载的，说不定自己就怀上了。不过今晚的事她已有了心理准备，自己能承受得住。

首先当着她的面提出这事的是二春，二春用试探的口气问："弟妹呀，你和文之总该养个孩子吧？这样下去也不是个事，老辈人常说：'百事孝为先，无后为大。'不知你是怎么想的?"同英低着头没有说话，她是等着文之说话，把他给自己讲的趁大伙都在讲出来。王氏见同英不言语，就说："张家可就文之这一个男孩，这能不急嘛!"同英见文之低着头只顾吃，正在着急，大春插言道："这件事也许太突然，同英一下子转不过弯来，让她想想再说。"钟氏说："同英啊，你也别想不开，男人嘛，三妻四妾的很正常。"刘同英见钟氏已说出来，刚想说自己不反对文之娶二房，口还没开，文之说了："今日，咱一家人都在这里，话得说清楚。我和同英都不反对你们的想法，只是这事得缓一缓，给我俩点时间，如果半年后同英仍怀不上孩子，再说二房的事也不迟。"张玉昌轻轻地咳嗽了一下说："我同意文之的说法，但有一点我得说清楚，并不是同英怀了孩子，文之就不娶二房了。我们家一直人丁不旺，男丁已三代单传了，多子多孙我们家还养得起。娶二房的事就这样定下了，一年以后过门。"刘同英心里明白了，这是她的命，和文之相好的时候就应该想到会有今天，就说："爹怎么说我都同意。"张文之一听他爹的话，心里乐了，也不动声色地说："那就听爹的吧。"其实，张文之早就知道这个结局，父母已经张罗着给他说二房了，铁板钉钉的事不会改变了，他只不过让同英的心里好受点。

　　张家在策划着给文之说二房的时候，清河野树林罗一娇也在周密策划一场婚姻。这天，天气好得出奇，大清早，东方就一片明亮，预示着又是一个艳阳天。罗一娇早早吃过早饭，吩咐马夫套好马车，装上了两麻袋干蘑菇，名义上是赶集卖蘑菇，实质上是去南宅见刘亮。套上马车是为了避嫌，毕竟骑马太显眼了。罗一娇并没带上太多的人，只带上了杏红和万能鲛。杏红要出嫁，她的事就是自己要亲历这个过程。罗一娇并不想包办，她尊重杏红的意见，所以，杏红是一定要去的。万能鲛像瘦猴子一样，让人看起来不起眼，一般人不会觉得他有功夫，再一个他办事机灵，处事果断。罗一娇和杏红都化了装，二十多岁的大姑娘，人又长得漂亮，往人堆里一站太扎眼了，干脆来了个女扮男装，上嘴唇粘上了浓浓的胡须，穿上了土黄色的粗布衣服。你还别说，罗一娇和杏红这身装束还真像跑腿的伙计。再说，去南宅又不需要进城，只是一个村庄，没有盘查的关卡，关键是不能引起一些探子注意。

　　没费多少工夫，罗一娇他们很快就接近南宅，也就是还有二三里地。对面走过来三个大兵，有一个枪刺上挑着一只红毛大公鸡，另两个每人手里握着一瓶烧酒，一路哼着扬琴小曲。就在他们要擦肩而过的时候，一个大兵扭过头说："停！停！你们要干什么去？"万能鲛赶紧从马车上跳下来，说："哟！三位老总啊，卖干蘑菇的。""不对呀，今天是营子集，你们向南边跑啥？"万能鲛急中生智，说："我们不是赶集，是南宅的吕爷要了两袋干蘑菇，这不赶着送去呢。"一个大兵说："这一带常有共党活动，我看你们非常可疑，走吧，赶上你们的马车一块儿到连部查查。"杏红有点沉不住气了，碰了一下罗一娇，想收拾了这三个大兵，罗一娇摆摆手让她别动，任凭万能鲛周旋。万能鲛从怀里掏出三块大洋，一枚一枚地放到挑鸡的大兵手里说："三位老总一人一块，打壶酒喝，小本生意，小本生意。"挑鸡的大兵向另两位使了个眼色，然后眯起眼说："快走！快走！"万能鲛弓着腰动作很迟缓地坐上马车，要了一个鞭花，马儿一路小跑地向南宅跑去。

到了南宅，发现整个村子街道上一个人也没有，冷冷清清的，罗一娇的心里咯噔一下，潜意识中觉得出事了。罗一娇让万能鲛把马车停在村口，然后嘱咐他到吕家大院探探风声。万能鲛步履老态地走进村子，来到吕家大院大门口，轻轻地叩动门环。门开了，露出半张脸，问："找谁呀？"万能鲛打量了一下开门的人，说："给吕老爷送蘑菇来了。"开门的人愣了一下问："我们家老爷啥时买的蘑菇呀？"万能鲛笑了笑说："你去告诉吕老爷，就说姓罗的给他送来了树林里采的蘑菇，他就知道了。"开门人说："那你等一等。"说完又把门关上了。不一会儿，吕老爷走出来招呼罗一娇他们进院子，又招呼他们进了书房。刘亮他们正等在那里，见罗一娇和杏红的打扮，大家哄堂大笑。罗一娇嘟着嘴说："笑什么？没见过景啊。"刘亮说："这是会心的笑啊！你们不知道，这里刚被搜查过。"罗一娇说："怪不得街上一个人也没有啊，敢情是把老百姓都吓坏了。"吕老爷说："关上大门就都是自家人了，有什么话都可以说。再说，我在当地有些脸面，不到万不得已，他们不会搜查我的家。你们是第一次来，商量完事当家的和两位顺便在宅子里转转。"罗一娇说："吕爷就是不说，我们仨也得转转，这园子又大又精致，看来你真是富甲一方啊！"刘亮插话道："一娇啊，你还是先说说你们的情况吧，已经很长时间没有你们的信儿了。"罗一娇喝了一口茶说："现在的清河野树林基本能自给自足，当然，周边村庄的大户人家也上贡些钱财，生活倒是没有问题，只是信息非常闭塞，外面的事知道得很少，因为不敢擅自外出探听消息，以防带来没有必要的牺牲。"刘亮说："你们做得很对，这是非常时期，我们的组织到处遭到破坏，有很多同志牺牲了。"罗一娇说："总是这样也不是个办法，我们为什么不拉起队伍，真刀实枪地干呢？"刘亮说："这是国军统治区，队伍生存的空间很小，时机还不成熟，操之过急会带来更大的牺牲。我们必须潜伏着，但也要不失时机地发动群众。群众是革命之源，是养鱼之水。"罗一娇沉思了一会儿说："我有个想法已经很长时间了，说给你们听听，看看组织的意见，就是我想在桑科城隍联小建个联络点。虽说桑科村地域比较偏僻，但几个开明乡绅消息都比较灵通，特别是张玉昌父子，也是我们很好的保护伞。"刘亮说："你的想法很好，其实，桑科城隍联小已经建立了基层组织，只是这段风声很紧，基本没有开展活动。"罗一娇说："我就明说了吧，我想让杏红和春成结婚，他们不仅有一定的感情基础，而且也到了结婚年龄。结了婚杏红就顺理成章地到桑科城隍联小教书，她可以用信鸽和我们建立联系，就像清河野树林了解外面的一双眼睛。"吕老爷说："这个主意好啊，清河野树林是需要一双看外面的眼睛啊。"罗一娇面带难色地说："好是好，就是清河野树林嫁闺女不太合常理，目标太大了。"吕老爷说："这有什么难的，我有五个子女，再多一个也无妨，杏红就做我的女儿吧，嫁妆我来置办，不知罗当家意下如何？"罗一娇和刘亮会心地笑了。刘才良、萧月阳、门银铠，几位在场的同志也都感觉这个主意不错。大家嚷着让杏红给吕老爷磕头。杏红只是红着脸走过去拉住吕老爷的手叫了一声："爹！"逗得吕老爷忙不迭地答应。杏红岔开话题，问刘亮说："刘大哥，那你和罗大姐的事什么时间办呀？"罗一娇的脸腾一下子就红了，她没有说杏红，而是选择了沉默。刘亮倒没掩饰，很爽快地说："风声过去了，走出清河野树林的那一天。"大家哄堂大笑。

罗一娇、杏红、万能鲛跟着吕老爷在院子里逛，总算放松一下紧张的心情。吕老爷介绍说："这宅子建于明朝末年，共由五个院落组成，有大门、正房、大客厅、耳房、台屋、楼房、花园、游廊等，另有酒坊、油坊、菜园子、水车等，约占了大半个吕庄村。"他三人唏嘘不已，紧接着又一起观赏了家中的陶瓷器皿、楠木家具、古董书籍等，真是大开眼界。罗一娇觉得吕老爷守着神仙过的日子，却执着于革命，真是让人肃然起敬，同时更加坚定了革命信仰。

时间过得飞快，很快到了午饭时间，早有人把午饭准备好了。罗一娇他们在吕老爷的引领下来到楼房的二层。这是一处很别致的房间，窗扇和门都是楠木镂空的，采用铆榫、燕尾槽固定。窗户开着，花香顺着南风飘进来，让人浑身舒坦。再就是视野宽阔，能浏览院子里的美景，真是一处好所在。再往饭桌上看，都是清河区的特产：三疣梭子蟹、丁庄风味排骨、大明虾、麻湾西瓜、黄河刀鱼、槐蕾茶……每样吃食旁边都放了一个铜牌，注明了这样吃食的名字。就说这麻湾西瓜吧，瓜形匀称周正，籽小而少，瓤脆而香甜，呈红黄两色，这可是西瓜中的上品。有一样菜，就是黄河刀鱼，这可是罗一娇再熟悉不过的一样美食。她父母都是渔民，小时候她家餐桌上常有这道菜，但已好多年没有吃过了，不过余香仍在。这刀鱼来得也珍贵，由于渤海湾和莱州湾独特的地理条件，使得它的水底世界成为鱼类的天然王国，是近海罕见的优良渔场，这里的主要鱼类不下十几种，梭鱼、鲈鱼、黄鱼、银鱼、鄂针鱼、黄姑鱼……然而，最具特色的当数黄河口刀鱼。这里的刀鱼脂肪丰富，奇香无比，且肉质细嫩，味道鲜美。如能常常品此美味，当是人生一大幸事。

很快分宾主落座，罗一娇坐了主宾位。刘亮先来了个开场白："蒋介石不让我们饮酒啊，但我们可以喝茶，这槐蕾茶可是瑰宝啊，具有解毒败火、清热、利肠道之功效，实质是蒋介石让我们长寿啊！"大家哄堂大笑。吕老爷接着说："今天这顿饭给大家打打馋虫，虽说不上是盛宴，但都是当地名吃，同一时间吃到这么多美食，也不是常有的事。来呀，开吃！"说起来大家都是豪爽之人，也没那么多规矩，一边吃一边喝茶，罗一娇感觉真是痛快。

茶饱饭足，罗一娇觉得不便久留，尽管对刘亮恋恋不舍，也没单独说说悄悄话，但她还是理智地告别了大家，带着万能鲛离开了南宅。杏红留在了吕家大院，由吕老爷找人看好日子举办婚礼。

半个月后，闫春成接到组织通知，阴历九月十九完婚。老辈常说：洞房花烛夜，金榜题名时。娶妻乃人生大事，闫春成就想给老家鱼台闫家庄的大伯捎个信儿，即使他不能来，也要让他知道侄子结婚了。闫春成的父母在他未成年时就相继离开了人世，是大伯把他养大的。养育之恩不能忘，不能侍奉尽孝有时暗自流泪，如今要结婚了，很想让老人家高兴一下，他把这个愿望给组织说了。组织上考虑到杏红也是个孤儿，就尽量满足春成这个愿望，和鱼台的同志取得联系，转告春成的大伯。现在形势紧张，考虑到保护家眷的安全，就不再把老人接过来，由吕老爷一手操办了。按照组织的要求，婚礼要办得隆重而简朴。所谓隆重，就是请桑科村有头有脸的人物一起见证。场面要热闹，吹吹打打一定要有；要简朴就是少花钱，甚至基本不花钱，革命伴侣要的是志同道合。学校里腾出一间房来，就算是新房了。

婚礼那天基本是桑科庄和吕庄的人，罗一娇和刘亮他们都没露面。张文之也回来吃喜酒了，还送了一份大礼：一支转轮式手枪，是双动外摆式六发装弹的新式手枪。大闺女、小媳妇来帮忙的、看热闹的挤得满满的，刘同英、珍巧、快嘴也在忙前忙后，就连五六十岁的婆娘也来凑热闹。德三家的婆娘就挤在里面，午饭时分顺便掖在怀里两个白面馍。当然，要头要脸的人都会随礼的，即使没有礼金的，也会带点物件来，冬景就送来了两个小板凳。长乐混在人群里远远地看着，自从伤害同英的事被揭穿以后，他变得少言寡语，也不爱凑热闹了。那件事像心口上的一块疤，时时提醒他"不光彩"。他之所以来看热闹，是因为闫春成的婚礼很特别。村子里的孩子都跟他上学，小虎也是其中之一。他听说还要办什么夜校，让大人们也去上学。要是没有同英那件事，说不定他也要上夜校呢。有时候他也嘟囔着："说不定，说不定……"

杏红落户桑科村，表面上吕老爷没送啥嫁妆，但随嫁的有一檀木盒子，里面金银首饰许多，并告诉杏红，这些彩礼虽是送给她和春成的，但是用于革命活动的。嫁过来的当天晚上，杏红就和春成说了这件事。春成很是感激和兴奋，觉得革命前途一片光明。对刘同英来说，杏红的到来给了她巨大的鼓舞，觉得有情人终成眷属，也多了一个唠家常的人。但事后她问钟氏："娘啊，我觉得有些蹊跷，听说吕老爷家产万贯，富甲一方，怎么杏红没有嫁妆？虽说是干闺女，但也不至于这么寒酸吧？"钟氏说："有些事我也不太明白，但我总觉得这些人有些神秘，似乎在掩盖什么。不过，既然是清河野树林的朋友，就都是好人。""说得也是，罗当家精明，不会看走了眼。"钟氏拉过同英的手说："同英啊，文之娶二房的事，你

155

心里委屈不?"刘同英苦笑了一下说:"不瞒娘说,我心里苦着呢!可话又说回来,文之不能没有后啊。都怪我肚子不争气!"钟氏叹了口气说:"同英啊,女人呀就是这个命。男人嘛,就得三妻四妾,家族兴旺啊。""娘啊,是不是我生了孩子文之还是要娶二房啊?"钟氏说:"你看你爹就文之一个男丁,多孤单呀!依我的意思,还想让你爹再娶一房,可你爹疼爱俺姊妹俩,说啥也不再娶了。"刘同英不再说话,只是默默地点了一下头哭了。

文之和五妮的事已经说开了。五妮心里想着自己是张文之的人了,天天盼着张文之来娶她。张文之心里也像钻进了毛毛虫,满脑子都是那双勾魂的眼睛。一天晚上,文之终于按捺不住内心的那股欲火,走到了五妮家的胡同口,躲到了星星的眼皮底下。

19

现在是腊月天，晚上西北风飕飕地穿过耳梢，一股劲儿地向脖领里灌。街上没有一个行人，张文之傻傻地看着李碾子的家门口，盼望五妮走出来，他要搂搂她、抱抱她、亲亲她，甚至更进一步，比初恋刘同英时更急切，那时他更多的是感情，而对于五妮更多的是占有欲，一种原始的欲望撞击他的脑门。时间就像一对矛盾的孪生兄弟，既短暂又漫长。很快到了深夜，张文之冻了个透心凉，无奈地回家了。

家里炉火烧得暖暖的，同英早早地把身子洗净，穿一袭乳白色睡衣，一直在等他回来。整个晚上她的心一直悬着，见文之进屋，一下子放松下来。她没有问文之去哪里了，而是满含深情地看着他。张文之愣了，发现同英今晚特别妩媚，刚才的欲火又勾起来，他已分不清对面是谁，脱了个精光，像发情的公牛一样扑过去……

第二天，同英早早就起来了，看着睡熟中的文之，心里有股安详和知足，凌乱的秀发遮盖不住脸颊的红晕。她没想到这么多年过去了，文之对自己的身子还这么疯狂。她哪里知道其中的隐情，当然她也不会知道。埋在善意的欺骗中是幸福的，当然，这也不是纯欺骗，毕竟是她的秀色引起了这股疯狂。同英轻轻地来到外屋，用桃木梳慢慢地梳理头发，有时停下来轻轻地傻笑。自从镇兴走后，她这是第一次发自心底的愉悦，然而她的命运也随着进入了又一轮的喜悲轮回。

刘同英撤去门关，屋外的景象让她吃了一惊。没想到皓月当空，稀疏的星星也毫不吝啬地闪着光芒。看来昨夜的西北风把天刮得晴如明镜，真是"明月如霜，好风如水，清景无限"。当然，刘同英不会知道苏轼的这句词，她只知道今天是一个好天气，会有很多孩子在外面玩耍，有很多老人在墙根下晒太阳，还有老母鸡一定会抖擞一下它紧缩的腰身到处刨食……自己也有一个好心情，她认为对一个农村妇女这就足够了。特别是嫁给张文之后，她更信奉这些。侍奉公婆，侍奉丈夫，生一堆孩子，再没有更多的念想。她像往常一样走进院子，拿起扫帚，清扫已经很干净的院子。与其说她勤快，还不如说这已经成了她的习惯。今天她扫得特别仔细，不留一点死角。扫完后，她挑起了水桶走出了家门。街上静悄悄的。穿过几个胡同口，老远就看见荣广他爹背着粪筐，右手拿着粪叉走来。同英一见就喊："叔，起这么早哇？"荣广他爹有些不好意思地说："睡不着，起来溜达溜达。你也起这么早啊？"同英笑了笑说："是啊，我也没想到五更就醒了。倒是好久不见快嘴了，她忙啥呢？是不是住娘家了？"荣广他爹满脸惊讶地说："啊，我还以为你知道了呢。快嘴怀孕了，可是你爹凭过脉的，他没告诉你呀。我们家要添丁了，这是我上辈子修来的福啊！"荣广他爹不管同英感受如何，一股脑地说了一通。刘同英心里像翻了五味瓶，啥滋味都有，好像荣广他爹在说："我家快嘴可不像你，一只不下蛋的鸡！"刘同英没再说话，挑着水桶走开了，背后还响着荣广他爹的声音："我上辈子修来的福啊……"本来刘同英今天心情很好，经荣广他爹一顿说辞，好心情全跑到爪哇国了。

偌大的桑科村就一口水井，在村中心湾的东崖，离湾边五六米，用青砖砌了。井深有六七米，提水得用绳子拴住木桶。这水就是比湾水干净，但不比湾水甜多少，一股卤味。井里面的水大多是湾水渗过来的，要透过五六米的红淤泥层。挖井的人像看了风水，这井真是占尽了地理优势。井水不但旺，而且还清澈，一口井养活了全村。平日里担水的人络绎不绝，所以，同英一般不带绳子，借别人家的用就是了。今天起得太早，一个人也没有。同英只好把木桶挂到担杖钩上，用右手抓住另一头的担杖钩，身子趴到井沿上用力摆动扁担。水桶汲满了水，刚想向上提，下方的担杖钩却滑落

——水桶掉水里了。刘同英一下子急闹开来，心情更加沮丧，真是有点"穷人吃点面干粮都塞牙"。没办法，同英就在那里等。说得也巧，没多久，长乐挑着木桶走来。老远看见同英就停下来，可能想等刘同英走后再过来。他心里的结就像上年纪的人的痨病，越来越难愈合。看见刘同英内心就觉得难堪，像是做了贼，偷了她贵重的东西。同英把这事早已放下，再说她也理解长乐的所为是喜欢赵小满，把赵小满的死迁怒到自己身上。刘同英把手作喇叭状大声喊："长乐叔，过来呀。我的担杖钩掉井里了。"长乐一看，走也不是，不走也不是，踌躇了一会儿，最终还是朝刘同英走过去。一句话也没说，就用拴着钩子的绳子先把水桶提了上来，接着又把担杖钩打捞上来，顺手把另一只桶汲满。刘同英看着这一切，心底里觉得长乐也是个可怜人儿，这几年明显变老了，背也有些驼了。就在刘同英发愣的那会儿，长乐已汲满水走了。刘同英叹了口气，挑起水桶回家了。

天一放亮，星星消失，月亮由亮变白，失去了她主宰天空的气势，很多人家已冒起了炊烟。刘同英来到东屋，锅里添上水，馏上了五个白面馍馍，不一会儿，蒸汽就冒上来了。过了一会儿，蒸汽散了，同英把箅子端出来，馍馍用笼布包了起来。锅里的水舀到铜盆里，在菜板上切了几两五花肉、半斤豆腐、半棵葱、一些姜末。她用豆油爆炒了葱花，把切好的东西和其他东西一股脑儿地放进锅里爆炒加盐，然后加上铜盆里的热水煮沸，再在煮沸的水里加上用剪刀剪断的粉条，等粉条变得柔软可食时，向锅中加入搅拌好的糕面糊糊搅匀再煮沸；焖一会儿，一锅喷香的油粉就做好了。一般人家只有在过大年时才能吃到这一口，在张玉昌家这是冬天里的家常便饭。特别是早饭，因为这油粉好喝又御寒。

这时张玉昌、钟氏、王氏都已起床，刘同英走进堂屋向公公婆婆请安，接着又回到西屋给文之打好洗脸水，轻轻地摇醒还在酣睡的文之，说："起来吧，太阳快要晒到屁股了。"张文之伸了个懒腰，握着同英的手说："我的好梦让你赶跑了，真是可惜呀！"刘同英打趣地说："啥好梦啊？不会是做梦娶媳妇吧？"张文之怕同英多味，就说："就是做梦娶媳妇，不过新娘可是你呀。真是在梦里我俩举行了一场大场面的婚礼，你身穿凤冠霞帔，富贵着呢。筵席就摆了三天三夜，村子里的人都来庆祝，清河野树林的人也都来了。哦，还梦见大黄了呢。它就在大门口不停地摇尾巴，迎接来客。"同英略有所思，低声地说："是呀，真的很想大黄。你说它到哪里去了呢？"张文之笑笑说："你看，你看！你又伤心了不是？即使它现在还活着也老得走不动了。与其看着它受罪，还不如现在看不见的好。""说得也是。快起来洗把脸吃饭，要不饭都凉了。""遵命，夫人！"说完张文之一骨碌爬了起来。

张玉昌家吃饭没特别讲究，和大多桑科村家庭一样，没客人的时候，一家人是不在客厅的桌上就餐的，以防饭菜凉了，就直接在厨房就餐了。一家人围锅台而坐，锅台北首是一盘炕，炕和锅台相连处叫炕头。这个地方是张玉昌的专利，吃饭时双腿盘坐，饭菜就摆在脸前，这活一般是钟氏去做。钟氏和王氏坐在锅台口处的蒲墩上就餐。同英和文之则在锅台一侧。张文之会把方板凳摞到长板凳上，一个人占了三分之二的空间。刘同英大多在一侧站着吃，方便给大家递馍馍舀汤。说有区别，就在于大多桑科村家庭没有厨房，锅台就直接盘在堂屋了，这吃饭模式就在堂屋里完成了。吃完饭，就把碗摞在一起，一并用炊帚刷了，剩饭和泔水一般用来喂猪喂狗。张玉昌家现在既没猪也没狗，但养了十几只鸡，剩饭和泔水拌上麸子就成了它们的美食了。每当同英把半铜盆食物放在院子里时，抢食的鸡别有一番乐子，特别是那只红毛大公鸡，总是昂着头挺着胸脯，在母鸡背上踩来踩去，充分秀了一把帝王的身份，而母鸡只顾抢食，被临幸的样子一脸惊慌。同英总是看得出神，有时觉得女人的命运就像这群母鸡。

张文之吃完早饭骑马赶回部队了。张玉昌打着饱嗝说："同英啊，今天就别去药铺了，你娘身体有恙，你在家陪她唠唠嗑吧。"刘同英应声道："嗯！"就没再多言。张玉昌说完就迈着四方步出去了。同英一挑帘子走进王氏的卧室，王氏正在绣一对枕头，看样子绣的是牡丹。同英没问给谁绣的，但也猜出个八九不离十，一定是

160

为文之和五妮绣的。王氏没有抬头，小声问："怎么没去药铺呀？"刘同英过去坐在王氏身边说："爹说娘身子不好，让我陪娘唠唠嗑。""我没什么，没事你出去散散心吧，听说快嘴和杏红都有了身孕，你去找她俩唠唠去吧。"同英没再插嘴，但心上像有人揭伤疤一样，难受着呢！很想躲开，就说："娘，那我去了！"一挑帘子出去了。

杏红和闫春成结婚后，就成了桑科城隍联小的体育教师，负责教孩子们武术，只在下午有课，上午一般在卧室里读书。说是卧室，实际只是和客厅之间挂了一块花布，因为杏红和春成住处只是一个单间。同英绕过了教室，从东门进了学校的院子，向北一拐就到了杏红家的门前。她轻轻敲了一下门，就听里面有人喊："进来吧，门虚掩着呢。"同英推门走进屋，杏红已站在屋的中央，见是同英，走过去握住了同英的手，说："老长时间了，也不来看看我，今儿怎么有空了？"同英笑了笑说："我是瞎忙，哪像你有事业哩！""说啥呢！你可是有钱人家的少夫人。""别提了！这火炉是春成垒的吧？屋里还挺暖和的。""哪里呀，真是百无一用是书生。这是张胖垒的，泥都是人家和的，他也就搬了几块砖，还挤破了手。"刘同英顺手拿起床上一本扣着的书，看来她进屋前杏红正在读这本书，就问："读什么书呢？"杏红拿过来说："谁让你不来学习，连这都不知道。这可是鲁迅先生的新作，翻译的高尔基的《俄罗斯的童话》。刚刚出版的，还有油墨味呢。""鲁迅是谁呀？名字这么怪？""这人可了不得，现代青年人都爱读他的书，有很深的进步思想。""这个我不懂，我只是来看看你，听娘说你怀孕了？""你婆婆也真是的，满脑子是生儿育女，女人怀孕有啥新奇的，就你这体形生三五个孩子，还不和闹着玩一样。"同英小声说："几年了，可我一直不怀孕，都觉得自己有罪了，对不起他家的祖宗。""你没让你爹瞧瞧？他可是远近有名的大医生！""爹凭脉一切正常，可能是我太紧张了。""这能不让人紧张吗？你婆婆一天到晚地嘟囔。"刘同英叹了口气说："现在她不嘟囔了，正准备着为文之娶二房呢。""啥？这是真的呀？""这事能说着玩吗，当然是真的。"

"张文之呢？张文之咋说？当初他那么爱你！""他能说什么呢，还不是爹说了算。""你就是逆来顺受，如果是春成，我会让他吃不了兜着走！"刘同英摇摇头说："我一点底气都没有，他家需要传宗接代，我又不能怀孕，还能说啥呢。倒是文之暂且给我解了围，说是半年内不怀孕再说。""哈，多好的借口哇，想要别的女人，还让你心甘情愿地接受，这一计也太毒了。""不会的，文之不是那种人，他也是被逼的。""你真是傻得出奇，被他卖了还为他数钱。"刘同英又想起昨天夜里的恩爱，说："不说了，不管你说什么，我还是相信他的。说说你吧，几个月了？""前几天恶心、呕吐，去你爹那儿瞧了瞧，他说怀孕快三个月了。""哦，那这体育不能再教了，不能做剧烈的运动了。""是呀，这不，我和吕一换了一换，我教国语他教体育。再就是夜校我再代代课。""扑棱棱！"一阵响动。刘同英问："是什么响动？你养了鸟啊？""没什么，闷得慌，养了两只鸽子。你坐一会儿，我给它们加点食。"刘同英说："让我去吧，顺便也让我看看你的宝贝。"杏红赶紧说："你坐着，它们怕生人，你就别去了。"说完把同英按在床上，自己快步走出屋子，把门带上。随即把鸽子腿上信筒里的纸条取下来看了一眼揣口袋里了。杏红一抬头，愣那儿了……

杏红没想到一转身，同英竟然站在身后，她半晌没说出话来。其实，她一直想发展刘同英入党，但刘同英越来越不关心时事，只是一味地做乖媳妇，对一些进步思想一点兴趣都没有，杏红就放弃了，等抽时间再说。自己送情报的事摆在了刘同英面前，她觉得这也是一个机会，就对同英说："你都看见了？""你用鸽子送信？"杏红拉着同英的手又重新坐在床上，语重心长地说："你曾是人家的童养媳，是吧？"刘同英点了点头。杏红又问："那你喜欢那种日子吗？"刘同英点了点头，接着又摇了摇头。杏红着了急，问："到底喜欢还是不喜欢呢？"刘同英沉思了一会儿说："说实话，和赵小满在一起的日子，还真有些留恋，她待我不薄。"杏红一下子红了脸，真没想到刘同英会这样回答。刘同英看见杏红红了脸，就说："同样是童养媳，我妹妹的境况就不一样，她生活得很难，所以我把她赎了出来。"杏红一下子反应过来说："是呀，大多数童养媳没你那么好的命，都苦着呢！有一个组织就是让所有的穷苦人都过上好日子，你乐意加入吗？这样说你明白吗？"刘同英笑了笑说："我早就知道你说的组织是什么，应该叫共产党吧？"杏红愣了，说："你什么时候知道的？"刘同英说："国军几次来学校里搜查，我就知道春成他们一定是国军要找的共党，但我知道他们都是好人，爹爹一再保护他们，也是为了这个。再说文之也常提起，共产党的军队经常和国军打仗，只是我们这里还没发展到那地步就是了。""行啊，有觉悟！那你乐意不乐意加入我们的组织？"刘同英沉思了一会儿说："我对现在的生活很知足，再说我对富人也没有仇恨，他们都是我的叔叔、大伯，都是我的亲人，我没有和他们过不去的理由啊。""但也有很多穷苦的人呀，让他们过上好日子，就得分给他们土地，要不他们永远没饭吃。"刘同英叹了口气说："桑科村的穷人怎么穷的，富人怎么富的，我倒见了不少，也听老辈里讲了不少。就说德三家吧，生了一大群儿子，大多游手好闲，不愿干重活，地里收成就不好，一开始是能吃饱但吃不好，为了吃上白面就一点一点地把地卖了，最后变得只种胡萝卜都吃不饱了。再看大成家境况也是类似。桑科庄的穷人，大都是卖了土地，一步一步吃不上饭了，这能怨那些富人？再说那富裕的家庭啥干法，就说先前我在赵小满家，我俩是起早贪黑地干，恨不能地长到地里，一日三餐的饭菜也是省了再省。"杏红一听，觉得同英是吃了秤砣铁了心，一心一意地当她的乖媳妇了，但她还是说了一句："你说的只是一种情况，很多地方是富人千方百计地占有了土地，就是桑科村富人收购土地也是乘人之危，存在着很多的不公平。""杏红姐，你们的事我虽不参与，但内心也不反对，也不会给外人说，你放心就是了。"杏红无言以对，但出身贫穷的她有着坚定的革命信仰，觉得穷人的贫穷主要是社会不公造成的，因为她的父母都是勤劳的农民，也是起早贪黑，但她们家还是吃不饱穿不暖，父母也都死于贫穷，她过早地成了孤儿，她要闹革命改变这种不公。

不过，杏红养鸽子的事很快在村子里传开，因为两只鸽子在学校里飞进飞出很是扎眼，在这偏僻的村子里成了一景。桑科村富人也有那么一些，但还没有养鸟的。有些好讪的人就登门来看，甚至有人问是不是一公一母，孵出幼鸽也给自己一对。这样的事情发生多了，给杏红带来了不安全感，她怕有人猎杀信鸽，而暴露信鸽的真实身份。这件事杏红感到越来越棘手，就写信告诉了罗一娇。罗一娇也没想到事情会变化这么快，信鸽传信计划实施还不到一个月，有一只鸽子就受了伤，幸亏不是枪打的，而是用弹弓打的，一只翅膀渗出了血迹，再准一点就断了，那将会发生什么？罗一娇让杏红暂时中止传递信息，没有什么重大事件，不要再使用信鸽。

过了一段日子，罗一娇派海里漂和刘同娥给杏红送了三笼子鸽子，一共七八十只，并且公母搭配，告诉杏红分给喜欢养鸽子的村民，并且教会他们如何放养。一下子桑科村的上空常常有大群信鸽翱翔，村民们也见怪不怪了，也没有人因为好奇而猎杀了，信鸽行动再次启动。关于同英的事，杏红憋了很长时间，还是给闫春成提起这事，说："春成啊，我很想发展同英为党员，可她死活不上道，你有法子吗？"闫春成说："革命不光需要同志，还需要朋友，同英就是朋友，甚至张玉昌父子也是我们的朋友，他们使革命更具隐蔽性，保护了我们。他们不入党对我们更有利。"杏红恍然大悟，觉得春成真不愧为党小组长，看事就比自己成熟。在清河支部会议上，刘亮表扬了桑科城隍联小党小组，培养了许多进步青年，夯实了群众基础，为将来建立革命队伍发展了中坚力量。闫春成也代表桑科城隍联小党小组发了言，题为"游离在我们周围的党外朋友是革命胜利的重要拐杖"，这篇稿子会后在中国共产党西北中央局机关报《斗争》第95期全文刊登，引起了一个不小的轰动，闫春成也顺理成章地提拔为清河支部副书记。

善和恶总是相伴而生，一件事的好与坏也是结伴相随。桑科村鸽子越来越多，信鸽送信更具隐蔽性，可没多久兴起了吃鸽子风。有些游手好闲的泼皮发明了一种捕鸽子工具：一张长方形大网，网的一长边用几根木橛钉在野外的空地上，另一长边用竹竿串了，再拴上一根细绳子，把网平铺在地上，在网的一侧用细绳拴上一只活鸽子，能在直径半米的空间里飞动，再放上一把玉米粒，等其他鸽子飞来时，一落入范围就快速拉动绳子将网翻过来，上当的鸽子就被罩在网下。捕鸽子的人怕养鸽子的村民找上门，他们是不会把活鸽子带进村里的，而是现场用绳拴住脖子一勒，随手丢进一布袋。这件事大多数村民一开始并未觉察，可不久发现自家的鸽子少了许多，就开始互相询问，捕鸽子的人才慢慢地浮出水面。养鸽子的村民异常愤怒，就一起到八爷那儿去，让他主持开个村民大会，惩治几个盗鸽贼。其实，他们哪里知道虽然捕鸽子的没多少人，但偷偷地吃鸽子的人却不是一个小数目。不光有本村的，还有其他周围村子的，他们大多都是从这几个村民手中买来的。当然，几个盗鸽贼说是从远处贩来的，甚至编造说他们贩鸽子翻过了几座山蹚过了几条河，鸽子的品种要比桑科村的多好几倍，不光肉好吃还能大补。八爷也吃过鸽子，但他不知道事情的真相，是花子拿回家的，说是从集市上买来的，给他和老伴补补身子。所以他也没多想就查了一下书，按书上说的将鸽子去毛剁成块，加党参、红枣、甘草、姜、葱、枸杞、食盐适量炖汤了。现在经村民们一说，心里有说不出的滋味，喉咙里像卡了根鱼刺，自己熟读圣贤之书，圣人不饮盗泉之水，何况是盗来的鸽子呢！只好称自己身体有恙，不能到处走动。村民们又找到李大善家，让他出面惩治盗鸽贼。李大善也吃过鸽子，不止吃过一次，但他信奉不知者不怪，就答应养鸽子的村民们找几个有声望的人商量一下，决不能让偷盗者这么猖狂，这是丢祖宗的脸。

李大善首先找到张玉昌，说："猎杀鸽子的事你知道吧？"张玉昌说："知道啊，有许多老少爷们来我这儿告状，让我们为他们主持公道哇。"李大善说："这件事很丢祖宗的脸呢！这和入室偷盗没什么区别呀。"张玉昌说："这鸽子也吃不少粮食，养鸽子的人家自家宰杀买卖倒合情合理，偷偷地猎杀别人家的鸽子就是同偷盗了，该得到惩罚。"李大善就问："那你看这事怎么处理？"张玉昌沉思了一会儿说："找上村里的几位有威望的，就把会场设在城隍联小大门前，好好惩教一下这几个泼皮。""好！我让人去请八爷、老

六、工艺、有财，一块儿到城隍联小来。"张玉昌小声说："听说八爷身体有恙，我猜八成是吃过鸽子，他那老学究的心理我是了解的，还是我亲自去一趟吧。"李大善笑了，说："不瞒你说，我也吃过，但那是业胜从集上买来的，我也不知道实情啊！"张玉昌笑了笑说："鸽子肉确实很香啊！哈哈！我们分头准备吧。"

城隍联小前面的广场上一时间聚了几千人，大街上都站出几十米，几个猎杀鸽子的泼皮被十几个年轻人揪在前面跪着。八爷、张玉昌、李大善、老六、张工艺、有财都坐在椅子上。八爷咳嗽了两声，开了腔："承祖宗荫福，桑科村一直民风朴实，无偷盗之人。可近来有那么几个人偷杀鸽子，辱没祖宗啊！"张玉昌又接着说："八爷说得对呀！这鸽子也是吃粮食的，养鸽子也是要花心力的，偷杀鸽子就相当于偷人家的粮食和心力。老少爷们说，该怎么办？"下面一片喊声："按祖宗的规矩，吊在树上打！"这几个泼皮吓坏了，平日里使点坏，占点便宜，没人把他们怎么样，时间长了也就成了泼皮，不再讲做人的道理，没想到今天会栽如此大的跟头。有一个泼皮读过几年书，是李大善五服沿上的孙子，他大喊："我不服，李大善是我的爷爷，我平常犯错，他不管不问，我的坏毛病是他惯出来的，是他教导无方！"李大善一听，气得直哆嗦，说："是我教导无方，我拿出十块大洋作为一部分赔偿，不肖子孙该怎么打就怎么打！"泼皮们一听，知道这顿打是逃不掉了，一个个低下了头。很快几个青年人把几个泼皮扒光上衣，吊到一棵大笨槐上，用编好的三股棉柳鞭子抽，每鞭子抽下去都一溜血印，每人抽了足足二十鞭。几个泼皮没人声地叫，有的村民吓得捂住了眼睛，这样的鞭刑村里已经三十多年没有过了，很多村民还是第一次见执行鞭刑，很有震慑力。

这件事后，村子里再没有人打鸽子的主意了，淳朴的民风有力地掩护了党组织，为以后城隍联小党小组开展工作刮了一阵春风。

对刘同英来说，今年也是个喜庆年。张文之那一夜的疯狂让她怀了孕，现在的她正挺着大肚子在胡同口享受初秋的风，暖中带凉，很是惬意。远远地看见兰兰一瘸一拐地走过来，刘同英就招呼她："兰兰呀，到这边来！"她已很长时间没见兰兰在街上走动了。听说是一个货郎把她领走了，几个月后她不知怎么又走回来了。虽然，她是很多男人的泄欲工具，但她并不知道那种强暴是件痛苦的事，相反每次都有好吃的，以至于她很顺从，这是人性的一种见不得光的悲哀。刘同英说："兰兰，你在这里等着，我回家给你拿些吃的。"兰兰很顺从地坐在同英凳子旁边的一块空地上，对同英发出憨憨的笑。同英起身回家了，不一会儿，手里拿着几块桃酥来到兰兰的身边，眼里闪烁着母性的光芒。兰兰把桃酥拿在手里，有滋有味地吃起来，一点都不像傻子。就这样，整个下午兰兰都坐在同英的身边，直到太阳落山。

第二天，兰兰暴尸野外的沟沿上的消息就传到同英耳朵里，兰兰一丝不挂地死了。听说和她一起生孩子的男人把她葬了，为的是他死后有个阴亲。刘同英也好一阵子难过，觉得世事太无常。一个毫无反抗力的傻子，就这样被人折腾死了。不过这件事几天后就被人遗忘了，还不如村子里谁家老母猪下崽传播的时间长。

兰兰的死，在桑科村算不上一段插曲，甚至连一个音符都算不上。秋天的日子还是那样过着，刘同英依旧沉浸在怀孕的幸福中，对镇兴的思念冲淡了很多，更多的心思扑在肚子里的胎儿身上。可生活就像浪花，它在不停地翻滚，也像雾里看花，看不透的时候才觉得美。

一个漆黑的夜里，月亮和星星都不知道躲哪里了，天有些黑得吓人。张文之带着一身酒气被荣广和麦林送回家中，他没有给父母请安，而是直接来到同英房里。同英一看这架势，想来他已晕天黑地了，就赶忙把他扶到炕上，费了好大的劲儿才给他脱去外衣，刚要给他盖个毯子，却意外地发现文之胸口的纽扣上挂着两根长长的头发，刘同英愣住了。自己怀孕以来，全家人对自己百般地好，文之也是百般温顺，真没想到他会在外面搞女人。刘同英坐在烛光下陷入了沉思：是呀，也许是自己怀孕冷落他，他觉得无聊才去找女人。她又想到了五妮，当初公公已定下让文之娶五妮，只是自己怀了孕，怕影响胎儿，暂时没人再提这件事，但听一些传言，五妮说死也要死在文之的怀里，自己也问过文之，他只是找话搪塞，说不出个子丑寅卯来。他会不会去找五妮呢？一个燃烧的烛花爆响，一下子把沉思中的同英惊醒。

20

这一年，全国形势有了许多变化。日本军部对华野心越来越膨胀，共产党的军队把矛头对准了日军，很多进步人士在全国各界组织了救国联合会，广泛宣传抗日。国民党内部反内战情绪高涨，十三旅和独立团的官兵也厌倦内战政策，开始对共产党怀柔和宽松。张文之向旅长杨占魁引荐了刘亮，刘亮是作为进步人士的身份结识杨占魁的。杨占魁被刘亮的才识和胆略所折服，他们一见如故，很快刘亮就成了杨占魁的座上宾。张文之也顺理成章地升为副营长，代行营长职责。也就是说这个营没有营长，实际上是张文之说了算。荣广和麦林也都理所当然地成了副连长。张文之随着年龄增长，更有主见了，心也野了许多。他没有让人回家报喜，而是带着荣广和麦林偷偷地回到村里。路上他对荣广和麦林说："你们俩升职的事回家报喜，我的事让你们两家暂时保密，我要给老爷子个惊喜。今晚，先在麦林家摆个场，喝个痛快！快嘴过月子，荣广家就不去叨扰了。"麦林说："营长，这样的喜讯不先和家里透露一下？"张文之笑了一下说："今晚，我想约上五妮。你们俩可别想歪了，这亲事可是我爹早定好的，只是同英有身孕一直没再提。我这荣升为营长，这未来的老丈人一定高兴。约五妮出来，他一定不反对。"荣广和麦林都一撇嘴，心里想：四围八庄谁不了解李碾子，势利得像蚊子见血一样，这样的事他能不同意！恨不能把闺女送到门上。

一进村，文之就摸出三块大洋放到荣广手里，说："去张大头家弄些好吃的，特别是肥点的驴板肠弄上二斤，其他的你看着办吧。"又问麦林："你家有酒吗?"麦林有些为难，说："这个我还真不知道，我爹平常也就打点散酒解解馋，即使有也是孬酒。"文之笑了笑说："听说你老婆很会持家，这两年家境不错，这酒你得出啊。"麦林说："这个没问题，不过好酒我可买不起呀。"文之说："这回啊，咱就喝散酒，就让你爹去打，他一定知道哪种好喝。走，去五妮家。"说完文之和麦林就绕过村子去了邻村。

五妮家院墙是用麦穰合的泥叉的，大门是用草绳编的玉米秸，平常用一木棍插住。麦林就站在大门外向里面喊："家里有人吗?"李碾子探出头来问："谁呀?"张文之回答："大叔，是我呀，文之呀。"李碾子一听赶紧披了件衣服跑出来说："哦，文之呀，快进来，快进来! 我正在喝茶哩。"李碾子快步走到大门口，把玉米秸排移开。看见文之和麦林都牵着高头大马，身上穿着得体的军官服，精神头十足，高兴得两只眼睛眯成一条缝，摸了摸张文之的军服说："真精神啊!"麦林说："这是我们营长，部下三百多人呢。"李碾子一下子弯下了腰，说："啊，这么多部下呀，那可是大官啊。"张文之握住李碾子的手说："大叔，我刚晋升营长，是想接五妮一块儿庆祝一下呀。""好哇，好哇! 我这就去坡里叫她回来。""这样吧，让麦林骑马驮着你一块儿去吧。"李碾子一下子乐了，尽管他不敢骑马，但为了在村里人面前显摆还是爽快地同意了。麦林和文之费了好大的劲儿才把他扶到马上。可他双手搂着马脖子，一动也不敢动，脸都吓青了，哆嗦着说："这，这马太高了，我有点头晕。"张文之明白他的心理，知道他害怕，但又不想下来，就说："你骑着，让麦林牵着。麦林!"麦林立刻打了个立正，响亮地说："是，保证完成任务!"回答完轻轻地牵着马走出胡同，沿着大街向东走去。一路上李碾子趴在马脖子上向晒太阳的老头老太太们打招呼，觉得自己现在也是个人物。这么大的军官为自己牵马，村里人都得高看自己。张文之不敢太招摇了，就没跟着一块儿去，而是把马拴到门前的梧桐树上，自己坐到院子里一块石头上，点上了纸烟慢慢抽。

五妮一听文之来接她，心里像揣了只小兔，脸上挂着红红的微笑，一句话也不说，温顺得像只小绵羊，把镰刀塞给李碾子，沿着路边自己回村了。麦林又把李碾子驮了回去，和来的时候一样的模式，只是李碾子手里多了把镰刀。五妮站在文之面前，低着头，两只手不停地玩着辫梢，不时地拿带钩的眼神瞟文之一眼。阴天夜晚来得特别快，文之一看天已经快黑下来了，就对李碾子说："大叔，待会儿我会把五妮送回来的。"李碾子依旧眯缝着眼说："天这么黑，五妮明天回来也不迟。"麦林心里想：这家人家真不要脸，这黄花大闺女陪别人过夜，当爹的一点都不寒碜得慌！

荣广买上熟货挂在马鞍上，顺道回家报了个喜，又说了文之的意思。这一家人一片喜庆，特别是荣广他爹，在家坐不住了，荣广前脚到了麦林家，他后脚就跟了过去。荣广一道喜，麦林家也是一片喜庆，麦林他爹赶紧去打酒了。文之、麦林、五妮一到，酒席早已摆好，文之一看很丰盛，桌子上摆着梭鱼、狗杠、嘟噜子，还有大银鱼，就问："大叔，你上哪里弄了这么多小清河的特产？看，这大银鱼可是只有三月份才能吃到啊！"麦林他爹笑了笑说："小清河滩上住着一对老夫妻，常年捕捞。前几天我去买了些，就等你们来家的时候，犒劳犒劳。没想到这么快就回来了。可惜的是这些都不是鲜的，都是腌制的。"一提起这对老夫妻，张文之愣了一下，一下想起了同英。这对老夫妻是同英的救命恩人，自己也去看过他俩几次，熟得很。大家一看张文之领着五妮，都心知肚明，再说张文之是荣广和麦林的长官，没敢吱声的。

很快酒过三巡，大家都喝得差不多了，荣广给麦林嘀咕了嘀咕，麦林就冲珍巧喊："嗨，营长喝高了，扶到咱屋里醒醒酒去。"说完就招呼五妮一块儿把文之扶进西屋，让五妮守着，麦林从外面带上门。张文之虽然喝多了，但头脑暂时还算清醒，一伸手把五妮搂在怀里，伸手插进胸部，轻轻地摸起来，五妮没反抗。当张文之伸手去解五妮的裤腰带时，五妮把他的手推开了。她留下了最后一道防线，她要用这道防线紧紧地勾住张文之。虽然她年纪只有十四岁，但在吸引男人方面她有许多心机，她知道刘同英也很漂亮，可张文之还是想占有自己。张文之第二次把手伸过去，五妮很坚定地

171

推开了。张文之觉得很无趣，情绪一落千丈，就一翻身爬了起来，喊："麦林！"麦林抓紧跑进来，问："营长，有什么吩咐？""把五妮送回家，就说我喝醉了不能送她。"五妮一句话也没说，就是这天晚上，她也几乎没说话，总是很顺从地待在一边，给人一种小鸟依人的感觉。她听了张文之的话后，很绝然地走出了西屋，走进漆黑的夜里。麦林抓紧跟上，说："五姑娘，你走慢点呀！"村子里几声狗吠，划破了漆黑的夜。张文之又回到了酒席上，心里不痛快，没再喝几杯就真醉了，趴在了桌子上。荣广和麦林一看没法再喝了，就一人架着文之一只胳膊把他送回家了。

张文之醒来的时候已是接近中午，刘同英赶紧打好洗脸水，说："你昨天喝得太多了，爹没让我喊你起来。快中午了，洗把脸先去堂屋看看吧。"张文之看了看挺着大肚子的刘同英，心里有些内疚；可一种原始的欲望，使他心里抹不去五妮的影子。他一边洗脸一边说："我有一个好消息告诉你。"刘同英脸上挂着笑容说："我知道，你不说我也知道。"张文之很纳闷，问："你怎么知道的？谁告诉你的呀？"刘同英说："是你告诉我的呀！你的军官服变了，更气派了，我想你一定是升官了。"张文之伸出了大拇指说："不愧是我张文之的夫人，聪明！""爹也知道了。他来过，看了你的军服，说你是营长了。他很高兴，所以没让我叫醒你。""嘿嘿！本来想给你们个惊喜，没想到一套军服露了馅。"刘同英说："这么大的事，也不提前给家里报个喜信儿，让爹娘高兴高兴。"张文之问："咱爹又说啥了？"刘同英接过文之手里的毛巾，说："爹说今晚上要摆宴席，村里有威望的都请来坐坐，还让忠义去清河野树林送信儿，要把罗当家的请来。他说这些年没少得到清河野树林的照顾。你晋升为营长，罗当家的一定会来祝贺，不如我们先去请。"张文之说："爹爹想得就是周到，这清河野树林也不是从前了，现在成了一支队伍，很快也会拉出来的，矛头和国军一样都是日本人。"刘同英说："这个我不懂，但我觉得罗当家的是个了不起的人。清河野树林也有二百多人了吧，个个都有身手，而且纪律严明。""好了，一块儿去堂屋看看，也快到饭时了。"

172

张玉昌刚从药铺回来，见儿子和儿媳走进来，和颜悦色地说：
"坐吧，坐吧！同英啊，把你大娘和你娘一块儿叫出来，一家人坐
坐。""哎！我这就去。大娘正在忙饭，一会儿就会过来的。"说
完，刘同英去了王氏屋。一会儿，刘同英回来说："娘也在忙饭，
一会儿就过来。"张玉昌笑呵呵地说："真是上天眷顾啊！我儿子晋
升了营长，过不多久又要添个孙子，真是喜事连连啊！"张文之说：
"爹，是副营长呢。""一样一样，反正都是营长。"张文之接着说：
"不过，我们营没有正营长，我是代营长之职。""我说嘛，到底还
是营长。"

过了一会儿，钟氏和王氏满脸喜悦地走进来。落座后，钟氏
说："文之呀，这么大的事，也不提前来家报个喜信儿，倒是荣广
和麦林两家先知道了。""嘿嘿！娘，我是想给你们个惊喜，哪承想
昨天喝高了，一直睡到现在。""那两家也真是的，昨天就知道信
儿，也不来报个喜！"张文之赶紧说："不能怪荣广和麦林，是我不
让他俩说的。""还保什么密呢，估计村子里没人不知道了！"张文
之不解地问："怎么会呢？这么快呀！"钟氏说："你还不了解荣广
他爹，天不亮就会背上粪笆宣传了，见人就说，还有谁会不知道
呢。"王氏说："今晚上的宴席也请了他两家，看来最少也得两大
桌。待会儿让忠义去请张大头来帮忙，他可做得一手好菜。"张玉
昌说："这要看清河野树林来人多少，估计三大桌也搞不开。大桌
也就八个人一桌，村子里就不下十三四个，甚至还要多，这是我们
去请来的。如果有来随礼的，那只能在院子里摆场了。"钟氏说：
"村子里知道我们下了请帖，估计随礼的不会在今天晚上来。就按
三桌准备吧。"

忠义来到清河野树林，发现和第一次随东家来时有了天壤之
别。清河野树林的人变得都很和气，聚义厅摆上了长桌，原先的几
把交椅变成了围着长桌的几条长凳。罗一娇也解去了身上的红斗
篷，一身精致的红妆，浑身上下一股英气。海里漂和黄天罡也都是
紧身打扮，利利索索，显得很干练。忠义说明来意，并且拿出了东
家的请柬。罗一娇笑笑说："回去告诉张大夫，一擦黑我们就到，

173

老长时间不见了，我也很想去看看他。"现在形势的变化，罗一娇可以光明正大地到桑科村做客，再也没有那么多忌讳；再说，刘亮已通知他们明年就把队伍拉出去，组织清河区抗日队伍，再也不用躲躲藏藏了；由于闫春成他们前期工作做得比较好，桑科村群众基础扎实，一旦拉队伍，会有大批革命青年加入，现在到桑科村去做客，正是时候；张文之父子一直对革命队伍起到保护作用，张文之晋升为营长，更有利于抗日队伍的发展。所以，罗一娇很爽快地答应邀请。

今晚，月明星疏，是入秋以来难得的一个好天气，而且，后天就是中秋节，喜庆的气氛越来越浓郁。张玉昌家灯火通明，划拳行酒令声异常嘈杂。令人意外的是大康和冬景也在邀请之列，这两人在村子里虽没有多少威望，但也算是"名流"。冬景的木工活四围八庄是做得最好的，以后免不了用得着，再说张玉昌也不是第一次和他喝酒。这大康，也就是小虎的监护人，为抚养小虎一直没有再娶。现如今小虎已长大成人，也算知书达礼，村里人都觉得大康值得尊重。再一层意思也是因为赵小满，她虽不在人世了，但张玉昌总觉得欠着她的。还有一个人的到来也很意外，特别是对于刘同英来讲，就是五妮的父亲李碾子。今天这酒席，还是按照桑科村的风俗女眷没有上席，这使得罗一娇特别扎眼。

酒过三巡，张文之端着酒杯走到罗一娇面前说："当家的，你能光临使我们家蓬荜生辉，你可是我们家的庇护神啊。"罗一娇笑了笑说："张营长，你现在的手下可比我的多呀！武器也比我们精良，我还得需要你庇护呀！"张文之说："当家的可说笑了，你那帮人可都是武林高手啊，队伍一拉出来你就是司令，那是什么官呀。我只不过是杨旅长手下的手下，哪能跟你比呀。"罗一娇把眉毛一挑说："如今国难当头，我们有共同的敌人，一起把日本鬼子赶出中国去，才是我们要做的，要不，再大的官也分文不值！"张玉昌一拍手说："说得好！"大家跟着一起喊："说得好啊！"张文之举起杯说："真是巾帼英雄所为，但愿未来的局势是一同抗日，同仇敌忾。"罗一娇说："不管未来局势怎样，希望张营长力主抗日，

174

来，干！"大家一同干杯！"张玉昌说。正当大家推杯换盏，酣畅淋漓之至，刘同英突然肚子痛，没多时，前额上的汗珠就流下来。张玉昌一看是要临盆了，就喊："抓紧准备热水！文之呀，抓紧去请三仙姑。"张文之放下酒杯就跑了。钟氏和王氏一块儿把同英扶到西屋里。张玉昌赶紧说："大家继续吃酒，这事你们帮不上忙。"大家没有再吃酒的，而是都站那里了。

过了有半个时辰，传出婴儿的哭声，三仙姑抱着孩子说："恭喜，恭喜！一个带把的！"张玉昌高兴地撼动着胡子说："又添一喜，大家落座，继续吃酒啊！文之呀，你去照顾同英。"大家又重新落座，李碾子情绪一落千丈。没想到刘同英又生了一个男孩，他再也坐不住了，起身对张玉昌说："玉昌兄，我感觉身体不适，先走一步了。"张玉昌赶紧说："让文之送你回去。"张玉昌刚要喊文之，荣广看出了门道，他和麦林都不喜欢李碾子，两家人都喜欢同英，如今同英又生了儿子，地位肯定要保住了，就说："营长肯定脱不开身，我去送送李大爷吧。"说完架起李碾子的胳膊就向外走。李碾子心里一百个不乐意，但也不能说什么。一出门打了个冷战，酒劲儿一下子全跑了，走出大门甩开荣广的手，头也不回地走了。荣广在门外蹲了一会儿，才回到酒桌上，张玉昌也没再问。

宴席一直持续到子时，大家才陆续散去。这一次，罗一娇只带了刘同娥，她想明天和闫春成一起去找刘亮，就留宿在张玉昌家了，睡在了钟氏的房内。罗一娇也算了了一块心病，刘同英的儿子死了，后来，张文之又要娶二房，对同英来说，每件事都是一个致命的打击。现在，她又有了一个儿子，别的不说，在张玉昌家的地位算是保住了，她也为同英由衷地高兴。是啊，她身边的女人都有了归宿，杏红的女儿已经三个月，和闫春成的感情也很顺畅。同娥和海里漂也是令人羡慕的一对，虽说还没有结婚，但也是铁板钉钉的事了。就是自己还在悬着，不过，刘亮也很想把婚事办了，但总感觉时机不成熟，如果明年拉起队伍，两个人就能在一起了。

小虎也到了娶妻的年龄了，但这孩子有着强烈的恋母情结，同龄的女孩子他不喜欢。由于家资殷实，说亲的还真不少，就三仙姑已提过三家姑娘了，小虎都没看上眼。其实，小虎的心里还是恋着刘同英，脑子里不时地闪过刘同英雪白的乳房。这个画面一直伴随着他，使他特别喜欢白皮肤的女人，甚至觉得女人皮肤越白越有韵味。一次他想翻墙去邻居家找清平玩，刚翻到挨近茅房的墙上，一个雪白雪白的女人屁股钻进眼里，他一下子呆在了墙上。那女人听见了响声，抓紧提上裤子，一回头见是小虎，红着脸说："小虎呀，怎么爬墙上了？"小虎这才回过神来，发现是清平的小姨，是来清平家走亲戚的。清平他小姨约莫有二十五六岁，在她眼里小虎像清平一样还是个孩子，也没怪他，就问："找清平玩呢？他正在家。"小虎赶紧从墙上溜下来，说："小姨好，我是找清平的。"清平的小姨就冲屋里喊："清平啊，小虎找你呢。"清平从窗子里探出头来说："小虎啊，等我一会儿。"这时小虎已静下神来，就找话说："小姨，你来好几天了吗？和谁一块儿来的？""我自己来的，今天刚到，来照看一下清平兄妹俩，姐姐和姐夫出了远门。"小虎胡乱地想了一通，甚至想今晚睡在清平家，因为清平家家境不算好，一家人睡一大炕，没别的睡处，那样就能和小姨睡一处。这时清平走出来，小虎说："清平到我家去吧，中午我家炖的鱼，去盛三条来吧。鱼挺大的，都是巴儿掌鲫鱼。"清平他小姨问："那你家三口人够吃的吗？一下子给我们那么多。"小虎说："长乐叔在小清河里捉的，捉了十几斤呢，用大锅炖的。"他越说越来精神，"小姨，你们等着，我回家端去。"小虎这会儿没再爬墙头，出门跑回家。

不一会儿，小虎隔着墙喊："清平，过来拿！"小虎端了一小瓷盆鲜鱼，还用笼布包了五个白面馍，从墙那边递过来。清平的小姨眼睛有些湿润，没想到这小虎会这么大方，这中午饭是清平家很长时间以来吃得最好最饱的一顿。整个下午小虎没露面，到晚饭时候，小虎又包来了几个白面馍，清平的小姨真的流泪了。小虎说："小姨，今晚上我和你们一块儿睡吧？"清平的小姨也没多想就说："来吧，这家可不比你家，你家房子多宽敞啊。""一家人睡一个炕多温暖，我就喜欢挤在一起。"清平也没多想，不过内心多少有点不舒服，毕竟小虎已十七八岁了。

176

夜里，小虎真的睡到了清平家，和清平一个被窝。清平他小姨右边是清平的妹妹小芳，左边是清平，小虎就睡在清平左边。半夜时分，小虎起来小解，然后就钻到清平右边，挨着清平他小姨。小虎先把腿慢慢伸进小姨被窝里，用脚摩擦小姨的大腿。过了一会儿，小姨劈开了腿，任小虎摩擦。小虎觉得小姨不拒绝他，就整个人钻进了小姨被窝里，用手去抚摸小姨的屁股，脑子里想着那种白，别的倒没想什么。清平的小姨用手轻轻地褪去裤衩，一只手抓住了小虎的那个，捋了几下就硬了，轻轻地送进自己的身体……

　　从那以后，小虎真的长大了，明白了男女之事，不再单恋刘同英，相中了官庄一位叫李桂花的姑娘。这位姑娘长小虎一岁，白白净净，有婆子说李桂花的屁股白得像棉花团。小虎结婚让刘同英舒了一口气，总算告慰了赵小满在天之灵，张玉昌家也送了厚礼。这件事就发生在刘同英生孩子的第十天，真是一顺百顺，张玉昌家真是福星高照、好运当头。

　　还有一件事，刘同英放心不下，那天罗一娇走后，至今没有信息。其实，是她在坐月子，没人告诉她，闫春成早已把信息带回了桑科村城隍联小党小组，就是明年春天组织抗日队伍，在小清河一带打击日寇，不让日寇在这一带站稳脚跟。并且，上边指示，尽最大努力地配合十三旅和独立团协同抗击日寇。对刘同英来讲，日子在等待中不慌不忙，可对罗一娇来讲却是漫长的等待，掰着指头一天一天地数。一直等到农历三月底，刘亮他们一直没有行动。罗一娇实在等不下去了，带着刘同娥再次进了南宅吕家大院。这里的景象让罗一娇大吃一惊，短短几个月内竟然聚集了一大批共产党人。刘亮告诉她，之所以没把队伍拉出去，是在等省委的命令。省委今年会派一些骨干力量充实到清河一带，具体指挥抗日队伍。现在要做的是发动群众，培育抗日力量，再就是筹集军费。吕老爷刚卖了十八亩地，将所得八百块大洋全部购买了军火，并领着罗一娇参观了临时军火库。

　　罗一娇毕竟是个女人，她有她的思维方式，她更想的是和刘亮在一起，她对革命的热爱很大的成分是因为刘亮，她对刘亮说：

"现在局势不错,十三旅和独立团都对我们没有多少敌意,是不是先把队伍拉过来,立起抗日旗帜?"刘亮说:"这样不妥,这么多人离开清河野树林,光吃饭就是个问题。清河野树林就像一个根据地,即使将来队伍拉出来,组成抗日支队,清河野树林也是最重要的落脚点。"罗一娇见刘亮这么一说,也就不再坚持了。她向来豪爽,就单刀直入地问:"那我们的婚事要等到啥时候啊?"刘亮笑了,说:"你以为我不急呀,我又不是块木头,你说啥时候就啥时候,这样总可以了吧?"经刘亮这一说,罗一娇倒没了主意,自己也不知道啥时候合适了。把日本鬼子赶出中国的那一天最合适了,那要等多久呢?罗一娇含羞地说:"既然你让我选择,咱就婚事俭办,就在清河野树林办,总该让弟兄们名正言顺地知道我们结婚了吧!""是呀,抗日队伍很需要给养,一切从俭。""让弟兄们喝杯喜酒总可以吧?"刘亮挠了挠头说:"喜酒就免了吧,不如让弟兄们看场大戏吧。"罗一娇愣了一下不解地说:"看大戏?看什么大戏呀?"刘亮笑了笑说:"我跟'季字班'两位班主很熟,就请他们在清河野树林搭台演戏,你看如何?"罗一娇觉得这个主意不错,清河野树林大多弟兄和外界接触不多,这唱大戏还真是新鲜事,而且节俭喜庆,就说:"听你的,就让吕老爷找人看日子吧,我在清河野树林等着。"说完面带娇羞拉起同娥就向外走。大家都乐了,一齐说:"罗姑娘,慢点,牵马的都跟不上了!"刘亮亲自牵过两匹马,把缰绳递到同娥手里说:"你俩一路小心!"同娥笑着说:"刘大哥,放心吧,我们走了。"罗一娇和同娥跨上马扬蹄而去。

罗一娇结婚,张玉昌家收到了请柬,请柬上写了他一家人的名字。原本刘亮不想惊动张玉昌一家,但罗一娇说:"谁家都可以不请,但不能不请张玉昌家,于公于私都应该请。"就这样,桑科村就请了张玉昌全家和闫春成一家。

这一天,季字班从大清早就忙活,昨天晚上他们就到了清河野树林,朱春生和于廷臣都在指挥着扎戏台。木头都是现成的树,用大红绸缎连起来,再挂上大红的花,就成了戏台顶。底下是用木板搭成的三尺多高的台子,都铺了红地毯。吃早饭时戏台就扎好了,一片红。

　　吃过早饭，戏就开演了，朱春生扮演花旦，扮相和身段都出神入化，赢得一阵阵喝彩。于廷臣则演武生，一根亮银枪耍得上下翻飞，叫好声不绝于耳。罗一娇和刘亮都穿了一身红坐在观众的中间，也被精彩的戏曲吸引得拍掌叫好。快到中午时分，杏红拉着罗一娇，闫春成拉着刘亮一同站到了戏台子上，张玉昌为他俩证婚，宣读完证婚词，刘同英就提醒罗一娇说："当家的，这时候你需要哭，可大声可小声可默默，但一定要掉泪，用几滴眼泪报答清河野树林的弟兄们，不可笑嘻嘻地就嫁了，那样是没良心的。"罗一娇说："我虽嫁了，但并没有离开清河野树林，没有离开弟兄们，我怎么能哭得出呢！"刘同英只好捅罗一娇的痛处，说："那就想一想你父母吧。他们养育你不容易，今天你要嫁人了，他们在天上看着你呢，为他们你也该流泪，用泪水报答他们的养育之恩。"经刘同英这一说，罗一娇真的流泪了，想父母在天之灵一定为她高兴，为她祝福，越想越难过，禁不住呜呜地哭起来。下面的弟兄们也跟着哭起来，这让刘亮很难为情，就拉着罗一娇的手晃了几下，小声说："别哭了，这算怎么回事呀！"罗一娇赶紧用手绢拭去眼泪，对大家说："弟兄们，罗一娇在这里谢谢大家了。"台下停止哭泣，一片欢呼。

　　到现在，刘同英目睹了四场婚礼了，一场比一场隆重。首先是珍巧和快嘴的结婚现场，古朴而庄重；再就是杏红的结婚现场，热闹而气派；今天罗一娇的婚礼，可以用宏大来形容。几百人的场合，让人感动，扎台唱戏很有浪漫情调。再想想自己的婚礼，心里很不是滋味。走下台来，从王氏怀里抱过儿子，亲了一口，心想：老天还算眷顾，自己又给文之生了个儿子。

　　刘同娥发现了姐姐表情阴郁，就走过来说："姐姐，我来抱抱小外甥。"说着就轻轻地抱过同英的儿子，端详了一会儿对张文之说："姐夫，你儿子长得多像姐姐，大眼睛宽前额，高挺的鼻梁倒像你。"张文之笑了笑说："是呀，但读书还要你来教，听杏红说你满腹经纶呢。""哈，都怪你，也不督促姐姐读书。这本书是送给小外甥的。"张文之双手接过来一看，是一本《论语》，封面上刚刚用蝇头小楷写的一首诗《初夏》：

树摇丽影照戏台，雀鸟相鸣噪午阳。
落絮载风南送暖，绿槐成荫日渐长。

张文之很是惊讶，就问："同娥，这诗是你写的？我看这墨迹还没干呢。"刘同娥把头一扬，说："是呀，怎么样？还不错吧？"张文之心里涌起了无比的感慨：这么短的时间，同娥能写出这么好的诗、这么好的字，清河野树林这支队伍一定会成为清河平原上的一只雄狮。

21

　　对罗一娇领导的清河野树林队伍来说，时间似乎是一种煎熬。处在中国历史的拐点上更是如慢火烹兔，一直熬到深冬，终于接到省委的指示，由刘亮、闫春成、罗一娇等一起组建八路军鲁东抗日游击队第九支队。杏红将吕老爷陪嫁的所有家当购买了部分军火，队伍总算名正言顺地拉起来了。随着日寇的入侵，国民党当地政权开始崩溃，只有十三旅和独立团支撑着当地国军的门面，刘亮和杨旅长、马团长订下了君子协定，在打击日寇中相互照应。杨旅长和马团长虽都是大老粗，但也晓得民族大义，对有些人弃城而逃也愤愤不平，感到是中国人的耻辱。在刘亮的建议下，十三旅和独立团各派了一个营协助第九支队在颜集一带伏击日寇。

　　这一天夜里，天上飘着鹅毛大雪，真是天寒地冻。十三旅的一营由张文之带领，从县城出发悄悄摸向颜集，很快埋伏在颜集村的西南方，掐断了通往西南方的主干道。独立团的一个营，在营长任子豪的带领下直扑颜集以北，埋伏在生产用的一条大沟里。刘亮、闫春成和罗一娇率领第九支队，不声不响地开到了颜集以东，为颜集的鬼子布下了一个口袋。为了不伤及颜集村的百姓，张文之决定单刀直入，自己带领一个小分队，插入敌人内部。他马上从外围和刘亮、任子豪取得了联系，讲了自己的想法，大家都觉得可行。罗一娇主动提出，由她和海里漂、黄天罡、万能鲛等几个功夫不错的第九支队队员跟张文之一块儿打头阵。张文之也很佩服罗一娇的胆识，欣然同意。雪下得很大，黑夜里能见度很低，张文之他们没费多大的劲儿就摸到鬼子的岗哨附近。海里漂和黄天罡突然快速扑向鬼子的两个岗哨，鬼子的两个岗哨还没弄明白啥事就去阎王爷那里报到了。到了村里以后，他们不知道鬼子到底住在哪个屋里，一下子犯了难。罗一娇眼力好，她看见不远处一个院落墙上插着太阳旗，就悄声对张文之说："看，那边肯定是鬼子司令部，插着太阳旗呢。"张文之说："这黑咕隆咚的，里面有多少鬼子也搞不清楚，我看就扔进两颗手雷，试探一下，大家做好战斗准备!"万能鲛身体灵巧，几个箭步就到了墙边，双手向墙上一搭，飞身进了院子。贴在门缝里一听，此起彼伏的呼噜声传出来，他轻轻推了下门，门没插死，吱扭一下开了，他随手把两颗手雷滚了进去，然后趴在了地上，只听"轰——轰!"两声巨响，接着是一片鬼哭狼嚎声，从门里很快蹿出五个穿着短裤的鬼子，灰头土脸的也看不出啥模样来。还没等他们明白咋回事，被从大门冲进来的罗一娇他们干掉了。很快周围的屋里亮了灯，穿着乱七八糟的鬼子端着枪跑到了街上，张文之他们一边放枪一边向东撤退。鬼子很快就追出了颜集村，钻进了刘亮他们布好的口袋，埋伏在东南和北边的两个营的兵力趁机占领了村庄。刘亮一看时机一到，就喊："打，狠狠地打!"一时间，枪声四起，鬼子一看中了埋伏，抓紧就往村里撤。他们哪承想村子里有两个营的兵力等着他们，还没等靠近村子就被火力逼得四处乱窜，一具具尸体倒下，有一小部分鬼子借着黑夜的掩护向南逃窜了。

战斗很快结束，消灭日寇军官三名、士兵十五名，缴获敌汽车一辆，军用物资一批。这仗打得漂亮，以绝对优势兵力打垮了敌人，第九支队有三个战士受伤，其他完整无损。刘亮他们知道，鬼子绝不会善罢甘休，会有大规模的反击到来，到那时伤亡是避免不了的，很需要云南白药这样的药品，而清河地区一直没有战事，医院很少库存。他就和杨旅长、马团长商量，如何去进一批药品。张文之提出来说："我们家开药铺多年，以中药为主，云南白药有很多进货渠道，这事委托我爹比较合适。"杨旅长和马团长都同意张文之的意见，就责成刘亮和张文之一块儿去找张玉昌商量，争取在年初把药品弄回来。

阴历二月中旬，部队又在三合庄一带打垮伪华北治安军散兵一股，缴获步枪七十余支。闫春成、任圣符在三合庄组织部队休养，特别是对伤员的救治，因为战斗非常激烈，受伤的士兵有四五十人，药品越发紧缺。刘亮他们再次联系到张文之，才知道张玉昌购买药材还没回来。

　　五天前的一个早晨，村子里的鸡叫过三遍，满天还挂着星星，张玉昌一家就早早起来了。今天，张玉昌要和忠义一起去河北安国，这次采购量大，只能去大药材集散地，再说张玉昌已去过几次安国，比较大的药材批发商王一药、孙熟地等都是他的朋友。安国位于北京、天津、石家庄三大城市腹地，北距北京四百里，东距天津四百八十里，南距石家庄二百二十里。安国古称祁州，药业兴旺发达源于宋朝，兴于明朝，盛于清朝。千余年来，天下药材广聚祁州，山海奇珍齐集安国，素有"药都"之称。另一个原因，安国人好客，做一次生意就成为朋友，不欺不诈，能买到放心好药。车辆准备好了，两匹好马两辆好车，都是租来的。就要离开村子的时候，钟氏握着张玉昌的手突然说："世道不太平，你们两人太单薄了，是不是和罗一娇说一说，找上两位会功夫的兄弟一起去？"张玉昌笑了笑说："你多虑了，我们只是做生意，路卡上使点银子就过去了，你就不要担心了。"钟氏还是心里不踏实，就说："来回要好多天呢！你被人伺候惯了，这一路上怎么吃睡啊！还是我跟着去吧？要不我在家也是吃不香睡不着。"张玉昌知道钟氏处事有尺度，觉得有她在心里踏实，就说："好吧，那你抓紧去收拾一下，马上起程。"钟氏包了几件衣服，就坐上了马车。王氏和同英抱着孩子一直送出村外，直到他们消失在视线之外，才折回家。

　　这一路上，有了钟氏多了许多乐趣，有说有笑。傍晚时分到了黄河浮桥，这才发现浮桥有国军重兵把守，南北两岸都修筑了工事，有机枪和炮台，过往的人盘查很严。张玉昌拿了三块银圆偷偷地塞到一个军官手里，军官也没多问就让放行了，最后还叮嘱道："再往北走，很多地方都在打仗，惠民一带一些是日军占领区了。"张玉昌没想到形势会这么复杂，还以为一路上都是国军占领区，去的时候空车还不要紧，回来带着大量的云南白药一定通不过，怎么办呢？钟氏见张玉昌脸色不好看，已猜出了几分，就说："要不我们兜个圈子，从无棣绕过去再向西北。"张玉昌说："也只能这样了，去的时候先蹚一下路，好有准备。今晚就在利津住下，有战争土匪就会猖獗，那可是些认钱不认人的主。"钟氏知道土匪都是为了钱，就罗一娇那么好的人，在清河野树林的时候，村子里的富户也得上贡。他们身上带的钱可不少，要是遇上土匪，一定被搜个精光，还会有生命危险。她很赞成丈夫的决定，心急喝不得热豆腐，一天一天来吧。这四五天的行程没费多少周折，还算顺利地到了安国，很快找到王一药和孙熟地，说明要进一大批云南白药。王一药和孙熟地都感到有些为难，这云南白药现在是紧俏货，先不说价格怎么高，要凑齐这么多还真不容易。两人就给张玉昌说："玉昌兄，不是兄弟推辞，这件事有些难度，我俩尽量到各个批发点收集一下，看能不能凑齐。"张玉昌感激地说："那就多仰仗两位兄弟了。"王一药说："这也不是一时半会儿的事，怎么也得给我俩一天的时间，你和嫂夫人先到月望楼住下，费用我来出。"张玉昌说："怎么让兄弟破费呢，兄弟费心给我收集药材我已感激不尽，这住宿费就不劳兄弟了。"王一药说："这你就看不起兄弟了吧，来到这里就像到了家，一切费用你就别管了。"张玉昌知道再争执也没用，就说："好吧，就依兄弟，这厢先谢过了。"说完一抱拳使了个躬身礼。

就这样，张玉昌他们就先住进了当地最大的酒店——月望楼。第二天，一天没事，只等王一药和孙熟地的消息。张玉昌就带着钟氏和忠义在药都闲逛，钟氏算是开了眼，平时总觉得自家药铺里中药齐全质量上乘，在药都一看才知道中药有两三千种，千年人参都不难找。回到酒店，钟氏对张玉昌说："这次出来真长了见识，这药材市场真是琳琅满目，让人眼花缭乱，比我想象得要壮观得多。亏了跟你来这一趟，要不一生都是遗憾。"张玉昌笑了，说："这都怪我，早该带你出来走走。逛了一天，你也累了，先休息一会儿吧，我和忠义等一等王老板和孙老板的消息。"话音刚落，就听敲门声，忠义打开门一看，正是王老板和孙老板。两人面带笑容走了进来，说："玉昌兄和嫂夫人还没吃饭吧？走，到楼下咱边吃边聊。"张玉昌一看王一药和孙熟地的笑容，就知道事情办了个八九不离十，也非常高兴，就说："好，请！"一块儿走下楼来，在一个靠窗的桌子旁坐下，王一药也没摆排场，而是点了安国的特色小吃：荞面饸饹和马蹄烧饼一人一份。张玉昌按捺不住心头的兴奋，就问："药收集得怎么样？"王一药看了看孙熟地说："还是让熟地兄说说吧。"孙熟地却慢悠悠地说："玉昌兄和嫂夫人住了一天店，这两样小吃没吃过吧？"张玉昌说："你还别说，还真没吃过。"孙熟地说："那就先尝尝吧。来药都，一是'药'让你记住，再就是这两样小吃了。"张玉昌没再说话，而是和钟氏、忠义一起品起小吃来。荞面饸饹吃起来香而不腻，味道鲜美，风味醇厚，最大的特点是香、辣、咸味道都有。这刚出炉的马蹄烧饼皮瓤分离，外脆内嫩，酥香兼备，香气四溢，色、味、形俱佳。几口下去，张玉昌竖起了大拇指，说："好吃，香！"孙熟地说："借兄吉言，这药材备齐了，今晚就可装车。"张玉昌说："两位兄弟，我也不客套了，这事办得利索，吃完了就去装车，明天我就返回，有机会到我们那儿走走，也品尝品尝小清河的特产。"王一药和孙熟地一抱拳说："走，装药去！"

第二天，张玉昌一行告别王一药和孙熟地，走上了返回的路。走出河北地不远，看到许多伤兵互相搀扶着向北走。没多时，尖利的呼啸声音带着对耳膜的强烈穿透力，接着是一片铺天盖地的爆炸声。砖块、泥土、瓦片乃至人体残肢在空中纷飞，哭声、喊声、求救声不绝于耳。整个世界只剩下了两种颜色：到处正在溅落的灰黑色以及其中夹杂着的刺目的鲜红。炮弹越来越密集地压过来，张玉昌他们和伤兵们一样紧张地趴在地上，钟氏就趴在离张玉昌三米的地方，炸起的泥土不停地洒在身上。钟氏正在揉眼睛的时候，一颗炮弹正落在张玉昌的屁股上，掀起的泥土把钟氏都埋了。钟氏吃力地从土中钻出来，才发现丈夫已被炸没了，眼前一黑昏了过去。醒过来时，忠义正在不停地唤她，她摸了一下头，才知道张玉昌不存

185

在了，过去抱住一根残存的胳膊号啕大哭，哭着哭着又昏了过去。忠义把张玉昌的残存肢体都包了起来，他虽然做着这件事，但吓得已基本没有理智，只是机械地做这件事。钟氏再醒来的时候，忠义只是在钟氏面前哆嗦，一句话也说不出来。钟氏终于回过神来，才知道刚才发生了什么事。张玉昌被炸没了，一匹马也被炸死了，眼前坐着一个被吓傻了的忠义。钟氏艰难地爬起来，看着忠义包的一包残体，木然地站在那里，很久没有出声。她做梦也没想到张玉昌会这样走了。大约过了一个时辰，她对忠义说："把那辆马车拴在这辆马车的后面。"此时，她想到了追随丈夫而去，但她又想到了文之，他们需要这批药材，把药拉回去再死也不迟。就这样一匹马拉着两辆车往回走，白天黑夜地走。夜里走到无棣北，正碰上一群土匪在打劫，顺便把马车和药材一块儿掳走了，张玉昌的那些残体也在马车上。钟氏像疯了一样，一双小脚跟着土匪们跑，一边喊忠义："回去，给文之报信儿，快呀！"忠义懵了，也机械地喊："夫人，你要保重啊！"说完撒开脚丫子就往回跑。

钟氏跟着土匪跑出好几里地去，土匪头目发现这个小老太太不知死活，拼命地拽着马车，觉得这马车上一定有贵重的东西，一个骑枣红马的头目让两个喽啰把钟氏绑了起来推到了一边，然后用刀割开了雨布，发现是一车中成草药，打开另一车，还是中成草药。发现还有一块蓝布包着东西，就打开来，结果是些血肉模糊的残肢，非常失望。这时一个留着山羊胡骑白马的土匪走过来，看了看说："大哥，我们发财了，这两车都是云南白药，是紧俏药品，一定能卖个好价钱。"钟氏高声喊："这药可是国军十三旅的，你们劫了就不怕惹上麻烦？谁也不准动那些残肢，那是我丈夫的尸首。"山羊胡在土匪头目耳边嘀咕了几句，土匪头目说："放了这个老太婆，把那个蓝布包给她。至于药嘛，就让他们拿钱来赎，这年头我只认得银子，别的免谈！兄弟们走啊！"钟氏知道再反抗也没用，就冲土匪头目喊："药别弄丢了，五天之内我让他们来赎。"说完就背上那包残肢向回走。

忠义慌不择路地朝着东南方向跑，跑不动了就快走，天一亮随

186

着一群难民过了黄河，他感到又急又饿。不远处，他发现有几间土垒的小屋冒着炊烟，就奔过去。这土屋没有木门，是用荆条编的门，就向前拍了几下，一个中年妇女走出来。忠义赶紧向前说："大嫂，能给口吃的吗？"中年妇女一看忠义灰头土脸的，觉得肯定是逃难的，就说："等一会儿。"然后返进屋，很快又走出来，手里拿着一个饭团，说："吃吧。"忠义双手接过来，狠狠地啃了一口，嚼起来，嘴动了几下，愣那里了，这东西涩涩的，从来没吃过。这位中年妇女说："小伙子，饭团是蒿子种做的，到了季节这里到处都是。看你像是逃难的，就在这里住下吧，这里饿不死人呀！我那口子弟兄仨挑着全部家当在这里安了家。"忠义到现在还有点哆嗦，不敢久留，就说："大嫂，我有急事，还得急着赶路，我先走了！"说完，一边嚼着饭团一边转身离开。

杨旅长的司令部里，张文之正在流着泪请求出兵无棣。杨旅长背着手走来走去，他不是不想出兵，这不仅是张文之一家子的事，也是清河区抗战的重中之重。两车云南白药啊！落在了土匪手里，他能不急吗！但那不是他的防区啊，贸然出兵，怕引起误会。最后，他一拍脑门说："文之啊，我看不如这样：我和刘队长联系一下，选一些会功夫的弟兄，组成一个小分队，化装成难民，由忠义领路，去会会这群土匪。到那里看情况随机应变，如果情况允许就歼灭这股土匪，如果条件不允许，先把药品拉回来再说。"张文之虽然报仇心切，但他还是觉得杨旅长的办法可行，就自动请求担任小分队的队长。杨旅长怕他报仇心切，犯了冒进的错误，把事情搞砸了，就说："我跟刘队长商量一下再说吧！"说完就喊："警卫员！"一个挎短枪的士兵跑进来。杨旅长说："你快马加鞭去请刘队长。""是！"警卫员跑了出去。杨旅长说："文之呀，你在这里等一会儿，等刘队长来了，一块儿研究一下作战方案。"张文之一看也没有别的办法了，就坐到了对面的椅子上。大约过了半个时辰，刘亮走进来，一看满脸疲倦和愁容的张文之，就明白了张玉昌肯定遇到了问题。杨旅长把情况一说，刘亮觉得张玉昌的死与他们计划不周有关，他们没有充分考虑到时局的复杂性，就劝张文之说：

"人死不能复生，这仇我们一定得报，我也同意组成小分队，但队长不能由你来当。罗队长对土匪的心性比较了解，由她任队长你不反对吧？"张文之心里跷起了大拇指，这刘亮危险的事不避亲，由罗一娇带队，他当然非常满意，就说："我服从安排！"刘亮说："就这样，从十三旅弟兄们中选三四个枪法比较好的，剩下的弟兄就从罗队长的手下中选。今天下午就出发，杨旅长意下如何？"杨占魁说："这个方案很合我意，你就和张营长一块儿准备去吧。"

张文之没有让士兵回家报信儿，他害怕家中乱了方寸。他把忠义暂时安排到了休息室，让伙房做了些好吃的。然后，他找来了荣广和麦林，他俩枪法都不错，而且身体都很棒，又挑选了一团的两个神枪手。大约一个时辰以后，罗一娇带领海里漂、黄天罡、刘同娥、万能鲛前来会合，十个人的小分队就这样组成，天刚擦黑就出发了。他们穿的都是从老百姓家借来的带补丁的脏衣服，脸上也涂上了泥巴，一看还真像难民。骑马跑到防区边沿改为步行，下半夜就过了黄河，直奔无棣北部。一路上，没遇到任何麻烦。

天刚刚蒙蒙亮的时候，忠义找到了被打劫的地方，说："当时就在这儿被打劫，土匪就从这里向东北方向去的。"罗一娇很快分析了环境，东北方向是一大片树林，估计土匪老巢就在那里。她很快制定了作战方案，说："这地方村落比较稀少，估计这股土匪人数不会太多。既然来了，我们就要把这股土匪彻底消灭。白天，我们先把药品赎出来，他们得了钱晚上肯定开庆功会，放松警戒，我们再杀他个回马枪，打他个措手不及。"他们把藏在身上的钱都拿出来，凑齐了那二百块大洋，由海里漂用布兜装了，一步步向那片树林子逼近，很快被土匪的流动哨发现。没过多少时候，山羊胡带着十几个土匪在林子边上截住他们，喊："干什么的？再向前走就开枪了。"张文之答道："送钱来的，赎药品！"然后，海里漂晃了晃手中的钱袋子。山羊胡说："送钱不需要这么多人，来两个人就行了，其他人在外面等着。"罗一娇一下子明白了，这伙土匪人数不会很多，十个人都害怕，就说："告诉你们当家的，把药品准备好，我们派人去取，一手交钱一手交货。"然后，就派万能鲛和刘同娥一起过去，他俩身体瘦小不容易被怀疑。罗一娇偷偷地嘱咐："摸清地形，数好人数。"万能鲛和刘同娥随着山羊胡向林子深处走，一路上没发现岗哨。林子深处有五六间木屋，中间的木屋高出其他木屋半截，有一个身材魁梧的土匪带着七八人从中间的木屋里走出来，看来是土匪头目了。只听他说："老山羊，把钱数好了！"山羊胡赶紧说："是！"就从万能鲛手里夺过袋子，点了一遍，说："大哥，足足二百块大洋呢！""啊！那么多呀！"土匪头目摆了摆手说："你们的药品在那边，拉走吧，那匹马留下了。"万能鲛一看，这些土匪也没见过多大世面，一共二十二人。万能鲛向刘同娥使了个眼色，每人拉起一辆车从原路返回。

罗一娇了解了情况后，就吩咐暂时撤到视线以外的一条大沟里，等待夜晚的来临。张文之更加挂念钟氏，他从万能鲛和刘同娥口中得知没有看到钟氏。

大约晚饭刚过，黑夜已经降临，罗一娇带领他们悄悄摸到林子白天的入口，发现有两个土匪正坐在那里抽烟，嘴里骂着："他们在那里享受，让咱俩在这里受罪，真他妈的倒霉！"海里漂掏出两支飞镖，向前匍匐到距两个土匪七八米处，用力甩出，"扑通！扑通！"两个土匪带着怨恨去了另一个世界。罗一娇他们顺着路很快来到木屋附近，土匪们正在划拳，一个个醉眼惺忪。罗一娇他们走到了面前还没明白，一个个糊糊涂涂地见了阎王。只有山羊胡跑出了几百米，被黄天罡抓了回来，张文之抓住上衣领子问他："你们抓来的那位太太呢？"山羊胡刚明白怎么回事，哆嗦着说："好汉饶命啊！那位夫人我们可没伤害她，她走了。拉药材的人我们可没伤害呀。"罗一娇估计他说的是实话，就说："留下你也祸害一方百姓，他们都走了，你也去吧！"说完举起了刀，山羊胡当场吓死了。海里漂说："这人胆子太小了，还没见过吓死的人哩，这还是大年初一头一遭。"

张文之和罗一娇说："你们先把药品运回去吧，我在路上找一找我大娘，她脚小走不快，估计现在还在回去的路上。"罗一娇也觉得寻找钟氏是必须的，张玉昌的死一定让她极度悲伤，难免会出事。就吩咐荣广、麦林一块儿和张文之寻找钟氏，其他人运药品先走了。张文之带着荣广和麦林一路上到处打听。

钟氏离开了那股土匪后，背着张玉昌的残体顺着原路向回走，她心里想着文之，知道他们需要药材，丈夫也是因为这药材惨遭横死，不能让这药材打了水漂，就是爬也得爬回去。她连续走了两天一宿，没吃没喝，腿开始打战抽筋，胃像刀割一样地疼，最后昏倒在一片麦田边上。一条刚刚从冬眠中醒来的蛇，缓慢地从她脸上爬过，身上那股凉气使钟氏睁开了眼睛，她心里想：我不能死这里。钟氏扭动了一下身体，全身僵硬，她向前爬了爬，抓了一把麦苗塞进嘴里嚼了起来，皱着眉咽了下去，又抓了一把……就这样她连续嚼了七八把麦苗，感觉胃里开始发暖，硬撑着站了起来，继续往前走。再往前走，就接近马团长的防区了，她像打了一针强心针，迈动小脚跑了起来。很快两个岗哨发现了她，大喊："干什么的？"钟氏哑着嗓子喊："找你们团长的，我是他的亲戚。"士兵一听是马团长的亲戚，赶紧跑过去搀扶她，顺手去摘她的包袱，想帮她背着，钟氏大声说："别动包袱！"吓了士兵一跳，赶紧拿开手说："我这就给团长报信儿去。"士兵一溜烟地向团部跑去。钟氏一屁股坐地下，再也走不动了。过了一会儿，士兵牵了一匹马走回来，把钟氏扶上马驮到了团部。马团长迎出门来，见是钟氏，就说："原来是嫂夫人驾临，快扶到屋里！"钟氏下马后，没有进屋，而是一五一十地把情况说了一遍，马团长大吃一惊，没想到自己的恩人就这样走了，就对钟氏说："老嫂子，我这就派人把你送回家，其他的你就不用管了，我会马上联系杨旅长。警卫员！找辆马车，顺便准备点吃的，快速把夫人送回桑科村。"

桑科村张文之家一片哭声，张文之和刘同英正在守灵，大春、二春已哭哑了嗓子，已没了眼泪，满眼布满血丝，这已是搭起灵棚第三天了。王氏没在灵前，她在照顾钟氏，到家后钟氏一直昏迷，高烧不退。刘同英怀里抱着孩子，孩子头上也扎了白布条。刘同英跪在那里，心里像有一百只蚂蚁在啃咬。她没想到家里会发生这么大的变故，几天的工夫就塌了天。公公不在了，大娘生命垂危，家庭的支柱一下子坍塌了。不管家人如何悲伤，该做的还得做。张玉昌客死他乡，就要举行招魂仪式。据说，客死在他乡的魂魄，找不到归途，这个魂魄就会像他的尸体一样停留在异乡，受着无穷无尽的凄苦。他也不能享受香烟的奉祀、食物的供养和经文的超度。这个孤魂就会成为一个最悲惨的饿鬼，永远轮回于异地，长久地漂泊，没有投胎转生的希望。他的家人一定要替他"招魂"，使他听到那企望着他的声音，他才能够循着声音归来。招魂仪式的举行，就选在今天。请来超度的法师在门前树起招魂幡，并让张文之登上屋顶手拿张玉昌的衣服面北呼叫，让张玉昌的灵魂回家来，期望他的魂魄返回于衣，然后从屋的后面下来，把衣服敷在张玉昌的残肢上，这件衣服又叫作"腹衣服"。这件"衣服"被人所穿着，染上了人的肌肤香泽，有着"肉体"和"气息"的双重联系；魂魄也许会被它所吸引，依着熟悉的味道或形状而归附回来。刘同英对这些很木然，虽然她没有读过书，但她觉得人死不会有魂魄存在，死了百了，只是活着的人命苦，家就这样败了。

张玉昌下葬没有一周，钟氏也没挺过来，随张玉昌走了。桑科村又多了许多传闻，说什么张玉昌家的宅子风水有问题，正建在龙背上，赶上今年龙翻身，走了厄运。别人说道是别人的事，张家还得处理身后的事。药铺是不能开了，三家药铺都盘给了张玉昌的徒弟。桑科村的药铺忠义买了，没有现钱，就盈利五五分成，张家和忠义各取盈利的一半。刘同英后悔自己当初没有读书，临时抱佛脚也来不及了，况且自己没有一点文化底子，眼睁睁地看着公公的产业给了别人。不过，刘同英想起了土地，和赵小满在一起的时候，对农活自己还是不在话下的，就跟婆婆商量用手中的闲钱购置些土地，王氏觉得也不能坐吃山空，指望文之的军饷是撑不起这个家的，就同意了刘同英的想法，让她跟文之商量。

张文之受了很大的打击，精神上有些颓废，觉得父亲和大娘的去世，都是因为自己的逞强。如果不是自己的推荐，买药的事也不会找到父亲，当初参军的理想，也变得模糊起来。究竟自己想要什么？自己也觉得模棱两可了。张文之对回家也失去了感觉，家没有了人气和热闹，里里外外笼罩着一股悲哀，让人感到压抑。虽然事后文之回家没几次，刘同英也明显地感觉到丈夫的情绪，对什么都有点心不在焉，置办土地的事就一直没提，事情一直持续到第二年的夏天，刘同英感觉到不能不说了。因为忠义只是学了张玉昌的一点皮毛，一些病都开不出药方来，药铺的生意很是清淡，一年下来没分到几块大洋，看来药铺的收入是指望不上了。刘同英就让麦林他爹给文之捎信儿，让他回来一趟，可麦林他爹都回来好几天了，文之仍迟迟没有回家，刘同英每天都去胡同口张望好多次。

这一天，刘同英正在和孩子捉猫猫。一时间，乌云密布，电闪雷鸣，一场大雨就要来临。她抓紧去胡同口找到孩子，刚要抱起孩子回家，发现张文之骑着高头大马从街东跑过来，她心里一愣：十三旅在西南方向，文之应该从西来，怎么会从东来呢？

22

家庭变故以后，张文之很少回家，但对五妮的思念有增无减。而五妮对张文之的感情变得飘忽不定，阔太太是当不成了，但又不愿放弃，毕竟瘦死的骆驼比马大，张文之家还是有一定家底的，又加上张文之是响当当的军官。五妮这种若即若离的感情，让张文之感觉一块到嘴的山芋就是吃不着，强烈的占有欲时刻冲击他的内心，每次回家必先去约会五妮。五妮是不甘心，她在等待，等待比文之家庭更殷实的主，但也确实对文之产生了感情，即使她嫁给别人，也不愿意斩断和张文之的这种纠葛，她需要这种爱恋。

今天，张文之一路打马去了五妮家。李碾子一家虽然没有原先热情，但并不反对五妮和文之在一起，也给他俩提供单独相处的机会。据说五妮她娘年轻时就和不少男青年来往，关系都相当暧昧，最后不知选择谁好，到现在那几个变成老年的青年还经常到她家串门，目的是想多看她娘几眼。李碾子也知道他们来的目的，并不反感，相反还时常找他们帮干点零活。其中有一个混得还不错，李碾子沾了他不少光。家门里出，五妮和她娘一个心性。五妮正坐在门口纳鞋底，见张文之牵马而来，就把鞋底放在小凳子上，迎出门来，顺手接过马缰绳拴到院南一棵榆树上，又给文之拿了小凳子坐下，也没说话，只是满脸的娇羞，随手又拿起鞋底纳起来，张文之就坐那里看她纳鞋底。五妮为了吸引张文之，故意把手指扎破了，抓着手指喊："哎哟！"张文之一下子站起来，握住五妮受伤的手指放到嘴里吮起来。五妮也不抽回，任凭文之吮。张文之小声问："疼吗？"五妮用手点了张文之的额头说："傻瓜，你说呢？"张文

193

之看着五妮妩媚的样子，方寸大乱，伸开双臂想抱住五妮。五妮喊："娘，你回来了。"张文之赶紧把手缩回来，回头一看，五妮她娘正从门外走进来，赶紧说："婶子回来了。"心里却在想：这老太婆，来得这么巧啊！张文之觉得心里别扭，就说："婶子，妮啊，那我先回去了。"五妮娘赶紧说："文之呀，吃过饭再走吧。"张文之看了看天说："我看要变天了，大片的乌云正从北边涌过来，看样子要下雨了，我还是先回去吧。""那也好，五妮呀，送送文之。"五妮从榆树上解下马缰绳递给文之说："快走吧，家里有人等呢！""说啥呢，每次回来我可是先来看你呢，这么不领情！""我今年可十五周岁了，明年或者后年就要嫁人了。你可想好了，一个窝里两只母鸟是要争食的。"张文之一下子有些紧张，他家不是原来了，养两个女人，他张文之能做得到吗？再者，他听刘亮说：在共产党的地盘上，颁布了什么新婚姻法，男女平等，一夫一妻制。就在这里共产党的队伍也在不断壮大，大有燎原之势。而日本人正在组织扫荡，十三旅也好，独立团也好，都是地盘战，不愿放弃已有的地盘，很容易被鬼子包围，时刻面临着灭顶之灾。八路军实行的是游击战，行踪不固定，机动灵活，很有生存的空间。张文之有些沮丧，不过他还是打起精神给五妮行了个军礼，跨上马向西而去，老远就看到刘同英抱着孩子在那里张望。

回到家里，张文之先去里屋里给他娘请安，王氏说："麦林他爹捎了信儿，怎么到现在才回家来，部队里很忙吗？"张文之在王氏对面坐下说："娘，那是军队，时刻面临着打仗，我作为一个指挥官，不能随便离开的。"王氏叹了口气说："又要打仗了，这世道是怎么了？文之呀，一定要小心呀！可别有个三长两短的，你看这个家，老的老小的小，都需要你照顾呢！""娘，我知道，你放心吧！"这时，刘同英抱着孩子一挑门帘走进来，王氏张开双臂说："旺旺，到奶奶这边来！"刘同英把孩子放到炕上，顺势坐到了炕沿上，说："一家人都在，我想跟你说件事。"张文之问："想说什么呢？说吧。"刘同英说："我想和你商量咱家能不能置些地。我别的也不会，就会种地；再说，我们家除了你的军饷也没别的多少收入，不能坐吃山空吧？"张文之寻思了一会儿说："再等等吧，到处打仗，粮食很难收成啊。再一个，有些地方土地都被没收了，归了公或者分给了没土地的人，时局不稳呢。"刘同英满怀心事地问："真的到处都在打仗吗？怪不得经常听到放炮的声音。""还有两个多月就要秋收了，日本鬼子可能要秋季扫荡抢粮食。我们这一带收成一直不错，很可能成为扫荡的重点，家里那几个闲钱就埋起来吧，跑的时候也好没有累赘。"王氏呜咽了，抽泣着说："作孽呀！这些日本人的祖先是狼吗？要不怎么会这么霸道没人性。"刘同英不解地问："日本在哪里呀？离我们远不远？"张文之笑了笑说："日本离我们远着呢，还隔着大海呢。""那他们不在家经营自己的家业，跑这么远到我们这里来干啥？不会仅仅只为抢我们的粮食吧！"张文之想了想说："这件事我也不是很明白，但一定是想得到好处。可就是因为日本人的贪婪，使两个民族陷入水深火热之中，大批的人送进了战争的绞肉机。""战争的绞肉机是啥？""这么说吧，你见过杀猪没有？"刘同英愣了，"当然见过，每年过年不都杀猪嘛！""那就是了，战争就好像杀猪的那把刀子，只不过它杀的是人。""你这样说我就明白了，战争是杀人的凶器。既然这样，那还要战争干啥？这不是明摆着拿自己的生命开玩笑嘛！""对呀，可就是有些人信奉只有战争才能解决一些不能解决的问题。这就像两个武夫动起了手，手里拿着刀，不是你砍死我就是我砍死你，死了也没弄明白为什么选择互砍。"王氏说："当初你去当兵，我就没想到是为了打仗，满以为像是考举人一样，光宗耀祖呢。"张文之说："娘啊！这世道你就是坐在家里，说不定也会有炮弹从天而降，正砸到自己头上。我只是说，鬼子来了，该跑就跑，保命要紧。""跑啥呀！我一个老婆子家，他们能拿我怎样？"张文之透过窗户看着外面翻滚的乌云和东一滴西一滴的大雨点，自言自语地说："看来要下大雨了，这可是入夏以来第一场雨，来得及时呀，又是一个好年景啊……"刘同英看了看张文之，很不确定地说："你说的这些情况，要不要给村里的富户说说？"张文之说："说也没用，桑科村的富户都是几辈人苦心经营的结果，土地是他们的命根子，要他的地就是要他的命啊！"王氏接过话说："文之呀，桑科村的人都遵纪守法，富户经常接济穷户，民风朴实，几辈人都安居乐业。这天一下子变了，谁也很难接受，不过该说的还是要说，他们都是你的长辈。你爹在的时候，几家交往甚好，现在你爹不在了，你要多走动啊。"张文之说："娘，孩儿记住了。雨停了，我就去几家走走，我也很长时间没走动了。"

雨足足下了一个时辰，土地喝了个足，村民们好像听见了庄稼的拔节声。李大善不顾泥泞，雨一停就去看庄稼了。两边地里的庄稼，被雨水冲刷得青绿青绿的珠烁晶莹，空气里也带有一股清新湿润的香味。李大善激动得下巴一抖一抖的，自言自语地说："这雨及时呀，老天爷就是眷顾咱呀！"李大善手搭凉棚向远处看了看，坡里人不少哇，都是来看庄稼的。李大善趁着兴致又转了几块条田，给他的都是激动和兴奋，满心欢喜地背着手就回家了。李大善回到家中，张文之正在和李业胜唠嗑，赶紧打招呼说："文之来了，好久没见着你了。业胜啊，抓紧给文之沏茶呀！"张文之赶紧站起来说："今天刚回来，正赶上下雨，雨过了就过来看看您，业胜叔说您去了坡里看庄稼了。"李大善高兴地说："这雨来得及时呀，这地呀透透的了，好年景啊！"张文之皱了皱眉说："李爷爷，我正想给你说这事呢。今年秋天庄稼不好收啊！"李大善一愣，问："这是怎么说呢？这么好的年景。""据传来的一些消息，日本鬼子可能要秋季扫荡，目标就是秋粮。""这么好的年景就让给日本鬼子了？你们的军队是干啥的？""李爷爷您别生气，鬼子秋季扫荡肯定纠集大队人马，他们装备精良，训练有素，硬碰硬我们会吃大亏的。""那粮食就归那些狗日的了？""不光粮食，人还有生命危险呀！""是这样啊，我待会儿找几家大户商量一下，能不能提前收割粮食藏起来。""问题就出在这里，鬼子如果找不到粮食，就会杀人放火的。""那就这样便宜了那群狗娘养的不成？"张文之说："这里有两条路：一条就是提前收割粮食藏起来，离开村子，等鬼子走了再回来，但房屋一定会遭到破坏；另一条就是粮食藏一大部分，把一小部分留给鬼子。"李大善想了一会儿说："文之呀，我和大家商量一下，鬼子有什么动静你要给家里捎个信儿呀。"张文之觉得也没有什么好办法，就说："没有特殊情况我一定捎信儿回来，那我先回家了。"李大善赶紧喊："业胜啊，送送文之。"李业胜答应着把文之送出大门外。

到了晚上，天已放晴，满天的星斗嵌满了天幕，很多人家都拿了马扎在外面乘凉，人群中旱烟的火花一闪一闪的。李大善让儿子去请来了八爷、老六、张工艺、有财，还有几家大户，一起商量秋粮的事。大家一致认为不能把粮食留给日本鬼子。该藏就藏，该跑就跑，大不了他把家给烧了，只要没有粮食，鬼子在当地就站不住脚。这些信息没几天就在村民中传播开来，很快周围的村庄也都接到了信息。

转眼到了秋天，离秋收还有半个多月各家就忙活起来了。短工成了香饽饽，地多的人家都出高价钱雇人帮秋收，刘同英闲着没事，就给王氏说去李大善家帮工，王氏抹不开面子，说什么也不同意。同英说："娘啊，我干活干惯了闲不着，去帮工咱不要工钱，这粮食是在赶收啊！不能便宜日本鬼子。"王氏觉得同英说得在理，最后同意了。李大善很感激同英来帮工，见同英干活既技巧又肯卖力气，内心佩服张玉昌。玉昌虽然不在了，家有这样的儿媳，会旺夫旺家的。很快庄稼就收割完了，接下来就是晒干，这可要费时间的，特别是玉米更是需要时间，就是晒干了藏哪儿呢？一时间村民们不知如何是好。这时刘同英忽然想起了清河野树林，那个地方离村庄较远，日本鬼子没有得到消息的话不会轻易去的。再说那里还是八路军鲁东抗日游击队第九支队的一块栖息地。刘同英就和李大善他们商量把粮食运到清河野树林，刘同英自告奋勇去找罗一娇帮忙。刘同英来到城隍联小，闫春成了第九支队的指导员，已不在桑科村教书了，但杏红又回到了桑科城隍联小任校长。她带着孩子打仗不太方便，再说这城隍联小也不能没人管理，它可是撒播革命火种的重要所在。

学生都放了秋假，学校里静悄悄的。同英直奔杏红的住处，在门外就喊："杏红姐在家吗？"杏红一挑门帘，见是同英，高兴地

197

说:"同英啊,今儿个怎么有空了?自从放了秋假,你还没来过我这儿呢!"同英一边进屋一边说:"我在帮工呢。哇!闫聪,这是你画的?这么小的孩子就会画画,真行啊!"刘同英看着杏红的女儿在画画,发出了感慨。杏红接过话茬说:"她呀,瞎画呗!快炕沿上坐。"刘同英摸了摸闫聪的头,坐到炕沿上,说:"今儿个找你有事。"杏红说:"有啥事?说吧。""日本鬼子要秋季扫荡,可是奔着咱粮食来的,可这粮食在村子里是藏不住的,也没法藏,我想找罗大姐帮忙,让村民们把粮食运到清河野树林。"杏红沉思了一下说:"这件事我也听队长说过,你不找我我也得去找你。清河野树林离海很近,如果日本鬼子真的攻打清河野树林,粮食也可以从海上运到别处去,我们海上已有几艘比较大的帆船。"刘同英很高兴地说:"那太好了,什么时候运你给个信儿呀。""春成和罗大姐他们现在正在清河野树林休整队伍,为粉碎敌人的秋季扫荡做准备呢。我这就飞鸽传书联系他们。"杏红说完很快写好一小纸条,卷起来插到一小竹筒里系在了信鸽的腿上,把信鸽放了出去。大约半个时辰就收到了回信,让村民们集中村里的大车,今晚上就行动。就这样周围村子里只剩下够一个多月吃的粮食,其他的都运走了。

桑科村已很长时间没发生过战争了,似乎战争已从人们视线里淡出,安居乐业的心态已充斥了人们的大脑,但对于鬼子凶残的宣传让他们胆战心寒。很快得到消息,日本鬼子接近凌晨就拉网式扫荡。天一黑,村民们就聚在一起,不管男女老少,不管贫穷富有,都逃到了小清河边上。村里很多传言,说:鬼子扫荡过的地方,兔子和人都得换岗。也就是人都跑到坡里了,倒把兔子轰进了村。而这一次,也是第一次鬼子进村,村民们害怕,怕离村子近了不安全,怕鬼子找不到粮食乱发淫威,就跑出十几里去,一直跑到了清河沿上。接近黎明的时候,鬼子进了村,发现这些古朴的村庄空无一人,也没找到粮食,恼羞成怒,放火把村庄烧了。火光映红了天空,趴在清河沿上的村民们都哭了,无声地哭了!他们的家成了一片废墟。日本鬼子几个大队长在司令长官主持下开了个临时会,改变了扫荡的意图,不能空手而归。粮食没找到,就近向西进军,拔掉他们的眼中钉——国民党守军十三旅。十三旅和独立团正想联合第九支队打个伏击战，但没想到鬼子改变了计划来得这么快这么猛，以至于准备不足，不敢硬碰。向西是鬼子的防区，只能绕到鬼子身后，向羊洼一带撤离，那里是一大片芦苇荡。可杨旅长没想到这次鬼子出动一万两千多人，他的军队不足三千人，一旦被鬼子包围，就有全军覆没的危险。怕什么就来什么，鬼子很快掌握了十三旅的行踪，在羊洼围住了芦苇荡，而十三旅撤到羊洼并没有和独立团、第九支队取得联系。凶残的鬼子从四周点起了火，整个芦苇荡一片火海，紧接着用机枪不停地扫射，一片片芦苇被子弹拦腰截断，同时用机关炮覆盖式地轰炸。十三旅的官兵知道他们成了瓮中之鳖，拼了命地开枪射击，直至最后整个芦苇荡变得悄无声息，只有芦苇烧爆的声音。日本鬼子咕噜哇啦冲进芦苇荡，查看有没有活的，一直到天黑才离开。

秋天的月亮冰凉透明，王氏和同英一边哭一边扒开死尸看。几千人被扒了个遍，也没找到张文之。两个人抱着孩子回到烧得不成样子的家，吓了她俩一跳，张文之竟然睡在坍塌的门口。王氏跑过去，抱住了文之的头，嘴里喊："儿呀，这不是做梦吧？"张文之醒了，他在发烧，连惊带吓，再加上冷，但他活着睡在娘的怀抱里。这到底是咋回事？据后来张文之回忆：他们被包围之后，杨旅长就知道生的希望很小了，就组织大家不住地射击，但敌人的火力太猛，又加上芦苇荡被烧，他们被烟呛得乱成一团，敌人的子弹不时地穿过他们的胸膛，很多炮弹直接落到官兵身上，被炸得血肉横飞。张文之亲眼看见杨旅长被炮弹炸飞了。也就在那一霎那，一颗炮弹落在了他身旁的士兵身上，他瞬间失去了知觉，醒来时已是夜晚。四周静悄悄的，全是死人，在冰凉的月光下阴森森的，他没想到手里还握着一把短枪，脑袋像灌了铅，两条腿直打战，糊里糊涂地跑回了家，一头栽在坍塌的门口失去了知觉，醒来时就躺在娘怀里了。

再后来，张文之才知道荣广和麦林都没有死。荣广失去了一只胳膊，麦林失去了一条腿。听他俩说，活着的还有十几人，但像他这样身体完整的没有了。杨旅长没有找到。张文之告诉他俩杨旅长被炮弹炸飞了，也就是那一刻他被震昏了，侥幸活下来。麦林和荣广都成了残废，问文之以后的日子怎么办，张文之说："十三旅的番号已经不存在了，我们只能暂时待在村里。再说你俩都这个样了，还能干啥！日本鬼子的扫荡不会只有这一次，没找到粮食，他们还会卷土重来。这家还真没法待了，我们结伙逃难去吧。"麦林说："我虽说失去了一条腿，但还能拿枪，不如我们投靠第九支队吧？"张文之说："世道太残酷了，我不想让我爹和大娘在天之灵不能瞑目。只要打仗就有牺牲的危险，我不想留下一家老小独自逞英雄。要去你俩去吧，我想带着家人到小清河以北荒无人烟的地方躲一阵子，看看形势再说。"麦林说："营长，当初你带我们参军时的英雄气概哪里去了？这日本人不被赶出去，躲到啥时候是个头！"张文之落下了泪，说："不瞒你们说，自从我爹被日本人炸死，我的信念就开始动摇了，躲两年再说吧，我得对家人负责。"荣光急了，抢着说："营长，你不恨日本鬼子吗？"张文之说："恨！恨得咬牙切齿，牙根都痒痒！""那就是了，还得找他们报仇雪恨啊！""可现在看来，敌我力量悬殊，一旦落入他们的圈里，就会被歼灭！你想一想，这老的小的怎么办？""营长，这真不像你说的话，以前我总把你作为主心骨、榜样，没想到你这么怕死！""嘻，当局者迷。我作为一个局外人，先观察一段时间再说，要去你俩去吧。"荣广和麦林无奈地走了。他们真的加入了第九支队，并报告了十三旅的情况。本来想隐瞒张文之的事，可罗一娇问起了张文之，他俩实话实说了。罗一娇没想到会是这样，刘亮对罗一娇说："张文之的想法是很正常的。他出身富贵，从小享受的都是锦衣玉食，没受过苦，在十三旅又很快被重用，一路太顺。张玉昌夫妇的惨死，十三旅的灭顶之灾，在他心里产生了极大的震撼，把他的坚强摧垮了。而荣广和麦林都是穷苦子弟，从小忍饥挨饿，是参军让他们过上了好日子。他们觉得参军才是唯一的出路，这也是我们党团结广大百姓的深刻原因，他们吃苦耐劳革命意志坚定。"罗一娇点了点头，不过，她还是想找张文之认真谈一谈。他们这个家虽然革命意志不坚定，但是对革命的贡献、对发展进步势力，在当地还是不可替代的。

杏红所在的桑科村城隍联小已被火烧毁，再想建起要花大力气了。杏红她们就暂且回到了第九支队，罗一娇让同娥把杏红找来，说出了找张文之谈谈的想法，杏红和同娥都感觉到很有必要。从张玉昌对野树林的支持到联合十三旅、独立团，到购买云南白药，再到张文之帮助村民们转移粮食，这一桩桩一件件，都与这个家庭分不开。同娥也觉得姐姐这个家庭与第九支队的发展有着千丝万缕的联系。虽然姐姐不懂得什么民族大义，但这个家庭时刻都迸发着正义，传递着一种暖人心的力量，她真心希望姐夫能加入第九支队。其实，张文之不想加入第九支队，还有一个重要原因就是五妮。八路军讲究的是一夫一妻制，他如果加入第九支队就不能再娶五妮了，而他对五妮的感情越陷越深，已经不能自拔，放手让给别人他心里受不了。现在时局动荡，日本鬼子横行，五妮这样漂亮的姑娘时刻有被奸污的危险。他想说服五妮家跟自己一块儿逃难，到了一个陌生的环境，五妮家就得依靠他这个见多识广的大男人，也就不再在乎家庭变故了，自己就顺理成章地娶了五妮，那时候逃难在外，同英也不会产生太多的抵制情绪。这一切，荣广和麦林哪里知道，他俩只是认为张文之变化太大了，变得很怕死了。当然，罗一娇更不会明白张文之的这些道道，只是认为他有些心灰意冷，还和刘亮商量，如果张文之加入第九支队，就给他一个中队长的职务。

罗一娇一踏上桑科村的土地就闻到了战火的味道。这个古老的村庄被毁得已不成样子，到处是残垣断瓦，村民们正在抢修自己的家。由于心理的作用，大多数村民没有再盖新房的想法，而是把老房子修理一下，暂且有个住处。罗一娇这次来也带来了几大车粮食，她没有立刻分给村民们，而是找到了李大善等几个地多的大户，说明了当下的形势，让他们晓以大义，按人口把粮食分了，这几个大户虽然心疼自己的粮食，但这战争时刻都会来临，守着粮食是累赘，也就都勉强同意了。周围的村子也按桑科村的办法分了粮食，有了粮食，村民们的情绪渐渐安定下来。

罗一娇来到张文之家，原来那个豪华的院落不存在了。张文之借着原来的墙壁，利用没烧毁的木头搭了三间北屋，总算有个住处。刘同英一看见罗一娇，就过去抱住她哭了起来。罗一娇拍着她的后背说："一切都会过去的，日本鬼子总有一天会被赶出中国的！"罗一娇看到王氏站在一边也在抹眼泪，就问："文之呢？怎么不见文之？"刘同英抹了一下眼泪说："文之哥的事，你都知道了？""荣广和麦林都给我说了。这不，我想找他谈谈。"王氏说："他都是为了这个家呀，是我这老太婆拖累了他。罗当家的可别怪他呀！""娘啊，罗大姐现在是八路军鲁东抗日游击队第九支队的副队长了，你还是称呼她罗队长吧，别再叫她当家的了。"罗一娇笑了一下，说："同英，没关系的，称呼啥都一样。我没有怪文之的意思，而是觉得他是个难得的人才，来请他加入我们第九支队呢。"同英说："刚才文之还在呢，这会儿不知跑哪里去了。娘啊，你先招呼着罗大姐他们坐坐，我去找找文之。"同娥走过来说："姐姐，我跟你一块儿去。"然后拉起同英的手一块儿出去了。

　　刘同英、刘同娥先来到李大善家，见李大善正在为村民们分粮食，挨家挨户用斗量，看见刘同英进来就说："同英啊，抓紧拿家什来分粮食啊！"刘同英不知咋回事，就问："哪来的粮食啊？怎么个分法啊？"李大善说："你还不知道啊，粮食是罗队长运来的，每家按人头分，先渡过难关再说。"刘同英说："李爷爷，我一会儿就来分，我想问一下，文之来过没有？""没有哇，今天一天没见过文之呢。""哦，那我再去别处问问。李爷爷，你先忙。"同英和同娥又一块儿去了荣广和麦林家，也没有找到文之。同英嘟囔着："去哪里了，也没说一声。"一个念头在同英脑海里一闪，心里很不是滋味。这件事不能让同娥知道，就对同娥说："妹妹啊，你先回去，以防罗大姐等急了。我再去别处找找。"同娥握着姐姐的手说："姐姐，今天罗队长就是来找姐夫的，没找到姐夫她是不会走的，我们还是一块儿找去吧。再说咱姊妹俩老长时间不见面了，我愿意跟你多待一会儿。"刘同英想这咋办呢，要是同娥知道文之和五妮在一起，非闹出乱子来不可。同娥和她不一样，虽然是亲姊妹，但自己逆来顺受，可同娥敢爱敢恨，最看不上那些吃着碗里的看着锅里的男人。原先公公活着的时候，她就不同意文之再娶，想找文之的麻烦，被刘同英费了好大的劲儿劝住了。现在公公不在了，整个村子又遭到了毁灭性的破坏，按理说文之已没有能力再娶一房太太。同英越想这事越不能让同娥知道，就说："那咱先回去吧，我也不知道去哪里找他。"同娥说："好，咱就回家等，说不定姐夫已经回家了呢。"说完两个人牵着手又折了回来。

还真叫刘同英猜着了，张文之还真去了五妮家。五妮家没有男丁，就姊妹五个，张文之是去看看他们家有没有住的地方。她们的村子一样遭到了焚烧，境况也不比桑科村好多少。五妮这会儿正趴在张文之的怀里哭呢！她哭什么呢？她哭她自己的命。生在这个战争年代，人人都成了穷光蛋，要不，凭她的姿色一定能嫁个大户人家，过她的阔太太生活。张文之倒是误解了五妮为什么趴在他怀里哭，还以为自己是救星呢。不过，五妮也不想放弃张文之，张文之骨子里有股聪明，这是一般的庄户人家的公子没有的。即使自己不嫁给文之，这段情缘自己也不会放弃。她内心也有一股对优秀男人的占有欲，她母亲的基因在她骨子里发挥着作用。

张文之也没敢多待，毕竟很多事需要他处理，再说他也不得不走，因为麦林他爹来喊他，说罗队长在他家等着他。这让张文之心里非常忐忑，就问麦林他爹："叔，是谁让你来找我的？""还有谁呀，你媳妇呗！哦，对了，还有她妹妹同娥，她俩一块儿去的我家。"张文之脑袋嗡了一下子。她了解同娥，是个疾恶如仇的主，这件事真让她知道了那还了得。告别了五妮，文之匆匆往回赶。

23

　　麦林他爹怎么会去五妮家找文之呢？事情是这样的：同英拉着同娥的手往回走了不远，突然停住了，心想她不能就这样回去，让罗队长等太长时间，就对同娥说："妹妹，你在这儿等一下，我让麦林他爹去找文之，也许他能找到文之。"说完又一个人返回麦林家，对麦林他爹说："叔，文之可能去了五妮家，我去不太方便，你去喊他一声，就说罗队长在我家等他，让他快回家。"麦林他爹也觉得文之有些过火，全村人都在悲伤中，他却去找乐子了，就有些愤愤地说："你回家吧，我这就去找他回家。"说完就嘟嘟囔囔去了五妮家。

　　麦林他爹到五妮家时张文之刚想要离开，麦林他爹又说同娥知道他来了五妮家，一路上内心忐忑不安。到了家一看罗一娇正在和母亲说话，同英、同娥和杏红在一块儿说说笑笑，儿子在炕上玩沙包，一个人丢来丢去的，看见张文之先喊起来："爹爹，爹爹。"大家都停下来，目光一下子集中到张文之身上，张文之赶紧说："罗队长来了，杏红、同娥也来了，真不巧刚才去看了个朋友。"张文之嘴里说着，却拿眼瞟了几眼同娥，发现同娥满脸的喜悦，没有一点恼怒的样子，一颗心放下了。现在不比从前了，他张文之已不是十三旅的营长，也无钱财撑腰了，内心没了底，生怕同娥因为五妮的事找算他。罗一娇说："张营长还真难见啊，我们都等你半天了！"张文之红着脸说："可别再说什么营长了，整个十三旅都没了，哪里还有营长啊，让你们久等了。"罗一娇开门见山地说："那我就不客气了，我这次来是想请你加入八路军鲁东抗日游击队第九

204

支队的。"张文之沉思了一会儿说："罗队长，我是国军十三旅营长，而十三旅几乎全军覆没，而我却投靠八路军，就从道义上也说不过去吧？"罗一娇说："张营长，你的部队不存在了，杨旅长也牺牲了，国民党那边弄不好把你当成逃兵军法处置。我之所以让你加入第九支队，第一是你为第九支队做了不少贡献，我们理应接纳你；第二嘛，就是给你条光明大道走，继续打鬼子。"张文之点上了一支纸烟，猛抽了几口，他心里还挂念着五妮啊，但国恨家仇都得报，他犹豫了片刻心一横说："我加入第九支队！"罗一娇这才说："好，这才是条汉子。我和刘队长商量过，由你出任第一中队中队长，你看怎样？"张文之吃了一惊，没想到刘亮会这么信任他，让他独当一面。张文之站起来行了个军礼说："是！""那你收拾一下，跟我们一块儿走吧！"刘同英和刘同娥都很高兴，刘同英对罗一娇他们有着特殊的感情，张文之跟他们在一起她放心。同娥拉起同英的手说："姐姐，跟我们一块儿走吧，一起打鬼子。"杏红也说："是啊，同英，你也加入第九支队吧，我们一块儿打鬼子！"刘同英摇了摇头说："我就算了，婆婆和旺旺都需要照顾呢。"罗一娇说："那就不强求了，群众工作也得要做，同英留在村里也能为革命出力。"张文之说："也没有什么准备的，所有的家当都被鬼子烧了。"接着又叮嘱同英说："娘和孩子就交给你了，记住：鬼子来了，就跑。或者，跟人们结伙到小清河以北荒无人烟的地方躲避一下也行，在村里正常过日子是很难了。"形势很难分析，罗一娇也没多言，因为就是跟着部队的家属也时刻有生命危险，斗争太残酷了，十三旅就是个例子。

张文之走后，刘同英也琢磨，日本鬼子上次扫荡没弄到粮食，一定不甘心，他们既然放火烧了村庄，肯定也会杀人，就想联系几家一块儿向北逃难，她早就听说黄河入海口附近有的是荒地，无人耕种，再说那一带荒无人烟，日本鬼子一般不会去，等抗日形势好转了再回来。她把这个想法跟婆婆说了，王氏说："我们家没土地，如今院子被毁了，也没什么留恋的，可那些有土地的人家不会一走了之的。"刘同英说："如今人心惶惶，说不准日本鬼子啥时候来，还是命要紧，没人敢说明天会怎样，我去找八爷和李爷爷商量一下，看看他们的意见。"这一晚上，月明星疏，刘同英梳理了头发，把旺旺交给了婆婆，趁着月色先来到八爷家，八爷抽着旱烟袋正在泡脚，见同英来，忙说："花子，给同英搬个凳子坐。"花子赶紧搬了个墩头让同英坐下，自己蹲到了门口看天去了。八奶奶招呼完同英后，顺势坐在锅灶后的蒲墩上。八爷又开口问："文之走了半月了吧，没捎信儿来呀？"同英说："没有啊，可他临走的时候给我说的一些话，我一直琢磨着。"八爷又吸了一口烟，吧嗒了一下嘴问："留话了，说啥了？""文之叮嘱说：鬼子来了，就跑。或者，跟人们结伙到小清河以北荒无人烟的地方躲避一下也行。"八爷倒吸了一口长气说："说是这样说，可这桑科村祖祖辈辈住了多少代了，哪能说走就走呢！别人我不管，反正我是不会离开桑科村的。"同英解释说："八爷，我们只是暂时地离开，再说，村子里的房屋都被毁了，各家各户只是搭了个临时住所，这也不是长久之策呀！""可这日本鬼子啥时候滚出去还是个未知数，我们难道一直离井背乡地躲着。""八爷，你再想想，我去李爷爷家看看他的想法。""去吧，我是不会走的。"刘同英从八爷家走出来，内心非常矛盾，她何尝不想待在桑科村，但考虑到儿子和婆婆的安全，她觉得还是躲一段时间为好，也许日本鬼子很快就回老家了。李大善听了刘同英的话，陷入了深深的沉思中，自己在桑科村是土地最多的，出走后，这些地怎么办？不走，时刻有生命危险，一旦鬼子来了跑不掉，自己这样的大户拿不出粮食，一定是个死。李大善在屋里踱来踱去足足半个时辰，最后心一横说："我走，明天我去城隍联小的废墙上贴一告示，愿意走的到我这里报个名，赶上马车咱一块儿走。"

这几天，李大善紧忙活，除了登记逃难的户外就是在自己的地沿上都埋上了界碑，实际就是埋上了石头，逃难回来后好找自己的地界。要走的人家一共二十几户，大多是村子里的富户，也许他们觉得自己的命重要。令刘同英没想到的是小虎一家也要走，还是四口之家都要走。几天后，上百口人赶着马车牲口渡过小清河一路向

206

东北而去，足足走出一百多里，远离了村庄，到了一片长茅草的地片就停下了。李大善说："这里人烟罕至，没有人开垦过，又有大片茅草，可以播种庄稼，就在这里住下吧。今晚先扎些棚子住下，明天准备盖屋的材料。"大家七手八脚地卸下物件，开始用被单和竹竿扎棚子，棚子的地下铺了厚厚的干草，躺在上面软绵绵的，累了一天的人们很快进入了梦乡。刘同英梦见了一个拿着东洋刀的鬼子追自己，可自己两条腿像灌了铅怎么也跑不快，眼看那鬼子追上了自己举起了东洋刀就砍下来，自己抱着旺旺跳下了悬崖，耳边的风吹着哨地响，一个激灵醒了，才发觉大汗淋淋浑身都湿透了，儿子正压在自己的腿上，婆婆睡得正香，赶紧把儿子抱在怀里，生怕真的失去他。第二天起来，大家生灶做饭，几家合伙吃了个大锅饭。老六说："我原先到海上贩过蛤蜊，这海里的蛤蜊比我们小清河的青蛤香，说也怪，海里的蛤蜊生活在紫泥的才好吃，生活在海沙里的蛤蜊，怎么洗也牙碜，所以这行当要区分出紫泥里的还是海沙的，如果贩到海沙里的那就要折本了，不但价格卖不上去，还没人要。"李大善说："老六啊，你想说啥呢？这盖房子与蛤蜊扯上啥关系呀？"老六笑了，说："我还没说完哩，我是说这里离海不远，这一带海沟子很多，生有大片的芦苇；我们去割些芦苇来编笆，好盖屋顶啊！"李大善说："那这样，人分成两拨，一拨垫台子抆墙，一拨去割苇草。"割苇草的都是男人，小虎、大康、长乐都分到了割苇草的一组里，他们赶上马车就向东而去了。

到了海上的时候已是正午，海水退去的沟沿上有大片大片的芦苇，放眼望去数不尽的聚拥在一起的芦花煞是好看。在辽阔海面背景的衬托下，茫茫一片的芦花洁白如雪，簇合涌动，雄壮而富于力度。从远处望去，蓝天、白花、碧水，构成一幅色彩明丽、意境清新的独特画面，衬得芦花更美丽、更潇洒、更诱人！大家都看呆了，这些扎根自己家乡土地里的农民，哪见过这世面。更让人想不到的是这美丽、诱人的背景下暗藏着多少杀机，对这些不熟悉海的汉子悲剧即将上演。

对这些侍弄土地的汉子来说，没有太多的闲情逸致，更多的是想多割些苇草，把苇笆编得厚一些结实一些，一头扎进芦苇里，使足力气挥舞镰刀。小虎、大康和长乐扎了一堆，走进了一块芦苇茂盛的高地，埋头干起来。他三人并没注意到，太阳偏西的时候大海开始涨潮，长乐首先感觉不对劲儿，他发觉凉凉的海水很快漫过了他的脚踝，他想走出这片芦苇，看看发生了什么事，可已经走不出去了，站到割倒的苇草上一看，海水茫茫，海浪翻滚，已看不到海岸。他急忙喊："小虎，大康哥，不好了！我们走不了了！"大康和小虎停下来，才发觉海水已没过小腿，长乐喊："快！快！把割倒的苇草垛起来，我们爬到上面。"他们三个人赶紧把苇草垛起来，爬了上去。很快海水就没过了苇草，一点一点地到了他们的胸膛，冻得三人都咬不住牙了，小虎已昏过去了。长乐哆嗦着对大康说："大哥，这海水还在上涨，看来我仨会冻死在这里了。小虎已撑不住了，这样吧：咱俩每人抱住小虎的一条腿，让他坐在咱俩的肩上，兴许他能活命。"大康觉得也没别的选择，既然当初他选择了抚养小虎，那他就是自己的儿子，如果都死了，连个送终的也没了，长乐都这么说了，自己也不能再犹豫了，就说："反正咱俩也没有儿女家眷，权当小虎是亲儿子吧。"说完抱起了小虎的一条腿，长乐抱起了另一条腿，把小虎挫在了肩上。时间就这样一分一秒地过去了，潮水退下去的时候，已是深夜了。老六他们找到三人的时候，大康和长乐已停止了呼吸，小虎深度昏迷。

棚子里，李桂花一丝不挂地抱着小虎，底下铺了三床棉被，身上盖了三床棉被，大家什么也不干，在外面候着，只等小虎醒来。足足过了一个时辰，小虎抱紧李桂花的屁股开始说胡话："小姨，光滑！白啊！……"李桂花不明白小虎说的啥，但她知道小虎特别喜欢她的屁股，睡觉时总是喜欢摸来摸去，就哭着答应着："小虎，白呀，摸吧！"又大约过了半个时辰，小虎开始哆嗦着说："冷啊，我是不是到了阴间了，大康叔、长乐叔，你们在吗？"李桂花急忙抱得更紧，轻轻地喊："小虎，小虎，我是桂花呀，我是桂花，你醒醒，醒醒啊！"小虎睁开了眼睛，眼球转动了一轮，说："这是哪里呀？怎么这么黑呀！"李桂花高兴地说："醒了，醒了！"外面守着的人们一下子松了口气，刘同英抓紧把熬好的姜汤端了进来，李桂花赤裸着上身把小虎的头放在胸前，刘同英一勺一勺地喂小虎。一碗姜汤下肚，小虎精神了许多，问："我没死呀？大康叔和长乐叔呢？"李桂花放声大哭，刘同英叹了口气说："他俩走了，是他俩保住了你。""叔啊，你们怎么走了呢？以后谁还疼小虎啊！"小虎放声大哭。刘同英拿过衣服让李桂花穿上，小声说："你在这儿陪陪小虎，让他休息一下，还要给大康叔和长乐叔出殡呢。"刘同英说完就出去了，所有的人都一夜没合眼了，都四更天了，同英示意大家回去休息，留下两个人守着大康和长乐的尸体，以防让野物吃了。

刘同英回到棚子里，王氏正抱着旺旺在唱："呱老鸹，尾巴长；娶了媳妇忘了娘，娘来背到山沟里，媳妇背到炕头上；擀白饼、熬肉汤，媳妇，媳妇你先尝，我到山沟背咱娘；咱娘变成个屎壳郎，……"见同英进来，赶紧说："同英啊，旺旺发烧啊！拉得很清啊！"刘同英说："看来是水土不服，过几天就好了。"伸手摸了旺旺的脊背，干索索地热，心里着了慌，说："娘啊，爹在的时候，常用烧开的红糖姜水沁鸡蛋治疗拉肚子，可这儿也没有红糖啊，那我就用姜水沁吧。"说完就出去熬姜水了。

以后的三天里，还是按桑科村的风俗给大康和长乐出了殡，小虎和李桂花一直守灵。旺旺一直发烧，一直拉肚子，这一耽搁就三天，孩子开始迷迷糊糊的了，王氏只知道哭，一点办法也没有。刘同英一看情况不妙，就跟王氏说："娘啊，旺旺已发烧三天了，不见好转，再拖下去不行啊！这里也没有药材，我想带他去找文之。"王氏哭着说："这么远，你怎么去呀？"刘同英说："孩子已两天多没吃食物了，拖不得呀！我把他捆到背上，一天我就走到了。"刘同英说完就让王氏帮忙用一条裤子做了个背带，带上了几个饼子，还有一个盛水的囊，背起旺旺就向南走去，并叮嘱王氏跟李大善他们说说。

脚底下几乎没有路，是在大片大片的荒野里行走，刘同英通过不停的数数来确定太阳的位置，从而确定方位。快到小清河时，月

209

亮已经在头顶升起，银色的月光倾泻在杂草和野树间，四周一片阴冷的白。树木昏暗斑驳的影子静静地投射在旷野上，面临死亡的秋虫在深草处鸣叫，凄凉而悲哀的叫声，在空旷里混响。刘同英的头皮一阵阵发怵，身后老觉着有鬼影相随，情不自禁地总是回头看看，脚步越走越快。

随着一声狼嚎，四点莹莹的绿光，突然从不远处的小树林里奔过来。刘同英全身的汗毛一下子立了起来，紧盯着一大一小两匹狼慢慢地向她娘俩靠近。月光更加冰冷，像是要把血液凝固，一只母狼后面紧紧跟着一只狼崽。刘同英摸了摸背上的孩子屏住了呼吸，想了想，把孩子解下来系到身旁的一棵大树上。两匹狼轻悄悄地在离刘同英五米开外的地方停了下来，冒着绿光的双眼紧紧地盯着刘同英。母狼开始发威，身上的毛都倒竖起来，摆出将要腾跃的姿势，准备随时扑向刘同英。狼崽像是受到了启发，轻轻地从母狼身后走向前，和母狼站成一排，做出与母狼相同的姿势，毫无疑问，这母子俩是要把刘同英当作训练捕食的目标。

凄冷的月光，咝咝的微风，秋虫的鸣叫更加凄切清晰，夜显得更加宁静了，连空气也定格了，让人窒息得难受。

刘同英的身体不由得颤抖起来，紧紧地攥着拳头，手心里都攥出了汗，自己能清晰地听见胸口里不断搏动着的狂烈而急速的"鼓点"声。在狼还没有扑过来的时候，刘同英快速掰了根尖利的枯枝握在手中，顿时多了几分杀气。两只狼迅速地朝后面退了几步，前腿趴下，身体弯成一个弓状。刘同英以前虽没见过狼，但她早就听老人们讲过狼的许多故事，她断定这是狼在进攻前的最后一个姿势。

刘同英双手握着树枝挡在胸前，一旦狼扑上来，她会毫不犹豫地将树枝插入狼的身体。

母狼长嚎一声，突地腾空而起，向刘同英直扑过来。刘同英本能地向后退了一步，将树枝猛插向狼的腹部，母狼像是早就看透了刘同英的心思，只是虚晃了一招，很平稳地落在了刘同英的右侧，靠近旺旺的一侧，迅速向后退了几步，又做出再次进攻的姿势。刘同英不得不改变姿势，左右两个侧面分别对着母狼和狼崽，右手握着树枝对着母狼。突然狼崽飞身扑向刘同英的左肩，刘同英快速转身将短木棍插入了狼崽的嘴里，狼崽翻倒在地上，发出凄厉的嚎声，母狼被震慑住了。就在这时，旺旺突然大哭起来，母狼愣了一下，快速扑向树上的旺旺，刘同英悲怆地大吼一声，举起短木棍对准了狼崽的喉咙，眼看就要扎下去，嘴里流着鲜血的刺痛让狼崽发出了一声痛苦的哀嚎。奇迹就在这时发生了，母狼猛地离开了哭泣的旺旺，侧着头用喷着绿火的眼睛紧盯着刘同英和小狼崽。刘同英手中的木棍停在了空中，她没有再用力扎下去，而是一只手紧紧地按住嘴里淌血的狼崽，愤怒而又近乎绝望地对视着母狼，似乎在警告母狼：你要是敢伤害我的孩子，我也会毫不犹豫地将木棍刺入狼崽的喉咙，母性的较量在无助的旷野里相持，刘同英的心在嗓子眼跳动，她害怕极了，她害怕母狼兽性大发，不顾狼崽而伤害旺旺。不知持续了多久，母狼轻轻地向后退了几步，高耸的狼毛慢慢软了下去，闪着绿光的眼眸居然闪过一丝母性的悲哀。刘同英将狼崽用力往远处一抛，母狼扭身奔了过去，用嘴巴对狼崽又闻又舔。刘同英急忙奔过去将旺旺抱在怀里，右手中的短棍握得更紧，像是要攥出血来。母狼没有再次进攻，它和狼崽站在原地久久地看着刘同英母子，最后朝天发出一声长嚎，带着狼崽很快消失在旷野中。刘同英一下子瘫在地上，久久回不过神来。

一场殊死较量之后，刘同英才发现旺旺仍像小火炉一样高烧不退，心里越来越没有底，她已失去了一个儿子，失子之痛还没有完全愈合，旺旺又面临着生命危险，那种撕心裂肺的悲哀正在她身上蔓延。她多么想早一点见到文之，那样旺旺还有生的希望，可文之是否还在清河野树林，还是个未知数。刘同英满脑子不祥的念头，糊里糊涂地奔到了小清河边，望着银镜一样的小清河水犯了愁：怎么过河？她想了想，根据河水的宽度她断定清河野树林还得靠下游，于是她顺着小清河边向下游走，估摸着走了有五里多路，南岸有一小屋里发出了微弱的光，并且南岸还停着一只木筏，她像遇到了救星，把两只手围成喇叭状大声喊："喂——有人吗？有人吗？"

对岸的小屋里还真的走出了一个人，向岸边走来。刘同英见有人走来，又大声喊："我要过河！"南岸的人一听是一个女人，就解开木筏向北岸划去。上了木筏刘同英才认出来是恩公，就说："是大叔呀！您又一次救了我呀！"不多时来到亮灯的小屋，刘同英就问："大婶，这是哪里？这好像不是你们原来待的地方啊。""是呀，鬼子到处扫荡，原来的地方不能待了。""那这里离清河野树林多远呢？""哦，你去清河野树林呢，不远，顺着河向东不到十里地就是清河野树林了。要不你先住下，明早去也行啊！"刘同英着急地说："大婶，多谢你的好意，我儿子病了，已昏迷两天了，时刻有生命危险，我不能停留。""那让你叔送你过去吧？""大婶，不用了。我在清河野树林待过，周围的情况还比较熟悉；再说，顺着河走，不会走错的。"刘同英说完，就告别恩人，沿着小清河南岸向东走去。

冒着凉气的月光在脖颈上扫来扫去，稀疏的星星也散射着凉刺，整个世界像掉进了停尸间，刘同英满脑子空无一物，只是一味地赶路。突然一阵钻心刺痛，刘同英发出一声惨叫，月光下依稀看见一条约二尺来长的蛇跳起来，是一条青竹蛇。刘同英知道一定是被这条蛇咬了，翻起裤腿，右脚踝上有一块血迹。刘同英慌忙解下了一条鞋带从小腿中扎起来，减缓毒液倒流。刘同英估摸着离清河野树林大概还有二里的路程，就加快了脚步，但毒液还是慢慢地发作，整条腿开始肿胀，伤口疼痛异常，行走越来越困难。刘同英默念：我千万别昏过去，为了我儿子，我死也要爬到清河野树林。刘同英晃晃悠悠地向前跑，最终晕倒在了清河野树林边上……

当刘同英醒过来时，已躺在炕上，同娥守在她身旁，她浑身疲惫而疼痛，但她还是急促地问："旺旺呢？旺旺怎么样了？"同娥满脸凝重地说："正在治疗。"刘同英松了一口气，接着问："文之呢？你姐夫呢？他跑哪儿去了？"同娥叹了口气说："姐，事情真是不凑巧，姐夫不在清河野树林，他带领第一中队执行任务去了。"刘同英的心一下子凉了半截，着急地说："那谁在照看旺旺？"同娥说："部队的卫生员——萧彤，是新来的，你不认识，是从上海来的。"刘同英支撑着坐了起来说:"快带我去看看,我心里七上八下的。"同娥说:"你现在去也没什么用,他在抢救,你去更碍事,还是在这里好好休息一下吧。你知道你刚才的情况也很吓人:海里漂用针灸的银针在你伤口处刺了二十多针,一边刺一边把毒液挤出来,挤出来的血全是黑色的,这么疼痛的事,你都没有知觉,我以为你再也醒不过来了呢!刚给你糊上半边莲、田基黄两种草药,你还在观察期,如果发烧,还有生命危险啊!"

刘同英说:"同娥,你没有做过母亲,不理解我此时的心情,旺旺要是出了事,我还不如真的死了!"说完挣扎着下了地。同娥一看拗不过她,就扶着她走向医务室。医务室里萧彤正在给旺旺物理降温:用蘸了温水的毛巾拍打腋窝和各个关节,头上放了一块冷水毛巾。刘同英刚走进医务室就问:"萧医生,旺旺怎么样了?"萧彤皱了一下眉头说:"情况不容乐观,刚给他服下铁杆头止泻,又服了羚羊散降温,但孩子几天没进食了,身体很弱,抵抗力很差,如果能醒过来,就暂时脱离危险了,如果一直昏迷,就很难说了。"刘同英已经历了这几天痛苦的煎熬,直到现在,心里还压着一块石头,精神几乎到了崩溃的边缘。

又到了晚上,天空下起了小雨,空气变得潮湿起来,让人感觉气闷。旺旺没有任何好转,还是在昏迷中,而刘同英自己也开始发烧,伤口处肿胀得疼痛。即使这样,刘同英也没有离开医务室,而是咬着牙守在旺旺身旁,她时刻提醒自己:千万不能倒下,一定要看到儿子醒来。萧彤实在看不下去了,就劝解说:"大嫂,你去休息一下吧,我顺便给你换换药,再处理一下伤口,要不你的生命也有危险,况且你现在还发烧。你放心,旺旺一醒来我就通知你。"刘同英勉强地笑了笑说:"萧医生,谢谢你!我还是守在这里吧,走哪里我的心都离不开旺旺,再说旺旺睁开眼看不到我,他会害怕的。"同娥对萧彤说:"你就让她在这儿吧,劝也没用,我开始理解姐姐了。她的这份感情不仅包含着母子之情,还有对姐夫的那份深情,都灌输在旺旺身上了,没了儿子,就像大海没了海水啊。"萧彤叹了口气说:"大嫂,张队长真有福气啊,有你这样忠贞不渝的妻子。这样吧，你坐那边的凳子上，我给你换换药，顺便再清洗一遍伤口。"这次刘同英没说什么，在同娥的搀扶下坐在了外屋的凳子上，萧彤把蜡烛拨了拨移到刘同英的跟前，小心翼翼地为刘同英清洗伤口。萧彤虽然还不太懂得这位母亲想什么，但她被刘同英的坚强感染了，从内心敬佩这位大嫂，心想："自己喜欢黄天罡，自己能不能为他牺牲这么多，能不能像大嫂这么坚强，付出再多也毫无怨言呢?"想着想着，脸颊上飘起了一朵绯红，在烛光下格外明亮。同娥吓了一跳，这萧彤怎么了，怎么给姐姐处理伤口，羞得脸像块红布，就问："萧彤，你想什么呢?"萧彤有点慌，忙说："啊，哪有啊……""那你红什么脸呀?"萧彤噘起了嘴说："你管那么宽呢!"同娥一寻思：准是想起了黄天罡。就岔开话说："我姐的情况没事吧?"萧彤顿了一下说："流出的血是红色的，伤口的淤血都清理干净了，应该没问题，放心吧。"同娥放了心。刘同英这时才感觉到清河野树林静悄悄的，没看见几个人，就问："罗大姐她们呢?"同娥说："为了粉碎鬼子的扫荡，部队围点打援，以优势兵力消灭敌人，他们都去执行任务了。清河野树林就海里漂带领一个小分队驻守，他们驻守在清河野树林的外围，以防敌人来袭。你昏倒后就是被他们发现的。""那杏红姐呢? 她带着个孩子，不会也参加了战斗吧?"同娥说："杏红姐也跟部队出发了，鬼子太凶残了，千方百计想吃掉我们，杏红姐的孩子寄养在靠海的一个老乡家里。我俩是为了照顾你和旺旺，才在这里出现的，这里很扎眼，敌人派出了很多探子，以防被他们发现。"刘同英这才明白自己待了一天一夜了，只见到同娥和萧彤两人的原因。

夜已深了，外面淅淅沥沥的秋雨还是下个不停，刘同英的心也被淋透了。她想起了婆婆，这时候的她不知有多担心，担心她的宝贝孙子，如果旺旺有什么不测，那可要了老人的命，想着想着就有些迷糊，她太累了。可刚进入梦乡，一个激灵又醒过来，轻悄悄地走过去，把手捂在了旺旺的前额上，她的心"咯噔"一下子，赶紧把手放到旺旺的鼻孔上，一阵眩晕就昏了过去……

21

刘同英走后，王氏几天来几乎没合过眼，满脑子是旺旺的影子，饭也没吃多少，几天下来人瘦了许多，白头发从头顶冒出了许多，她感觉自己快要死了。过去她听张玉昌说过，白头发先从两鬓长起倒不妨碍健康，要是从头顶长起，就说明身体健康出了问题。张玉昌活着的时候，她倒觉得老天爷对她不薄，有一个好丈夫，还有一个聪明有出息的儿子。如今丈夫死了，儿子又不在身边，家道落了，已不成一个家了，又加上大孙子死了，二孙子命还悬着，真不知上辈子作了什么孽，这半辈子被厉鬼缠身。

这一天，天下起了雨，急促的雨点砸起了一片片水雾，李大善看着这场晚秋的雨，心里很不平静，没想到世道会变成这样，令他们背井离乡。好歹还有些欣慰的事，就像这场雨，为小麦的播种打下了根基，还有二十几户人家的土坯房总算盖起来了，要不这场雨他们真不知到哪里躲。看着看着，他忽然想起了一件事，就是给他们逃难的这地方起个名字，想来想去他觉得叫"桑科二十三户"比较妥当，等雨停了，就召集大家把村名定下来。正在思绪万千的时候，雨中许多穿梭的人影吸引了他，心想："这么大的雨，他们提着篮子在找什么呢？"刚想披上蓑衣去问问，李业胜跑进屋说："爹，你看！大家都在捡茅窝窝呢，还有地皮。不知是谁发现的，茅草地里一片一片的，多得很，我们也去捡吧？""茅窝窝"是桑科村的方言叫法，就是长在茅草地里的小蘑菇，一个也就是指甲大小，但吃起来口感极好。还有一种叫"地皮"的东西，那是类似于木耳的一种野生菌，雨后浮在水面或者地面上，做熟后，滑溜溜

215

的，口感也不错。李大善没想到逃难的人还有这兴致，一下子勾起了他童年的一些记忆。那时他还是个孩子，在大人的带领下，在雨天里捡茅窝窝和地皮。桑科村的荒地不多，有时为捡到更多的茅窝窝和地皮要跑十几里地，而这里却到处都是。李大善也来了兴致，说："业胜啊，拿上篮子披上蓑衣，中午咱也煮锅鲜汤！"李大善的妻子也笑了："这几天，没看到你爹高兴过，今儿咋有这兴致？业胜啊，快陪你爹去！"

李大善挽着裤腿光着脚丫，在人群中穿来穿去，完全放下了长辈的架子，捡着捡着忽然觉得少了点啥，就问："业胜啊，文之他娘呢？"李业胜说："这几天没看见嫂子出门，要不我去看看她，顺便给她送些茅窝窝？"李大善顿了一下说："走，咱爷俩一块儿去看看，家里就她一个人，别再出了什么岔子。"

王氏躺在铺了厚厚的苇草的苇席上，两眼盯着新建的屋顶，心里淌着无尽的悲苦。她真想一死了之，但想到儿子文之，想到孙子旺旺，这些都是让她努力活下去的理由。是的，她不能死，不能把所有的苦都留给儿子。正想起来弄点吃的，听见门外有人喊："文之他娘，你在屋里吗？"王氏问："谁呀？"李大善说："我是你李叔，过来看看啊！""哦，李叔啊，快进来！外面下这么大的雨，快进屋里。"王氏一边说着一边从席上支撑起来坐稳，李大善打开用荆条编的门走进来，后面紧跟着李业胜。王氏招呼说："李叔席上坐吧，看这屋里也没什么地方坐了，几天没收拾了。"李大善瞅了瞅王氏说："文之他娘，看你都成什么样子了，眼窝都深陷进去了，头发白了这么多，这才几天的工夫啊。""嘻！你说我这叫啥命啊，我担心旺旺和同英啊！走了七八天了，一点音信也没有啊。"李大善安慰说："同英机灵着呢，不会有事的；再说，清河野树林离这里也不过百十里，她娘俩会平安到达的。"王氏又叹了口气说："这是啥年头，这日本人真让人恨到骨头里，作孽呀！"李大善说："过去那日子，现在想想真是神仙过的，看看现在——嘻，不说了！文之他娘啊，过几天同英真的不回来，我就派人去找，你还是要保重自己呀！""咳！这几天想来想去，有时觉得活着是个累赘，给文之带来负担；可又一想，如果死了，那文之就没了亲娘，他也许会更苦，想着想着还是觉得应该活下去。""是呀，你可要活下去啊，文之是个孝顺孩子，你对他太重要了。"王氏问："李叔，你记得桑科村地盘上多少年没打过仗了？"李大善有点激动，他恨啊，恨日本人。停了一会儿，他说："你不问，我也说道说道。从我记事起，就没有在我们桑科村住过一个兵蛋子，征税的都没有去过我们村，都是我们用车拉了粮食去交税啊。可现在让人无法生活了，到处打仗，这日本鬼子不和人一个想法，全是些扯淡！""李叔，你说这日本鬼子怎么会这么狠呢？人说杀就杀了，村庄说烧就烧了，眼都不眨。"李业胜插话说："嫂子，等安顿下来，我也去找文之，跟着他打日本鬼子；在我们的地盘上，每人吐口痰也把他们噎死。"年轻人就是年轻人，李大善可不这么想，日本鬼子不远万里跑到别人家门口撒野，肯定有两把刷子，不是说打跑他就打跑他的，但他也觉得业胜说的有一定的道理，毕竟中国人多得多，都去打鬼子的话，这日本鬼子还真不扛打，就那么多大兵。就说："日本鬼子是很厉害，但几十个人杀一个，倒觉得没什么可怕的了，可怕的是有些中国人也杀中国人，听说山东这片出了几个汉奸，领导着一批没头脑的小汉奸，到处兴风作浪。"说着说着，王氏晕倒了，李大善赶忙掐她人中。一会儿，王氏醒过来说："我是几天没吃饭了，不要紧的。"李大善说："文之他娘，正好我和业胜采的茅窝窝，我给你做点鲜汤吧。看着这灶盘起来就没生过火吧，一点灰都没有。业胜啊，你洗些茅窝窝，我生火。"说完就忙活起来。其实，李大善在家被侍奉惯了，几十年了还真没做过饭，一点火呛得满屋都是烟，三人不停地咳嗽，王氏被弄得笑了，李大善见王氏有了笑脸，也跟着笑起来。王氏说："李叔，你可是个享清福的人，这烧火做饭的事你还真做不来，还是我来吧。"说着就硬撑着坐到了灶台前头。

王氏喝了搅上面粉糊的菌汤，精神好了很多，天一晴，就到李大善住处商量事去了。你还别说，这碱场地还真有个好处，雨一停露出水的地方干干的，一点都不粘脚。没过多久，大家都陆陆续续地围拢过来，每个人都拿了小凳子，有点像开大会。在桑科村的时候，大多数的事，几个富户凑一块儿一商量，就基本定个差不多，在这里所有的人——男女老幼都来了，真有点全民公决的味道。李大善清了清嗓子说："百十口子人都在，咱说道说道。一件事就是小麦播种的事，这场雨来得及时，天晴得也及时，估计后天地就可以犁耙了，耙完了就可以播种了，既然是逃难，这地就在一块儿耕种，粮食按人头分。大家有什么意见？"每个人都竖大拇指，没有一个反对的，因为李大善家的牲口最多。沉默了一会儿，李大善见没人吱声，就说："那这事就这样定了！"张工艺慢悠悠地开了腔："我觉得这事不够公平，牲口也要吃饭，一头牲口比一个人消耗的还多，分粮却不算在人头里，那怎么行呢？最差每头牲口也得顶一个人。"大家七嘴八舌地议论开来，都觉得张工艺说得在理，一致同意牲口算一个人头，并且还商定按人头给每头牲口一担干草。李大善很受感动，觉得这群人很团结，心里也舒坦了很多，接着说："第二件事是关于村名的事，虽然是逃难在外，但已经定居了，就得有个村名；我们一共二十三户人家，就叫桑科二十三户吧。看这形势，以后还会不断有人家迁入，另外，我和工艺、老六骑牲口到周围查看了一下，离这二十来里有一个镇叫八大组，人口不少，日常生活用品我们可以到那里去买，什么时候能回到桑科村很难说呀，就这村名大家有没有意见？"这一次，大家都没有议论的，默然表示同意。大家一致选李大善做村长，张工艺做副村长，主持新村的日常工作。就这样开荒的日子开始了，凡是长茅草的地方都用堑围起来，面积大的有几市亩，面积小的只有几分。面积大的地片就套上牲口用犁翻一遍，再耙个两三遍，最后用耙把茅草搂一遍。而小地片就用锨直接翻了，然后用耙搂平整，把茅草捡了。没几天，几百亩的田地就这样收拾平整，只等播种了。

这期间，王氏每天如坐针毡，终于按捺不住去找李大善，李大善正在琢磨着麦种的事，一亩地需要播种二十五斤左右，这三百多亩地就得八千斤左右的麦种，收成先不说，就过冬的粮食也是个考验。见王氏进来，就赶紧搬了个座位说："文之他娘，你先坐。我正想今晚上去找你，这不你就来了。"王氏叹了口气说："真是急闹

218

人，又过去五六天了，一点信儿都没有。"李大善沉思了一会儿说："这样吧，明天，明天我让人去找。"王氏有点不好意思了，说："你看，正掩上小麦播种，大家都很忙哩。""再忙也得先找人，你放心吧。"两个人正说着，业胜跑进来喘着粗气说："嫂子，文之回来了，还有同英。快回家看看吧！"王氏懵了，一下子待在那里。李大善笑了，说："文之他娘，文之回来了啊！"王氏这才回过神来："啊，真的是文之回来了？"说着爬起来踮着小脚就往家走。

那天，刘同英从梦中惊醒把手放到旺旺的前额上，发觉是凉的，心一下子沉下来，又一试儿子的鼻息，已没了气息，全身像遭到了电击，一下子昏了过去。同娥和萧彤掐人中，又掐虎口，总算醒过来，但意识有些模糊。萧彤又用凉水浸泡过的湿毛巾盖住了刘同英的前额，刘同英嘴里不停地说胡话，同娥和萧彤都哭了，她俩真不知道该怎么办。一直到第二天的中午，刘同英意识才清醒些，跑过去抱起旺旺的尸首，不停地喊："儿子啊，你醒醒啊！你怎么不要妈妈了呢！"就这样，刘同英抱着旺旺不吃不喝，过了两天，同娥和萧彤怎么劝都无济于事，一直到张文之带着中队回清河野树林休整。同娥先和张文之粗略地说了一下情况，张文之赶紧来见同英，看见同英抱着死去的儿子，满脸憔悴样，从内心深处生出一股悲，这是他第二个儿子夭折了，真不知老天是怎么安排的，活蹦乱跳的儿了，说没就没了。张文之走过去两手托住同英的脸说："就让儿子入土为安吧。"刘同英一下子倒在文之的怀里放声大哭。就这样，中队暂时由海里漂带领，张文之一直陪着刘同英，在张文之的悉心照料下，同英心情有所好转，正好罗一娇他们也回清河野树林休整，鉴于张文之的特殊情况，就给张文之下达了一个特殊任务。由于敌人的蚕食鲸吞，已有的根据地遭到了很大的破坏，我军生存环境急剧下降，组织上决定到小清河以北，地广人稀的地段开辟新的根据地，为抗日战争创立一个大后方。为了摸清敌人的情况，组织上决定派张文之以行医为名，进入桃花园子，搞清敌人的设防。桃花园子也就是第八大组，是一个比较繁华的镇，居住人口有一千多人，驻扎的是一股伪军。虽然这股伪军战斗力不是很强，但为了减少我军不必要的伤亡，还是派张文之前往摸清底细。就这样张文之和刘同英乔装打扮，离开了清河野树林过了小清河，一路向北来到了桑科二十三户。

张文之一见到王氏就双膝跪倒，为母亲请安。王氏双手拉起文之，眼睛却盯着刘同英问："同英啊，旺旺呢？"刘同英还没回答，张文之就说："娘啊，我回来有很多事情要做，同英要跟我一起开药铺，旺旺带在身边不方便，敌人太凶残了，害怕旺旺有什么闪失，就把他和杏红家的孩子一起寄养在了一处寺庙里，娘放心就是了。"虽然这些话文之已和刘同英商量好，可当文之说出来后，刘同英还是偷偷地流泪了。王氏一听说旺旺没事，心情一下子舒展了，就问："文之啊，你不是和罗队长在一块儿吗？怎么又要开药铺了呢？""娘啊，这个你就不要问了，这是纪律啊。""那你到哪里开药铺呀，总不会在这里吧？""就到离这不远的桃花园子，那里人口多比较繁华，适合行医。""哦，是这样啊，啥时候去呀？""休息一天，明天我就过去，等安顿下来，就接你和同英过去。"娘俩正在聊着，李大善、张工艺等几人一块儿走过来，张文之便向他们说明要在桃花园子开药铺，他们都很高兴，觉得相互有个照应。晚上，李大善整了几个小菜，招呼文之、工艺等喝了一壶，谈了谈今年粮食和肥料的问题，张文之说尽量在桃花园子解决。

第二天，张文之就穿了长袍马褂，骑了李大善的一匹枣红马来到了桃花园子。一进大街，张文之怕太招摇，就下马牵着行走，碰巧今天正是集市，甚是热闹。随着熙熙攘攘的人群没走几十米，十字路口一位算命的先生喊："牵马的朋友，来来来，不要钱送你一卦。"张文之先是一愣，进而觉得算一卦也好，正好和这算命的先生唠唠，了解一下桃花园子的情况。张文之走上前一抱拳说："这位先生为何要送我一卦呀？"算命的说："看你四处张望，面带疑问，一定是远道而来的朋友吧？"张文之又一愣，心想："先不说这算命的算得准不准，就他这观察力，也是个老江湖了。"张文之哈哈一笑，一下子想起了一桩事来，说："我有一事无法抽身，请先生撩拨一二。"算命先生摸了一下下巴问："你是问桃花呢？还是问住所呢？"张文之又一愣，心想：是呀？我心里是要问桃花，可我这次来的目的是为了住所。他怎么都能猜对呢？就问："桃花怎么讲？住所又怎么讲啊？"算命的笑了笑："要问桃花，我分文不取，白送你一卦；要是来置办住宅的话，收你五块大洋。"张文之乐了，他的聪明整个桑科村没不知道的，一听就知道，问桃花可能这位先生就断定他是个纨绔子弟，身上不会有多少钱，就是有也不会轻易地送给他；要置办住宅的话就说明他是位款爷，为了找到好宅子不会太在乎五块大洋。但五块大洋对普通人也不是个小数目，这老江湖也算是下了赌注，赌上了他要置办宅子。张文之笑了笑说："桃花也要问，宅子也要置办。就先问桃花吧。"这回倒是算命的先生愣了一下，不过很快就镇静下来，小声说："先生肯定是家里有了一房，是父母之命媒妁之言，明媒正娶；外面又有了红颜知己，所以心里没底，是不是？"张文之笑了笑说："差不多，但不全对，是有两个心仪之人，都是红颜知己，一个已娶为妻，另一个不知咋办是好。""哈哈，先生好艳福啊！不过先生别急，听我慢慢道来：这桃花园子，是第八大组，这周围还有不少村庄，你就两个太太安两个家就是了，正房就安在这桃花园子，偏房可选别的村庄。"张文之觉得这算命的也算没忽悠他，倒是给他出了个切实可行的主意，就从衣服里摸出五块大洋放到桌上，说："我想再问置办宅子，说得合我意，这大洋你收着，如果忽悠我，我便收回，你看如何？"算命的咽了口唾沫，问："兄弟啊，你置办宅子是住呢，还是做什么买卖呀？"张文之知道算命先生很想收下这五块大洋，他可能也没想到自己会真的拿出五块大洋，就向前凑了凑说："老哥呀，不瞒你说，我是行医的，买房子是要开药铺用。""哦，那我就明白了。"伸手拿起五块大洋接着说："走，我带你看房子去！"

张文之跟着算命先生拐了一个弯，来到桃花园子最大的十字街口。算命的先生指着门朝南的四间亮堂的瓦房说："老弟，你觉得这房怎样？"张文之向四周看了看，这四间房位置是最适合开药铺的了，不管是南来的还是北往的，都要经过这里；而且，这四间房质量也不错。张文之就问："老哥，这房人家卖吗？""老弟，这事包在我身上。你如果真的要买，我约上房东弄一壶咋样？"张文之没想到第一次来桃花园子就这么顺，就一拱手说："麻烦老哥了，我就在对面的'好运来'等着。"说完一拱手就牵着马来到对面的"好运来"饭店。

过了有半个时辰，算命先生领着一个邋遢的瘦老头走进来。张文之有点不相信自己的眼睛，这么好的房子有这样的房东，就问："老哥，这位是？""嗨，这就是房东何思光，抽大烟抽的呀！急着卖房呢！"张文之一下子明白了，他知道大烟的害处，自己的岳父就是抽大烟弄得家破人亡的。就问："大爷，你家里还有什么人呀？"张文之就是买房，他也不想把钱交给这个大烟鬼，让他再去瞎作。"啊，我就还有一个七旬的老母了。妻子带着两个女儿走了两年了。"张文之想了想说："这样吧，我和你立个契约，让老哥做个证明人。房契暂时还由你保管，我每月付给你五块大洋，这五块大洋足够你娘俩生活用度的，支付给你一年，房子我用着，一年后，如果你戒掉了大烟，我会按当时的房价一次支付你全部房款，房子归我。如果你还继续抽大烟，那咱还按原先的约定，每月付给你五块大洋。你看怎样？"算命的一听，觉得今儿个遇见了救命神仙，就拉着何思光说："快给这位恩人磕个头吧，他可是要救你的命啊！"何思光赶紧上前磕头，张文之赶紧扶起来说："你有这份心就赶紧把大烟戒掉吧！这比给我磕一万个响头都强啊！"何思光抹了抹眼泪说："恩人哪，我听你的，回去我就戒烟！"算命的先生走向前说："不知老弟贵姓啊？我叫薄大汀，熟悉的人都称呼我包打听，以后就喊我包打听就是了，有什么事你就喊我，我五冬六夏就在前面的街上摆摊算卦。"张文之笑着说："我叫张文之，是一个医生，以后就在这对面四间屋里开药铺，少不了麻烦你。"说完二人哈哈大笑，接着摆上酒菜吃起来。

张文之明为行医，暗为八路军了解敌情，多方探听消息，最重要的是掌握盘踞在八大组的民团武装联庄会的人数、武器装备、碉堡设置等，以便为攻打八大组做好基础，减少不必要的伤亡。因为张文之医术值得称道，又为人热情，当地乡亲、韩复榘的退伍老兵以及周边的土匪都纷纷来找张文之看病，张文之就像一颗"钉子"安插在八大组的心脏里。

日子过得很快，转眼到了又一年的麦收季节，桑科二十三户迎来了第一季的收成，虽说土地不算肥沃，但亩产也得二百斤左右，可谓是个丰收年。这一个冬季、一个春季，桑科二十三户的日子可谓艰难，饭量大的年轻人树皮草根都吃了，特别缺的是豆油，一个油瓶子装上一两油，每次炼锅就用筷子蘸蘸，有时连个油花都看不到，油灯就从来没亮过。有的家庭把这丁点豆油供起来，连沾都不舍得沾，炼锅就搞几个麻籽炒炒，心理上感觉有点油腥味。

刘同英挺着大肚子在一镰一镰地割麦子，她没有选择跟张文之去享福，而是选择了留在桑科二十三户。当然，她没缺吃，张文之三天两头地送吃的来，她也不断地接济其他乡亲。王氏也没选择跟儿子去桃花园子，跟同英一块儿留在了桑科二十三户。张文之也看到了乡亲们的情况，也竭尽全力地从桃花园子购买粮食，但联庄会对粮食控制得很严，以防有人为八路征粮。为此，张文之也心里着急，很想急切准确掌握敌情，早日解放八大组。刚吃过早饭，张文之正在盘算着怎样了解敌人碉堡的设置，一个老兵走进来，说自己的背上长了个瘤子，让张文之给瞧瞧。张文之让他脱下上衣，用手摸了一下，说："老哥，你这瘤得劈了，要上纱布捻子，隔两天得换一次，让脓流净。"这老兵说："我给碉堡的士兵做饭，空闲很少，来你这里不太方便，如果你空闲大的话，就去城南碉堡给换一下捻子咋样？"张文之一下子来了兴致，就说："老哥，你先等一会儿，我调些药膏给你抹上，这样脓会向中间聚，便于流净。"一边说着一边取了些硫黄和凡士林药膏在一个小瓷碗里搅起来，继续聊着问："老哥，城南碉堡里人很多吧？你这份工作不清闲呀？""嘿，人倒不多，城南城北、城东城西这碉堡啊都是一个样的，一个小分队把守，就那么十五六个人，活是不累，就是随叫随到，不太自由。"张文之小声地问："我还真没去过碉堡，火力不知怎样，肯定很牛吧？"这老兵眯起眼说："嗯，过几天你给我换捻子时可以见识一下，有一挺重机枪、两挺轻机枪呢，都是他妈的纯日本货，能覆盖二三里地呢!"张文之一边慢悠悠地上着药,一边和老兵谈论碉堡的事,这老兵也是为了显摆,啥也说,没什么保留的。张文之很快了解到了敌人的兵力部署,民团武装联庄会主要布置在内线,而且长久不作战,比较涣散,没多少战斗力。如果突破东西南北的碉堡,民团武装联庄会就成了瓮中之鳖。想来想去,主要是摸清碉堡的扫射盲区,这样就能智取。而给这老兵换捻子是个大好的时机,就说:"老哥,药我给你上好了,三天之后,我给你把瘤子劈了,保证半个月内就没事了。"老兵站起身来说:"谢谢张大夫,我姓李,就叫我老李吧。去的时候,我领你转转,保证你开眼,好嘞,走咯哦!"张文之赶忙说:"老哥,三天后见哈!"

二天过得很快,张文之收拾好药箱来到城南碉堡,老远士兵就喊:"干什么的?"张文之举起一只手说:"给炊事员老李换药的。"再往前走,有几个士兵认出是张文之,就说:"这不是'仁和药铺'的张大夫吗?这老李头还很有排场啊,还登门换药啊!"张文之一看认识他的人还真不少啊,心里一下子有了底,就说:"老李伺候各位老总忙啊,这不我就主动上门了,各位有个小病小灾的,我也会上门服务的。"老李听见外面说话声,就知道张文之来给他治病,赶紧走出来,说:"嘿,张大夫啊,快快这边请!"进得门来,张文之很熟练地为老李拾掇好了瘤子。收拾好了药箱,朝围观的几个大兵嘿嘿了几声,几个大兵看得有点傻眼,没想到这么大的一个瘤子一会儿就搞定了。还没回过神来,老李就嚷嚷开了:"怎么?还没瞧够哇!不就是个瘤子吗?也不看看给咱看病的是谁?这可是赫赫有名的张神医啊!"这几个大兵才回过神来,就听老李又说:"兄弟几个,咱这碉堡可是皇军监的工啊,也让张神医见识见识啊。"几个大兵一下子也来了傻劲儿,觉得唯一可以显摆的也就是这碉堡了,就说:"对呀,这可不是吹牛,神医就随便看看,这配备的可都是日本货,威力大得很呢!"张文之是干啥的,玩枪可不是一天了,仔细查看了重机枪和轻机枪的扫射角,一一记在心里。这几个大兵见张文之傻傻地看了半天,牛吹得更响了,恨不能让张文之挨支枪都扫射一番,显显威风。

张文之知道这些情况太重要了，回到药铺后抓紧画了出来，从李大善那里找了一匹马，连夜奔向清河野树林。

离开桑科二十三户还不到三十里就下起了牛毛细雨，张文之害怕遇上日本鬼子，那样不但情报送不到还会有生命危险。这不比从前了，原先这里就快进独立团的防区了，但自从十三旅被日本鬼子打没了之后，独立团也转入了游击战争，虽然还在这一带活动，但没了固定的指挥部。张文之眼力还算好，老远就看见有手电筒的光，他立刻警觉起来，把夹袄翻过来，黑色的衬露在外面，这样目标就会融在黑色的夜景里，不易被发觉。但是马蹄声还是暴露了他的行踪，有一队人围拢过来，张文之一看躲不过去了，就把画好的图从夹袄缝里取出来吞了下去，紧张的心提到了嗓子眼。他没有带枪，即使带枪也无济于事，看样子对方有十几人。正在生死关头，对方有人喊："什么人？"张文之一听是中国人，就赶紧说："赶路的，就我一个人。"没过多久，十几个人就围拢过来，手电筒在张文之的脸上晃来晃去，有一个人突然说："这不是张营长吗？"张文之心里一下子安定下来，问："弟兄们是哪一部分的？""我们是马团长的手下，这是我们的连长。"张文之过去握住了连长的手问："马团长还好吗？"连长立刻立正敬礼说："报告长官，我们团长很好。"张文之回了个敬礼说："弟兄们，我有急事，以后再细谈。"说完骑上马朝清河野树林方向跑去。实际上，张文之带了一块指南针表，这是他特意让包打听在日本人那买的，以防来回送信儿在田野中迷了方向，今晚这种情况如果没有这玩意儿，真的会迷了方向的。他要找的是打鱼的那两位恩人，这成了一个很隐秘的联络点。走到小清河边沿的时候已经天亮，雨已停下来了，大地一片清新。马身上冒着蒸汽，打着响鼻，张文之总算舒了口气，就冲对面喊："恩公啊，我要过河！"可喊了几嗓子没有动静。张文之就寻思起来：到哪儿去了呢？这夫妻俩可是常年守在小清河边的，近几年，冬天都这儿破冰捉鱼呀。再说，这夫妻俩已在罗一娇他们的关怀下，愿意为八路军第九支队工作，这地儿也成为八路军第九支队一个联络点，他俩不会随便走开的。张文之试着又喊了几嗓子，仍没有动静，想了想就决定游过去。虽然已接近阴历五月，河水还是很凉。不过现在自己已经被雨淋成了落汤鸡，全身已凉透了。但马儿满身是汗，不能直接过河，只能先让马儿歇歇汗。

张文之把上衣和裤子都脱了，拧干晾在芦苇上，坐在岸边休息。他知道这一片芦苇丛生，离道路比较远，一般不会有鬼子出没。随着太阳的升起，晒得暖暖的，他赶了一夜的路，禁不住打起盹来。

25

"轰！轰……"飞机轰炸声把张文之从梦中惊醒，是清河野树林，树林上空浓烟滚滚。张文之正在震惊中，飞机从头顶掠过，又一轮的轰炸开始了。

张文之紧张起来，进而心里一凉，想：尽管清河野树林离城市较远，又没有好的交通，一直以来是个隐蔽的好地方，但鬼子还是把腿伸过来了。不知道清河野树林有没有人，他们是否已安全撤出，没有这一觉，说不定自己已死在轰炸中，战争太残酷了。一想到生命系于一线的时候，他就想起五妮，一个属于自己而自己又没有睡过的姑娘。他就是这样，越是危险的时候，越露出少爷的本性，她那股勾人劲儿让他咽了口口水。

几轮轰炸后，又恢复了平静，敌人没有派步兵，只是炸毁了房屋和部分没来得及收割的麦子。张文之把衣服系到马头上，和马一起凫过了小清河，到对面的小屋里一看，发现一切都摆放得很整齐，主人刚走了不长时间，一碗面糊糊还放在锅台上，看样子是昨天晚上离开的。张文之也想到清河野树林肯定也没人，一定是得到了敌机轰炸的信息。张文之心里舒坦了很多，没有那么紧张了。他知道第九支队在敌人内部布置了眼线，就像他名义上行医，实际上是搜罗敌人的信息，这在战争中至关重要，十三旅就是例子，事先不知道信息，被敌人包围了，几乎全军覆没。张文之感觉到罗一娇他们很快会回来抢收剩下的麦子，守在清河野树林说不定今天中午就能见到他们，想到这里，骑上马向清河野树林走去。

来到清河野树林，一幅残败的景象摆在眼前：炸毁的房屋还冒着烟，一股焦煳味刺人口鼻，掀翻的泥土形成直径几米的大坑。聚义厅的北墙还立在那里，刘亮写的几个大字"驱逐鞑虏"还挂在那里，在太阳下格外显眼，让张文之心跳加快，骂道："狗日的小日本！"张文之拴好马，坐在了一棵大树下，继续打起盹来。"咕噜噜……"饥饿的肚子很快把他叫醒了，他才意识到自己没吃早饭，还有走了一夜的马儿也该饿了。他先走过去，把马牵到青草比较茂盛的地方；然后，他走到小清河的芦苇里，麻利地捉了四五只溪蟹，用树枝串了做起了烧烤；不多时，一股清香暂时冲淡了些许仇恨。张文之吹了吹烤熟的溪蟹，先把螃蟹身上圆形的盖子揭开，肚子的地方露出黄澄澄的蟹黄，这是溪蟹身上最好吃的东西，他放到嘴上很熟练地吸到嘴里，顺手把两边靠近大腿的一些白的像刷子毛一样的东西去掉，把蟹掰成两半，白花花的蟹肉暴露出来，几口就吃掉了。接下来就吃蟹腿了，他用牙把蟹腿咬开，用指甲把皮扒掉，肉就露了出来，这蟹腿肉又是一番风味。蟹吃完了，仇恨又上来了，仇恨上来了就想到了死亡，想到了死亡就想到了五妮，任务完成要去看看五妮，最好这次能把她接走。

　　时间很快到了中午，张文之开始有些烦躁和担心，怎么还不见清河野树林的队伍回归，到底发生了什么事？正在这时，远处传来了马蹄声，张文之赶紧趴到草丛里。不多时，一队人马向这边走来，走在前面的正是罗一娇，张文之赶紧喊："罗队长！我是文之啊。"等罗一娇下了马，张文之才跑出来。罗一娇左看看右看看问："没受伤吧？"张文之说："我赶到这里的时候，敌机轰炸已结束了。""那就好，没受伤就好。这次回来，一定是有重要情况吧？""我搞到了当地民团武装联庄会的碉堡布置情况图。"罗一娇一下子来了精神，说："太好了，快拿来我看看。""嘿嘿，吃到肚子里了。在路上遇到了一队人马，怕暴露身份就把图吃到肚子里了，后来才知道是独立团的人。不过，我还能画得出来。"罗一娇看着满头大汗的张文之笑了，"同娥，给张队长拿套夏装。"张文之这才觉出来自己还穿着夹袄呢。换了夏装后，张文之凭记忆很快绘出了桃花园子的设防图，重点是碉堡的内部装备。罗一娇拿过图纸和大家

228

仔细研究了一番，很快判断出只要控制了四个碉堡，民团武装联庄会就失去了屏障，只能做瓮中之鳖，没有多大反抗力。可什么时候攻打桃花园子还得仔细琢磨琢磨，最好是冬天下大雪的天气，这样敌人松懈，我军的行踪也不易被觉察，以闪电之势把桃花园子守军包围，不给敌人增援的机会。最后商定，看情况而定。其实，罗一娇心里早有了底，只是怕走漏了风声，让张文之回去放出风去，就说八路军第九支队今年要攻打博兴，继续向张店进军。

张文之离开清河野树林的时候，大多数战士正在忙着抢收剩余的麦子，也有一部分战士忙着清理炸毁的房屋，争取以最快的速度盖一些临时住所，用来遮风避雨，这也是游击战争所必需的，他们不想再费很大的力气恢复清河野树林的原貌，以防敌人再次轰炸。再说，敌人不断地扫荡，部队为了避开敌人正面的锋芒，不停地到处游走，盖上好屋好房也是浪费，弄不好还成了敌人攻击的目标。罗一娇没让张文之过多地停留，而是嘱咐他及早赶回去。张文之有自己的想法，他没有立刻过小清河，而是先去了打鱼的老夫妻那里。夫妻俩见张文之来很是高兴，就为张文之熬了鲫鱼汤，又蒸了几块咸鱼路上吃。张文之就问："大叔大婶，早晨起来你们去哪儿了？"大婶说："昨天第九支队的同志送信儿来，说鬼子要攻打清河野树林，怕我们夫妻俩遭遇上，叮嘱我俩到芦苇荡里躲一躲，这不刚回来不多时。这一带芦苇丛生，河汊不少，鬼子真没敢来，只是派飞机轰炸了一通，我这小破屋小鬼子还没看上眼，完好无损。"张文之叹了口气说："清河野树林的房屋没有一间完整的了，太让人痛心了。""唉，也不知什么时候不打仗了，这日本人也真是可恨呀！""大叔大婶，等战争结束了就到桑科村安家吧，我给你俩盖上三间房子。""本来家里有五间房子，去年被炮弹炸毁了两间，好歹儿子、儿媳、孙子都没事。不打仗了，我就再回家把那两间接上，也好和儿子有个照应。离桑科村又不远，想大叔大婶了，骑马用不了半个时辰就到了。"张文之笑着说："大婶说得也是，我们就盼着小鬼子早日滚出中国。我还有些事情要办，只能等下次再来看望你们了。""是呀，去办正事吧，我们身子骨还硬朗着呢。下次别忘了带你媳妇一起来，她爱吃你叔做的鱼。"张文之脸上带着不自在的表情起身告别，骑上马向桑科村方向而去。

张文之回到桑科村，正赶上荣广和麦林在村里，还有萧彤。这回萧彤是做宣传干事的，三个人一块儿来宣传让村民们转移今年的麦收，不能落入日本鬼子之手，把他们喂饱了来杀害自己的同胞。大多数村民还是相信八路军的，粮食已装了好几马车。张文之在收粮现场看见了李碾子，一开始，张文之没认出来，主要是穿戴大变了样，一身缎子装，还戴了一顶黑色的礼帽，在那里比比画画的。李碾子也看到了张文之，满脸堆笑说："大侄子，回来了！"张文之一愣，接着说："叔这身打扮真认不出来了。你身子骨好啊？"李碾子笑着说："托你的福，身体硬朗着呢，抽空到家里坐坐，咱爷俩整上几盅。"张文之赶紧说："待会儿，我就去叔家。"张文之心里话：我就是为了五妮才回村的，你们家我能不去嘛！李碾子还是满脸堆笑说："待会儿去，吭。过会儿我让你婶炒菜去。"张文之见李碾子回过头去，就把荣广拽到一边指着李碾子小声地问："这是怎么回事？"荣广说："这事呀一时半会儿也说不清楚，我就长话短说吧。李碾子是周围几个村的维持会长，是日本人封的。"张文之有点着急，又问："你说清楚点，到底是怎么回事？"荣广问："有烟吗？来支烟！"张文之给荣广点上了一支烟，荣广猛吸了几口说："去年年底，鬼子又一次拉网式地扫荡，村民们没有接到通知，都被困在村里了。男女老少都被赶到了河滩里，问这村里谁辈分最高，八爷站了出来，鬼子就让八爷当周围几个村的维持会长，负责给他们征集粮食；并且，要求年前至少送五大车白面去。八爷那是啥脾气，就说：'祖上就没有那规矩，随便征收村民们的口粮，今年的税粮早就交了！'日本鬼子见八爷软硬不吃，最后就把他活活烧死了。后来，日本鬼子看上了五妮。你要知道，这五妮在人群里很扎眼，小鬼子一把就把她揪了出来，要当众侮辱她。李碾子一看没了办法，就从人群里跑出来说：'只要太军放过我女儿，我愿当维持会长，替太君征粮。'就这样，李碾子就成了维持会长。"张文之赶紧问："那五妮呢？怎么样了？"荣广笑了笑说："当然放了。

不过，李会长在鬼子面前周旋得不错，大多数粮食还是给了八路军，一小部分粮食给了日本鬼子。也有一部分给了国民党顽固势力，他们和鬼子一样也是专和我们作对的，都想消灭我们。实质上，日本人建立的这个维持会具有三面性，谁也不得罪。"听了荣广的话，张文之沉默了很长时间，转过身牵着马向五妮家走去，他也没有再给李碾子打招呼。

张文之只想见到五妮，原先的占有欲减弱了很多，多了许多亏欠，村民们都暂时稳固下来，不知五妮是否愿意跟自己去桃花园子。

五妮已有一年多没见张文之了，她成熟了许多，但那股风骚的品行并没有变。见到张文之五妮并没有扑上来，而是和张文之保持了一段距离，自顾自地绣她的鞋垫；张文之见家里没其他人，就想抱抱她，走过去一伸手，还没碰到她的身体，五妮就像泥鳅一样闪开了，这越发勾起了张文之的欲火，张文之再走到她面前，刚想伸手，五妮抬起脸来说："你和日本人一样就想欺负我！"听了这句话，张文之像当头浇了一桶凉水，一点兴致也没有了。张文之收回神来，开始打量五妮家，他发现这个家变化很大，垒了院墙盖了大门不说，这家具也都换了，摆设比原来气派了很多，当然，新盖的房子也比原来宽敞了，心想：看来这维持会长，也是有好处的，这日本人还真会笼络人心。又一想五妮该不会变心了吧？日本人的圈子里，可没多少好鸟，乌七八糟的什么事都有。张文之试探地问："妮呀，你爹当会长了？""是呀，你这八路军的干部不会不知道吧？真是明知故问！""妮呀，我还真的不知道，刚刚听荣广说的，说你爹当上周围几个村的维持会长。""嗨，骗谁呢！"张文之不想白来一趟，狠了狠心就问："妮呀，你愿意跟我一块儿走吗？"五妮一愣，问："跟你去哪里呀？""跟我去桃花园子，我在那里开了个诊所，生意还不错。"五妮有些惊讶，问："你不是参加了八路吗？怎么开起了诊所？"张文之当然不会把开诊所的机密告诉她，就说："我已离开了八路军第九支队，到桃花园子行医了。""桃花园子在哪儿？离这里远吗？"张文之笑了笑说："桃花园子离这里向北一百多里呢，那里地广人稀，土地肥沃，可是个好所在呀！""净听你瞎掰，兔子都不拉屎的地方还什么好所在？""桃花园子不仅遍地桃花，人口也比较集中，是个很不错的小镇。"五妮头也没抬很干脆地回答："我哪儿也不去，你挣了钱就还回桑科村，也许我们还有缘。别的你就不要想了，你快走吧，说不定哪会儿就碰上日本人，他们常来我家。我娘就在他们常来的路口把风呢，你以为我爹这会长当得很容易呀！成天提心吊胆的。"张文之没想到五妮这么决绝，一点回旋的余地都没有，他高估了自己。张文之看着五妮头也不抬，还是绣她的鞋垫，觉得再待下去也没有意义，就起身说："那你等着我，我会回来娶你的。"这时五妮才停住手中的针线活儿，牵着张文之的手把他送出大门，看着他骑马而去。

张文之前来送信儿，王氏和刘同英可是提着心过日子，更何况那晚下着小雨，这婆媳俩更是担心。刘同英割了一天麦子就被李大善停工了，李大善看着她挺着个大肚子，汗水顺着脖子、脸不停地流，就像被水浇了，实在不忍心。实际上，一开始李大善就安排刘同英和几个上年纪的小脚女人，为大家烧火做饭，但刘同英觉得自家没有劳力，心里很是过意不去，就执意要求下地割麦子，李大善拗不过她，就让她去了。天热暂且不说，就她弯腰直腰太费劲儿了，李大善实在看不下去，就坚决地停了她的工。没了紧张的工作，刘同英满脑子更是一团麻。张文之去清河野树林后，她的一颗心就悬在了嗓子眼，时刻都像是蹦出来。她走过这条路，也是晚上，她知道那股艰辛，最怕的就是碰上日本鬼子和土匪，真要是碰上了，那将会是什么后果？她不敢往下想，好歹有一匹马，路上可能少受罪，但也多了份危险，放大了目标。夜已深了，外面飘着小雨，刘同英和婆婆没有一丝睡意，坐在蚊帐里说话，聊一些文之小时候的话题。这附近的人早就流传着一句话：八大组三件宝："牛蠓蚊子和小咬"。而其个之大，虽说不能和鸡比，但确非虚言。它们上午日上一竿就出来活动，凌晨下露水时蛰伏。因草深林密，好多蚊子都是数年以上的老蚊子。它们或许是经验更加丰富，下口特狠。在野外劳作的人，第一防的就是它，而大牲畜只能在夜里靠烟火熏赶，被蚊虫叮瘦是普遍现象，被其活活叮死的也时有发生。所以，人们晚上都早早地钻进蚊帐里，刘同英和婆婆也不例外，无论她俩多么担心文之，也只能早早地钻进蚊帐里等候。聊着聊着王氏就把话题转到了孩子身上，说："同英啊，不是我说你呀，你李爷爷既然让你烧火做饭，你就不要再去逞强，如果累出个好歹来，你还让我怎么活。旺旺又不在身边，也不知现在怎么样了，我做梦都梦见他。你肚子里的孩子也是我们家的命根子，可千万不能再出什么差错。"刘同英眼里闪着泪花说："娘啊，我就像这遍地的红荆条，命硬着呢，一定给文之生一大堆孩子的！"王氏叹了口气说："同英啊，娘盼着呢，我不图别的，就希望儿孙满堂，到了阴间，也好给你爹有个交代，要不我还真没脸再见他了。"就这样，娘俩一直坐到天亮。

张文之也想到了母亲和妻子的担心，不敢在外面久留，离开五妮家，骑上马就向桃花园子的方向奔去。人往往怕什么就来什么，越过小清河五十多里，天已接近黄昏，有一队人马从远处走来，张文之赶紧下马，躲进旁边的一片高粱地里，看着这队人马从旁边穿过，紧张的心刚刚放下，突然间，"嘶嘶"，自己的马仰着脖子叫起来，这一叫立刻引起了注意，刚刚走过的一队人马又返回来。张文之一看无法躲过去了，就牵着马从高粱地里走出来，走到这队人马的跟前，仔细打量了一卜。从装束上看，这是一股土匪，为首的骑着一匹白马，上身穿白色对襟褂，下身黑色缅腰裤，脚蹬圆口黑色布鞋，满脸的胡须，一看就知道不是个善茬。张文之赶紧上前一拱手说："问候当家的，不知怎么称呼？"大胡子还没说话，只是打量着张文之，旁边一个带短枪的说："这是我们二爷，喊爷就是了，哪来的那么多废话！"张文之赶紧说："问候二爷，耽误了二爷赶路了。"大胡子说："你是干什么的？在这里鬼鬼祟祟的。"张文之又一拱手说："回二爷话，小的是一个医生，行医路过这里。"大胡子一听，愣了一下，也许他没想到在这荒郊野外会碰上医生。不过，他很快把脸一沉说："医生？给我绑了带回去。"

张文之被带到一大片荆条丛生的地方，这地方的荆条都是些老荆条，都已长成树形，在这片荆条的深处有十几间房子。张文之心想：看来这就是土匪的住处了，他们也没搜我的身，把我带到这里，不知有什么意图？张文之正在想着下一步的打算，就听大胡子说："给这个医生松绑，请到西边客厅，给他弄点好吃的。可给我看好了，别让他溜了！"张文之被领到最西边的一间屋。张文之一打量，这屋子只摆了一张八仙桌和四把椅子，别的什么也没有。不多时，一个喽啰端来了一盘烧鸡、一盘花生米、一壶酒，还有两个馍馍，又备了筷子和酒盅。张文之一看这阵势，心里就琢磨：莫非这股土匪有求于自己。再一想，也不管了，肚子饿得要命，先填饱肚子再说，说着就拧下一根鸡大腿大口大口地吃起来。酒饱饭足，打了一个饱嗝，在门口看守的一个喽啰走进来说："我们大爷请你去。"张文之心里明白了，肯定是这位大爷有什么疾病，要不这二爷不会这么款待自己，心里也踏实了许多。

张文之被领到中间房屋里，里面点着两根蜡烛，大胡子坐在一把椅子上，炕上坐着一个五十多岁的老者，面部清瘦，两眼如钩。大胡子见张文之进来马上站了起来说："这是我大哥，他的一条腿不能动了，你给瞧瞧。我丑话说在前面，瞧好了，我大哥会重金感谢，如果瞧不好，你就得把命留下！"张文之没有说话，走过去问："大爷是哪条腿不好使？"老者指了指左腿说："就这根腿的膝盖处，疼啊！"张文之发现这根腿的膝盖肿得锃亮，而且不能活动，动了几下，老者疼得汗珠子滚下来。张文之沉思了良久说："大爷，你这关节里长了东西，很可能是瘤，只有做手术割出来才行。"这位老者一听就知道自己可能遇到了救星，赶紧问："兄弟，你有把握吗？"张文之说："我可是把命押在这儿了。不过，你得答应我两个条件。"老者赶紧说："你说吧，能办到的我一定照你说的做！""好！一个条件就是马上派人到桃花园子找一个算命的先生薄大汀，人称包打听，让他给我家人送信儿，说我一个星期后回去。第二个就是，以后带着你的弟兄们打日本鬼子，不要再抢劫百姓。"老者哈哈大笑，说："兄弟，我以为是什么难题，你的话正合我的心意。赵豹，你现在就安排两个能干的弟兄连夜赶往桃花园子。"大胡子

234

赶紧说："好的，大哥，我这就去。"老者说："我叫王虎，这兵荒马乱的，拉杆子也是情非得已，早就想打鬼子，只是人单势薄，只能骚扰几下。听了兄弟的话，我更加下定了决心。"不一会儿，赵豹回来了，说："大哥，人已派出去了。"张文之说："二当家的，有事还得麻烦你，就是准备一下做手术的东西，明天我为大当家的做手术。"赵豹赶紧说："兄弟需要什么，我马上亲自准备。"张文之说："三两大烟膏子，一把锋利的匕首，还有四两云南白药和一卷纱布。"赵豹沉思了一会儿说："明天一早我就亲自去办，兄弟先休息去吧，房间已为你准备好了。"张文之说："好吧，大当家的先养养精神，我先告辞了。"说完一拱手走了出去。

刘同英和婆婆又度过一个不眠夜，婆媳俩瞪着布满血丝的眼睛迎来了又一天的黎明。王氏有些沉不住劲儿了，文之走的时候向她保证早去早回，如今已走了一天两宿，还没有个人影，她怎么不着急，一旦有个好歹，她和同英还怎么过，满脑子里胡思乱想。在这种情况下，刘同英和婆婆是一样的感觉，但她没有表现出来，而是一再地安慰婆婆，这样的情形一直等到日上三竿。正在两人焦急万分，像热锅里的蚂蚁一样，坐也不是站也不是，包打听突然光临，告诉婆媳俩文之有任务，暂时回不来了，再一星期左右才能回来，说是从那边来了两个骑马的兵，怕叨扰他们，故而让他来送信儿。同英和王氏虽说仍提心吊胆，但心里宽松了许多，拾掇好了去为劳力们烧火做饭了。

五天后，张文之回来了，婆媳俩总算一块石头落了地。在王氏的追问下，张文之道出了实情。本该第二天就能回来，回来的路上遇见了土匪，把自己绑架了。幸亏自己医术还行，为土匪头子医好了腿，就把自己放回来了。他知道土匪头子腿不见好转不会放过自己，手术后消肿得一星期，怕她娘俩担心，就提出条件让土匪前来报信儿，又怕吓着她娘俩，就让他们先找到包打听，再让包打听转告她娘俩。王氏和同英听后倒吸一口凉气，太惊险了，差一点就把命搭上。王氏接着又问："那土匪长了啥病？你就这样大包大揽？"张文之说："一开始，我也没有把握，他的左腿膝盖处肿得透亮，我断定里面一定有积水，也不确定里面到底还有什么东西，只有割开才能断定。就让土匪准备了一把锋利的匕首，还有用来止疼的大烟膏子、消炎的云南白药、包扎的纱布。割开之后，流出了大半碗的积水，才发现在关节内有一个鸡蛋大的瘤，给他割了出来。没想到五天就消肿了，敢下地了。这个叫王虎的土匪头子心花怒放，就让我回来了。"王氏没想到儿子这么有出息，遗传了他爹的聪明，在医学上有天赋，嘟嘟囔囔地说："这是你爹在天之灵保佑了你，老爷啊，你后继有人了。"

张文之在家没多待，而是急着赶回桃花园子。临走前，刘同英说："你不必再担心我和娘，今年麦子大丰收，一年都会有大白馍馍吃，再也不会挨饿了。"张文之用手捧着同英的脸说："你看你的眼睛红得像小白兔，一定要注意休息呀，还要为我生个大胖小子呢。"刘同英面带娇羞地说："你放心，我没有那么娇气，身子骨好着呢。"

张文之一回到桃花园子就找来包打听，说了一些感谢的话，又约上了何思光，在"好运来"摆下了酒席，又谈起了路上遇到土匪的事，包打听和何思光听得目瞪口呆，觉得和神话一样。包打听说："思光老弟，你说文之像不像三国时的华佗？神医呀。"何思光连连点头说："文之的医术，这周围还有谁不知道呢。不过，刚才说的遭遇还真的很玄，那是拿命做赌注啊！"包打听一撇嘴说："这叫艺高人胆大，那是心中有数，你哪能想得清楚！"三人边聊边喝，正在兴头上，从门外走进两人，腰里别着短枪，进门就喊："有喘气的没有？大爷要点菜。"店里的伙计赶紧跑过来问："客官想吃什么？厨房马上准备。""给大爷上好酒好菜，店里好吃的尽管上来，让你们老板听着，我们可是耿爷的手下，让他小心点。"店里的伙计一听，点头如捣蒜，连声说："是是是，二位爷先请坐。"张文之自从来到桃花园子还是第一次见这阵势，就问包打听："你知道这二位是什么来头？怎么这么专横。"包打听放低声音说："这耿爷是这一带最大的土匪头子，估计这是他的手下，惹不起呀！弄不好就给暗杀了。"这时候俩土匪的酒菜上来了，两人开始大口吃肉，大

236

口喝酒。其中一个说："李头，耿爷说了，下一步要对桑科二十三户下手，那可是块肥肉啊。"张文之一惊，没想到这股土匪要对桑科二十三户下手，这可怎么办呢？另一个土匪说："咱耿爷不愧为大爷，恩威并重啊。听说只是让他们交租，只要交上租子，地该怎么种还怎么种，这伙刁民一定还得感激咱们呢。"听到这里张文之明白了，这股土匪是想抢地盘。张文之知道这里官府管理混乱，土匪都成了"地棍"。张文之觉得这事得抓紧找李爷爷他们商量，就站起来说："二位兄弟，今天我们就聊到这里，我还有点事去办。"说完起身走出"好运来"。

张文之没有回药铺，直接就奔桑科二十三户，先到家里和妻子、母亲说明情况，希望近段时间让她俩到桃花园子先躲躲，等风声过去了，想回来再回来。王氏说："你的住处也不太方便，我都这把年纪了，土匪求的是利，也不会把我怎样，就带同英去吧。"同英一听哭了："娘啊，我怎么会把你一个人留下呢，你还是跟我们一块儿走吧，想回来的时候我们还一块儿回来。"王氏说："你俩就别再劝了。文之快去找你李爷爷商量一下吧，也许还有更好的办法。"张文之答应着就去找李大善了。

李大善听了文之的说辞，面色凝重，没想到到哪里都安生不了，躲开了日本鬼子，又撞上了土匪。李大善毕竟年长，经历的事多，很快有了一个主意，他说："既然土匪要我们交租，要的就是好处。不如我们主动把好处送上，也许会避免他们来村子里折腾。"张文之一听，觉得也只能这样了，就说："既然李爷爷想好了主意，我就去见见这位耿爷，说明我们的意图。"李大善握着张文之的手说："一定要小心，多给点粮食不要紧，千万不能激怒土匪。"张文之说："我在这一带行医大半年了，也有一定的人脉，土匪找我治病的也不少，说不定就有我认识的，放心吧。"说完就走出李大善家，返回家中和妻子、母亲说明商量的办法。刘同英觉得这个办法可行，但她和婆婆还是担心，担心文之的安全。

张文之很快返回桃花园子，找来包打听，说要去会会土匪头子耿爷，包打听心里觉得张文之英雄了得，就说："兄弟，我曾给这

237

个耿爷算过命，有一面之缘，我陪你去。"张文之的意思也是这样，觉得自己一个人去有些单，就希望包打听一块儿去，这包打听八面玲珑，能助自己一臂之力，现在他自愿随自己去，很是高兴。就这样，两人一合计，封了五十块大洋作为礼品，直奔土匪老巢。

26

　　张文之离开桑科二十三户后，刘同英和婆婆又陷入了担心和焦虑中。文之刚从土匪窝里出来，已是万幸中的侥幸，没想到又要向土匪窝里钻，妻子、母亲心里想什么可想而知了。太阳已经偏西，王氏拿了个小凳子坐在门里的西边，太阳刚好照不到，顺手拿了麻搓线，这麻是张文之在桃花园子买来的，各家分了一些。原先很娴熟的活，现在却搓得粗细不一，疙瘩很多。王氏叹了口气停下手中的活，直愣愣地望着桃花园子的方向，好像能看到儿子的一举一动，母子连心哪。刘同英的心更像给挖空了一样，不知道该干些啥，忙着麦收的时候，心里再急也有农活在那里罩着，时间还算过得快，就是夜里难熬；可现在，闲下来了，大白天，站也不是坐也不是，只好站到村东头，扒着眼张望，盼着文之就在眼前。

　　张文之倒没受多大难为，到土匪窝里去，这已不是第一次了，他知道土匪一般图的是财和色，自己是一须眉男子，图色是不可能了，只有财了，而自己又是给土匪送财的，土匪不会把自己怎么样。再者，他也了解土匪的禀性，在土匪的眼里，豪爽有义气是值得标榜的，所以，你不能装得很孙而被土匪看不起，但也不能激怒土匪。张文之和薄大汀快马加鞭，很快来到了黄河冲出的一根海沟，海沟两岸方圆十几里的芦苇荡，真像《诗经·国风·秦风》所言："蒹葭苍苍，白露为霜。所谓伊人，在水一方。"水清苇秀，真是一处好所在。薄大汀小声说："老弟，我们可到了耿爷的家门口了。"张文之心里感叹道：这土匪的眼光还挺毒的，寻了这么一个好地方。他俩还没等下马就听有人喊："兄弟哪条道上的？不懂规矩!"薄大汀赶紧说:"兄弟们辛苦了,烦劳通报一下,就说包打听求见耿爷。"一个光头的土匪说:"在这儿等着,没命令不准再向前走!"说完就消失在芦苇荡里。不多时,光头和另一个土匪一块儿过来,光头说:"对不住了,马就放在外边,你们俩得用黑布蒙了眼睛。"说完就掏出黑布把张文之和薄大汀的眼睛蒙了,然后就把两人领到一艘小船上,在水中划了一段距离后就上了岸,又转了几个弯,就听有人喊:"让他俩进来,耿爷有话要问。"走进一间屋里,有人把他俩的眼罩摘了,张文之这才看清楚:房子不小,够宽敞的。中间一张八仙桌,上面堆着香炉,燃着的香还冒着烟,对着门的墙上挂了关二爷的画像,画像下边由木头打的三尺高的台子,台子上有一把太师椅,太师椅上坐着一个人,大陂头、鹰钩鼻、瓢巴子脸。张文之断定这位就是耿爷了。

果不然,薄大汀一抱拳说:"前来拜望耿爷。"接着又指着张文之说:"这是当地名医张文之大夫。"耿爷向前探了探身子说:"哦,张大夫?可是桃花园子的张大夫?"张文之一抱拳说:"正是在下。"耿爷把脸一沉说:"我的几个属下说你的医术高明,不知是真是假?"张文之满脸笑容说:"医道高明说不上,一些小病还是瞧得来的。"耿爷又说:"不管你医道是否高明,我没有请你,你今日来我这里有何贵干啊?不怕我把你崩了?"张文之笑了笑说:"看耿爷说笑呢,我一介草民,耿爷怎么会无缘无故地杀了我呢!那会坏了耿爷的名声,耿爷可是方圆几十里的仁义之士;再说,我可是给耿爷上贡来的。"说完把五十块现大洋献上去。耿爷一愣,五十块现大洋也不是个小数目。就问:"你不会无缘无故地给我献钱来吧?有什么事说吧。"薄大汀插话说:"耿爷豪气冲天,我和张大夫来最主要的是攀个高枝,好让耿爷罩着,免得受人欺负,顺便也求您办点小事。"耿爷哈哈大笑说:"包打听的话我爱听,这方圆几十里,谁也得给我个面子。有什么事说吧。"张文之说:"就是桑科二十三户的事,希望耿爷能给罩着,免得受人欺负,这对耿爷来说也就是个小事。"

耿爷一听一皱眉想:我这边还没行动呢,自动找上门来了。但转念一想，桑科二十三户也不过百十口子人，五十块现大洋也说得过去，就说："好说，好说。在我这里，走村行医的、算命摇卦的都受礼待，所以，我备下酒席款待二位。"薄大汀馋这一口，刚要说谢过，张文之知道土匪的禀性，不喝得酩酊大醉不会罢休，他怕酒后失言，赶紧上前一步说："耿爷的豪气我俩目睹了，我俩回去还有急事要办，还是等下次吧！"耿爷把脸一沉说："张大夫，你还不知道我们这儿的规矩，我这儿可不是自由市场，想来就来想走就走的，要想离开这儿就得拼酒。"张文之一看来麻烦了，看来这酒不喝是不成了，就问："不知这酒怎么个拼法？"耿爷哈哈大笑，说："如果连饮五大碗当地的纯高粱酒而不醉，就可以安全离开，如果连饮八碗而不醉，以后啊，桑科二十三户的保护费也免了！"包打听知道当地的纯高粱酒又叫三碗倒，张文之是不可能五碗不醉的，更不用说喝八碗了，就向前一步说："耿爷，我们二人只要一人喝就算过关是吗？""是的！"还没等张文之再说话，包打听挺了挺腰杆子说："好，上酒！"不多时，一个喽啰搬了一大坛子酒，又在地上摆了八个大碗。张文之不知包打听肚子里卖的什么药，心里捏着一把汗，但又没有更好的办法，只能静等其变。"哗哗哗……"八大碗酒倒上。包打听大声说："拿几块擦脸布来！"张文之一愣，喝酒要擦脸布干啥？心里正在七上八下的，有一个喽啰拿来了三块擦脸布。包打听脱掉上衣，光着膀子，右手抄起一碗酒，一仰脖子，"咚咚咚……"连续喝下了八大碗。腋下和前额上冒出的汗，都把几块擦脸布湿透了，一拧都流出了好几碗，不知是酒还是水。耿爷惊呆了，他第一次见酒量这么大的人，大喝一声："好酒量！摆下香案，我要与二位八拜结交！"

张文之没想到事情会发生戏剧性的变化，五十块大洋又原封不动地退回来了，耿爷还给带上了两坛好酒，说什么美酒赠英雄。回来的路上，他问包打听："薄大哥，你真的没事？"包打听笑了笑说："这酒劲道还真不小，差一点就栽在土匪窝里。""没想到你酒量会那么大！"包打听说："其实呀，老弟有所不知，我有酒漏，喝进去的酒大多通过出汗又流了出来，但还是有一些留在体内了，如果再喝上两碗，我就趴下了。""太惊险了！"张文之跷起了大拇指。两人有说有笑地回到桑科二十三户，老远就看见刘同英站在村东头，手搭凉棚不停地张望。包打听说："兄弟呀，你真有福气啊！兄弟媳妇都怀孕六七个月了，还站在那儿等你，担心着你，知足吧！"张文之虽然也很心疼同英，但他还是想起了五妮，很希望同英和五妮能像大娘和母亲一样相敬如宾、亲如姐妹。

回到家中，张文之先向母亲和同英讲了事情的前前后后，当讲到包打听喝酒的事时，她俩都瞪起了怀疑的眼睛，没想到看上去有些瘦弱的包打听会有这么神奇，竟然把赫赫有名的土匪头子耿爷震住了，化解了桑科二十三户的危机。刘同英开玩笑地说："包大哥，看样子土匪的酒没管饱，我弄几个小菜，你和文之再整两盅，我顺便去把李爷爷请来，他知道这事后还不知道多高兴呢。"张文之打趣地说："你还别说，耿爷给的这么好的酒，我还一口也没喝着呢，真的还得整两盅。同英啊，你整两个菜，我去请李爷爷、工艺叔他们。"包打听挠了挠头说："这好酒啊，我喝都瞎了，喝个几盅还行，只要不出汗，就算是自己享受了。不过这件事还是及早和大家说道说道为好。"张文之站起来一边向外走一边说："要整菜就麻麻利利的，酒又是现成的，要不一会儿就上蚊子了。"

没过多久菜就上来了：当地黄河水七沟八汊，盛产毛蟹，去年秋后，桑科二十三户的村民们将肥肥的毛蟹捉来用盐水加佐料腌好，入冬后做菜肴。刘同英也腌制了一些，直到现在还有半坛，今天正好派上用场，算是一道特色菜。再一个就更是特色菜了，黄须菜籽等荒洼野禾和小野豆掺高粱面做成"谷馇"，用油炒了，散发着一股浓浓的香味。还有一道菜是桑科村村民常吃的一种东西，叫"扒拉子"，就是用粗粮掺胡萝卜及其叶、榆树叶及榆钱、槐花、地瓜叶和其他野菜蒸成的，也用油炒了一大盘，当然这里面大多数用料都是晒干了又拿水浸泡了的。又烙了几张葱花油饼。这顿饭每个人都吃出了自己的滋味：包打听吃得有些陶醉，问这问那，当问到食物的配料后，感到很惊讶，没想到这么粗糙的食物会这么香；李大善吃出了眼泪，思乡的眼泪；王氏吃出了心酸，家破人亡的心酸，总算没有泪流满面；张文之又想到了五妮，也想到了张大头的肴驴肉，在他现在的幻想里这两样有着千丝万缕的联系；其他各人都有各自的心思，只有刘同英想法最少，只是挺着大肚子忙来忙去。

时间过得飞快，很快到了腊月，这天夜里飘飘悠悠地下了一场鹅毛大雪。到了第二天，张文之回到桑科二十三户说桃花园子解放了。没听见一声枪响，以至于大家都怀疑是否真的解放了，李大善和张工艺骑上牲口亲自去看了看，满街都是八路军，才知道天降神兵，没打一枪，民团武装联庄会就吓尿了裤子，扯起了白旗，迎八路军进了城。仔细一寻问，才知道只有八路军第九支队的一个中队进了城，领头的是海里漂和刘同娥。就像夜里的一场雪，他们来得太突然了，不只是民团武装联庄会，就连几股土匪也稀里糊涂地吓跑了。李大善和张工艺很快找到了八路军指挥部，海里漂不在，只有同娥在写着什么，李大善在门口就喊："刘队长，可把你们盼来了！"同娥停下手中的笔，赶紧站起来让座说："是李爷爷和工艺叔啊，快坐快坐。"接着同娥麻利地给他俩倒了水端上。同娥说："快一年半没有见到你们了，正想安排好了去看你们呢，你们这么快就来了。"张工艺说："是文之回去报的信儿呀，我们还有点不相信呢，就这么一枪不放解放了？"同娥笑了笑说："这个还多亏了我姐夫，让我们对桃花园子的兵力布置了如指掌，借着这场大雪，神不知鬼不觉地包围了桃花园子，先解决了四个碉堡，里面的敌人还没有弄明白就缴械了。""原来是这样啊，我说文之不明不白地怎么就到桃花园子开药铺了，原来是搞情报来了。这小子是块料，嘴紧得很呢，以前一点风声也没透露。总以为这八路没干好，半路上撂挑子了呢！"同娥笑了，接着又问："李爷爷，我姐还好吗？""文之没给你说呀？同英又生了一个女儿，都快六个月了，母女俩身体都好着呢。""是这样啊，我还没来得及问姐夫呢，过几天去看看她。""不用过几天了，回去我就套上马车，拉她们来看看，同英她也是想你呀。""不用了，还是我去村子里看看吧，我也很想看看你们把村子建成个啥样子，再说这以后的日子还长着呢，我们打算在这一带常驻下去，开辟抗战的大后方。"

正说着，海里漂从外面一脚迈进来，嘴里嚷着："这地方政府得抓紧建起来，要不这工作很难开展。啊！有客人呀？""是李爷爷和工艺叔，你认识吧？""嘿嘿，认识认识，都是长辈，不太习惯哈！""有啥不习惯的，就喊李爷爷和工艺叔就是了！"张工艺赶紧站起来说："使不得，使不得，我和海队长年龄相差不大，怎么能叫叔呢！"海里漂挠了挠头说："这，同娥喊叔，我就得喊叔呀！"张工艺一愣，李大善看到同娥的脸变得绯红，像涂了胭脂，一下子明白了，就问："你们俩？"海里漂说："嘿嘿！形势稳固了，就办喜事了！到时候还得请桑科二十三户的乡亲喝喜酒呢，你们可算得上同娥的娘家人啊。"李大善和张工艺哈哈大笑，李大善又问："你怎么知道桑科二十三户？""文之队长说过好多次了，多次提到你们的难处，希望尽早解放桃花园子，只是时机一直不成熟，拖到了今天，你们也已度过了最困难的时期。"李大善知道桃花园子刚解放，同娥和海里漂有很多事要做，不能太耽误他们的时间，就说："喜酒是一定要喝的，你们俩先忙吧，我们不打扰了，忙过这阵子就到桑科二十三户去看看吧。"说完拉着张工艺走出了指挥部，同娥和海里漂一直送到大门外。

李大善和张工艺向刘同英谈起同娥和海里漂的事，同英流下了眼泪，妹妹终于有了归宿，一种满含辛酸的高兴。这几年，虽然日子不稳定，但从南来北往的人们口中也听到了一些娘家的消息，母亲也已离开了人世，三个哥哥都做些小生意，大哥养母猪生崽卖崽，二哥倒腾些熟货，三哥开了个煎饼作坊，日子都还过得去。三个姐姐虽没有确切的消息，但也没有坏的消息传来。唯独眼前这个妹妹一直是块心病，现在要结婚了，她能不高兴嘛。"仁和药铺"现在成了八路军的卫生室，张文之闲下来，正好在家，同英就和他商量起同娥的嫁妆来。张文之说："现在部队很缺给养，你就是给了他俩钱，他们也会用在部队的给养上，倒不如给他俩做床新被褥。再说，赚的大部分钱都用在部队的建设上了，没剩多少钱了。"刘同英听了心里反而高兴，知道丈夫又恢复了上进心，这让她心里踏实了许多。她哪里知道，张文之留出了一些钱来，他想着五妮，李碾子不会让一个空手套白狼的主娶他女儿，一定会提出种种条件，而这一定与钱有关，他得提前做好打算。

同娥的婚事并没有那么快就举办，组织上一直没有批准，一直拖到农历七月份，八路军第九支队主力进驻桃花园子，海里漂出任这片新根据地的邮电局局长，刘同娥协助海里漂工作，这时的邮电局可不一般，任务非常艰巨，他们不仅负责邮信，还负责邮人。譬如干部调动，路途中的安全都是由邮电局负责。

这一天，骄阳似火，高温炙烤，空气中仿佛流动着火焰一般。树木和庄稼好像被施了催眠术，脑袋都垂下来，昏昏沉沉。到了夜晚，很多人都集中在"好运来"饭店周围纳凉。说也奇怪，整个八大组，甚至方圆几十里，就这"好运来"周围十几米一只蚊子也没有。没解放的时候，这是短工集聚地，夏秋的晚上打工的都露宿在这里，随便地躺在地上就睡了，条件好点的铺块小席子。就这样的夜晚，有几位文职干部要到小清河以南搞策反工作，邮电局负责护送，刘同娥已收拾停当，她是这次护送队的队长。这次护送去的时候很顺利，黎明的时候就到了目基地，在返回的途中，却与小股鬼子遭遇了，一共有六七名鬼子，是出来打野食的。尽管同娥他们注意隐蔽，但还是被鬼子发现了，同娥果断地下了命令，轻声说："我们的护送任务已经完成，正好解决这几个小鬼子，隐蔽好！等他们靠近了再打。"鬼子只是看见一队人在不远处藏起来了，还看见里面有"花姑娘"，就向同娥他们靠过来，一边走着一边放枪。有十几丈的时候，同娥说："打！"十几支短枪同时开了火，鬼子非常狡猾，立马匍匐在地上不停地放枪，双方相持不下。同娥有些着急，再这样纠缠下去，怕是会引来更多的鬼子，觉得不能恋战，就说："撤！"护送队的队员一愣，这正是歼灭这小股鬼子的好时机，怎么会撤呢？正在大家犹豫的时候，同娥的腿像被砖用力砸了一下，不是很疼，她低头一看，是一颗子弹穿过了右小腿。大家一看队长受伤了，更是恨得牙根痒痒，有两名队员将身子探出掩护物射击，"砰！砰！"随着两声枪响，这两名队员像墙一样倒下了，子弹穿过了他们的胸膛。同娥心里头像塞了棉花团觉得窝囊，同时也在流血，但她一边哭着一边果断地命令道："注意隐蔽，带上他们，撤！"这一次大家没再坚持，同时抛出了几颗手榴弹，借着爆炸声撤离了阵地。

这场战斗，打死了三名鬼子，却牺牲了两名队员，同娥腿部还受了伤，萧彤说没伤着骨头，上了点药就包扎了起来。罗一娇为了尽快地让她恢复，就命令她到刘同英家养伤，也好让她姐妹俩好好唠唠家常。没想到过了十几天伤口不但没愈合，而且还感染了，刘同英非常着急，就让婆婆带着孩子，自己骑马到桃花园子找张文之。事情也凑巧，张文之被派去说服耿爷接受八路军的改编，不在桃花园子。桃花园子的医院正在筹建中，已公布张文之是院长，萧彤是护士长。刘同英和萧彤说了说同娥的情况，萧彤皱着眉头问："同娥姐发烧了没有？"刘同英说："我来的时候，倒没试出她头发热来，这都过去半天了，这会儿也不知道怎样。"萧彤说："这感染了还是个大问题，还是等张院长回来再说吧。"刘同英说："那我先回去，待在这里也没用，文之回来后，抓紧让他想办法。"萧彤答应着送走了刘同英，并向罗一娇汇报了刘同娥的情况。罗一娇说："张院长已走了快三个时辰了，也该回来了。我派人去迎迎他，你先回医院吧。""迎谁呢？"张文之一脚踏了进来。看着张文之满面春风的样子，罗一娇就知道耿爷肯定答应改编。还没等张文之汇报情况，罗一娇就和张文之说："文之啊，其他事先撂一撂，你先去看看同娥，她的伤口感染了。"张文之一听也有些着急，同娥是同英在这儿唯一的家人，同英一定着急得要死。罗一娇说："我的马就在外边，骑我的马去吧！"张文之打了一个敬礼说："是！"快速走出指挥部。

张文之仔细检查了同娥的伤口，说："同娥啊，你可能要受点罪，现在的医疗条件太差，要把伤口的腐肉割去，伤口才能愈合。你的腿上可能要留下一个凹陷。"刘同娥苦笑了一下说："姐夫，你可是名医啊，你咋说就咋办吧！"同英说："同娥呀，这一次算你命大，你知道姐有多担心吗？我去找罗队长，让她批复你们的婚事，你有了家，姐也就去了块心病。""姐，你不知道，罗队长是为了保护我们呀，牵挂越多就越危险。"张文之说："同娥呀，你姐说得对呀，现在你正好闲着，就把婚事办了吧，组织上一定同意的。"同娥觉得再拖下去也不是个事，但她也权衡过，罗一娇已结婚多年也没要孩子，她和刘亮不是不喜欢孩子，而是敌人太残酷了，他们怕孩子成了累赘，或者害怕孩子不小心落入敌人之手，那将是一个更残酷的现实，而且罗一娇已三十多岁了。想着想着黯然泪下，这战争啥时候才结束啊。

刘同英没有去找海里漂商量，而是直接到了指挥部，一路上感觉满肚子的话要说，可见到罗一娇后一句话也说不出来了。罗一娇满脸的凝注，全心关注在墙上的地图上，并没有发现刘同英进来，刘同英在门外已示意警卫员不要通报，警卫员也知道刘同英和大队长像亲姐妹一样，就任凭她径直走进去。刘同英没有打扰罗一娇，而是轻轻地坐到板凳上。罗一娇用笔在地图上圈了一下，回过头来才发现刘同英，高兴地说："同英过来了，上次来找文之也不来看看我，太不顾姐妹情谊了。"刘同英笑了笑说："哪里啊，你工作那么忙，我是不忍心打扰你，就直接去了医院。""哦，对了，同娥的伤势怎么样了？""好很多了。""那我就放心了。你肯定有事找我吧？""也没什么事，就是想来看看你。"刘同英犹豫了，就罗一娇现在的情形，怎么跟她说呢！一个年过三十的人，还没考虑要孩子，一心扑在抗战中。罗一娇看出了刘同英犹豫的表情，就笑着问："同英啊，你一定有事找我，让我猜猜：为同娥的婚事？对吧？"刘同英有些惊讶地问："你怎么知道的？""我是猜的，我又不是你肚子里的蛔虫。不过，同娥也该结婚了。""那你批准了？""同英啊，不是我不批准，你和杏红就是例子，你失去了两个儿子，杏红的女儿到现在也不知去向，这能不让人痛心吗？太残酷了。"

刘同英默默无语，泪珠在眼里转来转去，她赶紧用中指抹了一下，笑了一下说："一切都过去了，会好起来的，你也抓紧要个孩子吧。"罗一娇面色凝重地说："形势还不容乐观，根据地刚刚稳固，我们还面临着很多困难，眼下就有两个：一个是匪患，另一个是根据地的土地如何管理。更长远的就是时刻警惕鬼子的大扫荡，为了不让我们站稳脚跟，鬼子可能会进行更残酷的大扫荡。"匪患、鬼子扫荡，刘同英都明白，但对于土地的管理她不理解，就问："土地需要统一管理吗？还是需要都收归支队呀？"罗一娇乐了，说："同英啊，关于这件事里面有很多的学问，我们已建立了当地政权，这件事由他们处理，部队只是协助工作。我想最主要的是减租减息，原先的土地所有权一般不会改变，但里面情况很复杂，有许多地棍和二地主，这对许多佃农来说很不公平，他们受着多重剥削。当然，像你们桑科二十三户一样的自耕农在数量上占最多数，这一切都得需要梳理。"

刘同英还是一头雾水，但她还是若有所思地点点头。她没上过学，不知道天下之大莫非王土，只知道他们桑科二十三户种的地是没人要的荒地，是他们辛辛苦苦开垦的，无论是谁没收他们的土地，她都觉得不公平。至于地棍、二地主，她也不知是些什么玩意儿。最终她还是再次问起同娥的婚事，罗一娇说："同娥的婚事也需要热闹一下，你觉得还是唱大戏怎么样啊？薛金田的薛家班就在离我们不远的薛家村，他可是有名的'小谭明伦'，少年时就功成名就。他扮相俊美，表演细腻，尤其是他的嗓音，清脆圆润，高低兼备，唱腔委婉悦耳，伶俐甜美，吐字清晰流畅，独具特色。"刘同英笑了，说："罗大姐，我只听文之说自从你和刘大哥结婚后，就有了吕剧情结，是因了那场婚礼。没想到你对名角这么熟。""同英啊，算你说对了，但比起朱春生和于廷臣的扮腔来，我更喜欢薛金田的戏。他主演的《兰瑞莲打水》《小姑贤》《王天宝下苏州》《双锁柜》《秦雪梅观画》《三打四劝》等剧目，那个真是叫绝，让人看不够啊。"刘同英晕了，她不知道罗一娇整个一个戏迷，这哪像个指挥员。刘同英瞪着惊奇的眼睛问："你东奔西跑地打仗，这些戏你都看过不成？""哈哈！"罗一娇爽朗地笑了，说："同英呀，说实在的，我只看过一次，那一次看了一整天。那是部队进驻垦区之前，在薛家村附近休整，正赶上薛金田搭班唱戏，就把他请到部队里来为战士们唱了一天。"刘同英嘟囔着说："是呀，没有战争该

248

多好喔，愿意啥时候看戏就啥时候看。"罗一娇叹了口气说："是呀，没有战争，我会卸甲归田学唱戏去。"看着罗一娇望着窗外的目光由迷茫变得坚定，刘同英不想再打扰她，就站起来说："罗大姐，至于婚礼咋办，就按你们部队的规矩，这个我不懂。我看你工作很忙，就不耽搁你的时间了，我回去还要做饭呢。"罗一娇把刘同英送出门去又站在了地图前。

同娥和海里漂的婚礼还真的很热闹，罗一娇真的请了薛家班搭台唱戏，刘同英的一块心病算是放下了。接下来她又为文之担心，文之被派去收编耿爷的队伍，收编期间，内讧的、抢劫的等等事件，在这群不愿受约束的匪兵里不断发生。有一件事，彻底改变了张文之的看法。耿爷手下的几名亲信，领头的叫宋三炮，半夜里袭击了桑科二十三户，掠来了三个女人，其中就有刘同英，另两个不是原桑科村人，而是刚搬入村不久的逃荒人家的姑娘，其中一个刚满十二岁，由于营养不良，看上去还是一个孩子。刘同英被单独关进一个屋，因为宋三炮见她有些姿色，就想把她留给耿爷享受。另两个姑娘被扒光了关进同一个屋，十二岁的那位姑娘，当天夜里被轮奸十几次后，发生了血崩死了，另一个也被糟蹋得不成样子了，当张文之发现她时，她光光地蜷曲在墙角不住地哆嗦，意识已有些模糊。耿爷并不知道宋三炮到哪里弄来的三个女人，更不知道刘同英是张文之的妻子，他当晚并没有强奸刘同英，而是想把刘同英让他的义弟张文之开开荤，以奖励他这段时间的劳苦。早上起来，耿爷把张文之找去，又把宋三炮找去，请二人吃饭，在张文之面前，耿爷拍着宋三炮的肩膀说："三炮，是我带出来的，有尿性！昨天夜里弄了三个姐来，当天夜里就干死了一个，还给文之老弟留着一个姿色上乘的，哈哈！"张文之一听急了，在自己收编过程中发生了这样的事，是自己工作没做好，赶紧说："人呢？在哪里？""哈！哈！哈！没想到贤弟这么猴急，三炮啊，带张队长去看看。"宋三炮答应着带张文之去见刘同英。这时的刘同英像只惊弓之鸟，正考虑着受辱时一头撞死，没想到推门进来的是张文之，站起来就扑到他的怀里，呜呜地哭了起来。宋三炮愣了，张文之吼道："你连我的妻子都敢抢，看我怎么收拾你！"宋三炮一看不妙，就跑去向耿爷报告去了。

后来在耿爷的调解下张文之带走了同英和另一个女孩，还有一具尸体。张文之回去后向罗一娇报告了这一情况，罗一娇看出了这帮土匪的本性，当机立断做出决定，借收编之名消灭这股最大的土匪。就让张文之通知耿爷，叫他的队伍到练兵场换衣服，统一着八路军装，趁机缴他们的枪。尽管张文之恨得牙根痒痒，但他毕竟和耿爷八拜结交，在这抗战年代，这帮土匪还是打鬼子的，张文之一时有些犹豫不决，就对罗一娇说："队长，没有其他的办法了吗？"罗一娇说："改造这股土匪不是一朝一夕的事，现在形势很复杂，地下工作者已传来消息，冬季敌人要进行一次前所未有的大扫荡，这帮无组织无纪律的土匪会给我们带来很大的麻烦，所以，先把他们制伏再说。"张文之觉得也没有更好的办法，只好执行命令了。耿爷不知是计，兴高采烈地带着部队去了练兵场；趁土匪们换衣服的时候，埋伏好的第九支队战士缴了他们的枪。耿爷没想到张文之会骗他，恼羞成怒，拔出双枪想反抗，宋三炮和几个头目也哇哇大叫着去抢枪，都被当场击毙。其他土匪，愿意留下的被收编到各个中队，想离开回家的，每人发两块大洋，但警告以后不准再干土匪。这件事对周边土匪震动很大，大多都缴械投诚了，只有几小股匪徒逃到海上去了。

27

雨，像极了天空射下的箭，击中没有中心的靶，只把大地杀了个东倒西歪。天泛着茫茫的白，罩住了你的视线，你并不能看到太远处的东西。一切并没有异常的沉闷，相反感觉一股清凉透过脊背，一切繁荣刚刚开始，满坡的果实等待收割。李大善坐在门口的小凳子上望着远处的天，自言自语道："这场雨又让秋收拖后好几天啊！"

张文之正从桃花园子向桑科二十三户赶，离开桃花园子的时候，只是有乌云从西北方向涌过来，没走出五里地就阴合了天，很快密集的雨点就砸下来，要不是这条路走得熟，这荒天野坡的真会迷了路。到家的时候，已接近中午，王氏就数落道："这大雨天的有什么急事，看你淋的，要是淋出个病来还不是自己受罪！"张文之嘿嘿一乐说："娘啊，我也不知道会下雨啊，这不，走在路上才下起了雨。事虽然不是太急，但却是大事。"刘同英架着孩子走过来问："是不是又要打仗了？"张文之说："是呀，到处避不开战争。这一次呀，鬼子要举行一次前所未有的大扫荡，想彻底摧毁解放区。"刘同英一阵紧张说："什么时间呢？这庄稼都成熟了，还没来得及收呢！""敌占区的同志传来消息说是冬天，看来不妨碍秋粮的收割。我这次回来主要是传达一下上头的一些指示，布置反扫荡的任务。"刘同英说："这大雨天的，李爷爷和工艺叔他们都在家，我去喊他们来，先小范围地说道说道。"张文之说："我也是这样想的，先研究一下，再全面地展开。"刘同英就把孩子交到婆婆手里，戴上苇笠披上蓑衣出去了。

251

没过多久，大家都凑齐了。张文之首先传达了第九支队的决定：秋收以后，粮食和物资都要埋藏，在收割后的庄稼地里，挖好大大小小各种土坑，坑的下面垫上厚厚的豆叶，坑的周围用豆叶贴成一层草墙，然后放上粮食，再用豆叶封严压实，上面埋上半米多深的土，土上面再种上小麦，麦苗同大田连行接垄，因为抢粮也是敌人每次扫荡的一个目的；再就是主要道路，每隔十几米就挖成两米多宽的深沟，让敌人的汽车和骑兵无法前进；把水井也都填埋，让敌人找不到淡水。田野里的高粱、玉米等高秆作物，只收果实，把秸秆留在地里，作为疏散隐蔽军民的屏障；确确实实地实行空舍清野。李大善他们听了第九支队这些指示，很是佩服。但有一件事，他已想了很久了，张文之讲完后，他轻轻地咳嗽一下说："文之呀，有件事我一直想给你说说，就是我们迁回桑科村。在这里，心里总没有桑科村踏实。再说从李碾子那里传过口信儿来，由于八路军主力迁到了八大组，敌人对小清河以南控制得也不是很严了，村民们也基本安定下来，我想那儿毕竟是我们的根，早晚我们得回去。敌人要大扫荡了，我们这些手无寸铁的百姓只能给八路军带来麻烦，对反扫荡发挥不了什么作用。"张文之沉思了一下说："李爷爷，没有老百姓就没有八路军，不能说没有作用啊。不过，我们村一直没有民兵组织，迁回去倒是不影响反扫荡。"张工艺插话道："大善叔说的我也赞成，粮食我们该咋埋咋埋，道路该挖沟的挖沟，井该填的填死，这些做完了我们再迁走。"张文之说："我不是不同意迁回去，这事得给支队领导汇报一下，看一下他们的意见。"其实，张文之也很希望迁回去，只有那样他和五妮的事才有可能，他忘不了五妮那双勾魂的眼睛。李大善知道这里已经是解放区，还有他们开垦的这些土地，不是说走就走得了的，不过他还是叮嘱张文之好好给第九支队的领导说说。

张文之当天下午就回到了桃花园子，给罗一娇汇报了桑科二十三户的情况，罗一娇和刘亮商量了一下，刘亮已是地方政权的领导，刘亮觉得桑科村的村民为抗战做了不少贡献，就李碾子这伪会长也是暗地里为八路军办事，对敌占区工作很重要，再说在垦区对土地的耕种上，只种和收的自耕农不少，他们开垦的土地所有权还保存着就行，就同意了他们迁回去。罗一娇也同意刘亮的意见，就责成张文之传达第九支队和当地政府的意见。

季节已进入农历十月份，军民们都进行了坚壁清野，严阵以待，随时准备反击敌人的残酷扫荡。桑科二十三户的村民们正在为搬迁做准备，天一擦黑就起程，马车上都贴了大红对联："三羊开泰日，万事亨通年。"今年正好是羊年，按照桑科村旧俗图个吉利。太阳很快落下了帷幕，一百多人的队伍出发了。小清河以北基本解放，罗一娇早已打过招呼，没遇到任何阻力。过了小清河，已凌晨三点多了，人们都在睡梦中，一直到桑科村没有鬼子的关卡，除了此起彼伏的狗吠，也没遇到障碍，很顺利地到了桑科村。

桑科二十三户集体迁回，已经和李碾子沟通了好几次了，李碾子一开始也有些为难，桑科村一下子迁入这么多人，他很难给日本人交代，好歹他们原先的住处还在，只是被日本鬼子毁了以后，都建得比较简陋，桑科二十三户的村民，原本都是桑科村有脸面的人家，这次回来肯定重建。李碾子在日本人那里说有些逃荒的村民回村了，他们愿意为皇军每人缴纳一斗细粮。由于八路军整体迁到小清河以北，所以鬼子对小清河以南地片管制不是很严，没太过问这件事，倒觉得李碾子为皇军征得三千多斤粮食有功。

刘同英和婆婆带着孩子棉布头（由于两个男孩都没长命，张文之就给女儿起了贱名，为了好养活）刚到家没一个时辰，神婆三仙姑就登门造访，悄悄地把王氏拉到一边，神神秘秘地说："文之他没回来呀？文之和五妮的事还算不算数？"王氏不知说什么好，再说李碾子家今非昔比，就说："不知李碾子啥意思？还能看上咱文之不？"神婆三仙姑说："这门亲事是早定好的，再说李碾子是啥人，猴精猴精的，他不会死心塌地地跟着日本人，也不会把闺女嫁给汉奸，倒是很想让文之娶了五妮，去了一块心病，他是看中文之有门手艺，啥时候人也会生病，他闺女不会到了孬处。"虽然经历了生生死死，王氏还是觉得多子多孙才能对得起张玉昌，虽然她和同英之间感情亲如母女，但也无法替代这种观念。王氏拉着三仙姑的手说："你看这家也不成家了，这房子还是要重盖的，虽没有原来的气派，但总得像个家才行啊。盖好了房子，就让文之回来娶亲，你看行不？"神婆三仙姑拉了拉王氏的手说："那边我去传话，老嫂子放心就是了。"王氏看着神婆三仙姑那眼神心里明白，就摸出三块大洋塞到她手里，说："那就依仗三仙姑了！"神婆三仙姑嘟囔着："放心吧，你就把心放肚子里吧。"

王氏把神婆三仙姑送走后，就用试探的口气问："同英啊，你不觉得家里就棉布头一个孩子孤单吗？多生几个该多好啊！"刘同英没想别的，说："娘啊，这兵荒马乱的，孩子很难养啊，等不打仗了，多生几个。""同英啊，有你爹在的时候，咱们家在这四邻八庄里也很数着了，你爹走了，我害怕死后无脸见他呀。"刘同英愣了一下，刚才神婆三仙姑来嘀咕了一阵，是不是？就说："娘啊，你有什么话就直说吧。"王氏知道再兜圈子也没用，就说："还是文之的那门亲事，刚才三仙姑来说到这件事，我们家道败落，李碾子没有嫌弃咱。"刘同英眼圈一红，眼泪不停地在眼眶里打转，没想到经历了这么多，还是没有摆脱这档子事，自己能说什么呢？虽然一夫一妻制的事她也听说过，但她觉得大户人家多娶几个媳妇也是天经地义的事，况且，至今她和文之也没有个儿子。刘同英扭过头去说："娘啊，我听你的。"说完抱起棉布头睡觉去了，走了一夜的路，孩子一直醒着，这会儿已倚着炕睡过去了。

盖房子是指不上张文之了，再说，张文之是八路，在这敌占区抛头露面太危险，当然就抗日家属也有危险性，只不过桑科村没有鬼子驻军，再加上村民们淳朴，没有告密多事的。话又说回来，解放区面临着鬼子的一次空前的大扫荡，张文之更不可能回家了。不过，还没等王氏和同英招呼着备料，李大善和张工艺就上门来了，商量着统一备料，根据各家的需要，凑钱给卖家，用大车运回来。刘同英和王氏商量着就备盖三间北屋外加两间西屋的料，盖两间西屋是考虑到娶五妮，三间北屋都间开，中间是客厅，东西两间是卧室。那时盖房子，只要备好料，房子就算有了着落，剩下的工序是老少爷们帮忙，只管饭没有工钱的。钱凑齐了，料很快备好了，但

254

天突然冷下来，脱土坯成了问题，这样的天气，不等土坯干就得上冻，活就白干了。大家商量了一下，觉得明年麦后动工比较合适，一是空闲时间比较多，再一个刚刚下来新麦穰，这么多家盖新房，需要的麦穰也不是个小数目，把桑科村剩余的麦穰全凑起来也不够，因为这次盖的新房都是青砖铺成的地基，用麦穰捣好的泥扠墙。扠墙，就是砌墙，只不过这墙是底宽上边窄，扠墙是用四股叉端起泥往起摞，还要保证它不倒。二尺多宽的底部，摞起来两米来高，顶部还有一尺宽，而且还要用四股叉淋水，将墙的毛边刷光弄美观，这也是需要技术的。脱土坯也是一项很讲究体力的活计，和扠墙一样都是和大泥。当时有句嗑叫：脱坯扠墙扛麻袋，没有力气别上来。首先是拌料，也就是往泥里拌麦穰，和扠墙一个道理，主要是要它起到拉力和固定的作用，相当于现在混凝土中的钢筋。如果这些麦穰烂了，那这个墙和土坯的寿命也就到头了。因为一堆干土是绝对不可能堆起这么高大墙的。这捣泥也是很有讲究的，先按比例用黄土加水和成泥沤上一天，第二天再将泥重新搅和一遍，待黄土泥柔软后，便开始扠墙或者脱坯。扠墙在盖房现场捣泥就行，而脱坯得先找好场地，在地上撒上一层麦壳等碎麦穰，便于土坯干了时好往起撬，不粘土。然后工匠将坯模子（就是十厘米左右高、四十厘米左右长、二十厘米左右宽的四块木板组合）放正，用兜子（一块长方形的粗布，四个角用细绳系住，两个窄角的绳的另一端拴上一个短棍，两个人两边拽住短棍，把泥扠入布兜中，便于运输）兜来的泥放入模子中，用拳头揣匀并摁实，再沾水抹平后，取下模子一块坯就做成了。你想象一下就知道了，这些不仅需要技术而且需要体力的活，没有大量的人力是不行的，就是有了人，天气也必须是连晴天。李大善他们知道这不是一天两天的事，心里急也没用。当然，最急的还是王氏，她很希望早一点把五妮娶过来，好多生几个孙子。

没过多久，官道上有大批的日本鬼子向小清河以北集结，天上的飞机像一群群大鸟飞过，战马的嘶鸣声不断传来，这令刘同英和王氏都陷入极度的恐慌中，生怕文之出什么差错。桑科村的人听

"船化子"（旧时小清河上的船多是私人的，船就是家，大多船家吃住在船上，底舱放货，上面住人。主食是高粱、玉米面窝窝，吃自己腌制的萝卜咸菜和辣椒下饭，生活比较清苦，常被称作"船化子"）说，到了夜里，小清河以北，绵延几十里一片火海。神婆三仙姑听了这事说，那是日本鬼子放出的火龙，不仅嘴里喷火，浑身都燃烧着一丈多高的火焰，八路军看来是凶多吉少了。这令刘同英和王氏更害怕，半夜里，娘俩抱着棉布头来到小清河边上，刘同英爬上一个大柳树，一直向北望去，黑压压一片，什么也看不见，只有西北风吹得脸生疼。二十多天过去了，大批的日本兵越过小清河向南走了，先是骑兵，接着又是步兵，队伍还算整齐，但看上去是那样疲惫，就像没吃好没睡好的一群狼，耷拉着脑袋夹着尾巴，灰溜溜的。神婆三仙姑又神秘地说："你们知道吗？这八路军第九支队是从小清河出去的，是一条水龙，是专门对付日本鬼子这条火龙的，这场二龙相争，用去了小清河一半的水，小清河的鱼虾都逃到海上去了。神婆三仙姑的说辞让许多人冒着西北列子风去看了看小清河，回来的人都说，小清河结了冰，真的没看见鱼和虾。

倒有一件事是真的，刘同英又怀上了，这几天总想呕吐，总爱吃辣，找忠义来一摸脉，有喜了，已经三个多月了。王氏很想给文之捎个信儿，又怕路上不安全，不知道该向谁开口。最后，刘同英还是觉得去问问打鱼的老夫妇，他们肯定知道现在小清河以北的形势。王氏觉得同英走远路不太方便，就说："我去给忠义说说，让他跑一趟吧。去你李爷爷那里借匹马，用不了半天工夫就回来了。"同英说："还是我去吧，我骑马比忠义还熟练，再说，不能总麻烦人家。"王氏说："不是我不让你去，骑马太颠了，万一动了胎气，那不是我老婆子的罪嘛！再说，咱家对忠义有恩，这点小事，他不会有别的想法。"刘同英也害怕有意外，失去了两个儿子，她心理上留下了很深的阴影，不敢过分逞强了。

忠义倒是很爽快地答应了，一路上很太平，吃过午饭去的，还挂着太阳就回来了，说："鬼子破坏得很严重，到处都在重建，文之肯定很忙，一时半会儿也回不了家。不过，鬼子已被赶跑，小清河以北的路上倒是没多少危险，打鱼的夫妇还专门问过报信儿的情报员，张院长活得好好的，也没受什么伤。"刘同英和王氏总算一块石头落了地，挂在嗓子眼的心总算放下来。

日子过得很快，转眼到了年关，张文之带着一个警卫，又约上了荣广和麦林，化装成老百姓，悄悄地潜回村里，各自回了各自的家，没有惊动其他人。刘同英和王氏非常高兴，她们从文之的口中知道抗战形势有了好转，日本鬼子不再那么猖狂，估计八路军到夏天就开始反攻，鬼子的末日不远了，桑科村很快就要解放了。张文之知道刘同英又怀上了后，心里喜忧参半。晚上做爱时小心翼翼，一颗心紧绷着，很快就泄了，没敢射进去，洒了同英一肚子，弄得心情很郁闷，毕竟老长时间没碰女人了。当王氏偷偷地给他提起五妮的事时，他心里很兴奋，真想把五妮捉过来干了，他冒着违反纪律的危险，夜里偷偷地去了五妮家。

在这个古色古香的村里，男女老少对一夫多妻制依旧认可，一夫一妻制的观念只是耳闻，还没有根植在人心里，五妮一家当然也不例外。张文之深夜造访，李碾子夫妇并没感到惊讶，只是问了问张文之的情况，知道张文之是清河区的医院院长后，更加坚定了把五妮嫁给他的决心。把张文之和五妮安排到五妮的闺房里待了半个时辰，希望他俩好好谈谈。张文之有些猴急，想霸王硬上弓把事办了，但五妮只是让他抱了抱，尽管张文之的那个硬硬地顶着她的小肚子，她还是把持住了。告诉张文之自己把身子留到娶她的那夜，张文之也不敢太强迫，悻悻地离开了李碾子家。事后，张文之也有些后怕，因为在解放区强奸妇女是要被枪毙的。再说，解放区也基本实行一夫一妻制，他要想和五妮结婚就得跟刘同英离婚，但他找不到跟刘同英离婚的理由。这件事他没有告诉他娘，更没敢给刘同英提，第二天就带上警卫和荣广、麦林一块儿回部队了。

大年初五，大家还在玩年，大闺女小媳妇的都凑到一块儿，刘同英、快嘴、珍巧都聚到了李桂花家，说着说着就拉起了娃。李桂花看着刘同英隆起的肚子，既羡慕又难过。刘同英看出了端倪，就说："桂花呀，都结婚这么长时间了，怎么就怀不上呢？让忠义给瞧瞧，吃几服中药调理一下吧。"快嘴就是快嘴，还没等别人说话就插上了话："你家文之在就好了，他的方子一定管用，珍巧还不是吃了他的药怀上的娃。"李桂花说："是啊，要是文之大哥能给瞧瞧就好了。"刘同英说："这也怪你，在桑科二十三户住了四年多，你就没想起让你哥瞧瞧，这会儿倒想起了他。"快嘴说："还是不急，都怪你家小虎，以为自己还是小屁孩哩！"李桂花一下子脸红了，她知道不能怪小虎，小虎那家什还是挺让她满意的。但李桂花又有所思，因每次办事后，黏糊糊的东西不多，当然，她不知道别的男人是怎么回事。四个女人一台戏，昏天黑地地拉了一下午，直到掌灯时分才各自回家。

　　到了夜里，李桂花给小虎提起了下午的聊天，小虎摸着她的屁股，又想起了一片白，迷迷糊糊地进入了梦乡。梦见了一个女人，具体说是一个裸体女人的乳房，又像刘同英也像赵小满。这个女人抓住小虎的那个就向下体里插，小虎心慌得很，努力地抗拒，因为那画面越来越像赵小满，他叫着不要不要，那女人似乎忽略了他的感受，满脸陶醉的表情。一个激灵，小虎醒了，才发现那话儿还插在李桂花的下体里，而自己全身是汗，流出的黏糊糊的东西把裤子都湿了一大片。李桂花满脸红晕，她第一次感觉丈夫流出这么多东西。结果李桂花怀孕了，小虎却很长时间萎靡不振，心里充满了负罪感。事情过去了快三个月了，李桂花的肚子明显地鼓起来，但小虎还没有完全走出那晚梦中的魔障。在邻村的集市上碰上了挺着大肚子的刘同英，眼睛躲躲闪闪，甚至有些语无伦次，没搭几句话就跑开了，弄得刘同英莫名其妙。但刘同英也没多想，毕竟她和小虎的事已过去很多年了，没有人再提起。过了几天，刘同英和李桂花在一块儿拉家常，同英提起了小虎，李桂花沉默了很长时间说："自从我怀孕以来，小虎像变了一个人，变得沉默寡言，心眼特小，经常和我拌嘴，总像有心事一样，问他缘由，他总是心焦不安。"刘同英又问："小虎是不是遇到了什么事？"李桂花害怕小虎真的会出事，羞羞答答地把那一夜里的情形说了一遍，刘同英虽然心理上把自己变成了张文之的附属品，但她也是冰雪聪明的女子，知道小虎可能梦到了以前的事，心理上起了变化。就对李桂花说："桂花呀，你就劝小虎说：'同英和我说，她梦见婆婆了，婆婆对她说感谢老天爷，让她和咱爹有了孙子，她俩可以向祖宗有个交代了，让你好生照顾俺娘俩，千万别有闪失。'也许他会好的，毕竟他是读过书的人，懂得礼孝廉耻。"李桂花知道自己也没有别的办法，就记下了刘同英的话。到了晚上，两个人躺在一起，就把刘同英叮嘱的话原原本本地说给了小虎听，不知怎么，小虎哭了起来，并紧紧地抱住李桂花，说："我一定好好疼你娘俩，让咱的孩子也上学，好好读书。"第二天，小虎又明朗起来，这让李桂花觉得奇怪，但又不敢多问。后来问了问刘同英，同英只是笑笑，说自己只是蒙的。这件事就这样过去了。

没过多久，刘同英又生了一个女娃，正赶上王氏得了痢疾，窝在炕上起不来，刘同英生产后第三天就起来烧火做饭了。刘同英找忠义来给婆婆瞧了病，开了几服草药，五六天过去了，王氏的病不见好转，这可急坏了刘同英，她害怕婆婆有个三长两短的，自己连个做伴的都没有了，自己又刚刚生产，该怎么办？想来想去，又和婆婆一商量，就去了麦林家，麦林他爹正好在家，刘同英说明来意，希望他能去一趟桃花园子，叫文之来家一趟，说婆婆病得很严重。麦林他爹有些犹豫，虽然路上安全了许多，毕竟路途比较远，而且还有小股土匪出没，其中就有王虎、赵豹他们，他们主要打日本鬼子，有时候也骚扰过往商旅。要真是被他们捉住，那倒好说，只要报出张文之的名号，自然他们会放行。怕是被几个人一帮的打家劫舍土匪撞上，但权衡再三麦林他爹还是答应了。第二天，天还没亮就上路了，渡过小清河一路向北走去，他不会骑马，一路步行。麦林他爹第一次去桃花园子，向北走上几十里就问问路，路上还算顺利，天一擦黑到了桃花园子。他想先去看看儿子，但又一想，张文之名头大好找，还是先找张文之为好，还真没费多少事就找到了张文之。张文之听说母亲身染重病，卧榻不起，赶紧去罗一娇那里说明情况，带着一个警卫员连夜和麦林他爹返回桑科村。麦林他爹一路上嘟嘟囔囔没见到麦林，张文之答应回去后让麦林回家探亲，麦林他爹才不再嘟囔。

张文之回到家时，王氏已变得很虚弱，刘同英哭着说明了情况，张文之才知道自己又多了个女儿，也没敢太分心，先给王氏摸了摸脉。脉相滑数；又看了看舌苔，舌苔黄腻；又问了一下同英大便的情况，才知道大便赤白脓血并伴有腹痛。张文之断定是湿热型痢疾。张文之开出药方：芍药、金银花各 15g，当归、大黄、黄芩、黄连各 9g，槟榔、木香、桂枝、甘草各 5g。刘同英找到忠义，很快把药抓好，当下就熬了给王氏喂下。张文之这才静下心来看看刚出生不久的女儿，发现小女儿不像大女儿那么白，皮肤黑黑的，胖胖的，很健康的一个女娃，心里升起了一丝父爱。他俯下身子吻了女儿的前额一下，对同英说："你受累了，月子里还要照顾母亲。"同英没说什么，只知道抹眼泪。

王氏自己心里清楚，感觉自己不久于人世，尽管文之医术比较好，得到张玉昌的一些真传，但自己的病是长期伤感郁闷所致，已病入膏肓。这身后的事她要叮嘱一下，就把同英叫了过来，小声说："同英啊，娘知道自从你进这个家，劫难很多，没过几天舒心的日子，这都是命啊！我心里清楚，自己的病好不了了。"刘同英哭了，说："娘啊，你的命还长着呢，文之会给你治好的。"王氏叹了口气说："唉，咱婆媳一场，我知道你孝顺，也知道你对文之好，可就是没有个男孩。说是旺旺在别处寄养着，可至今也没有一点信儿，娘没脸去见你爹呀。我要是真走了，你还是让文之娶了五妮吧，男人三妻四妾的也没啥，就像你爹娶了我和钟姐，相处得也很好嘛。"刘同英更加难过，但看到婆婆这个样，也不能说什么。再说自己童养媳出身，两个婆婆都待她像亲闺女一样，即使自己很不情愿，但还是点了点头。王氏脸上有了笑模样，抓住刘同英的手逐渐地变凉。刘同英惊呆了，她真不敢相信婆婆会走得这么快，喝上张文之开的药还不到半个时辰，竟然归西了。刘同英"哇"一声哭了。

张文之吓了一跳，赶紧过来一摸王氏的脉，已没有了生命迹象。真是智者千虑必有一失，张文之开的药方没有问题，但救母心切，又是匆匆赶到，药的用量有些猛；又加上忠义对克不熟悉，在克和钱的换算上出了问题，药量又加重了一倍，王氏身体太虚弱，以至于心脏负荷过重，驾鹤西去了。

王氏的葬礼是按照桑科村的风俗办的，父母都归了阴间，又按当时的风俗树了一块碑。张文之知道部队里事多，要急着赶回去，就对刘同英说："同英啊，你也没有什么牵挂了，就和我一块儿去部队吧？"刘同英想了想说："部队经常打仗，我带着两个孩子，让你太分心。"张文之说："这不比从前了，我是后方医院的院长，一般不到前线。再说，现在的后方已经比较稳固，鬼子一般不敢再骚扰。"其实，刘同英心里话没说出来，她是想着答应婆婆的话。如果跟文之走了，五妮的事也就泡汤了，她觉得对不住婆婆，对不住这个家。张文之为啥做出这个决定，他是不是不想五妮的事了？不是的，五妮已成了张文之心里的一个结，越来越想弄到手，太多太久的想象和虚幻了，以至于他有些迷失心智。这会儿他是没有办法，一是部队不允许娶两个老婆，他要想娶五妮就得和刘同英离婚，可这节骨眼上他怎么说得出口，再说，刘同英也不会同意；二是母亲刚刚去世，又要办喜事，桑科村的人还不指着脊梁骨骂。但他哪里知道，眼前这个忠于他的妻子想为他张罗这门亲事。

最终，刘同英没有跟张文之走，麦收后把大女儿送到大春家，一个人带着小女儿张罗着把房子盖了。还好，老少爷们看候着，帮完忙都回自己家吃饭了，大春的丈夫李大友赶着马车拉着大春的公公李正德、二公公李顺德都来帮忙。房子是盖好了，但很多人不理解，刘同英盖三间北屋也就算了，为啥还盖上两间和北屋一样气派的西屋，就算文之回来了，三间北屋也够住的了。他们哪里知道刘同英考虑到了五妮，还有自己的两个女儿。

五黄六月里没什么事，刘同英就抱着小女儿，牵着大女儿去了李碾子家。其实，王氏病死后，李碾子嫁女的事开始动摇，再说，他对解放区的一些事也有所了解，对于一夫一妻制的耳闻也不少，也不想把女儿的婚事这样拖下去，就找神婆三仙姑再给踅摸个主。神婆三仙姑虽说不愿拆散一桩婚姻，但最终还是给五妮另找了一个主，一个跑海的家庭，那跑海的后生见了五妮以后，着了迷，非五妮不娶。五妮自己内心也在挣扎着，她喜欢张文之的聪明，也喜欢跑海后生殷实的家资，自己真是拿不定主意。但她的心还是偏向张文之的，就这样时间一晃过去了两个多月，没想到刘同英踏进了她家门……

28

　　虽然是夏天，吹过来的东南风带着海的味道，并不是火辣辣的那种热，微微透汗的身子感觉不到闷热。院落里榆树上的蝉叫得正欢，这撕肝裂肺的叫声和满树的绿色极不相称。现在还没起晌，汉子们大多都在睡午觉，妇女们却三五人一帮躲在阴凉里搓麻线、纳鞋底，一边唠着家常。刘同英倒没太多招呼他们，而是急急匆匆地向五妮家走去。到了五妮的村庄，东西大街向南一拐就看见五妮正坐在东屋山的阴凉里做针线活。还没等刘同英走近，旁边的一个妇女早已看见她，小声对五妮说："妮啊，你看看那不是张文之的婆娘吗？"五妮吓了一跳，真不知道刘同英跑来干啥，下意识地站了起来，不知所措地等刘同英走近。

　　刘同英看到五妮惊慌的样子，自己也有点心慌，但她还是定了定神，说："妮啊，我找你商量点事，不让我家里坐坐？"五妮有些不好意思了，说："我爹娘都在睡午觉，要不我们那边树荫下说吧。"刘同英本来是想找李碾子说说这件事，但正好碰上五妮，心想都说这闺女很有心计，李碾子也够呛做得了她的主，不如先问问她是咋想的，就和五妮一块儿去了树荫下。五妮倒也懂事，把小凳子给了刘同英坐了，自己站那儿，这一小小的举动，让刘同英觉得五妮并不是很难相处。刘同英开门见山地问："妮呀，你真的喜欢文之吗？"原本五妮对这件事已经有点模棱两可，今天要是换别人来问，她还真的有点犹豫，但刘同英跑到门上来问，激起了她的嫉妒心理，她扬了扬眉毛说："我真的很喜欢文之大哥！"刘同英没想到一个姑娘家回答会这么干脆，这使她断定五妮没有撒谎，是真心喜欢文之，就直接问："那你愿意嫁给他做二房吗？"五妮一下子愣那儿了，她还没听说谁家的妻子为丈夫说媒的，她甚至想刘同英脑子坏掉了，是个不折不扣的傻子。但五妮很快清醒过来，小声说："这件事我说了不算，事情已过去好多年了，我得问问爹娘。"刘同英停了一下说："原本这桩婚事是公公在世时定的，我也知道文之没断了和你的联系，你一定说我很傻，竟然自己跑上门来说这事。但婆婆临终时的遗言就是让文之娶你过门，我为了对得起张家的列祖列宗，就主动跑来了。"

五妮一句话也不说了，她没想到眼前这个女人对张文之这么好，也没想到她对张家这么忠诚。刘同英看五妮不说话，就说："你带我去见你爹娘吧，他们同意的话，我就找人看好日子，让文之娶了你。"这种情况下，五妮反而多了个心眼，她想再考虑一下。原先，她设想了很多和刘同英斗争的场面，怎样去挤对刘同英。可现在眼前这个女人的行为打乱了她的思绪，让她内心有太多的不确定。五妮轻声说："大姐，你先回去吧，我给爹娘说就是了。如果确定下来，就让三仙姑去给你说。"刘同英觉得这样更好，就说："那我在家等着，我先回去了。"说完就抱起小女儿牵起大女儿走了。五妮看到刘同英拐弯后，拿起凳子回家了，只留下屋山旁几个婆娘的猜测。

五妮匆匆迈进家门，发现爹娘已从炕上起来，正在喝大茶，就把门"哐当"一带进了自己的屋。李碾子夫妇觉得五妮不太对劲儿，但也没放在心里，一直等到吃晚饭了，五妮还没走出自己的屋。她娘喊了她几次都没吱声，李碾子夫妇这才感觉出了事，大呼小叫地在门外喊。就这样，折腾了很大一会儿，五妮才打开门，眼睛红红地走了出来。五妮她娘一看闺女这样，就心疼得哭起来，李碾子烦了，大声说："哭个球啊！你到底怎么了？"五妮也提高了嗓门说："我的事，你们一点都不关心，倒是有人急在心上呢！"李碾子觉得不太对味，就问："你的事还有比我和你娘急的？真是大白天说梦话！"五妮说："就有人急着呢，你们想都想不到的一个人。""谁呀？""刘同英！"李碾子夫妇愣那儿了，他们真不知道刘

264

同英来干什么。"怎么？她来吓唬你了，看把你委屈的。"五妮说："恰恰相反。"李碾子夫妇更不理解了，说："哈，这大白天见鬼了，看这闺女越说越离谱。"

五妮见她爹娘不信，就把中午刘同英的说辞原原本本地说给李碾子夫妇，李碾子越听越糊涂，真没想到这世上还有把丈夫让给别人的。但他知道五妮不会撒谎，就问："妮呀，你有什么想法？"五妮嚷嚷道："能有什么想法，心里乱着呢！"李碾子沉思了一会儿说："妮呀，既然是刘同英主动找上门，你就嫁给张文之吧。原先，我是怕你做二房受挤对，现在看来这个刘同英是个好欺负的主。再说，毕竟张文之有门手艺。虽说跑海的那家家资殷实，但这动乱年代靠不住，说不定哪天就成了穷光蛋。"李碾子的婆娘跟着说："是呀，你爹说得在理啊。"五妮把门一关，在屋里说："那你就找人去给刘同英说吧，让张文之看日子来娶吧！"

按桑科村的习俗是母亲的百日之日可以结婚，否则要等三年后才能结婚。刘同英知道张文之是孝子，只能等到婆婆百日了。刘同英找神婆三仙姑给看了日子，神婆三仙姑说她婆婆百日这天横看竖看都是好日子。刘同英托人给张文之捎了口信儿，张文之得知刘同英给他张罗娶五妮，又是喜又是忧。喜的是多年的夙愿终于实现，忧的是桑科村很快就要解放了，到时候组织上很快就知道他有两个婆娘，这是纪律不允许的，他必须选择和一个离婚。虽然事情还没成为事实，他已在脑海里权衡了无数遍，抛弃五妮他不舍得，五妮那股妩媚劲儿一直左右着他；抛弃刘同英，无论从道义上还是感情上，都让他放不下。这件事时间长了，成了一种不折不扣的煎熬。

李碾子这个伪乡长越来越害怕，因为八路军很快要攻打敌占区和顽占区，在攻打之前，已展开了强大的政治攻势。在地方武装的保护下，把许多伪乡长集中起来送到解放区进行政治训练。训练期间，向他们讲解国际国内形势，宣传了中国共产党的主张、政策和法令，介绍抗日根据地的各项建设情况。并请党外民主人士与他们交流思想，以启发他们的觉悟。组织他们参观根据地的生产和集市贸易，还组织他们观看八路军战士射击、投弹、刺杀、爆破等军事训练。训练结束后，他们各自写了保证书，表示今后一定要将功折罪，为抗日做好事。地方武装又护送他们安全返回原地。敌占区的大部分乡长、保长，对日军和顽固派采取了"拖""磨"的手段，消极应付，使敌人的保甲制度处于瘫痪状态。八路军又开展了建立"红""黑"点记录簿的活动。为了监督伪军和伪职人员的行动，敦促他们多做好事，少做或不做坏事，八路军为伪军、伪职人员建立了个人档案和活动记录簿，将他们的行动随时记录下来。每做一件好事，就在记录簿上记一个"红"点，做了坏事就记上一个"黑"点。"红"点多了立功赎罪，"黑"点多了罪加一等。这些做法，给伪军和伪职人员很大震动，许多伪军、伪职人员为了给自己留后路，想尽各种办法。而李碾子虽然没做什么坏事，甚至一直和八路军暗中来往，为八路军服务，可毕竟他是伪乡长，同时也为日本鬼子服务，心里还是害怕得很。他开始认准了一条道，就是让五妮不管怎样一定和张文之结婚，那样他们家就成了抗日家属，那是最光荣的事，没有人敢再难为他。

今天就要迎娶五妮了，可张文之没回来，捎信儿的说没见到张院长，问过医院的其他人，没有能说明白的，据说是去执行一项很特殊的任务了，反正是没在桃花园子。五妮知道张文之没回来，哭着就是不上轿。李碾子在五妮的房间外带有哭腔地说："妮啊，就算你爹求你了，你再不上轿我和你娘就给你跪下了。你嫁给文之咱们家一好百好，你若不嫁咱们家会有灭顶之灾啊！"在李碾子夫妇再三哀求下，五妮总算上了轿，抱着一只大花公鸡拜了堂。跑海的后生本想跑来拦截花轿，让五妮回心转意，但半路上被他爹带人绑回去了，回家就病倒了，嘴里叫着五妮的名字，卧榻十几天，几乎滴水不进，亏了他命大，挺过去了。桑科村的老少爷们说啥的都有，有人羡慕张文之有刘同英这样的好老婆，满身都是旺夫的相，为张玉昌家光大门楣。也有人说刘同英脑子坏了，做事荒唐得不敢让人相信，竟然给自己的丈夫娶房小老婆，这不是明摆着以后要独守空房嘛！对刘同英来说，她对娶五妮这事很是看重，尽自己的努力向好处办，托人请了戏班子，领班的是时殿元的得意门生李同庆，唱的是《兰瑞莲打水》《王汉喜借年》《洞宾戏牡丹》。因为文之是八路，没敢糊弄得太大，怕引起不必要的麻烦和危险，戏台子也是搭的简易的，但总算让李碾子脸面上过得去。

其实，张文之等啊盼啊，就盼着娶五妮这天，说到底就盼着圆房的这天晚上，可他怎么就没回来呢？事情是这样的：就在结婚日的前两天，罗一娇派张文之和包打听去执行一项秘密任务，为了保证他俩的安全，这项任务除了张文之和包打听之外，只有罗一娇和刘亮知道。八路军想攻打小清河以南，靠近小清河有一队人马，原是马团长手下的一个营，马团长被杀害后，营长张田福带领余部投靠了日本人。经多方了解，张田福心里恨日本人，很想找机会替马团长报仇，而张文之与马团长渊源很深，就派张文之和包打听去劝降张田福，在八路军攻打日寇的时候，他能倒戈起义，立功赎罪。而张田福有些怀疑八路军，怕他们出尔反尔，再给自己扣上个汉奸的罪名，到时候有口难辩，就把张文之和包打听软禁了，一日三餐，好吃好喝，就是不让到处走动，又偷偷派人到八路军处谈判，让罗一娇亲笔写下保证，倒戈后不再追究他以前的事。光谈判就进行了四五天，一周后张文之和包打听才被放回，正好耽误了结婚。张文之被放回后，情绪波动很大，他不知道五妮已被娶回家，他本想回家看看，但他和包打听被放回的当天晚上八路军就发动了攻势，很快就席卷了小清河以南上百里，黄河以北几十里也被攻克。

桑科村解放以后，很快就对人口和土地进行了登记清查。很明显，张文之有两个媳妇，组织上还没有找张文之谈话，刘同娥就带枪闯进了后方医院，用枪顶住了张文之的胸口，说："张文之，今天你不给我说明白，我就一枪崩了你！"张文之一下子蒙了，感到莫名其妙，就问："妹妹，你让我说明白什么呀？我怎么一头雾水呀？"刘同娥更激动，没想到张文之这么冷静，像没事一样，就歇斯底里地问："你说，你啥时候又讨了一个小老婆？"张文之一愣，不确定地问："这事你听谁说的？我自己怎么不知道哇？"但心里又暗暗欢喜，知道五妮已过了门。刘同娥气愤地说："你别在这儿假正经了，白纸黑字统计着你还有个小老婆叫五妮，你敢说没这事？"

张文之一下子冷静下来，说："我真不知道有这事，不信你去问你姐。"刘同娥不依不饶，非让张文之说出个子丑寅卯来。

话又说回来，刘同娥能不愤怒嘛，在她的心目中姐姐是谁啊？那好像长在她心头的肉啊，张文之的这种行为就是在她心头动刀，又在刀伤上撒上一把盐，她简直快要疯了，大家真怕她手一哆嗦要了张文之的命。再说，她的大声喧哗影响到了伤员们休息，一些伤员拄着拐闻声而来。萧彤一看场面很难控制了，刘同娥像发了疯的母狮子，谁也不敢向前劝说，她悄悄地去找罗一娇了。来到指挥部，还没进门就喊："罗队长啊，要出人命了！"罗一娇正在忙着研究逃亡之敌具体盘踞在哪里，听到萧彤的喊声直起腰来，接着又听到警卫员说："萧护士长，队长正在开会，你不能进去。"萧彤一看警卫员不让进急得直蹦高。罗一娇知道肯定出了乱子，要不萧彤会急成这样，就快速走出指挥部，问："怎么了？发生了什么事？"萧彤赶紧跑到罗一娇面前说："刘队长像疯了一样，眼看就要开枪崩了张院长了。"罗一娇一挥手说："走，过去看看。"

到了现场，罗一娇大声说："大家都散去，别围在这儿！"众人见罗一娇来了，就都散去了。罗一娇过去夺过刘同娥的枪，说："干吗呢！这么没有组织纪律，你可不是一天的党员了。"刘同娥一甩胳膊蹲在门口哭了。罗一娇说："同娥啊，你先静一下，弄清楚事情来龙去脉。文之的事我已听刘亮说过，而且，我们队伍中不止文之一个人有这种情况，特别是新建的当地政府中的一些乡绅，三房四房的都有。当然，组织上也分情况对待，有些是加入我们队伍之前发生的事；有的是加入我们队伍之后发生的事，文之这一种就属于后者，组织上正要找张院长谈谈，你却这样莽撞行事，太忽视组织纪律了。当然，你的心情我是理解的，你先回去，待会儿我找你谈谈。"

同娥一抹眼走出医院门。罗一娇才转过脸问张文之："怎么回事？张院长很有艳福啊！"张文之说："队长，你可冤枉我呀，这事我真不知道。"罗一娇把脸一沉说："张文之同志，你以为我是三岁的孩子啊，那么好糊弄！你如果不知道，同英会忍痛割爱地给你找个二房。我不需要你辩解，今天我就放了你的假，回去把家里的事处理好，处理不好别回来见我！"张文之唰地打了个立正，但他心里极其矛盾，觉得这事极其棘手，因为他了解刘同英，她对这个家太过忠实，和她离婚肯定不答应，把五妮休了，她肯定也不同意。再说，休了五妮，自己也不舍得，到嘴的肥肉怎么会不吃呢，这一天自己等了好几年了。张文之带着忐忑的心情，带上一个警卫员赶往桑科村。

这一回张文之心里不急了，一时半会儿他也想不出好办法来，趁着这次回家，他想绕道去一趟王虎的老窝，说服这帮土匪接受改编，也算立一新功。

已是秋天，早晚已不闷热，但中午的艳阳穿透力还是很强的，当地人管这会儿的太阳叫"秋老虎"，可见它的热量是不一般的。张文之和警卫员接近王虎的地盘时已近中午，两人虽骑着马，但脊背上都汗津津的。没多时候，流动哨就发现了他俩，见穿着八路军装，没敢惊动，直接报告了王虎。王虎觉得事情有些蹊跷，小清河以南的鬼子刚刚被八路打跑了没多久，就有八路来到他的驻地，心里起了很多问号。他知道没鬼子可打了，八路不会让他长久地盘踞在这里，自己要么投靠八路，要么解散回家种田。想来想去，这几年自己也没干多大的坏事，基本还是骚扰鬼子为主，不管怎么想，八路他是不敢得罪的，因为自己的小地盘在人家的大地盘上，赶紧带上赵豹和几十个弟兄出来迎接。一照面，发现来人是张文之，心里一块石头落了地，上前打招呼道："文之老弟啊，哪一阵风把你吹来了，快请！快请！"张文之笑着说："王兄，赵兄，好自在呀！"王虎让人牵了张文之和警卫员的马，笑着说："文之兄弟，你真是及时雨啊，来得正是时候，这几天心里惶惶着呢。你说这日本鬼子被打跑了，按理说是件大好事，可我真不知道该干啥了。"张文之知道王虎也是个聪明人，已经猜到了自己来的目的，就直截了当地说："我这次来就是和你谈谈这事，免得兄台一激动把事情弄砸了，造成流血事件。"王虎面露惊喜道："老弟啊，这些天我一直在考虑这些事，心里很怕八路容不下我，把弟兄们解散了又不甘

269

心，正在左右为难呢，正好你来了。你说咋办我就咋办！"张文之仔细给王虎和赵豹讲解了当前的形势和八路军的政策，让他们接受改编。王虎说："接受改编我同意，但不知道怎么去做。"张文之说："我这就给罗队长写一封信，让警卫员送去，最好是让赵豹兄一同前往，听听罗队长的指示，你看怎么样？"王虎说："不，我亲自去，罗队长的大名如雷贯耳，听说她以前和我干一样的营生，我很想去拜会拜会，提前目睹一下她的风采。"张文之乐了，说："王大哥这么想我就放心了，说明你从心底里接受了改编的建议。"王虎笑了笑说："兄弟，这你就小瞧我了，大丈夫行事光明磊落，怎么会出尔反尔呢，不管将来怎样，改编的事就一锤子定音了，你放心好了。"两人一直谈论着走到住处，早有人为张文之准备了纸笔，张文之说："既然大哥亲自去，就不用再写什么信了，你直接和罗队长商量改编的事就是了。这样吧，我还有事要赶回家，你安排好这边的事，然后和警卫员一块儿去桃花园子就是了。"王虎说："好！老弟，你看看天都中午了，吃了饭咱各忙各的。赵豹啊，让伙房准备点饭菜，别忘了把昨天打的两只野鸡给炖了。"

张文之到家的时候已近黄昏，夕阳映照，红霞满天，像新娘涨红的脸，久久不能散去。怎样面对刘同英是张文之路上想得最多的，可到了家时，一切设想都化为乌有。首先没想到的是自家的院落建得干净利索，虽没有原来的豪华气派，但给人一种温馨。隔着院墙就看见五妮在扫院子，刘同英在给小女儿喂奶，大女儿围着五妮在转。马蹄声让她们都停下来，老宅的大门是朝西的，因盖了西屋大门改朝向东了，院墙不是很高，刘同英和五妮同时看见了张文之，刘同英抓紧喊："棉布头！你爹回来了！"棉布头拔腿就向门口跑，嘴里喊着："爹爹，爹爹！"五妮站在院子中间愣住了，她感到非常尴尬。刘同英又喊："妹妹，把马拴好啊。"五妮这才反应过来，红着脸走过去把文之的马牵了。张文之感觉浑身很不自在，冲五妮咧开嘴笑了笑，张开了双臂抱起了棉布头，在小脸上亲了一口放下了。刘同英把二女儿招弟放到笸箩里，对棉布头说："过来，照望着妹妹。"又转过身对张文之说："文之哥，你跟妹妹聊聊，我去做饭。"张文之站在那儿，有些不知所措，毕竟他接受了一些新思想，但最后他还是选择了抱起了笸箩里的招弟坐在了刘同英坐过的凳子上。五妮拿起扫帚继续扫院子，不时地拿眼瞥张文之，张文之只是盯着她笑。过了一会儿，张文之似乎变得镇定了，招呼说："妮，过来坐，我跟你谈谈。"五妮牵着棉布头的手坐在了张文之左侧，相距有三尺远。张文之问："妮啊，你这样嫁过来委屈吗？"五妮的泪顺着脸颊流下来，一句话也不说。张文之又说："我身不由己呀，结婚那天我铁了心地要回来，没想到被张福田给扣住了，不能脱身，但我的心还是回来了，我惦念着你呢。"五妮拿眼眺了张文之几下说："我现在已是你的人了，你说啥我都听着。"这时的张文之感觉两个媳妇真好，而且都是那样温顺可人。可这很快就会变为一场梦，现实中只能选择其一，一种渴望中的本能让他做出了一个私心很重的决定：先跟五妮圆房后再做取舍。

饭菜很快做好了。刘同英说："不知道你今天回来，没多少可口的饭菜，这蜢子酱是珍巧昨天送过来的，是你爱吃的。"五妮说："张大头的驴肉铺还开着，你要想喝酒的话，我去买些驴肉来。"刘同英说："看我把这事忘了，张大头做的驴板肠是你最爱吃的，要不让妮去买些来？"张文之说："不用了，估计张大头杀的也不是驴子了，这年头当地的驴也不好找了，有蜢子酱就不错了，这可是羊角沟的特产呀。""爹爹，我想吃驴肉。"棉布头嘟着嘴说。五妮说："我还是去买点吧，又费不了多少工夫，再说孩子也馋肉。"张文之说："好吧，你去吧。"五妮站起身来走出大门。张文之见五妮走远，就问："这段时间，你受苦了。"刘同英说："没什么，今晚上，你和妮睡西屋吧。"张文之假惺惺地说："那怎么行呢，我有许多话要对你说。"刘同英说："拜堂的时候你没回来，今天回来了，你再不圆房就说不过去了，把话留到明天晚上说吧。"张文之开始有些矛盾，这么好的妻子，离婚的事怎么说出口呢。

西屋里张文之和五妮面对面，对于张文之来说，这一天已等了很久，烛光下，他的眼睛像狼一样冒着光。五妮知道她床上的功夫直接影响她在这个家的地位，她要拉住眼前这个男人的心，她很快脱了个精光，又一件一件地把张文之的衣裤脱掉，两个人赤条条地抱在了一起。窗外的月亮发着青幽幽的光，稀疏的星星连带着露珠一片清冷，这真是："中庭地白树栖鸦，冷露无声湿桂花。"屋内，张文之脊背上的汗珠不停地滚下来，喘息声像老牛的鼻息，撞击声像拉响的皮带，五妮被一次次拖到炕沿，一半屁股悬空着，又一次一次地被撞击力顶了上去。五妮呻吟中带着哭腔，她没想到这个看上去并不算强壮的男人竟然连续干了三次，还没看到疲倦……

梨花带雨，折腾到半夜，张文之像被掏空了一样，感到腰部虚虚的，像被拉长了一样，一动不动地仰躺在那儿，对五妮说："把蜡烛拨亮！"五妮不理解地问："你要干什么？"张文之好像有点生气，说："让你拨亮你就拨亮，问那么多干什么！"五妮只好拨了拨烛芯，顺便又点亮了一根蜡烛。张文之在炕上踅摸了半天，把头一歪背对着五妮不说话了。五妮恍然大悟，自己也纳闷了，她记忆中是第一次，怎么没见红？她开始有点害怕，凑到张文之身边说："我真的是第一次，可我也不明白为什么没见红啊。"张文之是医生，觉得五妮不会撒谎，她可能真的不知道怎么回事，但心里还是起了一个疙瘩，对"忠贞"二字打了一个折扣。

这一天夜里，刘同英早早把两个孩子哄睡了，这是张文之回来的第四个夜晚了，两个人做了一番云雨之事后，张文之道出了实情，刘同英没有哭。她知道丈夫过了这么长时间才告诉自己，说明他真的很喜欢五妮，要不然的话，刚到家他就会把事情挑明。刘同英一宿没合眼，虽然内心在痛苦地挣扎着，但她清楚自己对文之的爱是不带有任何条件的。既然丈夫只能选择其一，只有自己做出牺牲，况且五妮连个孩子也没有，让她离开太残酷了，何况五妮的事是自己一手操办的，更没有理由把她赶走。最终刘同英下了决心，决定让张文之把五妮带走。天亮了，张文之真的带五妮走了，天还下着小雨。这场雨淅淅沥沥地下了三天，天气也随着凉起来，树叶逐渐变黄，开始脱落，蝉的叫声一声比一声短，像是得了哮喘。德三家的黄狗由于挨饿，常常蜷缩在刘同英家的大门口。

272

29

　　"霜降一到，天气渐冷。抓紧收割，地瓜花生。"这是一句农谚。在桑科村，种花生的不多，但种地瓜的人家几乎占了农户一大半，并且是整个冬天的主食。

　　刘同英从挨近河边的一个坑洼里把招弟捞起来。招弟浑身是泥，连鼻子嘴里都灌满了，这个秋末招弟已不是一次爬到坑洼和河沟里了。这一次，真不知在坑洼里待了多久，浑身冰凉。刘同英赶紧把农具拽到地瓜地里，抱起招弟回家换衣服，棉布头蹲在农具旁守着，怕被路人随手捡了去。解放了，当地政府分给了刘同英四亩多地，有了地刘同英就有了主心骨。而这块地分给她的时候就已经种上了地瓜，今年收成不错。大清早，刘同英就扛了铁锹，抱着招弟，领着棉布头来收地瓜。地的西头是一条河，河水并不深，刚刚没过脚踝，她找了河沿上的一块空地，把招弟放到了苇草编的筐里，让棉布头守着，自己就去掘地瓜了。接近半晌，她正干得起劲儿，猛一抬头，棉布头和招弟都不见了，刘同英一个激灵出了一身冷汗，头嗡的一下子差一点晕过去。她拔腿就向河里跑，老远就看见有一个小孩在靠河的坑洼里扑腾，哭声并不大，再看棉布头在远处专注地追蚂蚱。她大声吆喝棉布头，棉布头跑过来，一看妹妹的模样，再看看娘的脸色，哇的一声吓哭了。刘同英没发火，嘱咐棉布头看好农具，自己抱起招弟就回了家。回到家中温了水给招弟洗刷了一番，换上了一身干净衣服，又抱着回到了农田里，又放到了筐里，严厉嘱咐棉布头把妹妹看好。

　　刘同英掘了一天地瓜，午饭娘俩啃了从家里带来的馍，就着腌

273

了一年多的咸菜疙瘩。她给招弟喂了些奶水，又给嚼了些馍抿到嘴里，这一天就这样过去了。一直到傍晚，刘同英才犯了愁，掘好的地瓜怎么运回家？正在不知怎么办才好的时候，远处一个人赶着大车过来，老远刘同英就认出来了，是小虎。刘同英拿不准小虎是不是冲自己来的。她抓紧环顾了一下四周，剩下的没几家了，都已装上了车，大多是小推车。正当心情琢磨不定的时候，"吁——"马车停在了她家地头上，小虎一句话也没说，卸下篓子就装地瓜。刘同英的眼睛潮湿了，她没想到从不和自己搭腔的小虎会帮自己收地瓜。刘同英也没说话，也麻麻利利地向篓子里捡地瓜，她知道这时候说啥话都不能表达这种情感。

刘同英这一天掘的地瓜还真不少，竟然用马车运了两趟，运完的时候都晚上九点多了。她想留小虎吃饭，小虎说桂花还在家等着他，就没有再说别的。刘同英再看看孩子，招弟已躺在筐里睡着了，棉布头抱着块大地瓜，坐在屋门口身子倚着门框也睡着了。刘同英抱起招弟放到了炕上，盖上了自己的夹袄，又把棉布头抱到了炕上，拿了块粗布单子给她盖上，嘴里嘟囔着："看这两个孩子还没有吃晚饭呢！"放好了孩子刚想去做饭，突然听见招弟咳嗽起来，赶紧走过去摸了一下她的额头，感觉滚烫，才知道招弟着凉发烧了。"这可怎么办呢？"她想起家里还有红糖，就支下小锅，加上一碗水，切上了五六片姜片、几段带根的葱白，又放了两勺红糖，熬了一碗水，凉到温乎，给招弟灌了进去，然后就把她抱在怀里拍着入睡，整整一宿都抱在怀里，时刻摸她的体温，天一亮烧才退下去。她赶紧起来忙活早饭，不能再让孩子饿肚子。放上小米馇的地瓜黏粥，一掀锅盖，棉布头闻见香味就爬起来问："娘啊，做的什么好吃的，这么香啊？""快起来吧，用新地瓜馇的黏粥。"棉布头是真的饿了，一骨碌从炕上下来，就想去端碗，刘同英赶紧说："别急，很烫啊！凉一会儿。"棉布头嘿嘿地笑了，赶忙把手缩回来，站锅台旁瞅着，只等娘说："吃吧。"刘同英把舀出的第一碗放到明亮处，摆上了一双筷子，把第二碗端给了棉布头，自己面前放了第三碗。棉布头不理解，就问："娘啊，那第一碗给谁呀？""刚

274

下来新地瓜，给你爹爹尝尝。""爹爹要回来吗?""爹爹工作很忙，有空闲会回来的。"棉布头似乎懂了很多，点点头。凉到棉布头可以吃的时候，刘同英抱起招弟也给她喂了几块地瓜。吃完饭，又给德三家的狗盛了一碗倒进狗食盆里。然后，刘同英抱起招弟，用锨把撅了筐领上棉布头又去了地瓜地。

刘同英告诉棉布头妹妹昨晚发烧了，是爬到坑洼里着凉了，都是昨天她贪玩没照看好，今天一定不能再贪玩了。棉布头懂事地点了点头。今天还算顺利，可能是昨晚发烧的缘故，招弟老实了很多，一直在筐里没出来。中午娘仨还是啃的凉馍就咸菜。太阳没山了，小虎没有来，刘同英觉得肯定昨天桂花不愿意了，不准小虎再来。没办法，刘同英回家拿了扁担用俩筐向家挑，就这样一直忙活到半夜，肩上都起了泡，身体都拖不动了。晚饭又没吃上，德三家的狗吃了碗剩地瓜黏粥，比刘同英娘仨受用得多。太阳已照到屋里，刘同英还没有起来，她太累了，实在不愿意动，迷迷糊糊地梦见文之回来了。一家人一块儿掘地瓜，棉布头可以尽情地玩耍了，一会儿追蚂蚱，一会儿追蝴蝶；招弟露着天真的笑颜，自己沉浸在幸福里。醒来却是一场空，有的只是空空的一颗心。她还得咬牙起来，再干一天就完成了，那时再休息也不迟啊。今天早上，她用鏊子烙了几张白面饼，留作午餐，主要是犒劳一下棉布头，她很需要营养。不过早卜还是馇的地瓜黏粥。

今天的地瓜还是用扁担挑回去的，累得腰都直不起来了，但还有一道工序就是把地用铁锨翻了，来年好播种。同时，还可以增加些收入，就是翻出一些"跑地瓜"。刘同英正在犯愁，德三的婆娘来了，说："孙媳妇，看你累的，剩下的地就让你叔们给你翻了吧。"同英知道她是稀罕那些"跑地瓜"，不过自己也确实干不了了，就说："那就劳烦叔们受累了，剩下的我就不管了。""这么点事，你就擎着吧。"这件事让刘同英心里空荡荡的，原因就是这五个叔用了一上午就把地翻完了，据说翻出了一筐"跑地瓜"，男人是多么重要啊。

接下来是怎样收藏这些地瓜，在桑科村没有制薯干的传统，一

275

般都是保存鲜地瓜。保存鲜地瓜有两种方式：一种是室内保存，在挨近炕烟囱的地方用坯围成一米见方、高一米半左右的空间，上端敞口，有一面留下半米的缺口，以便方便掏地瓜，底下、四周都铺了麦穰，放上地瓜，上面再盖上厚厚的麦穰。另一种是挖"地窝子"储藏，在院子里的空闲处，挖深两三米见方的大坑，底下铺了麦穰，上面用秫秸厚厚地盖好，再用土盖了，留下一个八十公分见方的出入口，用秫秸编好的盖盖了，地瓜就储存在里面。当然，这里面还可以储存白菜、萝卜等。这些活都有一定的技术含量，刘同英觉得自己做没有把握，就请了冬景和花子，冬景很敬重刘同英，放下自家的活就跑过来了，花子更是二话没说就赶了过来，两个人用了一上午就把活干完了，材料都是现成的，就是麦穰冬景从家里背了几筐来。中午刘同英烙的大饼、煎的咸鱼，一再挽留两人，两人实在抹不过去了，就每人拿了两张饼、几块咸鱼回家了。

地瓜的事总算忙过去了。对刘同英来讲，她没有抱怨，只有无尽的相思。相思像一条苦难的河流，它每日流过这位背负善良的妇女心灵最柔软的地方，随手捉住的只是风中的名字和满眼的泪珠。张文之成了她痴情迷恋的风景，让她的灵魂在颤抖中痛了又痛。说不出爱他的滋味，更说不出想他的感觉，静下来的一刹那，是一种无言的落寞和忧伤。天气变冷身体承受劳累内心却砧锤一样疼痛。令刘同英没想到的是她又怀孕了，就在张文之带五妮走的前一天晚上，播下了种子。刘同英又惊又喜，她又要为张文之产下一子，如若是个男孩，她这一生就不再有什么遗憾啦。她把这件事告诉了大春和二春，虽然家庭没落，大春和二春有个侄子的顽固想法并没变淡。真能生个男孩，娘家就有人了，自己的腰杆子就硬起来了，走在大街上也有股底气。

冬天里，桑科村没有太多的营生，用苇草编苇席几乎是村子里冬天唯一的副业了。刘同英虽然有了身孕，但她也起早贪黑地编苇席，每天晚上都熬到深夜。这是一个纯手工工艺，先买苇草，一般选粗细均匀、色泽好、苇质柔韧一致的芦苇。用苇穿子将苇草劈开，用草绳捆成个放到湾水里浸泡，浸泡一天一宿，就用苇碡碾，碾好后再用苇刨子脱去苇叶，就可以用来编苇席了。编苇席一般分三个步骤：踩角、编席心、收边。踩角就是用五根苇篾摆齐，织的时候用苇篾要一根是根，另一根是梢，根梢轮换交替使用；接下来就是编制席心，席心的花样变化多端，在编织苇席中，有一点需要特别注意，就是不论编织哪一部位或者哪一花纹，始终要保持手势一致，一般是左手抬、右手压；还有，在编织的过程中要步步注意席花的紧密，随时用撬席刀子挤紧，只有这样才能编织出受人喜爱的高质量苇席来。窝边，撬边，是苇席编织中最后的一道工序，有焖茬席、舒茬席、压边席等。收边后，压平，苇席就成了。一般对苇席成品的要求：四边齐，席花紧密，尺寸足。既要做饭，还得照看孩子，刘同英编席的速度并不快，一般两天编一张，甚至有时三天编一张。刘同英编制的苇席虽不是村子里最好的，但也是数得着的，收苇席的人都比较看好，价钱上就高那么一点点。别看就那么一点点，那不只是钱的问题，编苇席的人会因为这一点点而得到赞扬和尊重，人们一谈起来会说，谁谁谁，是把好手。

对刘同英来说，照看招弟成了一个难题，经常忙起来就忘了她，有时候尿了、拉了大半天才知道。一开始编苇席的时候，她把招弟放到炕上，让棉布头照看着她。棉布头毕竟还小，经常自己玩忘了顾及妹妹，结果招弟常从炕上掉到地上，摔得鼻青脸肿的。后来，刘同英想了个办法，把一个大瓮蹲在屋里，里面铺上被子，把招弟放到里面，结果有时候干活投入忘了她，哇哇大哭才知道她拉了、尿了，弄得满身都是，垫的被子就得扯晒，重新缝制，真是忙中添乱。最难办的是用苇碡碾苇蔑，刘同英一个人用驾杆弄不动，只能把驾杆拿掉，用两只手掌推动苇碡，每碾一次得花费半个时辰，累得浑身是汗。整个冬天就这样一天天挨过去了，很快到了年关。过年有着特殊的意义，无论亲人有多远，都得来家团聚。刘同英从年二十三开始，每顿饭的头碗都给张文之盛上，给他摆上凳子，真希望他一脚踏进来就有热饭吃。等到年二十八，张文之没回来，刘同英就有些坐不住了，她背起招弟，领上棉布头，来到神婆三仙姑家，让三仙姑给算一下，孩子她爹到底回来不。神婆三仙姑

277

掐指一算，说："今天不回来，明天不回来，头年里就不回来了。"刘同英一愣，今年小进年，后天就是年初一了，这三仙姑还真会忽悠，只能回家继续等了。年很快就过去了，张文之还真的没回来。

天气开始变暖，河湾里的冰逐渐融化，又到了秧地瓜秧子的时节。刘同英在炕头上用青砖垒成高二十公分、宽一米、长二米的一个区域，用沙子填满。沙子是从小清河边用筐挑来的，没怀孕时，刘同英挑一趟的沙子就用不完。可如今，她挺着大肚子，不敢担很重的东西，就这一点沙子，她挑了三趟，一路上还歇三歇。把选好的地瓜挨个地埋进沙子里，再用瓢泼上水，水不能浇得很透了，很透了会影响炕的坚固性，几乎两三天泼一次，一直保持潮湿，很快地瓜秧就冒出来。到了农历三月份就可以秧地瓜了，先起垄，地瓜秧要种在垄上，在垄上每隔二十五公分扒一个窝，每个窝里放上一棵地瓜秧，再浇上一瓢水，用两手把它封起来。这样不但秧苗扶正了，而且还保住了水分，这几道工序，对刘同英来说，担水是最艰难的事。她已怀孕七个多月了，一不小心就会造成早产，所以，她一次挑两小半桶，别人一天干完的活，她得干三四天。刘同英之所以选择种地瓜，不是因为喜欢吃地瓜，也不是因为地瓜高产，而是因为这片地土质有沙性、松软，又地势较高，便于排水，很适合种植地瓜。这地瓜总算巴巴结结地种上了。这次还好，招弟由大春的婆婆看了几天，除了前额上磕了个大包外，没出什么漏子。倒是一向还省心点的棉布头，却把手割了一个大口子，骨头都能看见了，忠义给她包扎了，嘱咐棉布头手上不要弄到水，也不要吃姜，吃姜容易结大疤，吓得棉布头一边哭一边使劲儿地点头。

这一天，天气燥热，一点风丝也没有，德三家的狗在刘同英家门口"呼哧呼哧"地喘着粗气，好像在向刘同英诉苦，诉说自己的命不好，生活在地瓜皮都不放过的德三家。刘同英看着它叹了口气，随手倒给了它带油性的菜汤子，狗儿拼命地摇动尾巴，说不出的感激。刘同英用手抚摸了几下狗儿的头，拿起扁担挑起水桶向外走，家里的水不够做顿饭的了，必须得去担水了。但她很是担心，已过了预产期快十天了，说不定哪会儿就临盆。再说，骨缝都已开

278

了，再去担水很危险，她明知道有危险，但还是劝自己去了，她很不愿意求人。来到井旁，刚想要去汲水，突然感到肚子剧烈疼痛，并且孩子有向外拱的感觉，又好像孩子的头有向外出了一半的感觉。刘同英知道马上要生了，再回家已来不及了，她把外面穿的大襟脱下来铺到地上，把裤子脱了，然后，劈开腿跪在上面，拿眼向周围扫视，看有没有行人。很可惜，正是午睡时间，桑科村的村民都有午睡的传统，甚至，比夜晚睡觉还准时。很快羊水破了，没有半个小时就听见了孩子啼哭，刘同英狠了狠心用牙把脐带咬断了。她穿上裤子，抱着孩子去了离井最近的李大善家。由于流血太多，在李大善家的院子里昏了过去。孩子似乎懂得母亲在受罪，"哇哇"大哭，把李大善一家人都吵醒了，大家七手八脚地把同英抬到炕上，赶忙去喊来忠义和神婆三仙姑。等刘同英再醒过来时，神婆三仙姑笑着说："是个带把的。"刘同英爬起来执意要回家，李大善狠狠地数落了她一顿，说："你这孩子着实不懂事了，不用说我和你公公的交情，就是邻舍百家，你这样能让你回去？再说家里一个照顾的人也没有，别多事了，一会儿我把招弟和棉布头一块儿接过来，等你啥时候身体恢复了再回去。你要是过意不去，吃多少鸡蛋你再还给我。"从小刘同英只会伺候别人，没让人伺候过，心里很是过意不去，第五天上就回家了。还好，大春、二春听说同英生了个男孩，就都放下手中的活讠，来照顾她了，刘同英总算过了个完整的月子。

刘同英为张文之生了个儿子，张文之是有了传宗接代的崽了，刘同英的腰杆也硬朗了许多。这孩子要养好，农活也要干好，绝对不能成为庄户人家的笑柄。虽然，桑科村东家子西家子都帮着照看，有时候，大春、二春也来帮忙，但还是自己带得多。刘同英坡里干活时，都带上几样东西：一根用碎布条搓好的绳子，一块油布，一张棉布单子，四根细竹竿，一个大筐。一到地头，就把四根细竹竿深深地插到地里，撑起棉布单子，遮下的阴凉里放上大筐，筐里铺上油布，把儿子平躺着放在里面。接下来用绳子一端系在自己腰上，另一端绑在招弟的腰上，招弟刚刚会走，这样不会走丢了。还得千叮咛万嘱咐棉布头看好弟弟，以防有什么东西咬着他，这才能干活。一边干一边拿眼勤扫放儿子的筐子，以防有什么意外。有一次，还真发生了危险：刘同英在地西头干活，盛儿子的筐子在地东头，一霎没注意，筐子被一条大黑狗拖出十几米，吓得棉布头大哭，刘同英的心差一点蹦出来。从那以后，她让棉布头手里握着根木棍，如再有狗来就用木棍打。小虎倒很想帮帮刘同英，很多时候，偷偷地在远处看着她干农活，但他心理上过不了关，很怕村子里人说闲话。毕竟两人以前是夫妻，虽说那时候小还不懂事，但在桑科村人眼里，那是一段人人公认的缘分。再一个，李桂花也盯得很紧，对帮助刘同英她心里老有个疙瘩，一个解不开的疙瘩，桑科村人越说刘同英好，她这个疙瘩结得越结实。张文之快一年没回家了，在李桂花心里刘同英俨然就是个寡妇，自己的丈夫去帮助一个曾经是自己妻子的寡妇，她心里能不是个结嘛。所以，她把小虎看得很严，不准他去接近刘同英。小虎也读过一些书，明白其中的许多道理，也体贴李桂花，只是远远地看着刘同英。

日子就这样一天天过去了，九月份日本投降了，大街小巷都在庆祝，刘同英抱着儿子、背着招弟、领着棉布头走在庆祝的人群里。她觉得从此不再打仗了，要过安稳日子了，不再为张文之提心吊胆。心里更盼着张文之来家看看，看看他的儿子，儿子到现在还没有取名字，就等着他回家给取个名了。

纷纷扬扬一场大雪迎来了，看不见天，或者说天低得就在眼皮上，看见的只是鹅毛般的雪飘下来，满眼只有灰蒙蒙的白。事实上，你也看不很远，这密密麻麻的飘动的白挡住了人们的视线，严冬来了。

刘同英从雪底下拖出一捆棒子秸抱到屋里的锅台旁，用瓢去舀水，没舀着，瓮里已结成厚厚的冰。刘同英拿了些麦穰围住瓮的下半部分，点着火加起温来，不一会儿，冰块可以活动了。刘同英把冰块竖起来，两只手抓紧从瓮里提了出来，扔到雪地里。然后，用瓢把水添到锅里，又淘了两把小米放到锅里，接下来用刀削了几块地瓜到锅里。刘同英又拿过水壶装满水，用一根木棍把水壶挂在灶口，灶口吐出的火苗正好烧着水壶的底部，做饭烧水同时进行，既节约了柴火又不耽误工夫。开始烧火做早饭了，她把风箱拉得作响，饭做熟了，水壶里的水也开了。然后，照顾孩子们起来，棉布头的棉裤棉袄在灶口上烤一烤，穿在身上热乎乎的很舒服，要不会冰凉得难受。儿子和招弟都穿土裤子，土裤子由土和裤子两部分组成，土是小清河沿上的细软沙土，刚挖来的沙土是不能用的，首先要在阳光下边晒，晒干水分并利用阳光消毒，再用细箩过一遍，将土中的杂质及硬块去除掉，备用；裤子外观酷似口袋，用布做成一个口袋样子的筒，下边口子要封住，上边再安上两条背带，装上事先准备好的沙土，土裤子就做好了，穿上后感觉非常舒服。这冬天每天早晨刘同英都把土加加温，这样穿上就更加舒服了。棉布头穿好衣服后，趴在窗棂子上看雪，窗户都用毛边纸糊了，中间留下一巴掌大小的洞，用硬纸盖了，如要向外看就把硬纸拿掉，棉布头就是从这个洞里向外看。窗外的雪景令她很兴奋，催着娘快快吃饭，吃完饭后好找小伙伴们踩雪，也就是用脚印踩出各种图案，看谁踩的图案漂亮。刘同英已早早地为棉布头买好了蒲窝，一种用蒲草编织的鞋子，鞋底用自己的一双旧鞋缝上，这样变得耐磨。这蒲窝，棉布头已在干土地上试穿过好多次了，就等着下雪了，也好在伙伴们面前显摆显摆。

吃过早饭，棉布头穿上蒲窝就去找小伙伴们玩了，在平常她一般是照看弟弟妹妹，今天妈妈放了她的假，允许玩一上午。雪依旧下得那么大，棉布头的蒲窝踩在雪上"咯吱咯吱"地响。五六个女娃凑到了一块儿，棉布头最小，都在雪中兴奋着。不知谁提议到村外的湾里玩滑冰，大家都兴高采烈地响应了。来到湾里的冰上，没想到人还真不少，都是滑冰的。滑冰的工具很简单：两块一米长的竹板，用火烤了使前端向上翘起，一脚踩着一块，以防脚脱落；一根两米长的木棍，下面钉上铁钉，插住冰向前滑动，特别是十七八岁的男孩子滑得特快，令棉布头她们很是羡慕。棉布头她们没有滑冰的工具，只能解下围脖，两个人一组，一人拽着一头蹲下，另一人拽着另一头使劲儿向前拽，也蛮兴奋的。棉布头力气小，总是让别人拽她。

正在玩得起劲儿的时候，意想不到的事情发生了。不知是哪家大人为了捉鱼把冰砸了个大洞，大洞刚刚结了薄薄的一层冰，上面被雪盖了，看不出痕迹。有个女孩拉着棉布头跑得很快，扑通就钻进了冰洞里，棉布头也没刹住车，一块儿被拽了进去。其他几个女孩吓蒙了，赶紧大喊："救命啊！救命啊！有人掉冰洞里了……"两个大男孩赶紧向这边滑，费了很大的劲儿才把她俩捞上来，两个人冻得缩成一团，两个大男孩一人抱一个，赶紧向家里跑。刘同英把棉布头的衣服脱光，用棉被捂在炕头上，锅里添上水，灶里开始烧火暖炕。过了半个时辰，棉布头的脸色才变过来。棉布头脸色一红润过来就哭了说："娘啊，我的蒲窝没了，你能不能再去给我打捞打捞？"刘同英说："捡回条命来就不错了，还惦记着你那蒲窝，都是那蒲窝惹的祸，丢了也罢。"棉布头抽泣着说："娘啊，你一定去捞捞，说不定还能捞回来。"刘同英抚摸着棉布头的头没再说话，她知道孩子能穿上买的新鞋不容易，棉布头长这么大了这是给她买的第一双鞋，孩子能不心疼嘛。刘同英把棉布头的棉裤棉袄拧出水，在炕头上铺了油布，把棉裤棉袄放上，让水分早点蒸发掉，因为棉布头就这一身棉衣裳，不早弄干了，棉布头不但出不了门，也不能帮她干活了。弄好后就拿起钩子捞蒲窝去了，她足足捞了半个时辰，还真把蒲窝捞回来了。后来听说另一个女孩发了几天烧死了，刘同英总以为棉布头让她省心了，没想到会闹了这么一出，亏了命大。从那以后，她的心对哪个孩子都不敢疏忽了。

桑科二十三户的村民迁回桑科村后，由于路程遥远，桑科二十三户的土地就管理不上了，原本是想只播种和收割，但很不现实，地里的草比庄稼还高，而且蝗虫成灾。经李大善、张工艺他们和刘亮商定：土地租给当地的农户，桑科二十三户的原村民只收一定的地租，这也是刘同英只种地瓜却有细粮吃的原因。收租的日子持续了三年，解放区掀起了土地改革运动，桑科村没有大汉奸，就邻村的李碾子也因为张文之的关系，被划成解放军家属。桑科村的土地改革方向主要是通过清算、减租、减息及献地等方式，使无地和地少的农民从土地大户手中获得土地。很明显，桑科二十三户的土地只能献出了，原本迁到桑科二十三户的村民除刘同英外都是土地大户，不光桑科二十三户的土地要献出去，桑科村超出平均的土地也要献出去，这让李大善和张工艺他们很难接受，老辈里辛辛苦苦挣下的家产给平分了；再说，刚解放的时候，已实行了一定的"计口授田"，土地大户已献出了一些土地。现在又要平均土地，桑科村的土地大户很是不理解，充满了抵触情绪，迟迟不把地契拿出来。当地政府知道这些土地大户既不是恶霸也不是汉奸，贫苦村民并不痛恨他们，相反还很感激他们平常的救济，因此不能跟他们来硬的。政府领导经过磋商，把这些大户组织起来，用马车拉了，一块到剥削比较严重的"韩桥"去接受教育。在"韩桥"，李大善、张工艺他们目睹了许多苦大仇深的贫雇农以血泪史控诉地主的罪恶，有的拿出因欠地主的租债，而被迫以土地、房屋抵债的契约；有的拿出被逼出外讨饭时穿的破衣烂衫；有的脱去衣服，露出地主逼租逼债时遭毒打而留下的伤痕。更有甚者，哭诉因地主逼债父母、妻子丧生的悲惨家世。"打倒地主阶级！血债要用血来还！"的阵阵口号，以及面如灰土，瘫倒在地的地主，让李大善、张工艺他们心理受了很大的震动，甚至胆战。回到桑科村后，李大善、张工艺他们主动把多余的土地献了出来。至于刘同英，政府又在桑科村给她分配了十八亩麦田，桑科二十二户的土地被收回去了。

分给刘同英的麦子地，麦苗已经长成半尺高，这地原本是李大善的，肥料充足，很好打理。可收割和打场成了刘同英的心事。

30

　　很快到了麦子收割的季节，热辣辣的东南风吹了几个中午，麦田就成了金子做的世界，黄灿灿的诱人，走在田垄上像是没有伤痛的童话，带给人们一种丰盈而又踏实的感觉。成熟的麦子挺着沉甸甸的腰杆，互相摩擦着，发出嗦嗦的响声，像在窃窃私语，据估计亩产三百多斤。站在地头的刘同英看着远处飞舞的镰刀，心情极其复杂，自己一个人用镰刀割，一亩地就得花去一天半的时间，十八亩最快也要割一个月了，这在"抢麦"的时节，简直是个笑话。

　　麦收是一年中农活最忙的季节，刘同英不想再让老少爷们帮忙，她想来想去决定把大多数麦子支援前线。全面内战已打了几乎一年了，支前的粮食大多是当地政府向农民借的，当然农民也踊跃献粮。当下就流行着一些歌谣："吱吱吱，碾儿响，家家碾米忙。推的推来簸的簸，运的运来装的装。为了前方打胜仗，人人出力理应当。""碾磨一齐转，米面送前线，打倒蒋介石，粮食是子弹。"虽然，张文之没再回来，但刘同英心里一直认定自己是解放军家属，支前的事自己得跑到前头，不能拖张文之的后腿。当然，这期间很多人鼓动刘同英去寻张文之，大春、二春也给她说过这事。但刘同英心里明白，她不能让张文之犯错误，再难也要自己扛着，把对张文之的思念化作母爱，照顾好孩子。

　　刘同英知道麦收不能拖，就抱着儿子牵着招弟跑到当地运粮指挥部。运粮指挥部里就一个小伙子，戴着一副大眼睛，一见刘同英进来，赶紧站起来，问："大嫂，有事吗?"刘同英心里一愣，瞅瞅四下没有别人，就这一个文弱的小伙子能办啥事，就有些犹豫地说:"我想为支前捐麦子,你们管事的在哪儿?"小伙子笑了笑说:"大嫂,我叫王志谦,这里就我一个人,有什么事给我细说就行。"刘同英看了看眼前这位小伙子,虽然瘦弱了点,但很稳重,就说:"我的麦子还长在地里呢,我想捐给前线,但我个人收割不了。"小伙子用手指推了推眼镜,说:"是这样啊。大嫂,我们解放军不能随便收老百姓的粮食。这样吧,我马上组织人,把麦子抢收上来,帮你打好场,你可以把粮食借给我们。您回去把场院碾好就行了。"刘同英没想到事情会这么简单,就风风火火地回家了。刘同英回家后,挑上水桶拿上瓢,带上三个孩子就去了村西头的场院。场院里人很多,每个人家都占了地方,刘同英转了一圈,好地方都被人家占了,还有几块小砖头小瓦片比较多的地方闲着,这些地方很难拾掇。刘同英把儿子放好,让棉布头和自己一块儿捡砖头瓦片,足足捡了一个时辰。刘同英到湾里去挑水来,用瓢挨着泼了,撒上麦糠,又借来了碌碡碾,碾了一个多时辰,用扫帚将多余的麦糠扫起来,再用瓢泼了水,重新撒上麦糠又细致地碾了半个时辰,又用扫帚扫起多余的麦糠,场院总算碾成了。太阳已成夕阳,只有西天的一片彩霞,两匹马向这边奔过来,马上驮着两位解放军战士,英姿飒爽,马儿走近一看才知道是同娥和杏红。刘同英抱住同娥和杏红,泪水哗哗地流下来。

同娥这几年一直没来看同英,特别是张文之娶了五妮后,同娥伤心透顶,真是无法接受。但这件事已成为事实,她也无法改变,她不愿看到姐姐艰辛的样子。再说,情况变化很大,罗一娇带着部队去了前线。张文之被抽调成了南下干部,带着五妮去了南方。荣广和麦林也跟张文之去了南方,作为残疾人好隐蔽。这些都是机密,家里人都不知道,都以为去了前线。同娥、海里漂、杏红、闫春成都转到了地方机关工作。这次回来,是组织上派杏红到桑科村重新开办桑科城隍联小,并且也开办联中。同娥知道后,就跟随一块儿来看看姐姐。

出于纪律,刘同娥和杏红没有告诉刘同英张文之的去向。同娥告诉姐姐,自己也有了女儿,快两周岁了,杏红的孩子也找回来了。刘同英非常激动，她要感谢上苍，感谢他的仁慈和眷顾。在家中，刘同英蒸的地瓜，杏红和同娥都说香，刘同英劝她俩多吃点，地瓜能保存到现在是很不容易的，糖分很多，格外的甜。晚饭后，刘同英禁不住问："你姐夫还好吗？"同娥气呼呼地说："别提那个人，狼心狗肺的东西！"刘同英低声说："这不怪他，五妮是我娶回家的，他当时并不知道。"杏红说："这不是关键，关键是他知道后，并没有把这桩婚姻解除，而是带着五妮走了。"刘同英沉默了，她没有过多的要求，只希望张文之能常回来看看，看看他的孩子们。

杏红在当地政府的帮助下，在原城隍庙遗址建起了一所学校，成天忙于学校的事务。而刘同英的等待是漫长的，后来几乎绝望。一个单身的母亲，邻舍百家都很看候，帮着带孩子，日子就像牛耕地一样过着。一直等到五年后的一个春天，儿子都七岁了，一个邮递员捎回一封信来，是张文之的亲笔：

同英：

　　不知你现在境况如何？我内心一直强烈地想念你和孩子们，不是我不回家，自从别过以后，我就南下了，一直待到建国。建国后不久，在"三反""五反"中被判刑入狱，一言难尽。现在胡天监狱，狱中伙食很差，以至于缺失维生素，视线模糊，视力下降很大，望能炒些黄豆送来，出狱后回家团聚。

张文之

刘同英让杏红念着听，听完眼泪哗哗直流。杏红说："这是他的报应。还有件事我没告诉你，五妮回来了，刚回来没几天，我是听部队上的人说的。"刘同英问："她回来怎么不来家？她有孩子吗？"杏红说："她没有孩子，听说已与文之离了婚，说是划清了界限。"刘同英更加难过，她没想到结局会是这样，五妮和文之这么

286

多年的夫妻情分，文之入了狱，她就绝情地离开了他，文之一定很寒心。轻声地说："五妮怎么是这么一种人，当初我看走了眼。"杏红苦笑着说："我说同英啊，你傻到啥程度了？这张文之有啥好？"刘同英含着眼泪说："我一个童养媳，他没有嫌弃我，公公婆婆待我像亲生女儿，这些我怎么能忘记呢？"杏红叹了口气问："那你怎么办呢？"刘同英坚定地说："等他回来！"

刘同英回到家，把仅有的二十斤豆种全部炒了，三个孩子都托付给杏红，让他们白天跟着杏红读书，晚上由棉布头照看着睡觉，一日三餐跟着杏红吃，自己背上二十斤炒豆，带上够四天吃的煎饼，步行去二百六十多里外的胡天监狱。一路上，风餐露宿。现在是初春，春寒料峭，吃着煎饼喝着凉水，从牙到胃都感觉冰得慌，夜里不敢在野外走，只能露宿在街头，整个夜里都不敢睡去，以防被冻死。终于到了胡天监狱见到了张文之，张文之瘦了很多，腮帮子都塌陷下去了，满脸的胡须，精神萎靡，刘同英心疼得打战。

张文之仔细讲了他这几年的经历，特别是为什么入狱。这两年部队和地方都展开了"三反""五反"，刨根问底，有人举报他在桃花源子开诊所期间，有一部分钱没上交，放到自己腰包里了，萧彤为他说了几句好话也受到了牵连，记大过一次，而自己被判了刑。刘同英又问起五妮的事，张文之只回答离婚了，没再说别的，刘同英不好再问，就禁口了。只好嘱咐他好好改造，争取早日回家，她和孩子们在家等着他，并告诉他，他有一个七岁的儿子，至今还没有个正名，等他回去取名字。张文之泪流满面，深深地体会到妻子的宽容和善良。

刘同英回到家中，给杏红讲起张文之入狱的事，希望她能和自己一起去找一找时任军区司令员的罗一娇说说情，让张文之早日回家，杏红沉思了半天还是答应了。杏红让时任县委书记的丈夫闫春成，协调了一辆吉普车，她和刘同英坐吉普车一块儿去了济南，在军区大院见到了罗一娇。罗一娇为了革命，一直没要孩子，对于杏红和同英的到来非常热情，让警卫员领着她俩逛了逛济南城，顺道去看了看在军校做教官的黄天罡和万能鲛，但对张文之的事只字未

287

提。刘同英一再追问下，不得已才说："同英啊，不是我不帮你，'三反''五反'是毛主席亲自批示的，是关系到我们党的切身利益的，谁求情都不行。"刘同英失望而归，只有等待了。

让刘同英更想不到的是五妮很快又嫁人了，嫁给了原先那个跑海的后生，听人家说，那个后生一直没结婚，等着五妮，为这件事他爹娘都给他下跪了，但他还是固执己见。没想到七年后真让他等到了，真的和五妮结了婚。结婚这天很热闹，来了三辆马车，都是三匹马一辆，这在邻近的村里还是头一户。李碾子红光满面，亲朋满座。五妮没有哭，是笑着坐上马车的，好像是比初婚还风光，其实真的比第一次风光多了。李碾子嫁女事筵持续了五天：第一天打火、搭棚、借家具、采办；第二天剥葱捣蒜、洗菜切肉、包糕捏饺子……第三天嫁女儿；第四天回门招待女婿，大宴亲朋好友；加上最后收拾一天，五天都是紧打紧。虽说五妮是二婚，婆家叮嘱李碾子一定办得红红火火，李碾子也不顾脸皮了，办了个让几代人都记住的婚礼。五妮的婆家更加忙活，第一天打火、盘炉、搭棚、借家具、采购，第二天洗菜、切肉、煮肉、烧肉、蒸肉、包饺子、捏油糕、擀面条、馏馏米，整整忙活了两天两夜。到了迎娶五妮的正式日子，掌勺的带着一帮人早早馏好馏米，做好粉汤，包好饺子泡在粉汤中，给那些不吃馏米的下面条，吃打卤面，上午安排副总管带领一帮人，日上一竿时去李碾子家接五妮。因为是二婚，李碾子家没敢太难为亲家，很顺当地把五妮接走了。

院子里的正房前面早已挂好了一块红布，中间挂着毛主席的画像，红布前面紧靠窗户地上放着一张四方桌子，两面摆着两把椅子。在鼓乐手的吹打声中，新郎新娘开始站在桌子前面拜堂，一拜天地，向毛主席画像鞠躬，二拜高堂，五妮的公公婆婆分别坐在两边的太师椅上，公公左边婆婆右边，接受儿子和儿媳的跪拜，然后夫妻对拜。因为是上午，不到步入洞房的时候，典礼仪式接下来就是向所有前来参加婚礼的亲戚朋友鞠躬，在当地称"见大小"，总管念到谁的名字，对方就答应一声，五妮就得随着丈夫向发出声音的地方鞠一个躬，然后账房跑腿伙计就端着盘子向答应的地方走过

288

去，对方就把事先用红纸包好的礼金放在盘子里，交回账房，总管一边记亲戚的姓名、辈分，一边大声念道："老姑夫李二牛上礼十元"，一直把亲戚一一拜完，然后总管就说，给今天前来帮忙的左邻右舍、房前屋后的、大爷大娘、大叔大婶磕头了，但这些人不收礼，只表示一下谢意。

这一天下来，五妮感觉腿肚子在转筋，有点不听使唤直打战。没想到入了洞房还有一关——"开脸"，请来的是本族的一位嫂子，据说她是本族唯一的一位老人健在儿孙满堂的全换人，"开脸"其实是用丝线将五妮脸上的绒毛绞除，将头发盘起，意谓此后将以人妻的身份示人。第二天早上吃早饭的时候，五妮又向在家的亲戚一桌子一桌子地拜谢，吃完早饭后，拿上公公婆婆事先准备好的礼品，同丈夫一起回娘家"回门"，在李碾子家吃完午饭后，在太阳没下去之前又回到公公婆婆家。折腾了这五六天，五妮瘦了好几斤，心里才明白啥叫结婚，自认为和张文之的结合不能算作婚姻，但她的内心深处印着张文之的影子。

关于五妮的婚姻说啥的都有，神婆三仙姑传出话来说，五妮是花魁转世，命中注定有两个为她要死要活的男人，一个是智多星，另一个是财神爷。冬景的婆娘不屑一顾，说："天生一副狐骨，吃了东家吃西家。"德三的婆娘说："我下辈子也托生个漂亮坏子，这玩意儿吃白面馍的命。"快嘴和珍巧跟同英凑在一块儿，禁不住地提起五妮来，同英叹了口气说："但愿她今后过上安稳的好日子，不管怎样，没有哪个女人愿意嫁两回的。"荣光和麦林都转业到地方上工作了，荣光去了县副食品公司，麦林被安排到县民政局，快嘴和珍巧都幸福着呢。每每提起文之，荣光和麦林都直叹气，嘱咐自己的妻子多帮帮同英。

……

多少年后一个夏天的夜晚，月亮还没有出来，漫天的星斗。刘同英和小儿子躺在院子里铺好的席子上乘凉，上身只穿一件白色汗褂，敞着怀露着已不再丰满的两个乳房，右手拿着蒲扇不停止扇着。张文之面前摆着一张矮腿的小方桌，一壶沏好的茉莉花茶用一条褪了色的毛巾煨着，自己跷着二郎腿，静静地坐着，淡定自然，对面坐着八爷的婆娘——八妈妈。刘同英的大女儿和二女儿都已出嫁，大儿子在外地上大学。张文之在本村的卫生室工作，虽然只是一个劳力工分的待遇，但也悠闲自得，空闲里打个兔子网个鱼，还培养了三个徒弟，个个都有出息。刘同英的小儿子总是缠着母亲和八妈妈讲一些以前的事儿。八妈妈虽没上过学，但记性很好，总是让人听不够，不时逗得刘同英和小儿子大笑不止。这样的夜晚总让刘同英想起赵小满的院子，一种迷人的平静……

后　记

在山东省东营市广饶县境内，小清河南畔向南走六七华里，就是桑科村，我在村子里长到十几岁。我整个童年都生活在村子里，最远也没走出过二十华里，那时候虽然生活窘迫，但无忧无虑也没有烦恼。在我的记忆中，我的家族的老老少少都是那样淳朴善良，最初记忆最深的，是爱全哥的母亲一位婶子和花叔的母亲八妈妈。这位婶子在我的记忆中，一直很有权威，她有五个女儿两个儿子，爱全是她的大儿子。我记事起，都是在她家前院里请老爷老妈，让我记忆更深的是她家的鞭炮最大最响，这是儿时很美慕的一件事。八妈妈是最善良的一位长辈，每年二月二总是揣在怀里两个鸡蛋送给我，还一再叮嘱我不要让八爷爷知道。再年长些就是街坊邻居和我的小伙伴们，街坊邻居和亲人几乎没有区别。他们从来没有因为我们的打闹和俏皮而谴责我们，小伙伴们更是一天不见就想得不得了，成立、卫方、国旗、全福、红、小青……一闭眼就像过电影一样。再年长些，和自家的一些侄子相处比较多，特别是道天。这一些给了我写作的一些素材，但在这本书里，我主要写了解放前的桑科村。

2013 年清明回家上坟，看到很多人家的坟上树了碑，就和大哥、姐姐、姐夫们商量着给父母树块碑。父亲去世已二十七年，母亲去世也已四年多了，真该为二老立块碑。二姐夫说要树也得给爷爷奶奶一块儿树，而且大姐夫说一定要写上碑文。哥哥和我都觉得老人们都是平凡的人，没什么丰功伟绩，只写上名字就是了。回家后我就想既然都是为了纪念，碑文要写就写个"大的"，能代表他们一生的，我何不为他们立一块文字碑呢？特别是我对桑科村的情结，久久不能放下，四十几岁了一想起故乡，还是很容易激动。

我没有问活着的老少爷们是否同意，就私下里以母亲为主线，杜撰了桑科村解放前的一段"历史"。母亲的艰辛让我一边写一边流泪，一个童养媳，两个儿子相继死亡，不知忍受了多少悲痛，又遭到丈夫的遗弃，丈夫入狱多年，一个人养育三个孩子多年。虽然她没有什么丰功伟绩，但对于儿子来说她就是一片亲情的海洋、一所苦难的学校。我尽量把握住平淡的笔调，以防桑科村的先人们九泉下有知，说我写得不够公平，太过自私。我还有一个姨妈，至今还健在，我也没经过她的同意，把她塑造成刘同娥的形象，但愿她能谅解我。

家乡离我并不遥远，只有一百多华里的路程，由于种种原因，近些年来我回去的次数并不多。虽然，村庄在我的视野里变得像个迷宫，族人和邻居以及那些小伙伴住哪儿我都摸不很清楚了，但一张张面孔还是那么熟悉，让我走在大街上，大爷二叔、大婶大嫂都能喊得出来。但愿这部小说能让他们说句："春东的二儿子写了本书，是关于咱们村的，我觉得还真是给咱们村长脸啦。"我的心就趋于平静了，也算还了一个感情债。

在以前也写过一些关于故乡的文字，但都是一些片段，从来没有这样深度思考过，也没有这样系统过，希望活着的族人和乡亲，能理解我对桑科村的先人们的敬畏之心。是的，在我的文章中，我总是小心翼翼地剖析村子里的民风，记录了一些细节，譬如殡葬、盖屋、嫁女娶妻。还有书中对父亲的描述，更让我痛心。其实，在我的记忆里，父亲是位好父亲，特别是他在世的最后那几年，更让我留恋。改革开放没几年，他就想办个诊所，一直没有成行。后来我提起这件事，一位族里的哥哥说，父亲那一套中医理论过时了，现在人喜欢挂吊瓶，他那种少吃药甚至不吃药就能治病的理论和做法怎么能挣钱呢？是的，在一切向钱看的世界里，他真的过时了。但我还是喜欢他开方的那个姿势，不紧不慢，药量根据体质而异。大多的时候不让你花一分钱，也许就是一碟花生米二两小酒他就心满意足了。但父亲对待母亲，我觉得他有罪，需要忏悔，这也是文章中父亲这个角色的基调。至于爷爷奶奶，我们姊妹几个都没见过，都是听长辈们说的。爷爷是个很传奇的人物，我只能根据八妈妈的叙述描写他们了。

写稿子的过程中，为了小说的可读性，我找了两位无关的朋友作为第一读者，心理上觉得必须先过这两位读者的法眼，这时我总是小心谨慎，以求对家乡的深度思考能够得到肯定。再者，写这本小说过程中，我读了几遍垦利县党史史志办编的《渤海垦区革命史》一书，力争人物生活的背景符合现实，在这里对这本书的编著者一并谢过。

对于故乡的变化，我会时刻关注着，但愿以后还能为她做点什么。

作　者

图书在版编目（CIP）数据

贤妻良母 / 燕杰著. — 北京：中国文史出版社，
2020.1

（跨度长篇小说文库）

ISBN 978 - 7 - 5205 - 1312 - 8

Ⅰ . ①贤… Ⅱ . ①燕… Ⅲ . ①长篇小说 – 中国 – 当代
Ⅳ . ①I247.5

中国版本图书馆 CIP 数据核字（2019）第 204525 号

责任编辑：薛媛媛

出版发行：**中国文史出版社**

社 　　 址：北京市海淀区西八里庄 69 号院 　 邮编：100142
电 　　 话：010 – 81136606 　 81136602 　 81136603（发行部）
传 　　 真：010 – 81136655
印 　　 装：廊坊市海涛印刷有限公司
经 　　 销：全国新华书店
开 　　 本：720 × 1020 　 1/16
印 　　 张：18.75 　　 字数：255 千字
版 　　 次：2020 年 1 月第 1 版
印 　　 次：2020 年 1 月第 1 次印刷
定 　　 价：59.80 元